Tote morden besser

Marion Ambros besteigt im Gegensatz zu ihrem Protagonisten Bichelmair gerne einen Berg, sei es zu Fuß, mit Ski oder mit bzw. an einem Seil. Sie teilt mit ihm jedoch seine Liebe zu Biergärten und urigen Kneipen. Seit 25 Jahren lebt sie im Chiemgau, hat aber ihre Wurzeln in München und verbrachte ihre Jugend im Allgäu. Ihr zweiter Krimi spielt in den Chiemgauer und Berchtesgadener Alpen, sowie in der Landeshauptstadt, wobei sie viele authentische Details verwendet. Ihr erster Krimi „Wenn er fällt, dann stirbt er“ erschien ebenfalls im Rother Bergverlag.

Marion Ambros

Tote morden besser

Alpenkrimi

Rother Bergverlag

Covergestaltung: Stefan Hilden, hildendesign.de
Covermotiv: © HildenDesign unter Verwendung mehrerer Motive von Shutterstock.com
Lektorat: Carlos Westerkamp, Berlin; Barbara Wickenburg, Murnau
Druck und Bindung: Dimograf, Bielsko-Biała
Originalausgabe

1. Auflage 2023

ISBN 978-3-7633-7085-6

Jedes Ding hat drei Seiten,
eine positive, eine negative und eine komische.

Karl Valentin

Der Weihnachtsmann lässt grüßen

Der ganze Wahnsinn begann bereits im alten Jahr. Es war Freitagabend, und ich lag auf dem Sofa, eingemummelt in mehrere Decken, da seit zwei Wochen die Heizung nicht mehr ging. Der kleine Heizstrahler gab zwar sein Bestes, konnte aber die kalte Luft nicht wirklich aufwärmen, sodass mir ein weiteres ungemütliches Adventswochenende bevorstand.

Dass bis jetzt immer noch nichts passiert war, war sicher nicht die Schuld der wenigen und meist ausgebuchten Handwerker im Münchner Raum. Da hatte ich schon eher meinen Vermieter in Verdacht, dessen „großzügiges“ Angebot für einen freiwilligen Auszug ich abgelehnt hatte. Angeblich musste er nun dringende Reparaturarbeiten an der Gasleitung vornehmen lassen, und das mitten im Winter! Obwohl erst Freitag war, zündete ich trotzdem schon mal die dritte und dann auch noch die vierte Kerze an, in der Hoffnung auf etwas Wärme. Dabei beneidete ich die alte Frau Gruber und die WG, die einen Ölofen hatten. Da der Rest bereits ausgezogen war oder im Moment verreist, betraf der „Gasausfall“ in erster Linie mich und meinen Nachbarn Marcello.

Ich war schon leicht eingedöst unter meinem Deckenwust, als die Titelmelodie von „Winnetou“ aus meinem Handy erklang, und mir war klar, dass das mein Kollege Heinz war. Ich hatte diese Filmmusik für ihn gewählt, weil er mir mehr als einmal aus der Patsche geholfen hatte, und das nicht nur dienstlich. Normalerweise verbrachte Heinz seine karge Freizeit mit seiner Familie, daher sah dieser Anruf verdammt nach Arbeit aus. Nur widerwillig schälte ich meine Arme aus dem warmen Kokon und griff nach dem Handy.

„Servus, Joe“, begrüßte mich Heinz mit fröhlicher Stimme, was mich beruhigte, auch weil ich hörte, dass er sich irgendwo in einer harmlos klingenden Menschenmenge befand. „Du, hast Lust auf einen Glühwein? Ich bin grad am Schwabinger Weihnachtsmarkt.“

Der Anruf war also privat und ganz ohne Leiche, stellte ich erleichtert fest.

„Mit der Family?“, fragte ich ihn.

„Nur mit den Kindern. Die Franzi hat doch heut ihr Yoga.“

Ich schaute auf die Uhr und sah, dass es noch nicht mal fünf war. Vor neun hatte Paula sowieso nicht Zeit, und so ein Glühwein klang durchaus verlockend. Ich schnappte mir meine Daunenjacke, aus der altersbedingt ein paar Federchen herausquollen, setzte mir die Strickmütze auf und entschied mich gegen meine Cowboystiefel zugunsten der klobigen, aber warmen Treter.

Es war bereits dunkel, doch die Schaufenster und Laternen erhellten den Himmel, aus dem ein paar spärliche Schneeflocken auf das Trottoir der Occamstraße fielen. Leider lösten sie sich sofort auf, sobald sie den Boden erreicht hatten, und hinterließen nur nasse Pfützen. Die weihnachtlich dekorierten Schaufenster nahmen jedoch der frühen Dunkelheit ihre Tristesse. Von den zahlreichen Passanten hetzten die einen mit Einkaufstüten bewaffnet durch die Feilitzschstraße, während andere wie immer am Wedekindplatz mit Bier und Döner beieinanderstanden und dem Weihnachtstrubel zu trotzen schienen.

In dem überdachten Abgang zur U-Bahn saßen Otto und sein Kumpel Harry und hörten Weihnachtslieder aus einem Kofferradio. Sie waren hier sozusagen Stammgäste, und ich spendierte ihnen einen Zehner, woraufhin sie mir nicht nur frohe Weihnachten, sondern auch gleich schon mal ein gutes neues Jahr wünschten.

An der Münchner Freiheit wurde das Gedränge immer dichter, und schon bald hatte ich die ersten Buden des Weihnachtsmarktes erreicht. Ich arbeitete mich durch die Massen bis zum Café Münchner Freiheit vor und fand Heinz neben einer mannshohen Weihnachtsmannfigur mit dem typischen weißen Bart und einem purpurfarbenen Mantel. Der rotbackige Pappmachékopf grinste freundlich in die Runde. Seine linke Hand, die in einem Fäustling steckte, umklammerte einen großen Jutesack, während er die andere Hand freundlich, wie zum Gruße ausgestreckt hielt. Dass diese Hand keinen Handschuh trug, irritierte mich jedoch nur kurz, da Heinz mir bereits eine heiße Tasse Glühwein zur Begrüßung hinhielt.

„Prost, Joe! Schön, dass du gekommen bist!“, sagte er, und wir stießen erst mal an, bevor ich von dem duftenden Getränk einen vorsichtigen Schluck nahm, um mir nicht gleich die Zunge zu verbrennen.

Xaverl, der noch in den Kindergarten ging, stand neben Heinz und verspeiste einen mit Schokolade glasierten Apfel. Während Xaver eher ein Ebenbild seines Vaters war – klein und mehr breit als hoch –, ähnelte seine zwei Jahre ältere Schwester Marie eindeutig ihrer zierlichen Mutter, was bei ihrem Bewegungsdrang auch kein Wunder war. Im Moment tanzte sie um den Weihnachtsmann herum.

„Schmeckt's?“, fragte ich Xaver, der versonnen die Schokolade vom Apfel leckte.

Gerade als er ihn mir großzügig zum Probieren hinhielt, hörten wir Mariechen gellend schreien. Entsetzt starrte sie auf die Hand, die sie in ihrer hielt, während der Weihnachtsmann weiterhin freundlich grinsend den rechten Arm ausstreckte, wobei aus seinem Ärmel nur mehr zwei dicke Drähte hervorschauten.

„Mensch, jetzt hast den Nikolaus kaputt gemacht“, herrschte Heinz Marie ärgerlich an.

„Weihnachtsmann, das ist ein Weihnachtsmann“, murmelte ich überflüssigerweise.

„Des ist doch wurscht, was des is. Hin ist er, und ich kann's zahlen“, jammerte er.

Marie ließ angewidert die Hand fallen und rannte zu Heinz, wo sie schluchzend ihre Hände an seinem Hosenbein abwischte. Xaver nutzte die Gelegenheit und angelte sich eine Tüte mit gebrannten Mandeln aus Heinz' Jackentasche. Der hatte jedoch im Moment keinen Nerv für pädagogisch wertvolle Hinweise bezüglich gesunder Ernährung.

„Hör jetzt mit der Fresserei auf!“, rief er stattdessen und riss Xaver die Tüte aus der Hand, während Marie bereits zu einer Wasserpfütze lief, um sich die Hände zu waschen.

Die Hand des Weihnachtsmannes lag allerdings nur kurzzeitig unbeachtet auf dem Boden, denn mittlerweile beugten sich die ersten Passanten darüber.

„Geh, die schaut aber echt aus. Die hat ja sogar Haare“, meinte ein älterer Herr zu seiner Frau, woraufhin sich ein junger Kerl mit Pommes anscheinend aufgefordert fühlte, mit seinem Holzgäbelchen in die Hand zu piksen.

„Puhh! Also aus Plastik ist die nicht“, entfuhr es ihm, wobei er gedankenverloren das Gäbelchen zurück in die Pommes-Tüte steckte.

„Die tät ich jetzt aber nimmer hernehmen“, mahnte eine Dame mit buschigem Pelzkragen, während ich ebenfalls hinzutrat.

„Na immerhin ist es keine Bombe!", meinte ein südländischer Typ mit Vollbart und kickte leicht mit seiner Stiefelspitze gegen die Hand.

„Sie müssen es ja wissen", sagte die Dame mit Pelzkragen provokant. Der Bärtige ignorierte jedoch ihre Bemerkung und drehte die Hand mit Hilfe eines Kugelschreibers um. Nun lag ihre Innenfläche nach oben, als wollte sie um eine kleine Spende bitten. „Da, da steht was drauf", rief er aufgeregt.

Ich ging nun ebenfalls in die Knie, um die Inschrift besser begutachten zu können. Auf dem Handballen stand das Wort „Dede", geschrieben in schönster Schreibschrift und schwarzer Farbe. Am Ende lebt der Besitzer dieser Hand noch, schoss es mir durch den Kopf, als ich die lange Lebenslinie erblickte.

Ein älterer Herr mit Dackel überließ mir freundlicherweise eins seiner Kot-Beutelchen, und ich verstaute die Hand mit spitzen Fingern darin, während der Bärtige aufsprang, um lauthals zu verkünden, dass die Hand echt war. Daraufhin brach augenblicklich ein Tumult aus, und Frau Pelzkragen griff unerschrocken, dafür umso neugieriger nach der Tüte.

„Ich bin von der Polizei", sagte ich laut und schaute sie dabei scharf an, was sie allerdings nicht groß zu beeindrucken schien, denn sie machte keine Anstalten loszulassen.

„Kann ja jeder behaupten", meinte sie stattdessen schnippisch.

Immerhin schenkte mir nun endlich Heinz seine Aufmerksamkeit.

„Mordkommission München!", rief er laut und hielt seinen Ausweis in die Höhe. Dann trat er, bewaffnet mit Glühwein und seinen zwei Kindern, das eine noch immer lauthals heulend, das andere mit einem schokoladenverschmierten Gesicht, auf uns zu.

Trotzdem ließ Frau Pelzkragen den Beutel nicht los, erst als Xaver mit seinen Schokoladenfingern ebenfalls danach griff, gab sie nach.

„Ich mag die Hand auch sehen", quengelte er nun, während Marie lautstark verkündete, dass sie aufs Klo müsse.

„Komm, Heinz, nimm deine Kinder und geh heim", raunte ich ihm zu. „Ich regle das hier schon."

„Merci, Joe! Dafür schreib ich den Bericht", versprach er erleichtert und verschwand mit einem protestierenden Xaver und einer ungeduldigen Marie in der Menge.

Nun stand ich da mit meiner Tüte samt Hand, umzingelt von Dutzenden wissbegierigen Passanten, die alle einen Blick auf den Fund werfen wollten.

„Mordkommission, hast gehört, von der Mord ist der!“, wisperte eine Stimme aus der dritten Reihe.

„Der schaut mir eher aus, als wäre er selbst ein Mörder!“, giftete Frau Pelzkragen und ergänzte noch: „Also wenn das die Polizei ist, die von unseren Steuergeldern bezahlt wird, dann pfiat di Gott!“

„Sei endlich still, da kommt scho a Gendarm“, meldete sich nun der Mann neben ihr und deutete über meinen Kopf hinweg.

Erleichtert drehte ich mich um und schaute in die Menge hinter mir. Dabei blieb mein Blick an einer äußerst attraktiven dunkelhaarigen Frau hängen, die das Geschehen amüsiert beobachtete. Als ich meinen Blick wieder von ihr losreißen konnte, entdeckte ich den uniformierten Kollegen.

„Polizeihauptmeister Klein“, stellte er sich vor, als er mich erreicht hatte. „Ihr Kollege hat mich gebeten, Sie zu unterstützen. Sie sind doch der Herr Bichelmair?“ Ich nickte Herrn Klein, ausgestattet mit annähernd zwei Metern Körperlänge und Minimum hundert Kilo, dankbar zu und bat ihn, die neugierige Meute in Schach zu halten, um endlich die Spurensicherung anzufordern. Nachdem ich das erledigt hatte, rief ich unseren Rechtsmediziner, den Wanninger, an. Die Hand war zwar ohne Blut und steif gefroren, aber ich wollte mir von ihm bestätigen lassen, dass der Besitzer nicht hand- und hilflos irgendwo herumlag.

„Was ist los? Ich esse gerade!“, meinte Wanninger schmatzend.

„Ich hätte da eine abgetrennte menschliche Hand, am Schwabinger Weihnachtsmarkt, Nähe Café Münchner Freiheit“, setzte ich ihn in Kenntnis und hörte ihn fluchen, musste er doch jetzt seine Mahlzeit beenden.

„Nur die Hand? Wie viel Glühwein hast du denn schon getrunken?“, fragte er, wahrscheinlich in der Hoffnung, dass es bloß ein übler Scherz wäre.

„Nicht genug für eine Fata Morgana.“ Ich beendete das Gespräch, um eine Hundestaffel anzufordern, da ich nichts unversucht lassen wollte, sollte der Besitzer der Hand noch leben.

Inzwischen richteten sich die Zuschauer vor Ort gemütlich ein. Ausgerüstet mit Glühwein und diversen Spezialitäten warteten sie gespannt auf den Fortgang des Spektakels.

Nachdem ich gemeinsam mit Klein und seinem nun auch eingetroffenen Kollegen Schmidt die Gaffer zurückgedrängt hatte, standen wir alle wartend da, nur mit dem Unterschied, dass die Zuschauer Getränke hatten und wir nicht. Meine Tasse war inzwischen leider leer. Ich beschloss, dem Abhilfe zu schaffen. Innerlich Heinz verfluchend, der mir diese Situation eingebrockt hatte, bahnte ich mir meinen Weg zum nächsten Glühweinstand. Die Tüte mit der Hand behielt ich lieber bei mir, vergaß dabei jedoch, den Transport von drei heißen Tassen zu bedenken. Als ich zwei Kinderpunsch für die Kollegen und einen Glühwein für mich erstanden hatte – schließlich war ich ja eigentlich außer Dienst –, stellte ich fest, dass auch das Bezahlen einhändig schwierig werden würde. Leider passte die Tüte in keine meiner Taschen, darum stopfte ich sie mir samt Corpus delicti vor die Brust unter die Jacke.

Nachdem ich den Geldbeutel wieder eingesteckt hatte, nahm ich meine drei heißen, randvollen Haferl und balancierte sie zwischen den Weihnachtsmarktbesuchern hindurch. Hochkonzentriert, einige Rempler ausgleichend, erreichte ich mit nur minimalen Verlusten die Menge der Schaulustigen. Diese bildeten inzwischen eine nahezu undurchlässige Mauer, wobei die hinteren auf Zehenspitzen standen, um auch was zu sehen. Mit hoch erhobenen Tassen drückte ich mich hindurch, wobei ich nicht nur einiges zu hören bekam, sondern auch erhebliche Verluste erlitt. Mit nur mehr halb vollen Tassen erreichte ich endlich meine Kollegen.

Missgeschick mit Folgen

Während der Wagner und die Christine von der Spurensicherung das Gebiet um den Weihnachtsmann weiträumig mit Bändern absperrten, schob sich Wanningers lange, hagere Gestalt durch die Menge.

„Also, wo ist das Trumm?“, begrüßte der Rechtsmediziner mich missmutig.

Ich schluckte. Panik stieg in mir auf. Da war nichts mehr zu fühlen vor meiner Brust, wo die Hand hätte sein sollen. Ich griff in die Jacke – nichts! Das Blut stieg mir in den Kopf, und auf die Schrecksekunde folgte die Erkenntnis: Sie war weg! Trotzdem klopfte ich mit meinen Händen auf Brust und Bauch. Ich tastete die gesamte Jacke ab in der Hoffnung, dass sie irgendwohin verrutscht war, und einen kurzen irrationalen Moment lang hätte ich fast in meine Hose geschaut.

„Hast Flöh?“, raunzte Wanninger.

„Mann, so ein Mist“, rief ich und drückte ihm ohne weitere Erklärung meine inzwischen erneut geleerte Glühweintasse in die Hand. Seinen verdutzten Gesichtsausdruck ignorierend, drängte ich mich in die Menge, den Blick immer auf den Boden gerichtet. Überall sah ich Stiefel, Schuhe, ja sogar ein Paar Füße in dicken Filzpantoffeln, Dreck, Kippen, Kies, Pappteller, aber keine Plastiktüte und schon gleich gar keine mit Hand.

Verzweiflung überfiel mich. Ich sah schon die Schlagzeile: „Glühweingeiler Polizist verliert abgetrennte Hand auf dem Christkindlmarkt!“ Was würde unser Polizeichef, der Landauer, dazu sagen, und der neue Vizepräsident, wenn er bei Amtsantritt erfuhr, was er da für eine Gurke in der Truppe hatte?

Deprimiert legte ich die letzten Meter zum Glühweinstand zurück, als eine samtene weibliche Stimme meinen Blick nach oben zwang.

„Suchen Sie was?“, erklang es direkt neben mir. Ich blickte auf und sah in zwei fast schwarze Mandelaugen, die mich amüsiert betrachteten. Es war die Schönheit, die ich bereits vorher in der Menge wahrgenommen hatte. Mit einem koketten Lächeln hielt sie mir einen Hundekotbeutel vor die Nase, und ich brauchte ein paar Sekunden, bis ich begriffen hatte, dass das die Tüte mit der Hand war.

Ich schnaufte tief durch, zum einen aus Erleichterung, zum anderen blieb mir fast die Luft weg, so umwerfend sah sie aus. Ein Gesicht, so edel geschnitten wie das einer Filmschönheit, umgeben von langem, dichtem, glänzend schwarzem Haar, auf dem keck eine rote Baskenmütze saß. Ich glaube, ich hatte den Mund offen und brachte trotzdem kein Wort heraus.

„Ich hab sie dort drüben gleich beim Glühweinstand gefunden“, half sie mir über meine Sprachlosigkeit hinweg.

„Wie kann ich das jemals wiedergutmachen?“, stammelte ich, als mir jemand von hinten auf die Schulter tippte.

„Sag mal, du spinnst aber gewal…“ Wanningers polternder Ton versiegte augenblicklich, als er die mandeläugige Schönheit erblickte.

„Ich hob schon geglaubt, du hascht die Hand verloren“, sächselte Christine lautstark, die kurz hinter Wanninger folgte. Sie zog dabei die Aufmerksamkeit der Umstehenden auf sich, sah sie doch aus wie ein wandelnder Schneemann mit ihrem weißen Schutzanzug, den sie über ihrem dicken Wintermantel trug, die roten Koboldhaare nicht nur von der Bommelmütze, sondern auch noch von der Kapuze des Anzuges bedeckt.

„Darf ich vorstellen, äh... meine Cousine“, sagte ich schnell und deutete auf die unbekannte Schöne.

Weiß der Teufel, woher diese Ausrede so plötzlich kam. Ich sah meine Retterin bittend an, woraufhin sie nur kurz stutzte, um dann wortlos bejahend zu nicken.

„Wegen dem Glühwein! Drei Tassen! Und die Tüte mit der Hand“, setzte ich mein Lügengespinst unter Christines kritischem Blick fort. „Wie hätte ich das tragen sollen? Da hab ich sie lieber... äh, meiner Cousine gegeben. Ja und jetzt hätte ich sie doch fast vergessen, bei dem ganzen Trubel“, versuchte ich meine Ausrede plausibel zu machen. Allerdings wäre das beim Wanninger gar nicht nötig gewesen, glotzte er doch unverwandt die mandeläugige Schönheit an. Christine ließ sich hingegen nicht so leicht beirren.

„Du und eine Frau vergessen! Das wäre aber das erste Mal“, meinte sie spöttisch.

„Ich würde Sie auf keinen Fall vergessen“, säuselte Wanninger der Schönheit ins Ohr.

In dem Moment kam auch der Kollege Rossberger mit seinem Spürhund, der eifrig an seiner Leine zog, auf uns zu.

„Also dann, bis morgen Abend, Bayerischer Hof, Vetterchen! Sagen wir sieben Uhr“, sagte die hübsche Lady und verabschiedete sich mit einem freundlichen Lächeln.

„Bayerischer Hof! Nobel, nobel“, meinte Christine süffisant, während Wanninger hinter ihr her starrte.

„So eine Cousine! Das hätte ich dir gar nicht zugetraut“, raunte er anerkennend. „Schau, dem Hund gefällt sie auch.“

Tatsächlich zog der Spürhund kräftig in Richtung U-Bahn-Abgang, wo sie gerade verschwand.

Der Neue

Als am nächsten Morgen in meiner eiskalten Bude das Telefon klingelte, hatte ich bei meinem Wecker schon mindestens fünfmal die Snooze-Taste gedrückt. Und das an einem Samstag!

Nachdem ich mitten in der Nacht aus dem von mir schon befürchteten Albtraum aufgeschreckt war, fehlte mir Paulas vertraute Wärme umso mehr, und ich konnte erst Stunden später wieder einschlafen. Widerwillig schälte ich mich aus meinen drei Decken, um den Staubsauger abzuschalten, den ich für hartnäckige Schlafphasen per Zeitschaltuhr als letzte Weck-Instanz nutze. Dann folgte ich schlaftrunken und fröstelnd dem Klingelton und fand das Festnetzteil zu guter Letzt unter einem Stapel Zeitungen auf meinem Küchentisch. Doch jetzt lag es stumm vor mir. Ich sah am Display, dass es Paula gewesen war.

Kurz darauf hörte ich es unter meinem Bett miauen und wusste, dass das ebenfalls die Paula war, nun aber am Handy. Kurz überlegte ich, sie zu ignorieren oder einfach die rote Taste zu drücken, gab ich ihr doch die Schuld daran, dass ich jetzt unausgeschlafen in einer kalten Bude stand. Ich hatte gestern Nacht noch mehrfach versucht sie zu erreichen, um bei ihr Unterschlupf zu finden.

„Ja, Paula, was ist?“, meldete ich mich reserviert.

„Ich wollte nur wissen, wie es dir geht“, sagte sie, während ich in mein Bett zurückkroch, aber ich merkte sofort, dass sie ein schlechtes Gewissen hatte.

Ich berichtete, was gestern geschehen war. Natürlich hatte ich in dem ganzen Tohuwabohu auf dem Weihnachtsmarkt nicht auf ihre Anrufe und Sprachnachrichten geachtet, aber nachdem alle Kollegen gegangen waren und ich noch einen Beruhigungstee in der Schwabinger Sieben zu mir genommen hatte, hatte ich probiert, sie zurückzurufen. Doch sie hatte mich beim dritten Versuch einfach weggedrückt, und so musste ich mich in meinem eiskalten Bett mutterseelenalleine den Dämonen stellen.

„Tut mir leid, Joe, wenn ich das gewusst hätte ... Aber du hättest mir ja auch was sagen können.“ Sie zögerte kurz. „Ich hab es gerade in den Nachrichten gehört. Eine abgetrennte Hand! Hast du da überhaupt schlafen können?"

Paula wusste natürlich von meinen Albtraumproblemen, die ich besonders nach Leichenfunden und Ähnlichem habe. Es war jetzt nicht so, dass mich die Hand an sich besonders gestört hätte, nicht mal, als ich sie an meiner Brust trug. Aber ich träume nun mal gerne äußerst lebhaft, und heute Nacht hatte mich immer wieder eine Hand gestreichelt, was sich nicht mal so unangenehm angefühlt hätte, wäre es nicht meine eigene gewesen, die sich abgetrennt von mir das eine oder andere Späßchen erlaubte.

Als ich nichts sagte, fragte sie zaghaft: „War es sehr schlimm?"

In dem Moment fiel mir mein Rendezvous mit der mandeläugigen Schönheit im Bayerischen Hof ein. „Passt schon! Aber ich hab fast nicht geschlafen, und jetzt muss ich auch noch in die Arbeit wegen der Sache. Vielleicht kannst du heute Abend ja mit der Manu oder sonst einer Freundin ins Kino gehen. Ich bin einfach zu müde dazu", erklärte ich ihr, und das war ja noch nicht mal gelogen.

Paula hatte Verständnis und ich ein schlechtes Gewissen. Das beruhigte ich aber sofort, indem ich mir sagte, dass ich dieser Dame mindestens ein Essen schuldete, hatte sie doch meine Karriere gerettet und mich vor dem Gespött meiner Kollegen bewahrt. Ich war also geradezu verpflichtet, mich zu revanchieren. Natürlich fühlte ich mich auch geehrt, dass sie mich nochmals treffen wollte. Ehrlich gesagt kam ich zu dem Zeitpunkt überhaupt nicht auf die Idee, dass diese Schönheit irgendetwas im Schilde führen könnte.

Zunächst musste ich aber erst mal ins Präsidium – Samstag hin oder her. Gestern hatten wir für heute um halb zehn eine Besprechung angesetzt, um der Presse nicht ganz unvorbereitet gegenüberstehen zu müssen. Da der neue Vize dazustoßen wollte, hatten wir uns im Polizeipräsidium in der Ettstraße verabredet, was mir mehr als recht war, schon allein weil es viel näher war als unser Kommissariat in der Hansastraße.

Obwohl ich knapp dran war, stellte ich mich noch kurz unter die wärmende Dusche, die glücklicherweise von einem Elektroboiler versorgt wurde. Anschließend zog ich mir in dem dampfenden Bad

Jeans und einen dicken Wollpulli an und bürstete mir, ohne mich im angelaufenen Spiegel sehen zu können, die Haare. Im Flur schnappte ich mir die Daunenjacke vom Garderobenständer und stülpte die Mütze über die noch feuchten Haare, die mir bis auf die Schultern fielen. Es war 9.17 Uhr, als ich die Treppen zum Untergeschoss Münchner Freiheit hinunterhetzte, und als ich endlich in der U-Bahn saß, lief mir der Schweiß in den wolligen Rollkragen.

Um sieben nach halb platzte ich dann in den Besprechungsraum der KTU. Christine und dem Wagner gegenüber saßen Heinz, Wanninger und Rossberger von der Hundestaffel. Der neue Vizepräsident musste dann dieser drahtige Typ mit der energiegeladenen Ausstrahlung eines 600-PS-starken Teslas sein, der an der Stirnseite des Tisches auf einem dieser riesigen Gymnastikbälle saß, wie ich sie von meinen seltenen Besuchen im Fitnessstudio her kannte. Noch während ich die Tür schloss, schnellte er auf wie ein Klappmesser, stach auf mich zu und streckte mir die Hand hin, die ich zögerlich nahm.

„Sie müssen der Bichelmair sein, der das Ermittlerteam leitet!" Dabei zerdrückte er mir beinahe alle Finger und klopfte mir anschließend so heftig auf die Schulter, dass ich kurz in die Knie ging.

„Ich bin Ihr neuer Vize, eigentlich ja erst ab Montag, aber wenn das Händchen grüßt, dann kommt der Brandl Rudi angedüst, hahaha!"

Angesichts der Tatsache, dass er der neue Vizepräsident war, stimmte ich anstandshalber mit einem stummen Grinsen in sein Gelächter ein. Dieser Witzbold würde also direkt für uns zuständig sein, bis sich ein neuer Leiter für die Mordkommission gefunden hatte. Sehnsüchtig dachte ich an Isabella, unsere rote Mamba, mit der wir den Mord an einem berühmten Kletterer aufgeklärt hatten. Das war noch eine Vizepräsidentin! Warm und weich, gefürchtet und mit viel Humor. Dieser Brandl Rudi dagegen erschien mir wie der Springteufel aus meiner Kindheit, der einem aus einem Kasterl entgegenhüpfte, sobald man den Deckel hob. Obendrein schien er noch erbärmlichere Witze zu reißen als der Wanninger.

„Also, Herr Bichelmair", ratterte er unverdrossen fort, noch bevor ich überhaupt saß. „Sie waren ja gestern vor Ort. Schießen Sie mal los."

Ich nahm erst mal die Mütze ab und strich in Ermangelung einer Bürste mit den Fingern durch das immer noch feuchte Haar, schälte mich aus der Jacke und zog mir den viel zu warmen und kratzenden Pulli über den Kopf. Währenddessen wippte das Springteufelchen ungeduldig auf seinem Ball herum, wobei es mich erwartungsvoll fixierte.

Nachdem ich ihm und der versammelten Mannschaft einen möglichst knappen Bericht geliefert hatte, gab anschließend Wagner seine ersten Erkenntnisse zum Besten. Obwohl er zur Spurenlage inhaltlich noch nicht viel zu sagen hatte, dauerte sein Vortrag gute zehn Minuten.

„Ich nehme also zu beinahe achtundneunzigprozentiger Wahrscheinlichkeit an, dass diese rechte Hand eines männlichen Homo sapiens nicht vor Ort abgetrennt wurde, was mich zu der Annahme veranlasst...“, schwafelte er, während Christine bereits zum dritten Mal gähnte und sich die Hüpffrequenz vom Brandl spürbar erhöhte.

Als ich schon dachte, der neue Vize würde jetzt gleich quer über den Tisch springen, ging die Tür auf und Polizeichef Landauer höchstpersönlich füllte diese mit seiner stattlichen Statur. Kurz hinter ihm betrat Lisa den Raum. Hatte ich vielleicht noch mit Landauers Erscheinen zu Ehren Brandls gerechnet, so doch nicht mit Lisas. Eine Lisa Rauscher holte man nämlich nicht so leicht an ihrem freien Tag aus dem Bett, falls sie überhaupt ans Handy ging. Aber anscheinend lag unserem Polizeichef eine Menge daran, seinem hyperaktiven Vize gleich mal die gesamte Mannschaft der Mord vorzuführen.

Lisa trug einen schwarzen, knöchellangen Ledermantel und hatte noch ihren Bluetooth-Ohrenschutz-Kopfhörer über ihre zurzeit rabenschwarz gefärbten Dreadlocks gestülpt. Missmutig und mit einem demonstrativen Gähnen schaute sie in die Runde.

„Darf ich vorstellen“, meinte unser Polizeipräsident, „Lisa Rauscher, unser Küken und IT-Spezialistin – Rudi Brandl, unser neuer Vizepräsident.“

Der Brandl sprang blitzartig auf. „Schön, Sie kennenzulernen“, rief er und streckte ihr seine Rechte zur Begrüßung entgegen.

„Ganz meinerseits“, nuschelte Lisa und nahm die Hand, wobei ich sie am liebsten gewarnt hätte vor seinem rabiaten Händedruck. Dann standen sie sich gegenüber, ohne die Hände loszulassen, wobei Lisa nach wie vor dreinschaute, als würde sie gleich einschlafen, während der neue Vize langsam, aber sicher eine rote Birne bekam.

„Äh, ja ... Wenn Sie doch bitte Platz nehmen würden, Frau Rauscher!“, quetschte er mühsam mit zusammengebissenen Zähnen hervor, woraufhin Lisa seine Hand losließ.

„Gerne doch, Herr Brandl“, meinte Lisa und entrang sich ein schiefes Grinsen. Nach einem kurzen Blick in die Runde warf sie ihren Juterucksack vor mir auf den Tisch und ließ sich, ohne ihren Ledermantel auszuziehen, auf den Stuhl neben mir fallen.

„Also gut“, sagte der Landauer irritiert. „Ich sehe Sie dann heute Abend bei mir zu Hause, Herr Brandl. Meine Frau freut sich schon. Und Ihnen, meine Herrschaften, vielen Dank, dass Sie alle erschienen sind. Ich hoffe, Sie können anschließend die Presse ausreichend befriedigen. Also dann – schönen Samstag noch!“

Neugierig betrachtete ich Lisas Finger, die langgliedrig, aber eher zart waren, und wunderte mich, wie sie seinen Händedruck hatte parieren können.

Lisa sah meinen Blick, grinste mich hintergründig an und flüsterte mir ins Ohr: „Seine Fingerchen sind viel zu kurz für einen ordentlichen Händedruck, Biche. Für einen Kaffee zeig ich dir den Trick.“

„Könnte ich jetzt fortfahren?“, meldete sich Wagner wieder zu Wort. „Am besten fange ich noch mal von vorne an, damit das Fräulein Rauscher auch das Nötige erfährt. Also ...“

„Danke, Herr Wagner“, unterbrach ihn der Brandl. „Frau Rauscher, bitte entnehmen Sie das dann dem Bericht der KTU. Herr Wagner, Sie stellen bitte Ihre Ergebnisse ins Intranet.“

„Wenn Sie meinen, dann ... Also, ich habe die vorläufigen Ergebnisse selbstverständlich bereits eingestellt“, näselte Wagner, wobei er seine beleidigte Miene nur schwer unter Kontrolle bringen konnte und sich ruckartig wieder hinsetzte.

Anschließend war der Wanninger dran: „Die Hand, es handelt sich dabei um eine männliche rechte Hand, wurde nicht sauber mit einem Schnitt abgetrennt. So wie es ausschaut, wurde sie halb abgerissen und dann mittels einer OP ganz abgetrennt. Also wenn ihr mich fragt, da hat sich einer einen bösen Spaß erlaubt und die Hand mitgehen lassen. Entweder aus einem Krankenhaus oder einem pathologischen Institut, vielleicht auch bei einem Bestatter. Ach ja, die Hand war teilweise noch gefroren. Der Spaßvogel muss sie auf Eis gelegt haben.“

„Oder auch den ganzen Menschen“, bemerkte Christine leise und zog fröstelnd die Schultern hoch.

„Aufgrund der Behaarung und der Größe schließe ich auf einen dunkelhaarigen Mann, zirka 1,85 Meter groß plus minus fünf Zentimeter, Alter so zwischen dreißig und vierzig Jahre. Die Hand war kräftig und hatte Hornhaut auf den Fingerkuppen.“

„Vielleicht ein Handwerker, das würde auch den Verlust der Hand erklären“, schlug Wagner vor.

„Oder wieder ein Kletterer!“, mutmaßte Heinz mit einem Funkeln in den Augen.

„Ein Kletterer, interessante These“, meinte der neue Vize.

„Ach was, der Heinzi will sich bloß mal wieder mit seiner Wampe in einem Felsspalt verklemmen“, konnte es Wanninger nicht lassen.

„Immerhin war ich der Einzige, der hochgekommen ist“, maulte Heinz mit einem bereits verdächtig roten Kopf. Der Heinz ist zwar ein gutmütiger Kerl, aber wenn man ihn ärgert, was der Wanninger gerne tut, dann kann er ein gewaltiger Zornpinkel werden.

„Klemmspeck – da muss man nur noch ein- und ausschnaufen und sich dabei hochschieben“, wieherte der Wanninger.

„Und du landest gleich neben deiner Kundschaft im Eisschrank“, zischte Heinz und beugte sich bedrohlich zu ihm hinüber, als plötzlich der neue Vize von seinem Gummiesel aufsprang. Heinz lehnte sich sofort betreten zurück, während der Wanninger seine schon im Hals steckenden Widerworte verschluckte. Wir alle schauten gebannt zum Brandl in Erwartung eines Donnerwetters.

„Sie klettern!“, rief er stattdessen freudig und bedachte uns mit einem beinahe fanatischen Blick.

Ich gebe zu, wir waren jetzt alle etwas verwirrt, nur Lisa erklärte ungerührt: „Na ja, ob man das Klettern nennen kann, was wir da so treiben, ist fraglich.“

„Also diese Herrschaften hier, und natürlich auch die Damen, lassen sich von unserer Sekretärin Frau Lechtaler in die Kunst dieses Sportes einweisen“, fühlte sich ausgerechnet Wagner berufen zu erklären und war dazu extra aufgestanden. „Sie ist eine Übungsleiterin und darf das. Natürlich außerhalb der Dienstzeit“, beeilte er sich noch anzufügen, verstummte aber sofort, als der Vize auf ihn zuging.

„Also ich ja nicht", stammelte er noch und setzte sich schnell wieder hin, um sich hinter seinem Laptop zu verschanzen.

Der Brandl musterte nachdenklich jeden in der Runde. „Ich sehe, Sie sind sportlich!", sagte er dann jedoch zu unserer Erleichterung. „Zumindest die meisten", fügte er leise, aber hörbar hinzu, wobei sein Blick vom Wagner zu Heinz schweifte. „Dann werde ich die Damen und Herren mal auf meine Hütte einladen. Ein kleiner Aufstieg dürfte für Sie ja kein Problem sein. Am besten noch im Winter mit Ski."

Mit einem Lächeln in die Runde beendete er diesen Exkurs, und wir widmeten uns wieder unserem eigentlichen Thema.

Die Theorie vom Wanninger, dass es sich um einen blöden Scherz von Medizinstudenten handelte, erschien uns durchaus einleuchtend, denn welcher Mörder trennte seinem Opfer die Hand ab und befestigte sie an einem Weihnachtsmann? Den Einwand, dass es dann ja gar kein Mord war, sondern lediglich Störung der Totenruhe, ließ der Vize leider nicht gelten, und obendrein bestand er darauf, dass wir heute noch damit anfingen, alle Krankenhäuser und Pathologien zu kontaktieren.

„Herrschaften, so eine menschliche Hand, befestigt an einem Nikolaus mitten auf einem viel besuchten Christkindlmarkt, sorgt für Schlagzeilen!" Zu Demonstrationszwecken hob Brandl die Wochenendausgabe der Münchner BLA hoch, wo in dicken Lettern stand: „Horrorfund am Christkindlmarkt! – Wem gehört die Hand?"

„Außerdem können wir zum jetzigen Zeitpunkt einen Mord nicht ausschließen", fuhr er fort. „Auf alle Fälle sollten wir herausbekommen, von wem diese Hand stammt, ob er noch lebt und, falls er tot ist, wie er zu Tode kam. Erst wenn wir wissen, dass es sich um keinen Mord handelt, ist der Fall für uns erledigt."

Der Vize ließ noch die BLA durchgeben, und ich schaute mit leicht beklommenem Blick auf den Artikel, um erleichtert festzustellen, dass es kein Foto von mir mit Glühweintasse gab.

Da Heinz, Lisa und ich kein Büro in der Ettstraße hatten, bot uns der Vize an, dass wir gerne auch sein Vorzimmer nutzen konnten, statt in die Hansastraße zu fahren.

„Kommen Sie mit", rief er energisch „Ich zeige Ihnen den Weg."

Anscheinend kannte er sich jedoch im Präsidium noch nicht aus, und so irrten wir hinter ihm her durch die Flure. Als wir zum dritten

Mal am selben Getränkeautomaten vorbeikamen, rief er: „Ja wo war denn das bloß?“

„Ist Ihr Büro vielleicht das der ehemaligen Vizepräsidentin?“, fragte Heinz mit leicht genervtem Ton.

„Ja, genau! Der Herr Landauer war so freundlich und hat es mir gestern Abend noch gezeigt, aber jetzt...“ Er schaute sich mit einem ratlosen Blick um und stand tatsächlich mal für einige Sekunden still.

„Da geht es lang!“ Ich deutete nach rechts in einen Flur.

„Du musst es ja wissen“, konnte Heinz sich nicht verkneifen, der von meiner speziellen Beziehung zu Brandls Vorgängerin wusste.

Endlich waren wir vor der gesuchten Bürotür, und der Brandl zog glücklich und stolz seinen Schlüssel aus der Hosentasche, sperrte auf und forderte uns mit einer ausladenden Armbewegung auf, in sein neues Reich einzutreten.

„Ich weiß es zu schätzen, dass Sie sich an Ihrem freien Tag so engagiert zeigen“, sagte er, „aber auch ein Leichenteil ist fast eine Leiche, vielleicht ja sogar unser erster gemeinsamer Fall. Suchen Sie sich einen Platz, ähm, ja, hier!“ Er öffnete die Tür zum Vorzimmer seiner Sekretärin, der Frau Holzner, die heute natürlich nicht da war.

„Hier hätten wir alles, also PC, Telefon... Ähm, ja, dann mal an die Arbeit!“ Aufmunternd klopfte er mir noch auf die Schulter, bevor er in sein Büro verschwand.

„Wie wäre es mit heimgehen“, maulte Lisa missmutig und ließ sich in den Besuchersessel fallen. Sie zog ein Notebook aus ihrem Rucksack und würdigte uns keines weiteren Blickes mehr.

Heinz und ich schauten uns betreten an, dann setzte sich Heinz mit einem Schulterzucken vor den PC der Holzner und schaltete ihn ein. Weiter kam er allerdings nicht, mit seinem blinden Aktionismus.

„Da brauch ich ein Passwort“, erklärte er.

„Was du nicht sagst“, erwiderte Lisa, ohne den Blick von ihrem Notebook zu nehmen.

„Lisa, du kommst doch da sicher rein“, meinte Heinz bittend.

„Ihr habt sie wohl nicht alle, ich hacke mich doch nicht in der Holzner ihren PC rein, soll doch das dieser...“, Lisa deutete mit dem Kopf in Richtung Tür, „dieser Brand-Beschleuniger da drüben machen.“

„Stimmt, das geht gar nicht!“, ergänzte ich.

„Ich schlage vor, wir gehen erst mal mittagessen“, sagte Lisa. „Joe, wenn du mir einen Kaffee spendierst, zeig ich dir den Trick mit dem Händedruck.“ Sie hatte nun wieder das vertraute spöttische Grinsen, was mir viel lieber war als das missmutige Gesicht von vorhin.

„Lisa“, sagte ich kopfschüttelnd, „du frisst mir noch mal die Haare vom Kopf. Es ist noch nicht mal elf!“

„Dann halt Brunch“, meinte sie unbeirrt.

„Am besten, wir gehen ins Augustiner und essen Weißwürscht“, schlug Heinz vor. „Danach können wir immer noch in unser Büro fahren und dort recherchieren.“

Wir stimmten zu, immerhin konnten wir so der persönlichen Kontrolle durch den Vize entkommen.

Brandl war gerade dabei, sein neues Büro einzuräumen, als ich ihn scheinheilig nach dem Passwort für den Holznerschen PC fragte.

„Ach so, ja, Passwort“, sagte er zerstreut, während er eine große Holzkiste öffnete. „Vielleicht könnten Sie mir kurz helfen, Herr Bichelmair?“

Ich ging zu ihm hinüber und sah in der Kiste einen wuchtigen Metallklotz mit Pedalen daran und noch ein paar weitere Stangen und Teile darin liegen.

„Mein Hometrainer, besser Bürotrainer, haha!“ Er hatte sich hingekniet und grinste mich breit von unten an. „Kann ich nur empfehlen. Meine schwierigsten Fälle habe ich mit Hilfe dieses Rads gelöst. Immer wenn ich nicht weiter kam, schwups drauf und strampeln, denken, strampeln – bingo. Haha!“

Inzwischen waren auch Lisa und Heinz eingetreten und starrten ungläubig auf die Fahrradteile.

„Ja, dann wollen wir Sie nicht länger stören“, sagte Lisa kurz entschlossen und war auch schon zur Tür hinaus. Heinz folgte ihr sogleich, und so stand ich als Letzter noch in seinem Büro.

„Also so ohne Passwort“, sagte ich, „äh, da geht ja nix. Wir fahren jetzt in die Hansastraße ...“

Brandl, der noch immer über die Kiste gebeugt war, antwortete mir mit einem Stöhnen. Ich sah noch, wie er unter größter Kraftanstrengung den Metallsockel heraushob, wobei sein hochroter Kopf wie zur Bejahung wackelte.

Recherche

Nach dem Weißwurstessen im Augustiner übernahm ich Lisas Rechnung, die mir dafür den Trick beim Händegeben zeigte. Falls Sie es jetzt auch wissen wollen – für ein Weißbier tät ich es verraten.

Anschließend kämpften wir uns durch den einsetzenden Schneeregen Richtung Stachus und nahmen von dort die S7 zum Heimeranplatz. Da war das Wetter leider auch nicht besser, sodass wir ziemlich durchnässt unser Kommissariat in der Hansastraße erreichten. Wir beschlossen, gemeinsam zu recherchieren, und Lisa folgte uns in unser Büro. Während sie an Heinz' Computer Platz nahm, telefonierten wir die Krankenhäuser in München und Umgebung ab und gingen auch noch die Vermisstenliste durch. Nachdem wir das erfolglos beendet hatten, setzte auch ich mich vor meinen PC und recherchierte erst einmal in eigener Sache.

„Du schaust aber blass aus", meinte Heinz, als er mit einer frischen Kanne Kaffee auf mich zukam. Hastig öffnete ich das Intranet der Polizei, aber Heinz hatte mich schon durchschaut.

„Was haben wir denn da?", fragte er und nahm meine Maus, klickte auf die orange-blaue Kugel vom Firefox-Browser, und schon waren wir wieder zurück auf der Homepage vom Bayerischen Hof.

„Ja da schau her! Hat sich dort ein Drei-Sterne-Koch bei der Zubereitung eines Fünf-Gänge-Menüs für zweihundertzwanzig Euro die Hand abgehackt, oder warum recherchierst du da jetzt?"

„Ja, ich, ähm...", stammelte ich. „Ich brauch noch einen Geschenkgutschein für Paula – für Weihnachten", fiel mir gerade noch rechtzeitig ein.

„Da bist du ja diesmal richtig früh dran und musst dir nicht am dreiundzwanzigsten noch schnell was von der Susi besorgen lassen", sagte Heinz mit einem schiefen Grinsen.

Tatsächlich hatte mir letztes Jahr unsere Sekretärin noch in letzter Minute ein Geschenk für die Paula besorgt – einen Klettergurt. Ich hätte ihr vielleicht keine freie Wahl lassen dürfen, aber nun geht die Paula mit mir im Schlepptau regelmäßig zu diesem Klettermeeting nach Thalkirchen. Die Gruppe besteht hauptsächlich aus unserer Abteilung samt dem einen oder anderen Partner und nennt sich sinnigerweise „Mordskletterer". Während Heinz voller Begeisterung teilnimmt und trotz seines Gewichts durchaus Potenzial hat, genieße ich mehr das Après-Klettern.

Heinz, der ahnte, was ich dachte, meinte schmunzelnd: „Besorgst heuer doch lieber selbst das Geschenk, was? Nicht dass die Paula auch noch Tourenski bekommt, dank der Susi."

„So ist es! Dieses Mal soll es wohldurchdacht sein, da muss man schon rechtzeitig anfangen zu planen", nahm ich erleichtert seine These auf, doch Lisa verdrehte nur die Augen und schüttelte grinsend ihren Dreadkopf.

„Na dann ...", sagte sie spitzbübisch und stellte sich neben mich, „dann buchen wir das doch gleich!"

Als ich meinen Oberkörper zur Abwehr über die Tastatur beugte und die Maus mit zwei Händen umklammert hielt, meinte sie nur: „Na ja, dann halt doch Tourenski!"

Lisa hatte mich natürlich durchschaut, doch Heinz glaubte immer noch an meinen guten Vorsatz und sagte voller Begeisterung: „Also, das finde ich ja eine tolle Idee – mal so richtig edel essen gehen. Das schenke ich der Franzi auch, dann können wir zu viert da auflaufen. Keine Angst, Joe, ich kümmere mich um eine Reservierung."

Erschrocken sagte ich schnell: „Jetzt kümmern wir uns erst mal um die Hand. Haben wir schon eine Spur? Heinz, was hast du herausbekommen?"

„Ich?" Heinz schaute mich bedingt durch den abrupten Themenwechsel zunächst verständnislos an, dann sagte er: „Ich hab jetzt fast alle Bestatter durch. Denen fehlt keiner in ihrer Kühlung, weder mit noch ohne Hand."

„Und du, Lisa?"

„Ich habe Professor Schönfeld vom Pathologischen Institut der LMU eine E-Mail geschrieben. Er hat verneint, dass ihm eine Hand abgeht, aber er will am Montag noch mal nachschauen. Außerdem hab ich noch alle weiteren Unis mit einer pathologischen Abteilung angeschrieben. Bis jetzt hab ich aber nur eine Rückmeldung von der Uni Würzburg, ebenfalls negativ. Und was hat unser Gourmet in Erfahrung bringen können?" Lisa sah mich auffordernd an.

„Ich hab immerhin schon einen Teil der Vermisstenliste abtelefoniert und bei den Angehörigen nachgefragt, ob ihnen ‚Dede' was sagt."

„Dede, heißt so nicht auch der brasilianische Fußballer?", fragte Heinz, wohlwissend, dass weder Lisa noch ich eine Ahnung von Fußball haben.

„Kannst ja googeln, ob er noch seine beiden Hände hat", schlug ich vor.

„Hauptsache, er hat noch beide Füße", bemerkte Lisa trocken. „Übrigens, ‚dede' heißt im Türkischen Großvater. Aber dazu ist unser Handloser noch etwas jung. Es ist aber auch eine Ehrenbezeichnung."

„Am End' handelt es sich dabei noch um einen Mafiaboss. Die hacken einem schon mal schnell die Hand ab", stellte Heinz fest. „Vielleicht hat ja der Drei-Sterne-Koch Puderzucker statt des bestellten Koks in seine Rouladen gewickelt, und dann – zack – Hand ab!"

„Genau! Und der Dede hat dann noch zur Warnung an den Küchenchef auf der Hand unterschrieben, und unser guter Joe ist ihm auf die Schliche gekommen", kalauerte Lisa, woraufhin zunächst die beiden, dann aber auch ich in ein glucksendes Gelächter ausbrachen.

Rendezvous

Als ich endlich wieder zu Hause war, war es schon fast 17 Uhr. Ich stellte mich sofort unter die Dusche, um mich fertig zu machen für mein Rendezvous. Ich genoss das warme Wasser und beschloss für mich, dass mir so eine Frau – wohlgemerkt war sie ja sozusagen die Retterin meiner Karriere – durchaus ein paar Hunderter wert sein durfte. Ich konnte aber nicht umhin mir vorzustellen, was ich sonst mit dem Geld so alles anstellen könnte, beruhigte mich jedoch damit auszurechnen, wie teuer mich eine Degradierung gekommen wäre und was für eine wundersame Fügung es doch war, dass mich eine so schöne Frau davor gerettet hatte.

So positiv auf das Treffen eingestimmt, stand ich nackt und mit nassen Haaren vor meinem Kleiderschrank, woraufhin mich sofort erneute Zweifel befielen. Mein einziges Sakko hing in der Arbeit, und dummerweise hatte ich nicht daran gedacht, es mitzunehmen.

Ich zerrte nach und nach, besseren Wissens zum Trotz, alles aus meinem Zweitürer, was sich darin befand, und durchwühlte anschließend noch die Holzkommode in der Hoffnung, etwas längst Vergessenes, aber für so einen Anlass Geeignetes zu finden. Doch leider liebe ich es leger, und dementsprechend sah auch meine spärliche Auswahl aus. Wenn ich an die Schuhe dachte, war das Ganze noch viel trostloser: Cowboystiefel, Turnschuhe und für ganz kalt die klobigen Treter. Sonst noch Badelatschen und ein Paar Stoffschuhe mit Bastsohle, die ich noch nie getragen hatte.

Ich beschloss, erst mal mit der Unterwäsche anzufangen, weil Unterhosen hatte ich durchaus ein paar ganz passable, die meisten davon hatte mir Paula geschenkt. Die Socken waren größtenteils auch okay; ich wählte ein neues Paar schwarze. So ausgerüstet betrachtete ich mich im Spiegel, nicht ohne den Bauch etwas einzuziehen. Der war zwar noch ganz in Ordnung, von einem Waschbrett aber trotzdem weit entfernt.

Der Rest – nun ja, für bald sechsundvierzig Jahre ging das in Ordnung, und Lady Mandelauge war meiner Einschätzung nach auch irgendwo zwischen fünfunddreißig und vierzig. Bei solchen Schönheiten konnte man das ja oft nur schwer schätzen, und wenn sie jetzt auf den drahtigen, wenn vielleicht auch nicht gerade athletischen Typen stand ... Beschämt unterbrach ich meine Gedanken. Schließlich wollte ich ja nur mit ihr essen gehen und nicht meinen Bauch vorführen.

Der noble Ort des Treffens stresste mich aber nicht nur wegen der Kleidung. Wie sollte man entspannt plaudern, wenn man nicht genau wusste, ob man die nötige Etikette beherrschte, ja am Ende womöglich noch nicht einmal bemerkte, dass man sich danebenbenahm? Ich beschloss, den Künstlertyp zu geben. So mit Pferdeschwanz à la Lagerfeld. Oder ich machte einen auf Jim Morrison von den Doors, da könnte ich mich dann auch danebenbenehmen, das würde sozusagen zum Stil gehören, und meine Cowboystiefel würden auch passen.

Während ich so sinnend, mehr nackt als angezogen vor meinem Schrank stand, wurde mir auf einmal bewusst, dass es mich ja gar nicht fror. Ich griff an den Heizkörper, und tatsächlich, er war warm! Warum das so war und ob dieser Halsabschneider von Hausbesitzer ein weihnachtliches Einsehen hatte oder ob es eine Reaktion auf das von meinem Nachbarn Marcello und mir veranlasste Anwaltsschreiben war, beschäftigte mich nur kurz. Beim Gedanken an Marcello hatte ich nämlich einen Geistesblitz: Er war Italiener! Einer, wie er im Buche stand, liebenswürdig, temperamentvoll und vor allem stets gut gekleidet.

Ich schlüpfte schnell in meinen alten Frottee-Bademantel und marschierte hinüber, ausgestattet mit einer Flasche Polvanera Primitivo, einem bereits eingetroffenen Weihnachtsgeschenk meines Onkels Ferdi.

„Joe, mein Freund“, begrüßte Marcello mich freudig und zog mich auch gleich hinein in sein edel eingerichtetes Heim. „Willst du mit mir feiern, dass wir uns nicht länger den Allerwertesten abfrieren müssen?“

Im Gegensatz zu meiner zusammengewürfelten Einrichtung, bestehend aus Erbstücken und Ikea, war hier alles genau aufeinander abgestimmt, wenn auch für meinen Geschmack an manchen Stellen etwas kitschig. Er platzierte mich auf seiner weißen Ledercouch, während er aus der teuer aussehenden Glasvitrine noch teurer aussehende Rotweingläser holte. Marcello selbst war in einen seidenen Hausmantel gehüllt.

„Entschuldige mein Aussehen“, sagte er. „Ich hab es mir gerade bequem gemacht in meinem warmen Heim. Ich sehe, du auch“, fügte er lächelnd hinzu, entkorkte die Flasche und goss mir ein.

Nachdem wir angestoßen hatten auf unseren vorläufigen Sieg und die warme Bude, meinte ich: „Eigentlich habe ich gar keine Zeit, ich muss heute noch in den Bayerischen Hof, und du kennst ja meine Kleidung ...“ Verlegen zupfte ich an meinem abgetragenen Bademantel, den ich so inbrünstig liebte, dass mir erst jetzt sein schäbiges Aussehen auffiel.

„Hast du ein besonderes Rendezvous! Führst du deine bella Paula aus? Jahrestag von Liebesanfang?“, fragte er mich mit einem Augenzwinkern.

Dazu sagte ich dann doch lieber nichts und meinte nur: „Ja!“, wobei ich es ausschließlich auf das Rendezvous bezog. „Ich wollte dich fragen, ob du mir vielleicht was Passendes borgen könntest.“

Marcello lachte auf und schüttelte den Kopf, sodass sein dichtes, schwarzes Haar kurzzeitig in Bewegung geriet, um anschließend wieder tadellos und akkurat zu sitzen. Ich schaute ihn verblüfft an, weil das hätte ich jetzt nicht von ihm erwartet, dass er mir eine Abfuhr gibt, doch er stand auf und meinte kichernd: „Schau mich doch an!“

Er drehte sich einmal um sich selbst und breitete dabei die Arme aus. Er war ein attraktiver Mann Anfang fünfzig, aber leider nicht der Größte. In meiner Euphorie, eine Lösung gefunden zu haben, hatte ich das ganz ausgeblendet.

„Du würdest ausschauen wie ein Bub, dem seine Mama zur Firmung den Kommunionanzug anzieht.“ Er lachte breit.

Resigniert zuckte ich die Schultern und schaute auf die Uhr. „Jetzt habe ich gerade mal noch eine halbe Stunde, um mein Kleiderproblem zu lösen“, sagte ich leicht deprimiert und nahm einen kräftigen Schluck.

Marcello betrachtete mich mit zusammengekniffenen Augen. „Ich glaube, ich habe da was für dich. Vielleicht es ist nicht ganz das Richtige, aber zu dir passt es!“

Er verließ das Zimmer und kam kurz darauf mit einem Nadelstreifen-Anzug zurück. „Da schaust du aus wie Humphrey Bogart mit langen Haaren! Du brauchst nur noch einen Hut dazu für ein Rendezvous à la ‚Casablanca‘.“ Kichernd überreichte er mir den Bügel, auf dem ein Sakko und eine Hose hingen. „Was anderes kann ich leider nicht anbieten“, meinte er noch, doch mir gefiel der Anzug ausnehmend gut. Er wäre genau das gewesen, was ich mir gekauft hätte, hätte ich einen Anzug gebraucht: weiß mit dünnen, schwarzen Nadelstreifen.

„Der ist von meinem Vetter aus Kalabrien. Er hat ihn vergessen bei seinem letzten Besuch. Ich bin mir sicher, er würde ihn dir leihen.“

Er nickte mir auffordernd zu, und ich schlüpfte augenblicklich in die Hose, die wie angegossen passte, sogar die Länge war richtig. Ich legte meinen Bademantel ab und zog mir die Jacke über, die lediglich an den Schultern leicht spannte, wenn ich die Knöpfe schloss.

Ich bedankte mich bei Marcello und betrachtete mich kurz darauf erneut in meinem Spiegel. Ich musste zugeben, dass er mir hervorragend stand, dass ich aber auch ein wenig wie das Klischee eines Mafioso ausschaute. Ich beschloss, das weinrote Hemd dazu zu tragen, das mir ebenfalls die Paula geschenkt hatte. Und da das nun alles so perfekt aussah, verdarben die Cowboystiefel nur bei näherem Hinschauen das Gesamtbild. Auf eine Krawatte verzichtete ich. Zum einen hatte ich nur eine, und die war blau mit roten Punkten, zum anderen hätte ich den Knoten sowieso nicht mehr hinbekommen. Also ließ ich stattdessen den oberen Knopf des Hemds lässig geöffnet.

Jetzt war nur noch die Frage, was ich darüber anziehen sollte. Nachdem ich die Daunenjacke und den alten Wollmantel sowie die Salewa-Outdoorjacke ausgeschlossen hatte, blieb nur noch die schwarze Nappa-Lederjacke übrig. Da diese aber zu kurz war und es albern wirkte, wenn unter einer Lederkutte ein Nadelstreifensakko herausschaute, beschloss ich der Kälte zu trotzen, indem ich ein Taxi nahm.

Um kurz vor sieben erreichte ich den Eingang des Bayerischen Hofes und stieg direkt vor dem blauen Baldachin des Entrees aus. Hurtig eilte ich die fünf Meter durch den Schneeregen und trat ein in die edle, großzügige Halle mit der gigantischen Glaskuppel, die im Moment nur mäßig frequentiert war. Zunächst schlenderte ich möglichst unauffällig – so unauffällig, wie man in einem weißen Nadelstreifenanzug eben herumschlendern kann –, einmal quer hindurch, dann setzte ich mich in einen der Sessel und verschanzte mich hinter meinem Handy.

Während ich vorgab, emsig zu tippen, blickte ich mich vorsichtig um. Zwei Sessel weiter saß eine Dame in einem schlichten, aber edlen blauen Kostüm, die auf ihrem Smartphone herumwischte. Das beruhigte mich doch einigermaßen, schien die Beschäftigung mit dem Handy auch hier nicht gegen die Etikette zu verstoßen.

Ich schaute erneut auf meines, doch dieses Mal wegen der Uhrzeit. Es war bereits 19.02 Uhr, aber von meiner edlen Retterin war weit und breit nichts zu sehen.

Um 19.07 Uhr betrat ein Scheich in voller Montur die Halle, samt zweier Frauen und dreier Kinder. Um 19.11 Uhr glaubte ich einen berühmten Schauspieler zu erkennen, der Name lag mir auf der Zunge, wollte mir aber nicht einfallen. Um 19.13 Uhr bekam ich langsam Durst und stand auf, um mich ein bisschen umzusehen, als eine Frau mittleren Alters mit einem blonden Pagenschnitt auf mich zutrat.

„Sie müssen der Cousin von Frau Lopez sein“, sagte sie mit einem verschmitzten Lächeln. „Frau Lopez lässt sich entschuldigen, ich soll Ihnen aber das hier überreichen.“

Sie drückte mir eine Illustrierte in die Hand, und ich nahm sie irritiert entgegen. Alles, was ich in meinem Gefühlschaos von enttäuscht, verärgert und verwirrt ohne Lesebrille entziffern konnte, war das Wort „Klettern“. Es war ein Klettermagazin! Ich hatte mich wegen eines Klettermagazins so in Schale geworfen!

Fassungslos starrte ich auf die Zeitschrift, und als ich wieder aufsah, war die Überbringerin bereits verschwunden. Nachdem ich mich vergeblich in der Halle nach ihr umgeschaut hatte in der Hoffnung, es handle sich um einen Scherz, erkundigte ich mich an der Rezeption. Doch der ältere, vornehm dreinblickende Herr wusste nichts von einer Frau Lopez oder einer Dame mit Pagenschnitt. Schließlich gab ich auf und trat enttäuscht ins Freie, mitten hinein in ein dichtes Schneetreiben. Frierend und wütend, lediglich bekleidet mit diesem Mafioso-Anzug, zog ich mich unter den Baldachin zurück, als ein Taxi vorfuhr, das eine aufgekratzte Damengruppe ablieferte. Kurzentschlossen stieg ich ein.

„Wohin soll's denn gehen, der Herr?“, fragte eine mir bekannte Stimme, und ein überdimensionales Grinsen schaute mich im Rückspiegel an. „Schick ist er unterwegs heut Abend, der Herr Joe!“

Es war Leo! Mein guter Kumpel Leo. Aber ehrlich gesagt hatte ich im Moment keine Lust auf niemand, noch nicht mal auf Leo.

„Gehen wir noch auf ein Bier? Ich mach eh gleich Schluss", sagte er.

So verlockend das Angebot klang: Die Vorstellung, ihm erklären zu müssen, wozu ich in einem Nadelstreifenanzug unterwegs war, gefiel mir gar nicht. Da der Leo aber eh schon anfing, mich wegen der Hand am Christkindlmarkt zu löchern, konnte ich ihm das Ganze genauso gut bei einem Bier erzählen.

Türkenhof & tückischer Beischlaf

Leo ließ mich schon mal direkt vor dem Türkenhof aussteigen, wo ich zwei Plätze an der Bar für uns ergatterte.

„Ja, da schau her! Is scho wieder Fasching?“, fragte MM, der so hieß, weil wer will schon gerne Magnus-Maria gerufen werden? Er zapfte bereits unaufgefordert ein Augustiner für mich.

„Gib mir noch einen Almdudler“, sagte ich und zog das Sakko lieber mal aus.

„Ach, kommt der Leo auch noch?“, fragte er mich, weil wahrscheinlich außer dem Leo, der prinzipiell keinen Alkohol trank, hier keiner einen Almdudler bestellte. Da Leo aber öfter hinter dem Tresen aushalf, hielt man ihm zuliebe immer einen kleinen Vorrat an der Kräuterlimo bereit.

„Dass man so ein Zeug trinken kann“, meinte MM kopfschüttelnd, was bei ihm immer etwas halsbrecherisch wirkte, saß doch sein Kopf auf einem extrem langen, aber umso dünneren Hals, wohingegen der Schädel selbst dazu unpassend groß und kantig war. Die langen blonden Strähnen wackelten dabei wie ein Fransenvorhang mit, als er mit angewiderter Miene den Almdudler vor Leo stellte, der sich gerade aus seinem nassen Parker schälte.

Leos Nickelbrille war angelaufen, und auf seinem Haarschopf schmolzen die Schneeflocken. Nachdem er sich neben mich gesetzt hatte, wuschelte er sich durch sein irisch-rotes Haupthaar und putzte anschließend seine Brille mithilfe seines Sweatshirts. Als sein Blick auf das Klettermagazin fiel, das ich vor mich auf den Tresen gelegt hatte, feixte er: „Willst jetzt mit Sakko und Gamaschen zum Klettern gehen?“

„Schmarrn!“

„Erzähl“, forderte er mich auf und schaute erwartungsvoll.

„Das ist eine längere Geschichte!“, versuchte ich abzuwiegeln.

„Hast wohl undercover in der Mafiaszene ermittelt“, sagte MM, der unser Gespräch verfolgte, während er ein Bier zapfte.

„Mafiatreffen im Bayerischen Hof! Aber die Zeitung passt ja da nicht gerade dazu“, meinte Leo grinsend und blätterte durch das Magazin. Plötzlich stoppte er und betrachtete die aufgeschlagene Seite eingehender. „Interessiert dich der beruflich, der verschwundene Kletterer?"

„Wie kommst jetzt da drauf?"

„Ja, weil du dir da einen Einmerker gemacht hast!"

Ich blickte verdutzt auf das Magazin, und tatsächlich war die obere Ecke der Seite umgeknickt worden. Aber das war noch nicht alles. Etwas unterhalb stand in schöner Schrift und mit blauem Kugelschreiber geschrieben: *Vielleicht hilft dieser Artikel ja weiter. Liebe Grüße Jasmin*

Aufgeregt riss ich ihm das Heft aus der Hand. Die Überschrift lautete: „Chris Kubec in Frankreich verschollen". Jetzt war der Kubec zwar ein Kletterer, verschwunden ist er allerdings nicht irgendwo am Berg und auch nicht jetzt, sondern bereits im April mitten in Paris. Doch das, was mich wirklich elektrisierte, war das Foto von ihm. Er stand vor einem strahlend blauen Himmel, im Hintergrund ein Meer an weißen Bergspitzen, die Hand hoch erhoben und die Finger zum Victory-Zeichen gespreizt. Auf der Innenseite seines Handgelenkes war eine Tätowierung zu sehen.

„MM, hast du eine Lupe oder was Ähnliches?", rief ich laut, da er inzwischen am anderen Ende des Tresens das frisch gezapfte Bier abstellte.

Langsam schlurfte er herbei und fragte: „Was hast g'sagt?"

„Ob du eine Lupe hast, hab ich g'fragt."

„Aha, sind wir schon so weit, der ältere Herr braucht eine Lupe zum Lesen!"

„Ich glaub eher, du brauchst ein Hörgerät. Also was ist?"

„Ist ja schon gut, aber so was führt unser Etablissement nicht."

„Wie wäre es denn hiermit?", fragte ein Mann mit langen grauen Haaren, die er zu einem Zopf gebunden trug. Er saß zwei Barhocker neben mir und winkte mit seiner Brille.

Ich stand auf und ging zu ihm hinüber. Tatsächlich kam seine Brille einem anständigen Vergrößerungsglas nahe, konnte ich doch die Haare auf meiner Hand überdeutlich erkennen, als ich sie probehalber darunter hielt.

„Einen Versuch ist es wert! Danke, Meister. Ich bring sie gleich wieder", versprach ich.

„Das will ich hoffen. Sonst bin ich aufgeschmissen. Das sind neun Dioptrien, da sieht man nimmer viel“, meinte er, wobei er versuchte, mich mit zusammengekniffenen Augen zu fixieren.

Am Platz zurück, hielt ich die Brille über das Foto, und tatsächlich gelang es mir, die Tätowierung so zu vergrößern, dass ich den Schriftzug auf dem Handballen lesen konnte. Dort stand deutlich zu lesen: „Dede“!

„Genau wie auf unserer Hand“, murmelte ich überrascht.

Es dauerte natürlich ein weiteres Bier, bis ich Leos Neugier halbwegs befriedigt hatte, und als ich dann endlich zu Hause war, erblickte ich Paulas Mantel in der Garderobe. Mit einem Mal fiel der Frust des Abends von mir ab, und ich war heilfroh, dass Jasmin nicht aufgetaucht war und ich kein schlechtes Gewissen haben musste. Nackt und auf Zehenspitzen schlich ich mich ins Schlafzimmer und kuschelte mich an ihre Rückseite. Zunächst lauschte ich nur ihrem Atem, dann musste ich sie aber doch auf die Schulter küssen. Plötzlich und erstaunlich zielsicher griff ihre Hand nach hinten und berührte sanft meinen Oberschenkel.

„Oh, da kommt das Händchen“, kicherte ich leise in ihr Ohr.

„Ja, und zwar ein ganz lebendiges“, meinte sie und kniff mich in den Po. Das Händchen glitt geschickt über mich hinweg, und ich grub meinen Kopf in Paulas dichtes rotes Lockenhaar. Liebkosend strich sie von meinem Brustpelz abwärts, und ein wohliger Schauer durchlief mich. Als wir uns so durch das Dunkle tasteten, nur mit den Fingerspitzen sehend den Körper des anderen erkundeten, hier und da verweilten, die Haut immer sensibler, ihr heißer Atem dicht an meinem Ohr, bäumte sich eine Welle der Erregung auf, bis sie sich überschlug und dann langsam verebbte.

„Paula“, flüsterte ich und küsste ihren Kopf, der sich nun in meiner Armbeuge zur Ruhe gelegt hatte. „Du bist mein größter Schatz!“

„Wieso, gibt es noch einen zweitgrößten Schatz?“, fragte sie neckend.

„Ähm, nein, natürlich nicht!“, entgegnete ich schnell und fühlte mich ertappt, obwohl ich diese Jasmin Lopez ja noch nicht einmal mehr zu Gesicht bekommen hatte. Doch Paula schien das nicht zu bemerken, im Gegenteil, sie nutzte ihre Chance.

„Wenn ich dein allergrößter Schatz bin, wirst du mir dann überallhin folgen?"

„Wenn es sein muss, fliege ich mit dir auf den Mond", flüsterte ich.

„Schön, dann machen wir eine Skitour! Ich hätte da schon was geplant, gleich nach Heiligabend", sagte sie, während sie sich eine Haarsträhne von mir um den Finger wickelte. Ich drückte entsetzt den Lichtschalter der Nachttischlampe, um nachzuschauen, ob sie das ernst meinte. Obwohl sie heftig blinzelte bei der plötzlichen Erleuchtung, konnte ich sehen, dass es kein Spaß war. Ich gehe zwar liebend gerne zum Skifahren, aber warum zum Teufel wollten jetzt alle plötzlich aus eigener Kraft da hoch, wo man doch bequem mit einem Lift hinaufkam? Mir war unbegreiflich, was an dieser Schinderei schön sein sollte.

„Aber wir haben doch gar keine Ski für so was!"

„Ich hab mir schon eine Ausrüstung gekauft. Und für dich finden wir sicher auch noch was. Weißt du was, ich schenke dir einfach Ski zu Weihnachten, und du schenkst mir Skiwäsche aus Merino-Wolle. Dann musst du dir auch gar nichts mehr überlegen!"

„Das ist... das ist jetzt aber nicht besonders romantisch", murmelte ich hilflos.

„Nein, aber auch nicht weniger romantisch als ein von Susi besorgtes Geschenk", erwiderte sie in einem leicht schnippischen Ton und fügte dann sanft hinzu: „Wir machen dafür einen ganz romantischen Skitourenausflug. Versprochen!"

Verzweifelt suchte ich nach einem Ausweg. „Wir könnten ja auch gemeinsam schick essen gehen", schlug ich vor und war nun absolut bereit, für einen Drei-Sterne-Koch zu löhnen, egal was es kosten würde.

„Essen gehen", sagte sie gedehnt. „Was ist denn daran besonders?"

„Wir gehen in den Bayerischen Hof oder zum Witzigmann", schlug ich eilfertig vor. „So mit allem Drum und Dran samt Kerzenschein und von mir aus auch vorher noch ins Theater!"

„Wir können auch nach der Skitour noch essen gehen. Und Bayerischer Hof – da passt du ja eh nicht hin", murmelte sie und zog einen Schmollmund.

Das saß, obwohl sie ja recht hatte. Danach war erst mal kurze Zeit Funkstille, in der ich nach Argumenten suchte.

„Wir kennen uns doch gar nicht mit den Lawinen aus. Das ist doch fürchterlich gefährlich“, gab ich zu bedenken.

„Wir gehen ja nicht allein.“

„Was meinst du damit, wir gehen nicht allein?“, fuhr ich dazwischen, doch sie ignorierte meine Frage.

„Stell dir vor, ein Wochenende du und ich in den Bergen! Ist das nicht romantisch?“, versuchte sie mich stattdessen zu ködern.

Nun erst recht misstrauisch geworden, wiederholte ich meine Frage.

„Ich meine“, begann sie, während sie mir sanft über die Brust strich, „wir könnten ja einen Skitourenkurs buchen. So ein, zwei, drei Tage, dachte ich. Ein hübscher kleiner Winterurlaub in einem verschneiten Bergtal.“

„Ohne mich! Außerdem hab ich sicher keine Zeit wegen dieser Hand. Da muss ich sowieso arbeiten!“ Ich knipste entschlossen das Licht aus und murmelte noch: „Wahrscheinlich kann ich froh sein, wenn ich Heiligabend frei habe.“

„Du wirst wirklich langsam alt! Nichts Neues kann man mit dir mehr machen“, erwiderte sie nun nicht mehr freundlich, sondern in einem enttäuschten, fast frostigen Ton und drehte sich weg.

Das saß! Sozusagen Volltreffer. Wütend rollte ich mich in meine Decke und zog sie bis über die Ohren.

„Gute Nacht“, wünschte mir Paula nach einer Weile dann doch noch. Anscheinend tat ihr der Vorwurf wenigstens leid, stellte ich fest, ohne was zu erwidern.

„Wenn heute Nacht die Hand wieder kommt, dann bin ich für dich da“, flüsterte sie mir noch ins Ohr.

Die Hand kam nicht, dafür erstickte ich beinahe in einer Lawine, die aber, wie sich herausstellte, lediglich meine Bettdecke war.

Erschreckende Ankündigung

Am Montag hatten wir zunächst eine kurze Besprechung, dieses Mal bei uns im Kriminaldezernat 1 in der Hansastraße. Rösler von der K 14, zuständig für Vermisste und unbekannte Tote, nahm auch daran teil. Solange man aber einen Mord nicht ausschließen konnte, waren auch wir gefragt. Rösler, der mit dem Vermisstenfall Kubec betraut war, berichtete dann auch, dass der verschwundene Kubec ebenfalls die Aufschrift „Dede" auf der Hand hatte, und ersparte mir damit, von Jasmin und dem Klettermagazin berichten zu müssen. Die Notiz dieser geheimnisvollen Schönheit hatte mich bereits am Wochenende in Teufels Küche gebracht.

Paula hatte die Zeitschrift dummerweise in der Innentasche der Anzugjacke gefunden und fand es sehr befremdend, dass ausgerechnet ich ein Klettermagazin las. Als sie dann auf die handschriftliche Notiz, unterschrieben mit *Liebe Grüße Jasmin*, gestoßen war, wollte sie natürlich wissen, wer diese Jasmin war und ob ich mich gestern wegen ihr so aufgebrezelt hatte. Dabei hob sie mit einem verächtlichen Grinsen die Nadelstreifenjacke hoch.

Ich gab vor, dass Jasmin eine ältere Dame wäre, die ich rein dienstlich getroffen hätte. Doch Paula ließ nicht locker, und zu guter Letzt musste ich meinen Fauxpas zugeben, dass ich die Hand verloren und sie mir diese wieder gebracht hatte.

„Schau, und da hat sie gesehen, dass auf der Hand ‚Dede' draufsteht, genau wie auf der Hand des Mannes auf dem Foto hier", hatte ich versucht, endlich zu einem Ende zu kommen, und sogar ein Vergrößerungsglas geholt. Schlussendlich gab sie sich erst einmal damit zufrieden, nicht ohne anzumerken, dass es sie schon verwunderte, dass ältere Damen Klettermagazine lasen.

Hier vor den Kollegen wäre eine Erklärung aber noch viel schwieriger gewesen. Die Gefahr, mich bei genauer Nachfrage zu verplappern, gar gezwungen zu werden zuzugeben, dass Jasmin nicht meine Cousine war, oder im übelsten Fall gar beichten zu müssen, dass ich die Hand kurzzeitig verloren hatte, ließ mich dann doch die eine oder andere Info zurückhalten.

Nachdem wir die Besprechung hinter uns hatten, ging ich erst mal rüber zur Susi, um mir einen Kaffee zu holen. Seit der Geschichte mit ihrem Hans, bei der sie aus lauter Liebe von der mütterlichen, aber strengen Sekretärin zu einer höchst attraktiven Frau mutiert war, verhüllte sich Susi nicht mehr wie vormals in altbackenen Kostümen. Das eng anliegende blaue Strickkleid, das sie an diesem Montag trug, stand ihr hervorragend, und mit den hohen Winterstiefeln wäre sie eine richtige Augenweide gewesen. Doch die hinterließen jetzt neben dem Schirmständer eine Pfütze, dafür trug sie ein Paar bequeme Filzpantoffeln. Sonst war sie allerdings wieder ganz die alte – fürsorglich streng und vor allem absolut zuverlässig und korrekt. Auf ihren Wunsch hin waren wir während der Arbeitszeit wieder auf das „Sie" zurückgekommen, während wir uns privat weiterhin duzten.

Susi hatte nicht nur bereits wie üblich Kaffee gemacht, sondern auch schon meine Münchner-Christkindlmarkt-Tasse bereitgestellt.

„Sagen Sie mal, Frau Susanne", begann ich ganz korrekt, vergaß mich dann aber, weil es privat wurde, und fragte: „Kennst du dich aus mit Skitouren?"

Gerade als sie erstaunt „Skitouren? Sie wollen Skitouren machen?" sagte, rumpelte der Brandl ohne Ankündigung herein.

„Das trifft sich gut", meinte er und hieb mir kollegial auf die Schulter. „Da Sie so eine erfreulich sportliche Abteilung sind, freu ich mich scho auf unseren gemeinsamen Hüttenausflug. Ich hoff, es schneit noch ordentlich. Dann gehen wir mit Ski hoch, gell, Bichelmair!"

Nachdem ich leicht entsetzt zurückschaute, fügte er schnell hinzu: „Ich spendier auch eine Brotzeit. Vielleicht könnten die Damen ja noch einen Salat oder was Süßes mitbringen?" Dabei schaute er Susi erwartungsvoll an.

„Ja, wenn die Herren vorher meine Ski wachsen und meinen Rucksack hochtragen, könnte ich schon eine Tafel Ritter Sport einpacken", meinte sie mit zuckersüßem Grinsen und stählernem Blick.

Jetzt war der Brandl natürlich etwas aus dem Konzept geraten.

„Ja dann, ich hoffe, Sie kommen alle mit, vor allem Sie natürlich, Frau Lechtaler ... und äh ... Schokolade ist natürlich hervorragend."

Susi und ich genossen dem Brandl sein Stammeln, doch leider mischte sich dann Heinz ein, der inzwischen auch dazugestoßen war.

„Also ich komm gern, und ich kann auch was mitbringen – ein Tiramisu vielleicht?“

Erleichtert nahm der Brandl den Faden auf. „Das wär wirklich schön“, sagte er, bevor er sich ins nächste Fettnäpfchen stürzte. „Sie könnten auch mit dem Schneemobil hochfahren, wenn's Ihnen zu weit ist“, schlug er Heinz freundlich vor.

„Sie meinen wegen dem Tiramisu?“ Heinz sah ihn leicht begriffsstutzig an.

„Ich hab nur dacht, damit Sie nicht gehen müssen.“

„Aha!“, sagte Heinz, und in seiner Stimme schwang unheilvoll der Ton der Erkenntnis mit, während sein Kopf bereits rot anlief. Er hasste es, unterschätzt zu werden, was ihm allerdings regelmäßig passierte. Nur Eingeweihte wussten, dass Heinz nicht nur ein Giesinger Usain Bolt war, sondern obendrein eine erstaunliche Ausdauer besaß.

„Ja, ähm, wenn Sie sich das zutrauen“, versuchte der Brandl zurückzurudern, dem nun dämmerte, dass der Heinz seinen wohlgemeinten Vorschlag in den falschen Hals bekommen hatte. „Den Termin gebe ich dann noch bekannt“, murmelte er noch schnell und war dann auch schon wieder draußen.

„Also ich geh da nicht mit!“, polterte ich los. „Der soll seinen Einstand gefälligst hier in München machen, wenn er unbedingt was spendieren will, gell, Heinz!“

Erwartungsvoll blickte ich ihn an, immerhin hatte der Brandl ihn ja beleidigt. Doch Heinz schaute nur grimmig durch mich hindurch und sagte entschlossen: „Dem werd ich es zeigen!“

Und dann fiel mir auch noch Susi in den Rücken. „Ein bisschen gehen würde Ihnen durchaus nicht schaden, Chef!“, meinte sie und bedachte mich mit einem ihrer mütterlich strengen Blicke.

Jetzt war ich natürlich leicht angefressen. „Wenn ihr unbedingt mit so einem Ritalinjunkie auf eine Hütte gehen wollt, bitte! ICH NICHT!“

„Also wenn der Ritalin nehmen würde, dann wäre er ja ruhiger“, erwiderte Heinz trocken, aber da war ich schon zur Tür raus.

Bernhard Grün war unser Hausmeister, und schon früher in der Ettstraße hatte er den einzigen Raum, wo man noch ungestört mal eine paffen konnte. Es war darum ein großes Glück, dass er mit uns umgezogen war. Nicht auszudenken, wir hätten einen Nichtraucher als Hausmeister bekommen, wo wäre ich dann in solch einer Situation wie jetzt hingegangen!

Noch immer angefressen, stieß ich die Tür zu seinem Raucherkammerl wohl etwas zu heftig auf und hätte ihn beinahe damit erwischt, er wollte anscheinend gerade den Nebelschwaden seines Etablissements entfliehen.

„Hey, hey! Nicht so stürmisch, junger Mann", rief er erschrocken und schloss gleich wieder hinter mir die Tür, damit die verräterischen Rauchzeichen nicht bemerkt wurden. Er kannte mich gut genug um zu wissen, was ich brauchte. Wortlos ging er zu seinem Schreibtisch zurück, setzte sich auf seinen Stuhl und zog aus der allzeit bereitliegenden Packung zwei Zigaretten heraus. Nachdem ich ebenfalls Platz genommen hatte, qualmten wir erst einmal wortlos vor uns hin.

„Hast Ärger?"

„Ach! Jetzt will der neue Vize mit uns auf eine Hütte, als Einstand! Mit Tourenski!"

„Du meinst den Brandl!"

„Genau den, diesen hyperaktiven..." Ich rang nach Worten.

„Das ist halt ein echter Bewegungsfanatiker, aber sonst ist der ganz in Ordnung", meinte Bernhard und drückte seine Zigarette in einem überquellenden Aschenbecher aus.

„Glaubst du das echt?", fragte ich erstaunt und schaute ihm tief in die müden Augen, die mich gutmütig anblinzelten.

„Ja, der war gerade hier..."

„Der war hier?" Ich schluckte. „Und was hat er gesagt zu deinen Rauchschwaden? Du, wenn du deswegen Ärger kriegst, ich steh selbstverständlich zu dir!"

„Keine Angst, der wollte sich nur vorstellen. Außerdem hat er mich auch gefragt, ob ich auf die Hütte mit will."

„Du?", fragte ich verblüfft.

„Warum ich nicht?"

„Der will da ja zu Fuß oder mit Ski hoch!"

„Geh, so ein paar Meter gehen – des schad dir doch ned."

Jetzt redet der Bernhard auch noch so daher, dachte ich entsetzt und bat ihn zur Wiederherstellung meines Gleichgewichts um eine weitere Zigarette. Das konnte ich guten Gewissens tun, hatte ich ihm doch erst vor zwei Tagen eine Großpackung vorbeigebracht.

„Und gehst du mit?“, fragte ich ihn nach ein paar Zügen.

„Naa!“, war seine schlichte Antwort, die mich beruhigte, weil wenn der Bernhard jetzt da auch noch mitgegangen wäre, hätte ich an meiner Menschenkenntnis endgültig zweifeln müssen.

„Bloß, weil inzwischen Hinz und Kunz die Berge mit Ski raufrennen, soll ich das jetzt auch machen“, ereiferte ich mich in der Erwartung, endlich einen Gesinnungsgenossen gefunden zu haben. „Stell dir vor, sogar die Paula will des jetzt von mir!“

„Deiner Paula könntest ruhig den Gefallen tun, wo sie es schon so lang mit dir aushält, trotz deiner ganzen Eskapaden“, meinte er grinsend.

Das fand ich jetzt schon ziemlich ungerecht. Wütend drückte ich meine Zigarette aus und ging grußlos zur Tür.

„Geh weider, Joe, sonst bist doch auch nicht so unaufgeschlossen. Mei, du wirst halt a scho alt!“, hörte ich Bernhard zum Abschied noch frotzeln, woraufhin ich die Tür seiner Nebelgruft lautstark hinter mir zuwarf. Dass der Bernhard mit seiner Bemerkung mich nur ein bisschen hochnehmen wollte, war mir schon klar, aber trotzdem fragte ich mich, ob nicht doch was dran war, dass ich langsam alt und langweilig wurde.

Niedergeschlagen schlurfte ich zum Aufzug. Normalerweise hätte ich mir jetzt zur Aufheiterung einen kurzen Besuch am Viktualienmarkt gegönnt. Das war für Heinz und mich, solange wir noch in der Ettstraße waren, die beste Therapie, wenn uns ein Fall so richtig runterzog. Aber hier in der Hansastraße, wo sollte ich da schon hin? Die Vorstellung von einem Spaziergang durch die Schrebergartenanlage hinter dem Kommissariat machte die Sache nicht besser, sodass ich beschloss, direkt ins Büro zurückzukehren, auch auf die Gefahr hin, dass Heinz dort das leidige Skitourenthema wieder aufnehmen könnte.

Als ich an Lisas Büro vorbeikam, wären wir beinahe zusammengestoßen, so schwungvoll stürmte sie heraus.

„Super, dass du grad da bist! Ich muss dir was sagen. Komm rein!“

Sie drückte ihre Tür wieder auf, überlegte es sich dann aber und zog sie zu. „Weißt was, jetzt machen wir es uns so richtig gemütlich! Du holst einen Kaffee und ein paar Plätzchen bei der Susi, und ich räume dir inzwischen einen Platz frei", schlug sie vor.

Da Susi gerade unterwegs war, konnte ich mir die Nachfrage sparen und stibitzte stattdessen einfach ein paar ihrer Köstlichkeiten aus der Keksdose. Falls es ihr auffallen würde, hätte sie mit Sicherheit Heinz in Verdacht, dachte ich mit einer gewissen Schadenfreude. Dann nahm ich die noch fast volle Kanne Kaffee und kehrte mit meinem Mundraub in Lisas Büro zurück.

Eigentlich handelte es sich dabei um eine bessere Kammer, vollgestopft mit Computern, mehreren Bildschirmen, Drucker und noch einigen anderen technischen Geräten, von denen ich nicht mal wusste, für was sie gut waren. Lisa hatte tatsächlich ihren Hocker freigeräumt, sodass ich mich nicht wie üblich auf die kleine Fensterbank setzen musste. Kaum hatte ich den Teller mit den Plätzchen hingestellt, zog sie ihn zu sich und begutachtete ihn kritisch.

„Und was isst du?", fragte sie und biss in eines der zwei Vanillekipferl. Schnell schnappte ich mir das andere, und wir genossen stumm kauend den herrlichen Geschmack von Susis Gebäck.

„Was gibt es denn?", fragte ich, als sie bereits beim fünften und vorletzten Plätzchen angekommenen war, ohne mir etwas mitzuteilen. Ich selbst hatte mir nur unter Mühen ein zweites ergattern können.

„Hmmm", sagte sie mampfend und grinste frech. „Gibt es davon noch mehr?"

„Erst will ich wissen, was du mir zu sagen hast!"

Lisa schaute mich mit ihren großen, dunklen Kinderaugen treuherzig an und meinte: „Hmmm, Mann, sind die gut!"

„Jetzt iss halt das letzte auch noch, aber wehe, du hast mich hier nur fadenscheinig aus lauter Fresslust reingelockt!"

„Also gut, wenn du meinst", entgegnete sie und verspeiste es, ohne mit der Wimper zu zucken.

Wahrscheinlich kam sie aus einer Großfamilie mit sieben Geschwistern, dachte ich mir, während ich ihr dabei zuschaute, wie sie genüsslich die letzten Krümel mit dem Finger aufpickte. Nachdem sie zum Abschluss noch einen großen Schluck Kaffee genommen hatte, schob sie mir ein Schreiben von der Medizinischen Universität Innsbruck rüber. Dem Text konnte ich entnehmen, dass dort tatsächlich eine männliche rechte Hand abhandengekommen war.

„Also wahrscheinlich doch ein Studentenscherz", meinte ich.

„Aber wie kommt jetzt so ein österreichisches Handerl zu uns, wo der Herr Profäässor mir versichert hat, dass da ein Student nie und nimmer drankommt."

„Vielleicht hat sich ja der Herr Profäässor selbst an Jux erlaubt und das Handerl dem Weihnachtsmann persönlich hinoperiert", stieg ich auf ihren Schmäh ein. „Weiß er wenigstens, wem die Hand gehört hat?"

„Also Dede heißt er schon mal nicht, sondern Anton Pichler. Er hatte vor gut einer Woche einen Motorradunfall."

„Und dabei hat er die Hand verloren?"

„Mehr oder weniger. Er ist damit an der Leitplanke hängen geblieben."

Mich schauderte, doch Lisa fuhr ungerührt fort: „Aber weißt, was der Gag ist? Dass das Handerl nimmer da ist, hat der Herr Professor erst gemerkt, als die Frau vom Pichler den Ehering von ihrem Mann haben wollte, aber da war nicht nur der Ring weg, sondern die ganze Hand! Der Professor wollte das eigentlich stillschweigend unter den Teppich kehren, aber die Frau vom Pichler hat das Ganze brühwarm der Kronenzeitung erzählt. Und heute Morgen bin ich im Internet auf den Artikel gestoßen", schloss Lisa ihren Bericht mit einem triumphierenden Grinsen. „Ich denke, das ist mindestens noch drei Vanillekipferl wert!"

„Raub", dachte ich laut über die entwendete Hand samt Ring nach.

„Jetzt übertreibst du aber, drei Vanillekipferl sind noch lange kein Raub, also stell dich nicht so an."

„Ich mein doch den Ring. Schließlich hat unsere Hand keinen Ring mehr. Da geht der Ring nicht vom Finger, dann nimmt man halt die ganze Hand, weil's pressiert."

„Nein, den Ring haben sie schlussendlich in einer Instrumentenschale gefunden, aber da war der Artikel schon raus und der Skandal perfekt. Ich hab bereits den Herrn Professor um eine Gewebeprobe vom Rest des Herrn Pichler gebeten", beendete Lisa ihren Bericht und goss sich seelenruhig meinen Kaffee in ihre Tasse.

Rauschberg

Nach einer ruhigen Woche hatte Paula die Idee, zusammen mit meinen Eltern nach Ruhpolding zur Rauschberg-Weihnacht zu fahren. Sie waren vor ein paar Jahren von München nach Chieming in das Elternhaus meines Vaters gezogen, und der Rauschberg war sozusagen einer ihrer Hausberge. Sie hatten uns schon öfter vorgeschwärmt, wie schön der Weihnachtsmarkt knapp unterhalb des Gipfels sei.

„Da müsst ihr einmal mit rauf", hatte meine Mutter schon vor Wochen gemeint, und ich konnte mich nicht mehr damit rausreden, dass ich keine Zeit hätte, hatten doch Rösler und die K 14 auch diesen Fall übernommen. Um uns das Ganze schmackhaft zu machen, hatte sie uns Fotos vom letzten Jahr gezeigt. Darauf war meist mein Vater zu sehen vor einer im roten Abendlicht erleuchteten Bergkulisse, deren weiße Gipfel im letzten Sonnenlicht blitzten.

„Da ist der Watzmann, und das ist der Hochkalter, und da rechts ungefähr ist deine Hörndlwand, die sieht man da bloß nicht", hatte er mir erklärt. Ehrlich gesagt konnte ich gerne auf die Erinnerung an meine dienstliche Schreckenstour – kletternd durch die Hörndlwand – verzichten, aber mein Vater, der alte Bergfex, erzählte sie bei jeder Gelegenheit, nicht ohne Stolz.

Ma beendete seinen Heldenvortrag dann meist mit: „Stell dir vor, unser Bua, ein blutiger Anfänger, und dann klettert der da rauf. Ich möcht gar nicht daran denken, was da hätt passieren können!"

In Wirklichkeit hatte ich damals eine Heidenangst, und wäre es nicht um die vermeintliche Rettung von Susis großer Liebe gegangen, hätten mich keine zehn Pferde in diese Wand gebracht.

Auch der Rauschberg, noch dazu im Winter, reizte mich nicht wirklich. Meine Hoffnung auf schlechtes Wetter hatte sich aber leider nicht erfüllt, und so kam ich dieser Rauschberg-Weihnachtsaktion nicht mehr aus. Die ersten Sonnenstrahlen zeigten sich bereits, als der Wecker um kurz nach acht klingelte und ich gegen meine Gewohnheit auch noch an einem freien Tag früh aufstehen musste. Paula hatte vorsorglich bei mir übernachtet, und so gab es keine Chance, dem Ausflug zu entgehen.

„Du wirst doch nicht mit den Turnschuhen da hochwollen“, meinte sie und kramte entschlossen die Bergschuhe, die mir mein Vater vor Jahren aufgenötigt hatte, aus meinem lichten Schuhschrank.

„Warum nicht?“, entgegnete ich trotzig. „Schnee hat es doch sowieso keinen, und draußen ist es warm wie im Frühling. Außerdem fährt da ja eine Bahn hoch.“

„Ich hab mit Reni und Bertl ausgemacht, dass wir den Hutzenauer Steig hochgehen. Der soll wunderschön sein, und da es schon seit einer Woche nicht geregnet hat und auch kein Schnee liegt, meinte dein Vater, es wären ideale Bedingungen“, gab Paula resolut und voller Energie zum Besten.

„Echt? Gehen? Ihr wollt allen Ernstes da zu Fuß rauf?!“ Entsetzt schaute ich Paula an, die schon wieder diesen Jetzt-wirst-du-aber-alt-Blick hatte. „Sind wir dafür nicht viel zu spät dran? Unser Zug kommt doch erst um 11.32 Uhr in Traunstein an.“

„Das passt genau“, sagte Paula und versuchte ihr Lockenmeer mit einem Haargummi zu bändigen. „Die Rauschbergbahn fährt heute extra lange, damit jeder noch in Ruhe den Sonnenuntergang oben genießen kann.“

Na Gott sei Dank, wenigstens wollten sie runterfahren und nicht auch noch gehen, dachte ich mir und fragte: „Wie lange braucht man denn da hoch, zu Fuß?“

„Na ja, so ungefähr drei Stunden. Also kein Problem für den Hörndlwand-Bezwinger“, meinte Paula und grinste mich mit einem unverschämt ironischen Lächeln an.

Also zog ich brav die Bergschuhe an, wollte ich doch lieber der Hörndlwand-Bezwinger sein als ein langweiliger alter Knacker.

Meine Eltern erwarteten uns bereits am Traunsteiner Bahnhof. Nach einer herzlichen Begrüßung verstaute mein Vater unsere Rucksäcke in seinem Allzweck-Hobby-Handwerkerwagen, einem mit Regalen und fixierten Kisten ausgestatteten Renault Kangoo, in dem auch wir auf wundersame Weise nach einigem Hin-und-her-Räumen noch Platz fanden. Meine Mutter überließ mir den Beifahrersitz, weil ich ja viel längere Beine hätte, was absolut der Tatsache entspricht, geht sie mir doch gerade mal bis zur Schulter. Dann fuhren wir los, vorbei am Traunsteiner Kletterturm, dem sogenannten Färbinger Gebirge, und weiter an der Traun entlang Richtung Ruhpolding. Jetzt konnte man auch schon den Rauschberg sehen, an dessen schroffer Felsseite die zwei Gondeln der Bergbahn verlockend hinauf- beziehungsweise herunterschaukelten.

„Das freut mich, dass du endlich mal wieder eine Bergtour mit uns machst", sagte mein Vater, während er auf den Parkplatz einbog.

Meine Eltern waren trotz ihres Alters immer aktiv geblieben, und seitdem sie im Chiemgau wohnten, rannten oder radelten sie auch unter der Woche durch die Gegend. Als Kind fand ich das noch ganz in Ordnung mit der Berggeherei, vor allem wenn es steil und felsig wurde. Dann aber durchstreifte ich lieber das Münchner Nachtleben, und es zog mich meist nur noch zum Skifahren ins Gebirge – mit Aufstiegshilfe, versteht sich.

Aber nun stand ich hier, bei erstaunlich milden Temperaturen, die Sonne schien, und der Rauschberg türmte sich vor uns auf. Kurz überlegte ich, wie ich mich vielleicht doch noch abseilen könnte. Dabei dachte ich unter anderem an einen fingierten Sturz, wobei ich vorgeben könnte, mir das Sprunggelenk verstaucht zu haben, verwarf es dann aber doch, als ich Paulas strengen Blick sah, die wohl ahnte, was ich vorhatte. So schwebte die kleine Gondel der Rauschbergbahn ohne mich aufwärts, während wir unter ihr hindurchquerten.

Zunächst ging es noch gemütlich dahin, und ich stiefelte mit meinem Vater voran, während Paula und Mutter hinter uns tuschelten. „Jetzt beginnt der Hutzenauer Steig!", vereitelte Pa meinen angestrengten Lauschversuch, hatte ich doch was von Tourenski gehört. Tatsächlich zweigte hier ein Pfad ab, versehen mit dem Schild: „Rauschberg drei Stunden".

„Aber wir gehen doch schon bald zwanzig Minuten", sagte ich, „und ich dachte ..."

„Ja, die Zeitangabe ist ja für alte Leute", sagte meine Mutter und musste lachen.

„Für langsame alte Leute", ergänzte mein Vater schmunzelnd.

„Oder für Männer in Nadelstreifen", brachte Paula glucksend hervor, woraufhin alle drei in schallendes Gelächter ausbrachen. Anscheinend hatte sie mich verpetzt.

Kurz darauf trafen wir auf einen weiteren Wegweiser, und dieses Mal prangte obendrein ein schwarzer Punkt darauf. Auch das noch! Stand der doch für einen schwierigen Weg. Der wurde dann auch immer schmaler, sodass wir bald nur noch im Gänsemarsch hintereinander gehen konnten. Handtuchbreit verlief er nun ausgesetzt entlang einer steil abfallenden Flanke. Ein kleiner Schritt nach rechts, und nichts würde einen so schnell stoppen.

Ich wagte einen kurzen Blick auf Paula, die vor mir ging. Sie folgte bedacht, aber entschlossen meinem Vater. Obwohl ich als Kind ausgesetzte und abwechslungsreiche Wege stets den langweiligen Forststraßen vorgezogen hatte, fühlte ich mich unsicher und musste mich zwingen, den Blick auf den Weg zu richten statt in die Tiefe. Schließlich hatte ich in den letzten dreißig Jahren nur eine einzige anspruchsvollere Bergtour gemacht: auf die besagte Hörndlwand.

Ich blieb stehen und drehte mich vorsichtig nach meiner Mutter um, die wie in alten Zeiten die Nachhut bildete. Sie blieb notgedrungen hinter mir stehen.

„Ist das nicht ein herrlicher Tag?! Schau, da drüben ist der Hochfelln", erklärte sie und deutete auf einen der Berge.

„Da war ich doch mit euch auf der Bründlingalm."

„Aber auch nur, weil du einen Zeugen befragen musstest", meinte Ma mit einem leicht vorwurfsvollen Ton.

„Dafür bin ich heute ganz und gar privat und fast freiwillig hier", gab ich mit einem Augenzwinkern zurück.

Sie lächelte mich liebevoll an und sagte: „Da hat aber die Paula a bissel nachgeholfen, oder?"

Nach dieser kleinen Pause war ich entspannter, und wir schlossen schon bald wieder zu unserer Vorhut auf. Als wir einen felsigen Abschnitt mit einer Seilsicherung erreichten, überquerte Pa die heikle Stelle, ohne auch nur einmal das Seil zu verwenden, während Paula und ich es dann doch lieber nutzten. Als ich mich umdrehte, um zu schauen, wie Ma das Problem lösen würde, war sie schon da.

„Das habt ihr sauber g'macht, Kinder!", lobte sie uns.

So motiviert stiegen wir nun steile Serpentinen bergauf, und ich verlor zunehmend den Anschluss an die Spitzengruppe. Während Paula tapfer hinter Pa hermarschierte, musste ich alle paar Meter anhalten, um zu verschnaufen, und Ma tat so, als würde sie in dieser Zeit die Aussicht genießen. Als Pa endlich stehen blieb und in die Ferne deutete, lief mir der Schweiß trotz angenehmer Temperaturen über die Stirn und den Rücken hinunter.

„Da is deine Hörndlwand. Da warst anscheinend noch fitter!“, bemerkte er unnötigerweise.

Noch ehe ich was erwidern konnte, stapfte er schon wieder los, und mir blieb nichts anderes übrig als weiterzugehen, wollte ich Anschluss halten.

„Das machst du ja eh super. Rauchst du immer noch? Bald ham wir's!“, raunte mir obendrein meine Mutter von hinten zu.

Ab und an blieb unser Guide stehen, aber nur um uns das Panorama zu erläutern. Mit ausgestreckter Hand zeigte er uns Kaiser, Sonntagshorn und Reifelberg und ganz hinten den Großvenediger. Ich tat so, als folgte ich aufmerksam seinen Ausführungen, war aber hauptsächlich froh darüber, verschnaufen zu können. Die Ausgesetztheit dagegen störte mich nur noch wenig.

Als wir auf einen breiten Forstweg stießen, war es aus mit der Einsamkeit, strömten doch ganze Gruppen von Laubau über den Sackgraben kommend bergauf und teilten sich mit uns nun den Rest des Weges. Bald mündete der in einen steilen Wiesenhang, dessen Grün in mildes Sonnenlicht getaucht war.

„Das war früher einmal alles Skipiste. Kannst dich noch erinnern, Bua?“, rief mein Vater nach hinten zu mir, worauf ich nur kurz atemlos nicken konnte, hatte er doch einige der Wandergruppen überholen müssen und wir mit ihm. Es war mir jetzt so heiß geworden, dass ich sogar den Pullover auszog und im T-Shirt weiterging. Und das im Dezember!

„Da is der Skilift g'wesen“, meinte Pa und blieb endlich mal wieder stehen. „Da oben is noch des Lifthäusel.“

„Aber Skitouren kann man doch hier noch machen, oder?“, fragte Paula scheinheilig, um ihr neues Lieblingsthema aufs Tablett zu bringen.

„Wenn's einen Schnee hat!“, sagte Vater und schaute traurig auf den grünen Hang. „Aber nicht von der Seite, sondern von Norden her. Da kann man bei guten Verhältnissen noch immer die Rossgass'n fahren." Er klopfte mir auf die Schulter. „Die bist du auch schon runter, Sepperl", meinte er mit einem Schmunzeln.

„Adalbert!", erwiderte ich auf sein „Sepperl" und hob drohend den Zeigefinger, weil so heißt mein Vater voll ausgeschrieben.

„Ist schon gut, Joe. Ist ja nur wegen der Erinnerung, und damals warst halt a Sepperl."

„Ich wollte immer schon ein Sepperl haben", frotzelte Paula. „Ein Sepperl, das mit mir eine Skitour durch die Rossgasse macht!"

Eigentlich suchte ich nach einer passenden Retourkutsche, aber stattdessen hatte ich die Abfahrt aus meinen Kindertagen wieder vor Augen. Eine steile Rinne durch schroffe Felswände. Keine präparierte Piste, sondern Tiefschnee. Ich spürte die kribbelnde Aufregung wieder, die ich damals an der Einfahrt in die Rossgasse hatte. Vater und ich hatten Ma endlich überzeugen können, dass ich alt genug dazu war. Zu dritt legten wir unsere Spur durch den staubfeinen, federleichten Tiefschnee, und ich hinterließ eine wunderschön gleichmäßige Spur, die ich anschließend mit Stolz betrachtete.

Nachdem ich aus meiner kurzen, aber intensiven Erinnerung wieder in die Realität zurückgekehrt war, beging Paula den Fehler, mich erneut mit Sepperl anzureden. Obendrein schienen sie alle drei beschlossen zu haben, eine Trinkpause zu machen, während der sie sich ausgiebig über Skitouren unterhalten wollten, wobei sie krampfhaft versuchten, mich auch dafür zu begeistern. Da mich das Thema zunehmend nervte, beschloss ich auf die Trinkpause zu verzichten.

„Ich geh dann schon mal ein Stück voraus. Ihr seid eh schneller", meinte ich und stiefelte los, ehe jemand was erwidern konnte.

Jasmin

So in Fahrt, überholte ich ein in Neongrün und Schwarz gekleidetes Pärchen im Partnerlook. Doch lang konnte ich das Tempo nicht durchhalten, und als ich kurz darauf links vom Weg eine mit Steinen gemauerte Alm erblickte, die geduckt in einer Mulde lag, beschloss ich, eine kurze Rast einzulegen.

Als ich näher kam, sah ich, dass da schon einer saß, beziehungsweise lehnte er halb an der Wand, halb hing er über einer Holzbank. Er war wahrscheinlich kaum älter als zwanzig. Seine Augen waren geschlossen, und seine verschwitzten schwarzen Locken fielen ihm ins Gesicht, die Füße hatte er weit von sich gestreckt. Nicht das jetzt auch noch, dachte ich mir.

Ich beugte mich über die reglose Gestalt und tippte seine Schulter an – doch es kam keine Reaktion. Ich sah mich um, aber im Moment war weit und breit niemand zu sehen. Ich rüttelte sanft an der Schulter, doch er rutschte dabei nur noch etwas mehr von der Bank. Hastig griff ich an seinen Hals, um den Puls zu überprüfen, da schlug er nach meinen Fingern, als wären sie eine lästige Fliege.

„Alles in Ordnung bei dir?", fragte ich erschrocken und zog meine Hand schleunigst zurück.

„Bestens!", meinte er mit einem schiefen Grinsen. Er richtete sich auf und bot mir einen Schluck aus seiner Bierdose an, die neben einer bereits geleerten stand.

Eigentlich hätte mich so ein Schluck Bier schon gereizt, aber mit einem Unbekannten, der obendrein blassgrau wie die steinerne Hüttenwand war, wollte ich nun doch nicht aus einer Dose trinken. Er musste Gedankenleser sein, denn kurz darauf kramte er aus seinem olivgrünen Armeerucksack zwei neue Dosen hervor und reichte mir eine davon. Gerade als ich mich zu ihm auf den Boden setzte, erblickte ich Paula und meine Eltern, die eifrig ratschend den Weg daherkamen. Ich duckte mich vorsorglich noch etwas, doch sie liefen eifrig plappernd an uns vorbei, wobei ich irgendwas von Lawinen hörte. Ein schlechtes Gewissen, mich vor ihnen versteckt zu haben, hatte ich nicht. Im Gegenteil! Mit einer lausbubenartigen Freude riss ich die Lasche von meiner Dose, und zischend antwortete mir das Ottakringer.

„Also dann Prost!“

„Sa-lute!“, erwiderte mein edler Spender mit einem leichten Lallen und stieß seine Dose kräftig an meine. „Ich bin der Manfred, kannst aber auch Manne sagen.“

„Ich bin der Joe“, stellte ich mich vor, und weil er dann auch noch Zigaretten hatte, machte ich es mir gemütlich, schob den Pulli unter meinen Hintern und zog, da ich verschwitzt war, die Daunenjacke an. So bequem eingerichtet und gut ausgerüstet betrachteten wir das Bergpanorama, nahmen ab und zu einen kräftigen Schluck und zogen genüsslich an unserer Gauloises. Das wintermilde Licht beleuchtete samtig den Hang, und dahinter türmte sich eine Kette von Bergen auf, deren schneebedeckte Spitzen in der Sonne funkelten.

„Schön is hier!“, meinte Manne ehrfürchtig.

„Ja“, antwortete ich nur und leerte die Dose, woraufhin Manne mir freundlicherweise noch eine zweite anbot.

„Bist ja ganz schön gut ausgerüstet, aber besser nicht, ich muss noch rauf“, meinte ich lachend.

„Alles dabei, was man so braucht!“, erwiderte er mit einem freundlichen Lächeln und tätschelte liebevoll seinen alten Armeerucksack. Sein beinahe kindliches Gesicht bekam nun wieder Farbe. Die vollen Lippen zogen bereits an einer weiteren Zigarette, und seine sanften dunklen Augen schauten mich vertrauensvoll an. Es stellte sich heraus, dass er aus der Oberpfalz und bereits seit zwei Wochen per Anhalter unterwegs war. Sein Ziel war Gibraltar, weil er da überwintern wollte.

Ich stand auf und ging um die Hütte, um einen Blick nach oben werfen zu können. In weiter Ferne erkannte ich Paula und Ma, wie sie gerade hinter einer Kuppe verschwanden. Die werde ich wahrscheinlich nicht mehr einholen, dachte ich mir, als ich ein gutes Stück unterhalb davon eine langbeinige Frau mit schwarzen Haaren sah. Dieses Mal trug sie statt der hohen Stiefel ein Paar Bergschuhe. Eilig kehrte ich zu Manne zurück und packte den Pullover in meinen Rucksack.

„Sorry, Manne, ich muss jetzt. Wenn du mal nach München kommst, melde dich“, meinte ich noch und drückte ihm eine Visitenkarte in die Hand.

„Josef Bichelmair – Hauptkommissar!“, hörte ich ihn erstaunt sagen, während ich bereits den Rucksack schulterte, und ich war mir ziemlich sicher, dass Manne sich nie bei mir melden würde.

Hastig hetzte ich hinter meiner Phantomfrau her, die zu allem Übel jetzt auch noch hinter einer Baumgruppe verschwand. Leider hatte ich noch immer die Daunenjacke an, sodass es mir schnell ziemlich heiß wurde, doch zum Ausziehen fehlte mir die Zeit.

„Hey du!“, schrie ich lauthals. „Jasmin! Warte mal!“

Doch die Einzigen, die sich nach mir umdrehten, war das neongrünschwarze Pärchen, das auf einem Stein Brotzeit machte. Atemlos stolperte ich an ihnen vorbei, aber kurz darauf gab ich erschöpft und verschwitzt auf. Sicher würde ich sie da oben noch finden, beruhigte ich mich. Mit ihrer roten Jacke würde sie schon aus der Menge herausstechen, und dann hätte ich noch genug Zeit sie zu fragen, warum sie mich in den Bayerischen Hof bestellt hatte und was es mit diesem Bericht über den verschollenen Kletterer auf sich hatte. Möglicherweise konnte ich mich ja sogar noch erkenntlich zeigen dafür, dass sie mir aus der Patsche geholfen hatte. Vielleicht nicht gerade heute mit den Eltern und Paula, aber irgendwann demnächst, dachte ich mir. Jetzt fiel mir auch ihr Nachname wieder ein: Lopez – Jasmin Lopez.

Ich beschloss, erst mal einen kräftigen Schluck von meiner Apfelschorle zu nehmen, das Bier hatte ich ja leider zurücklassen müssen, was aber gut war, steckte mir doch das eine bereits fühlbar in den Beinen.

Langsamer und nun ohne Daunenjacke stieg ich die letzten Meter zum Gipfel hoch, wo mir eine riesige metallene Hand den Weg zu weisen schien. Ich wusste von Ma, dass dieses Kunstwerk Adams Hand darstellte, inspiriert von Michelangelos berühmtem Gemälde in der Sixtinischen Kapelle. Darum zeigt sie auch nach Rom. Eine Frau mit roter Jacke konnte sie mir jedoch nicht zeigen, ich entdeckte sie weder auf dem Gipfelweg noch auf dem Gipfelrücken selbst. Stattdessen tummelten sich hier, nur wenige Meter oberhalb der Buden, zahlreiche Weihnachtsmarktbesucher und genossen den Rundumblick bei Glühwein, Bier und Bosna, einer länglichen Bratwurstsemmel mit Zwiebeln und scharfer Sauce. Im Norden konnte man den Chiemsee und das Alpenvorland sehen, und wenn man sich umdrehte, die mit Schnee überzogenen Gipfel der Chiemgauer und Berchtesgadener Alpen.

Ich verweilte nur kurz, um dann die wenigen Meter zur Bergstation abzusteigen, wo der Weihnachtsmarkt aufgebaut war. Dort war es wesentlich unübersichtlicher, und die Menschen tummelten sich vor den Ständen und an den Stehtischen. Langsam schob ich mich durch die Menge, Ausschau haltend nach einer roten Jacke, aber auch nach Paula und meinen Eltern. Dabei kam ich an einem Schmied vorbei, der sein Handwerk demonstrierte, und gelangte schließlich auf die Aussichtsplattform der Bergstation, wo ebenfalls Buden und Tische und sogar Heizstrahler aufgestellt waren. Die Plattform ähnelte einem großen Balkon, an dessen äußersten Ende sich der „Himmelskletterer“ befand. Die Skulptur, die den Extremkletterer Alexander Huber in Lebensgröße zeigte, machte den Anschein, als stiege sie über die weißen Gipfel hinweg, an der tief stehenden Sonne vorbei, direkt in den Himmel.

Einen Moment lang vergaß ich meine Suche und bestaunte das Panorama. Vom warmen Abendlicht beleuchtet, lagen die Chiemgauer Berge samt Kaiser vor mir. Ich sollte wirklich wieder öfter in die Berge gehen, dachte ich mir, als ich plötzlich aus dem Augenwinkel heraus Jasmin erblickte, die nun eine lederne, mit Fell gefütterte Fliegermütze trug, unter der das schwarze Haar hervorquoll. Sie stand an der hintersten Bude und schien sich lebhaft mit dem Inhaber zu unterhalten, der handgetöpferte Schalen anbot.

„Jasmin!“, rief ich laut.

„Wieso Jasmin? Und wo warst du überhaupt die ganze Zeit?“

Paula war plötzlich neben mir aufgetaucht und schaute mich mit zugekniffenen Augen an.

„Ich, äh, ich hab unterwegs jemanden getroffen.“

„Eine JASMIN?! Meinst du damit diese ältere Dame, die sich in dem Klettermagazin verewigt hat?“

„Nein, einen Bewusstlosen. Darum komm ich erst jetzt!“, stammelte ich unbeholfen und versuchte Jasmin nicht aus den Augen zu lassen, die gerade im Inneren des Standes verschwand. Kurz darauf wurde ein blauer Vorhang vorgezogen, und die Bude war nun anscheinend vorübergehend geschlossen.

„Der hatte ein Bier, und da hab ich eine kurze Pause gemacht“, versuchte ich nebenbei Paula meine Verspätung zu erklären.

„Eine Pause mit einem Bewusstlosen, der ein Bier hat!“ Paula zerrte ärgerlich an meinem Ärmel. „Für wie blöd hältst du mich eigentlich, und was schaust du denn dauernd zu dieser Bude da hinten? Sitzt da deine Jasmin drin?“

In dem Moment tauchte auch noch meine Mutter auf.

„Bua, da bist ja endlich“, rief sie. „Wir stehen da drüben an dem runden Tisch.“ Sie zeigte nach hinten, und ich drehte mich kurz um und erblickte Vater, der sich mit einem älteren Herrn unterhielt.

„Ich komm gleich, Mama“, sagte ich kurz angebunden, dann schaute ich wieder nach dem noch immer geschlossenen Stand, aus dem nun Jasmin wieder heraustrat. Der Budenbesitzer, ein blond gelockter Sonnyboy Mitte dreißig, dessen sportliche Figur man trotz der knallroten, dick wattierten Daunenjacke erahnen konnte, folgte ihr kurz darauf. Er trug einen Hammer in der Hand, mit dem er hinter der Hütte verschwand, während Jasmin am Geländer lehnte und auf ihn einsprach. Leider konnte ich mich nur bedingt auf meine Beobachtungen konzentrieren, weil zum einen meine Mutter darauf bestand, dass wir nun endlich zu ihrem Tisch kommen sollten, und Paula gleichzeitig noch immer wissen wollte, wer Jasmin war und warum ich mit einem Bewusstlosen ein Bier getrunken hatte, während sie sich Sorgen machte.

„Also *das* ist deine Jasmin!“, zischte sie plötzlich lautstark. „Darum glotzt du die ganze Zeit dahin!“ Dabei deutete sie direkt auf die langhaarige Schönheit mit Pelzkappe, woraufhin nicht nur meine Mutter in die angegebene Richtung schaute. Gott sei Dank bekam Jasmin davon nichts mit, da sie uns zum einen den Rücken zugekehrt hatte, zum anderen aber auch zu weit entfernt war.

„Aha! Die alte Dame und der Bewusstlose. Aber jetzt scheint er ja wieder fit zu sein! Er scheint ihr gerade ein Häuschen zu bauen. Da kannst du nicht mithalten, du weißt ja nicht mal, wie man einen Hammer hält!“. Paula sah mich angriffslustig und mit einem provokanten Lächeln an. Tatsächlich stand der Bursche auf einem Stuhl und hämmerte auf dem Dach seiner Bude herum.

„Jetzt, Paula, hör halt auf“, sagte ich ärgerlich.

„Geh, Kinder, ihr werds doch jetzt nicht streiten. Kommts lieber mit, bevor der Vater den Platz nicht mehr verteidigen kann“, versuchte Mutter zu vermitteln, als ein ohrenbetäubendes Getöse, bestehend aus kehligen Lauten und spitzem Kreischen, untermalt mit lautem Gebimmel hinter uns ertönte. Ruckartig drehten wir uns um, und ich blickte direkt in die Fratze eines wild gewordenen Teufels.

Paula und Ma schrien erschrocken auf, und um ein Haar hätte ich mit eingestimmt. Während Paula sich an meinen Arm klammerte, hieb mir diese furchteinflößende Gestalt mit ihrer Rute auf meinen Oberschenkel, sodass auch ich vor Schreck zusammenzuckte. Dann fuchtelte er mit seiner Rute über Paulas Kopf herum, und sie duckte sich vorsichtshalber hinter mir weg.

Mit zotteligen Fellen bekleidet, ihre Gesichter verborgen hinter geschnitzten Masken, sprangen mindestens fünf Krampusse, kehlige Laute von sich gebend, wild zwischen den Weihnachtsmarktbesuchern herum, während ihre um den Bauch befestigten Glocken laut schepperten. Die meisten Zuschauer erholten sich rasch und zückten ihre Handys, um das Spektakel zu fotografieren oder zu filmen. So auch meine Mutter und Paula, die ihren Schreck anscheinend überwunden hatten und jetzt erst mal abgelenkt waren.

Als ich mich wieder umdrehte, um nach Jasmin zu schauen, konnte ich weder sie noch die blonden Löckchen des Budeninhabers sehen. Ich nutzte den unbeobachteten Moment und machte mich auf den Weg zu dem Stand des Blondschopfes in der Hoffnung, jetzt endlich Jasmin befragen zu können – natürlich rein dienstlich, wollte ich doch wissen, was dieser Artikel über den verschwundenen Kletterer mit der Hand vom Weihnachtsmarkt zu tun hatte. Dazu musste ich zunächst an zwei wild scheppernden Krampussen vorbei, die nun auch die hintersten Glühweintrinker aufgescheucht hatten.

Als ich die Bude erreicht hatte, stellte ich fest, dass Jasmin weder darin noch dahinter war. Ich fand lediglich einen verwaisten alten Holzstuhl, der umgekippt auf dem Boden lag. Unverrichteter Dinge kehrte ich zurück zu meinen eifrigen Fotografinnen, die mich anscheinend noch nicht vermisst hatten, und beschloss, in der anderen Richtung auf die Suche zu gehen.

„Ich muss mal“, sagte ich laut, um das Getöse zu übertönen, doch das schien sie nicht weiter zu interessieren, insbesondere da gerade zwei freche Burschen es wagten, einem der Krampusse ihrerseits mit einem kleinen Steckerl zu drohen, was dieser mit einem gefährlich klingenden Schnauben quittierte.

Umso besser, dachte ich mir und bahnte mir den Weg durch die Menge zum Eingang der Bergstation. Da deren seitliche Außenwand überwiegend aus Glas bestand, konnte ich von hier aus schon ins Innere schauen, wo sich bereits eine Warteschlange für die Talfahrt gebildet hatte. Plötzlich sah ich etwas Rotes hinter einer Familie mit zwei Kleinkindern, und tatsächlich: Es war Jasmin, die die Warteschlange bereits passiert hatte und gerade eine kurze Treppe hinaufstieg, die nach rechts in einen Seitengang führte. Ich wusste von früher, dass dort die Toiletten waren, und atmete erleichtert auf. Es würde mir also doch noch gelingen, sie zu erwischen.

Ich drängte mich durch die aufgekratzte Menge zum Eingang und kämpfte mich an den Wartenden vorbei. Als ich endlich den Gang erreicht hatte, postierte ich mich schräg gegenüber der Toiletten. Außer den beiden WC-Türen, die nebeneinander lagen, gab es noch eine weitere mit der Aufschrift „Zutritt verboten!“.

Ich wartete eine Minute, zwei, drei... Nach fünf Minuten wurde ich langsam ungeduldig. Nachdem bereits eine andere Frau reingegangen und dann wieder herausgekommen war, war ich schon in Versuchung, einen kurzen Blick hineinzuwerfen, als plötzlich Paula erschien.

„Ach hier bist du, bist jetzt fertig oder wartest noch?“

„Ich warte noch“, sagte ich entschieden und hoffte, dass sie wieder ging.

Doch Paula riss die Tür zur Herrentoilette auf. „Schau! Keiner drin! Also, warum gehst du nicht?“

„Paula, Mensch Meier, jetzt reicht es aber!“, platzte mir der Kragen.

„Soll ich vielleicht für dich die Damentoilette öffnen und ihr sagen, dass da ein Verehrer vor der Tür wartet?“

„Paula!“, sagte ich flehend. „Ich muss sie was Wichtiges fragen! Was Dienstliches! Immerhin hat sie die Hand gefunden und mir die Zeitung mit dem Tattoo auf der Hand zugespielt“, zischte ich ihr möglichst leise zu, bereute aber sofort meine Worte.

„Ach, der Herr meint die ältere Dame, die sein abgetrenntes Händchen gefunden hat und für die er sich extra in Schale geschmissen hat“, erwiderte Paula sarkastisch und ziemlich laut. So laut, dass sich bereits einige nach uns umschauten und der Bodybuilder am Ende der Warteschlange mir verständnisvoll zuzwinkerte, während seine Freundin mit amüsiertem Lächeln ins Damenklo marschierte.

„Paula!“, flehte ich mit gedämpfter Stimme. „Ich hab mit der nur ein paar Sätze gewechselt, Ehrenwort! Du kannst den Wanninger fragen.“

„Also der Wanninger ist auch noch mit in den Bayerischen Hof gegangen. Sozusagen Herrenabend mit Dame“, sagte sie schnippisch.

„Nein, die war doch gar nicht mehr da!“, versuchte ich mich zu rechtfertigen, was zumindest eine kurze Unterbrechung bewirkte.

„Und weil sie dir im Bayerischen Hof durch die Lappen gegangen ist, lauerst du ihr hier jetzt auf“, setzte Paula unverdrossen ihren Angriff fort.

„Paula!“, rief ich ernsthaft entrüstet, während der grinsende Riese zu kichern anfing. Ich wollte ihm gerade sagen, dass er sich um seinen eigenen Kram kümmern soll, da kam seine Freundin aus der Toilette zurück und meinte enthusiastisch: „Hasi, das musst du dir anschauen. Unter dem Klofenster geht es senkrecht nach unten!“

„Ist da noch jemand drin?“, fragte ich sie erschrocken.

„Hättest wohl gerne?“, meinte sie und zwinkerte Paula verschwörerisch zu, während ich einen verächtlichen Blick von ihr erntete.

Unter der Aufmerksamkeit der kompletten Warteschlange stürmte ich in die Damentoilette und fand sie – leer! Weder im Toilettenabteil noch im Vorraum war jemand.

Einen Moment lang fühlte ich mich desorientiert, dann schaute auch ich aus dem Fenster. Die Sonne war bereits untergegangen, doch ihr Licht erhellte noch immer rotgolden den Himmel. Die Bergspitzen ragten wie Inseln aus dem weichen Wattemeer, das der Nebel unter uns gebildet hatte, und unterhalb des Fensters im fast senkrecht abfallenden Gelände lag etwas. Etwas Rötliches, dem sich das von unten aufsteigende Wolkenbett langsam näherte.

Nebelfahrt

Benommen starrte ich in die Tiefe und zuckte erschrocken zusammen, als Paula mir sanft von hinten eine Hand auf meine Schulter legte.

„Ist sie ...?“, hauchte Paula betroffen, während sie sich neben mich drängte.

„Ich weiß es nicht, da unten liegt was Rotes“, sagte ich und spürte, wie meine Stimme zitterte.

Paula spähte hinab. „Tatsächlich!“, flüsterte sie. „Du meinst ...“ Paula stockte. „Am Ende ist sie vor dir geflüchtet und ...“

„Quatsch! Das lässt sich noch nicht mal aufmachen“, erwiderte ich, während es mir nur gelang, das Fenster in Kippstellung zu bringen. Unaufhaltsam schob sich der Nebel nach oben und hatte das Rote nun bereits ganz verschluckt. „Es könnte auch was von der Plattform gefallen sein. Vielleicht hat ja jemand seine Jacke übers Geländer gehängt, und dann ist sie runtergefallen“, meinte ich hoffnungsvoll.

„Oder eine Decke“, versuchte nun auch Paula uns zu beruhigen, aber da rissen die Wolken noch mal auf, und ich konnte deutlich die Silhouette eines Menschen erkennen.

„Hast du das auch gesehen?“, hauchte Paula entsetzt und umklammerte meinen Arm. „Das ist ein Mensch! Oh Gott!“ Sie schluchzte auf.

Ich nahm sie sanft an der Hand und zog sie hinaus in die Bergstation, wo die ahnungslosen Besucher ratschend und feixend, teilweise mit Glühwein in der Hand, auf die nächste Bahn warteten.

„Na, Versöhnung gefeiert?“, flachste Hasi, als er uns sah, und seine Frau klatschte mit einem ironischen Grinsen Beifall, wohingegen eine ältere Frau mit Häkelmütze mokierte, dass das ja wohl eine Frechheit sei, dass ich mit auf die Damentoilette ging.

„So was g’hörert angezeigt!“, rief sie empört.

Doch Paula und ich hatten jetzt andere Sorgen, und wir schritten mit hoch erhobenem Kopf und stoischem Gesichtsausdruck an der Warteschlange vorbei ganz nach vorne, auf der Suche nach dem Liftpersonal. Als wir bereits am Abgang zum Bahnsteig waren, kam Mutter von hinten angestürmt und rief: „Da seid ihr ja, wir haben euch schon überall gesucht." Sie schaute uns mit zusammengezogenen Augenbrauen an. „Ihr wollt schon runterfahren? Ohne uns Bescheid zu sagen?!"

„Nein, nein! Ich erklär dir gleich alles", versuchte ich sie zu besänftigen.

„Stell dir vor, Reni, da ist jemand ab ..." Ich pufften Paula kurz in den Arm, und sie beendete abrupt ihre Rede.

„Aber warum lässt du sie denn nicht ausreden", tadelte mich meine Mutter. „Ihr seid die ganze Zeit schon so komisch."

„Es ist alles in Ordnung", beeilte sich Paula zu sagen. „Wo ist denn der Bertl?"

„Der hat sich noch einen Glühwein gekauft. Fahren tut mir der heute nicht mehr", sagte sie streng.

„Weißt was, Reni", sagte Paula und nahm sie am Arm, „jetzt kaufen wir zwei uns auch noch einen Glühwein oder besser einen Schnaps, und der Joe fährt dann, oder?"

Ich nickte, war ich doch froh, dass Paula sich von ihrem Schreck schon etwas erholt hatte und mir Mutter abnahm. Meine Paula, dachte ich durchaus mit Stolz und Liebe, sie ist zwar ein bisschen eifersüchtig, aber wenn es darauf ankommt, dann kann ich auf sie zählen.

Kurz nachdem sie mit Mutter nach draußen verschwunden war, erspähte ich den Liftangestellten, nach dem ich suchte. Ich zeigte ihm meinen Ausweis und erklärte ihm kurz die Lage. Er stellte sich als Moser Schorsch vor, dann alarmierte er die Bergwacht und stoppte die Bahn nach einer letzten Talfahrt, um die Gondel für die Bergrettung bereit zu halten.

Während Moser sich auf die Suche nach einem Ex-Bergwachtler machen wollte, den er vor Kurzem hier oben noch gesehen hatte, eilte ich zur hintersten Bude. Dort lag noch immer der Stuhl zwischen Budenrückwand und dem Geländer der Plattform, doch vom blondlockigen Budenbesitzer war nichts zu sehen, ebenso wenig von Jasmin, was mich zugegebenerweise noch nervöser machte. Ich trat neben den umgefallenen Stuhl und schaute in die Tiefe. Der Nebel hatte aufgerissen, sodass der Abgrund klar und deutlich vor mir lag. Ich hatte mich nicht getäuscht: In dem bereits dämmernden Licht hob sich, auf einem Vorsprung liegend, die reglose Silhouette eines

Menschen ab. Ob es ein Mann oder eine Frau war, war jedoch nicht eindeutig zu erkennen, auch nicht, ob er oder sie noch lebte. Mir war klar, dass ich so schnell wie möglich nach unten musste, am besten mit einem Arzt oder Sanitäter.

Die Besucher auf der Plattform schienen bisher nichts mitbekommen zu haben, weder von der Sperrung der Bahn noch von einem Sturz. Hasi, der Bodybuilder, der inzwischen ja wusste, dass Anstehen erst mal sinnlos war, war mir jedoch mit seiner Freundin gefolgt.

„Was ist hier los, Meister?“, fragte er mich polternd, die Hände in die Seiten gestemmt. Ich schaute ihn nachdenklich an, und mir wurde klar, dass dieser Herr dringend eine Aufgabe benötigte.

„Du bist genau der Richtige!“, sagte ich daher leutselig. „Ich brauch hier einen starken, zuverlässigen Mann, der keinen hinter diese Bude lässt und am besten auch nicht direkt davor. Kann ich mich auf dich verlassen?“ Ich zeigte ihm meinen Dienstausweis, den er mit einem kurzen Pfiff zur Kenntnis nahm.

„Klar, Chef, geht in Ordnung“, meinte er mit einem Grinsen und stellte sich breitbeinig vor die Bude. „Leute, alles klar, der ist von der Polizei, die wollen hier nur ein bisschen Platz haben“, erklärte er den Umstehenden.

Die meisten bedachten ihn zunächst nur mit einem kurzen fragenden Blick und ließen sich nicht weiter stören, bis die ersten verhinderten Fahrgäste murrend und schimpfend aus der Bahnstation kamen.

„Was ist da jetzt passiert? Frechheit, keiner sagt uns was“, war der Tenor, der nun vermehrt zu hören war, während ich mithilfe der Frau vom Hasi und eines Kletterseils, das Moser mir mitgegeben hatte, versuchte, den Bereich um die Hütte abzusperren. Nun brach doch noch eine gewisse Unruhe aus, doch Hasi hatte alle mit seiner leutseligen, aber durchaus souveränen Art im Griff – deutete hie und da auf mich, murmelte leise Erklärungen verschwörerisch in wissbegierige Ohren und wurde durchaus auch mal laut, wenn es sein musste. Dann endlich erschien der Moser mit einem Rucksack auf dem Buckel und einem leicht angetrunkenen Herrn mit Zwirbelbart im Schlepptau.

„Wir gehen schon mal runter“, raunte Moser mir zu. „I hab noch einen gefunden, der uns dabei helfen kann.“ Er deutete auf den sanft schwankenden Mann neben sich.

„Servus! I bin der Max", sagte dieser mit leichtem Zungenschlag. „Ehemaliger Bergwachtler und Sanitäter! Jetzt Wasserwacht und freiwillige Feuerwehr", ergänzte er seine Referenzen und fügte mit einem Grinsen hinzu: „Da werden die sich ärgern, die Ruhpoldinger Bergwachtler, dass i vor ihnen drunten bin."

Mit einem zweifelnden Blick schaute ich Moser an, doch der meinte nur: „Des passt scho. Der Max is fit. So a bissel Glühwein macht dem gar nix, der baut einen Flaschenzug mit geschlossenen Augen. Und i geh a mit, weil i bin hier heroben der Ersthelfer. Also auf geht's, runter zum Patienten."

Dankbar nahm ich seinen Optimismus auf und hoffte, dass es noch was zu helfen gab. Trotzdem hatte ich noch eine Frage, weil ich mir das Verschwinden von Jasmin nicht erklären konnte.

„Sagen Sie mal, Herr Moser ..."

„Sag Schorsch zu mir."

„Ja gut, ich heiß Joe", sagte ich schnell, da es ja durchaus eilte. „Kann man die Fenster im Herrenklo auch nur kippen?"

„Normal schon, aber mit Gewalt geht alles. Haben wir alles schon gehabt", meinte er achselzuckend, und in mir machte sich die Befürchtung breit, dass Jasmin womöglich von dort hinabgestürzt war. „I denk ja, dass die Person von dem Stuhl da gefallen ist", mutmaßte Moser, was mich etwas beruhigte, aber nicht erklärte, wohin Jasmin verschwunden war, wenn nicht nach unten.

Ich wollte Moser gerade nach der „Zutritt verboten"-Tür fragen, als Max meinte: „Pack mas! Mei Flaschenzug is fertig. Also, i lass euch jetzt runter."

„I seil mi selber ab", erwiderte der Schorsch und begann am Geländer bereits eine Umlenkung mithilfe von Bandschlingen und einem Karabiner anzubringen.

„Wie d'meinst, Schorsch. Willst du auch lieber selber abseilen?", fragte er mich.

Ich betrachtete nachdenklich den leicht angesäuselten Max. Tatsächlich wurde ich ja bei unserem internen Kletterkurs regelmäßig abgelassen, aber von oben auf den Boden und nicht vom Boden nach unten in ein inzwischen nebelverhangenes Nichts! Und das von einem nicht mehr ganz nüchternen Unbekannten! Trotzdem entschied ich mich für diese Lösung, hatte ich mich doch erst ein einziges Mal selbst abgeseilt und wusste im Moment überhaupt nicht mehr, wie das ging.

Als das geklärt war, fuhr Max fort: „Also, wenn ihr zwei unten seids, dann kimm i nach ..."

„Und wer zieht uns dann wieder hoch mitsamt dem Verletzten oder der Leich?", fragte Schorsch, wobei ich zunehmend ein nervöses Kribbeln im Magen verspürte.

Max kratzte sich nachdenklich an der Stirn. „Da hast recht! Wir brauchen noch ein paar starke Manner." Er warf unserem muskelbepackten Absperrposten einen Blick zu. „Also gut! Dann ziehn mir euch wieder rauf, der Große da und i."

Bodybuilder Hasi nickte zustimmend, und ich stieg mit bangem Herzen in den Klettergurt, den Schorsch mir hinhielt.

„Bua, was machst jetzt du da?", hörte ich zu allem Übel auch noch die Stimme meines Vaters. Er stand samt Mutter und Paula direkt vor der Absperrung. Dahinter versammelten sich inzwischen alle noch anwesenden Weihnachtsmarktbesucher und schauten gespannt auf mich.

„Da ist jemand runtergefallen", raunte Paula Vater leise zu.

„Jessas na! Pass fei bloß auf", hörte ich Mutter sagen, während ich mich bereits in die Beinschlaufen des Klettergurtes hineinkämpfte.

„Der hat doch einen Kletterkurs gemacht", versuchte Paula Mutter zu beruhigen.

Um das peinliche Mutter-Vater-Kind-Gespräch, das noch dazu in aller Öffentlichkeit stattfand, zu beenden, trat ich entschlossen ans Geländer. Max nahm mich auch sofort in die Sicherung, wobei er mir aufmunternd zuzwinkerte. Schorsch gab mir noch einen Helm und eine Stirnlampe, dann schwang er sich elegant über das Geländer und verschwand in der Tiefe.

„Um Gottes willen, Sepperl!", hörte ich Mutter sagen. Sepperl hatte sie mich anstandshalber die letzten dreißig Jahre nicht mehr genannt. „Du wirst doch nicht da runtergehen?!"

Schnell und ohne weiteres Nachdenken stieg ich jetzt über das Geländer und stand nun, mit jeder Menge Luft unterm Hintern, nur noch mit den Zehenspitzen auf dem schmalen Sims. Mein Herz fing augenblicklich zu rasen an, und meine Beine zitterten so stark, dass ich

Angst hatte, sie würden gleich ganz versagen. Die in Kletterkreisen als Nähmaschine bekannten Zuckungen hatten mich voll im Griff.

„Lehn di z'ruck und lass des Geländer los! I hab di, du packst des scho! Auf geht's, Herr Polizist, obi geht's…", brabbelte Max beruhigend auf mich ein, doch seine Worte rauschten nur durch meinen Kopf, ohne irgendwie anzukommen. Plötzlich zog mich das Seil mit einem Ruck nach vorne, und ich schaute in Max' blassblaue Augen, die nurmehr wenige Zentimeter von den meinen entfernt waren.

„Das merkst doch, dass ich dich hab", sagte er eindringlich und fast hochdeutsch, aber auch mit einer leichten Fahne. „Also lass jetzt endlich los und hock dich in den Gurt!"

Behutsam ließ er das Seil Zentimeter für Zentimeter durch das Sicherungsgerät gleiten, wobei ich erst einmal nur einfach in die Knie ging, ohne oben das Geländer loszulassen. Zu guter Letzt hing mein Po in einer Hockstellung auf Höhe der Bodenkante.

„Jetzt die Hände oben loslassen!", kommandierte Max sanft, aber mit Nachdruck. „Halt dich von mir aus unten am Geländer fest, und dann steig mit die Füß runter."

Das mit dem Festhalten war ja noch okay, schwieriger waren die Füße. Vorsichtig löste ich einen Fuß vom Sims. Da das Aussichtsplateau wie ein Balkon überstand, fand er aber nirgends Halt und baumelte lose in der Luft. Darum klammerte ich mich noch fester an die Gitterstäbe, als es über mir tönte: „Und jetzt den andern Fuaß! Zefix!"

Widerstrebend gelang es mir dann endlich doch, auch den zweiten Fuß vom festen Boden zu lösen, wobei ich mir das Knie an der Kante anschlug. Damit war die Sache aber noch lange nicht vorbei, denn nun schwebte ich direkt auf die Nebeldecke zu, die netterweise das grauenvoll steil abfallende Gelände unter mir verdeckte. Das fühlte sich zunächst etwas heimeliger an, änderte sich aber schlagartig, als ich in den Nebel eintauchte. Das Licht der Stirnlampe schien an meinen Füßen zu enden, wurde dafür aber diffus zurückgeworfen, sodass ich bald schon nicht mehr wusste, wo oben und unten war, und nur die Schwerkraft ließ mir diesbezüglich eine vage Idee. Alles in allem fühlte es sich an wie meine erste Geisterbahnfahrt mit fünf.

Endlich stieß mein Fuß auf Geröll, und ich schrie wie vereinbart: „Stopp!", woraufhin die Talfahrt erst mal beendet war.

Mit beiden Füßen nun endlich wieder im Kontakt mit der Erde, fiel der Horror etwas von mir ab, und ich schnaufte tief durch. Stehen war jedoch unmöglich, da auch hier das Gelände noch immer steil abfiel und ich keinen sicheren Stand fand. Halb baumelnd, halb stehend versuchte ich mit dem Licht der Lampe den Nebel zu durchdringen, als ich einen Lichtschein links unterhalb von mir wahrnahm.

„Ich glaub, ich hab ihn", hörte ich Schorsch rufen, den ich nun auch schemenhaft erkennen konnte.

„Max, lass ihn noch a Stück runter", rief er laut nach oben, und weiter ging die Fahrt in der Nebelsuppe. Die letzten Meter hing ich dann auch nicht mehr frei baumelnd in der Luft, sondern schrappte zunächst an einer Felswand vorbei, um schließlich auf ein abfallendes Gelände zu treffen, wobei ich unbeabsichtigt einen Stein lostrat, der polternd in die Tiefe stürzte.

„Stopp!", rief Schorsch laut nach oben, als ich neben ihm angelangt war. Erleichtert tastete ich mit den Füßen den Boden ab und stellte fest, dass man hier zwar wackelig, aber doch stehen konnte.

„Keine Angst", sagte Schorsch, „der Max hält dich schon. Schau, da drüben liegt was."

Er hüpfte mehr an seinem Seil hängend als gehend zu einem leblos daliegenden, im Licht der Lampe nur erahnbaren Körper. Ich versuchte ihm stolpernd zu folgen, wobei das straffe Seil mich zwar nicht fallen ließ, mich aber auch nach jedem Schritt wieder zurückzog, sodass ich mehr oder weniger an Ort und Stelle blieb. Nach einigen sinnlosen Versuchen meinerseits tauchte Schorsch wieder neben mir auf.

„Tot!", war alles, was er herausbrachte. Dann befestigte er ein Seil an meinem Gurt. „Wenn i wieder drüben bin, zieh ich dich rüber, alles klar?" Seine Worte klangen schroff und kehlig.

„Ist es eine Frau?", fragte ich und hatte ebenfalls einen Kloß im Hals.

„Nein, es ist der Martl", erwiderte er traurig und pendelte wieder hinüber.

Als ich endlich auch drüben war, musste ich feststellen, dass der Martl niemand anderes war als der sportliche, blondgelockte Budenbesitzer, mit dem Jasmin sich unterhalten hatte.

Abrakadabra

Plötzlich wurde die Nebelsuppe von mehreren Seiten hell erleuchtet, und Max schrie von oben: „Der Herr Polizist soll sofort auffi kommen, sagt die Chefin hier!“

Kurz darauf spürte ich einen Ruck, der mich die Bodenhaftung verlieren ließ, und schwebte nun, fremden Mächten ausgeliefert, wieder in der Luft. Ruckartig, mich um mein Seil drehend, ab und an leicht aneckend am Fels, wurde ich nach oben gezogen, vorbei an einem Gesicht, das mir bekannt vorkam.

„Fritz?“, rief ich.

„Joe?!“, kam es ungläubig zurück, während wir aneinander vorbeischwebten, er hinunter und ich hinauf. Dass er hier rumbaumelte, war eigentlich kein großer Zufall, war er doch aus der Gegend und Polizeibergführer. Er hatte mich mit seiner Kollegin Mieke bei dem Einsatz an der Hörndlwand unterstützt.

Endlich erreichte ich das Geländer und packte dankbar zu, um den letzten Move wieder selbst bestimmen zu können, wobei ich kräftigen Applaus erntete. „Er ist wieder da, Bertl! Er is wieder da, mei Bua!“, hörte ich meine Mutter freudig rufen, während ich mit zitternden Knien endlich wieder auf festem Boden stand.

Erleichtert schwang ich gerade mein zweites Bein über das Geländer, als Max von einer grimmig dreinschauenden Frau mit scharf geschnittenen Gesichtszügen unsanft zur Seite geschoben wurde.

„He da!“, konnte er nur noch sagen, doch diese Feldmarschallin mit ihrem füllig-dichten Haarschopf, der einem schwarzen Helm glich, schnitt ihm mit einer einzigen energischen Geste jedes weitere Wort ab. Stattdessen trat sie so dicht an mich heran, dass mir ihr rauchgeschwängerter Atem das Gefühl gab, beim Bernhard im Kammerl zu sitzen, während sich ihre giftgrünen Augen in die meinen bohrten. Nachdem ich meinen Blick trotzdem nicht senkte, wie sie sich vielleicht erhofft hatte, schnauzte sie mich an: „Und wer sind Sie, wenn ich fragen darf?“

Das mit dem Dürfen hatte sie natürlich rein rhetorisch gemeint, so viel war mir schon klar, aber ich stellte mich erst mal arglos.

„Wenn Sie mir verraten, wer Sie sind, kann ich Ihnen das gerne sagen“, erwiderte ich darum.

Ihre grünen Augen wurden zu Schlitzen, doch sie antwortete: „Oberkommissarin Reitmüller. Darf ich Ihren Ausweis sehen.“

„Aber natürlich, Frau Oberkommissarin“, sagte ich beflissen und zerrte meinen Geldbeutel aus der Gesäßtasche, was sich etwas in die Länge zog, da mich der Klettergurt, den ich ja noch immer anhatte, dabei behinderte. Währenddessen trommelte sie ungeduldig mit den Fingern auf das Geländer.

„Hauptkommissar Bichelmair“, sagte ich, nicht ohne Betonung auf dem „Haupt“, und überreichte ihr meinen Dienstausweis. Zumindest war ich bei diesem Kräftemessen schon mal ranghöher.

Das beeindruckte sie allerdings nur wenig, und nachdem sie einen Blick auf den Ausweis geworfen hatte, meinte sie nur kühl: „Dann darf ich annehmen, dass Sie es waren, der den Kriminaldauerdienst alarmiert hat, Herr Hauptkommissar Bichelmair aus MÜNCHEN! Herr Dorn, bitte nehmen Sie die Aussage von Hauptkommissar Bichelmair zu Protokoll“, wandte sie sich an einen ihrer uniformierten Kollegen und ließ mich einfach stehen.

Schorsch, der inzwischen auch wieder aus der Versenkung erschienen war, schlug vor, zur Befragung doch in die Dienstwohnung der Bergbahn zu gehen. Dorn folgte also Schorsch, und Max und ich trotteten ihnen hinterher, um ein stilles und hoffentlich warmes Plätzchen für unsere Aussage aufzusuchen. Wir überquerten die sich nun leerende Aussichtsplattform. Anscheinend lief die Bahn jetzt wieder, und ein Großteil der Besucher strömte in die Station, wo ich dann auch Paula sah. Sie kam auf mich zu und schaute mich stolz an. Dann nahm sie mich in den Arm, was mir echt guttat. Erst jetzt spürte ich, wie kalt es mir inzwischen war und wie kaputt ich mich fühlte. Am liebsten wäre ich bei ihr geblieben, doch leider drängte Dorn zum Weitergehen.

„Und?“, fragte Paula mich leise.

„Der blonde Lockenkopf von der Töpferbude – tot“, flüsterte ich zurück.

Sie drückte mich noch einmal fest und meinte: „Wir warten unten im Restaurant am Taubensee, das ist gleich neben der Talstation.“

„Bis später“, sagte ich mit einem Blick auf Dorn und hoffte, dass die Sache nicht allzu lange dauern würde. Dann folgte ich meinen Begleitern in den Seitengang des Seilbahngebäudes, wo wir aber an den Toiletten vorbeigingen bis zu der Tür, auf der „Zutritt verboten“ stand. Schorsch öffnete diese, ohne aufsperren zu müssen, und wir betraten ein kahles Zimmer, in dem sich lediglich ein paar Putzgeräte befanden, eine Stahltreppe führte jedoch aufwärts.

„Jetzt sama über der Bahn“, erklärte er, als wir oben in einem breiten Gang mit zwei Türen angekommen waren. „Und des is unsere Dienstwohnung“, sagte er und öffnete die rechte Tür.

„Gemma in die Küch“, forderte er uns auf, und kurz darauf saßen wir auf der alten Eckbank, während er Tee kochte. Zunächst gaben wir nacheinander bei Tee mit Rum dem Dorn unser Wissen zu Protokoll, wobei ich Jasmin erst mal außen vor ließ. Dabei erfuhr ich auch, dass der Tote offiziell Martin Dandl hieß und er hier oben für seine Tante ihre Töpferware feilbot, sonst aber als Bergführer arbeitete. Dann, nachdem der Dorn weg war, genehmigten wir uns einen Marillenschnaps.

„Sag mal, kommt man von hier aus auch ins Freie?“, fragte ich Schorsch.

Der nickte nur und meinte: „Willst es sehen?“

Es stellte sich heraus, dass die zweite Tür direkt nach draußen ging. Ein kurzer, verdeckter Weg führte auf den Gipfelkamm. Ich folgte diesem mithilfe der Taschenlampe, die griffbereit an einem Nagel im Türrahmen hing. Der Nebel hatte inzwischen den ganzen Berg eingehüllt, und ich tastete mich trotz Lampe nur langsam voran, bis ich einen hölzernen Unterstand erreichte.

Sinnlos, hier nach was zu suchen, dachte ich mir und stellte mir fröstelnd vor, wie es sein musste, jetzt bei diesem Nebel und der inzwischen doch beißenden Kälte abzusteigen. Obwohl Jasmin sich durch ihr Verschwinden verdächtig gemacht hatte, hoffte ich sehr, dass sie gut unten ankommen würde, denn eines war mir klar: Die Bahn hatte sie nicht genommen. Am Nagel neben der Tür war nicht nur die Taschenlampe gehangen, sondern auch ein kleines Stück roter Stoff. Wenn meine These stimmte, dann war Jasmin an dem Nagel hängen geblieben.

„Noch was gefunden?“, erkundigte sich Schorsch, als ich zurückkam. Er hatte in der geöffneten und hell erleuchteten Tür gewartet.

„Außer dem roten Stofffetzen, der dort hängt, nichts“, antwortete ich und deutete hin.

Schorsch wollte ihn schon abnehmen, aber ich meinte, er sollte ihn besser hängen lassen.

„Von euch kann der nicht sein?“, fragte ich, doch Schorsch schüttelte nur den Kopf. „Von mir is der ned.“ Dann zuckte er mit der Schulter. „Mei, aber sonst gehen da schon auch a paar andere durch. I könnt mich ja mal umhören.“

„Sind die Türen hier immer offen?“

„Normal nicht, aber einer der Kramperl hat sich noch umziehen müssen, weil er zu spät dran war. Ich wollt eigentlich grad zusperren, aber da bist du gekommen, und dann hab ich eh noch den Materialsack und den Erste-Hilfe-Koffer holen müssen. Meinst du, dass des am End gar kein Unfall war und der da raus ist?“ Betreten schaute er mich an.

„Das wird jetzt diese Reitmüller aufklären müssen. Zeigst ihr bitte noch die Tür und den Stofffetzen“, bat ich ihn. Er begleitete mich noch zurück zur Bergstation, und nach einer herzlichen Verabschiedung gesellte ich mich zu Max, der bereits für die Talfahrt anstand.

Müder Montag

Als ich am Montag ins Büro kam, fühlte ich mich wie gerädert. Natürlich hatte ich von meiner grausigen Nebelfahrt geträumt. Immer wieder tauchte ich auf und ab wie eine Marionette, vorbei an Leichen ohne Hände, die ebenfalls an einem Faden hochgezogen und niedergelassen wurden, und oben hatte diese Superfrau mit den Mandelaugen alle Fäden in der Hand und schaute beinahe liebevoll auf ihre Puppen hinunter, die sie ein ums andere Mal in die Nebelsuppe tauchte.

Dabei ging die erste Nacht von Samstag auf Sonntag noch glimpflich über die Bühne, da ich mir mit Paula das Gästebett meiner Eltern teilte und die Paula sozusagen die beste Medizin in solchen Fällen ist. Die Nacht von Sonntag auf Montag musste ich dann aber leider ohne sie verbringen, weil Paula noch was Wichtiges im Chiemgau zu erledigen hatte, wie sie geheimnisvoll sagte. Also fuhr ich alleine zurück in mein Schwabinger Domizil, nicht ohne zu befürchten, dass sie gemeinsam mit meinen Eltern ein Paar Tourenski als Weihnachtsgeschenk für mich besorgte.

Nichtsdestotrotz freute ich mich auf einen gemütlichen „Tatort", ganz ohne Gefahr, mir anhören zu müssen, wie schön doch so eine Skitour wäre. Doch als ich meine Wohnung betrat, musste ich mir das mit dem gemütlichen Abend abschminken. Obwohl es tagsüber sonnig und für Dezember viel zu mild war, war es jetzt doch inzwischen empfindlich frisch geworden, und in meiner Wohnung war es kaum wärmer, da die Heizung, obwohl aufgedreht, eiskalt war.

Ohne die Jacke auszuziehen, ging ich rüber zu Marcello, um zu erfahren, ob auch er wieder im Kalten saß, jedoch reagierte er diesmal nicht auf mein Klingeln. Wahrscheinlich hat er irgendwo Unterschlupf gesucht, dachte ich mir, oder er liegt bereits erfroren in seinem Bett.

Noch im Hausflur wählte ich die Nummer von meinem Vermieter, erreichte aber nur den Anrufbeantworter, dem ich gehörig die Meinung sagte. Dann nahm ich kurz entschlossen die noch unausgepackte Reisetasche, stopfte ein frisches T-Shirt und Unterwäsche dazu und schnappte mir Paulas Hausschlüssel, den ich sofort fand, im Gegensatz zu meinem Autoschlüssel, den ich nur selten benutze. Aber noch mal mit den Öffentlichen zu fahren, und das bis Trudering, war mir nun doch zu viel.

Ich irrte zunächst die Feilitzschstraße auf und ab, als mir einfiel, dass ich meinen alten Opel Astra, einen wunderbar praktischen Kombi mit Schlafplatz, zuletzt in der Marktstraße abgestellt hatte. Dort fand ich ihn auch kurz hinter dem Abseits, einer Heavy-Metal-Kneipe, aus der Till Lindemanns tief-schaurige Stimme zu hören war, die gerade grölte: „Wollt ihr das Bett in Flammen sehen?“ Der wütend-brachiale Sound von Rammstein entsprach genau meiner Stimmung, denn ich hätte im Moment nichts lieber gemacht, als diesem Vermieterhai ordentlich einzuheizen, und gegen ein warmes Bett hätte ich auch nichts gehabt.

Einen Moment lang überlegte ich reinzugehen und hier den Abend zu verbringen, aber die Aussicht, anschließend in meinen Eisschrank zurückkehren zu müssen, bewog mich dann doch dazu, loszufahren.

Als ich in Trudering ankam, ebbte meine Wut bereits etwas ab, dafür machte sich eine tiefe Müdigkeit breit. Paula wohnte schon seit fast zwanzig Jahren in dem kleinen Haus, das mich immer an ein Hexenhäuschen erinnerte. Den Mietvertrag hatte sie noch aus ihrer Studentenzeit, als sie hier gemeinsam mit anderen eine WG hatte. Von außen mochte man kaum glauben, dass sich darin auch ihre Tierarztpraxis befand, die allerdings nicht sehr groß war. Doch für Hamster, Katzen und Co reichte es und ließ noch Platz für eine schmale Küche, eine Toilette und ein kleines Wohnzimmer. Unter dem steilen Dach befanden sich das Schlafzimmer, das ihr auch als Büro dienen musste, und ein Bad.

In Paulas kuschelig warmen Wohnzimmer warf ich mich aufs Sofa, öffnete das vorsorglich mitgebrachte Bier und suchte dann auf dem Glastisch nach der Fernbedienung.

Ich fand sie auch – unter einem Prospekt und einer Buchungsbestätigung für einen Lawinenkurs vom 26. bis 27.12.! Für ZWEI Personen! Meine schon fast abgeflaute Wut brodelte wieder auf, diesmal auf Paula, die mir den Kurs wahrscheinlich noch als Extrazugabe zu Weihnachten schenken wollte, und zwar aus purem Egoismus. Na warte, dachte ich mir, so was kann ich auch! Ich würde ihr wunderschöne Reizwäsche besorgen, da hatte ich dann zumindest auch was davon. Von mir aus aus Merinowolle, wenn es so was gab!

So verlassen von Gott und der Welt, hilflos dem Egoismus meiner Mitmenschen ausgeliefert, legte ich mich nach dem „Tatort“, den ich zur Hälfte verschlafen hatte, ins Bett. Paulas Anruf um kurz nach zehn drückte ich einfach weg, und als sie es ein zweites Mal probierte, schrieb ich ihr, dass ich bereits schliefe, weil das Handy konnte ich ja schlecht ausschalten, brauchte ich es doch noch als Wecker.

Dieses Mal träumte ich zwar nicht schlecht, konnte aber dafür jetzt ewig nicht mehr einschlafen und ärgerte mich abwechselnd über Paulas Sturheit und meinen eiskalten Vermieter. Nach dem 105. Racheplan – ich setzte meinen Vermieter samt Paula in Sibirien aus, Paula überreichte ich netterweise noch die von ihr erwünschte Skiwäsche – muss ich dann doch noch eingeschlafen sein.

„Der Kaffee ist fertig“, dudelte bereits endlos der Weckruf aus meinem Handy, als mir endlich klar wurde, wo ich war und dass ich aufstehen musste. Todmüde schleppte ich mich unter die Dusche und – nach einer Kanne Kaffee, die aber auch nicht half – in die Arbeit, um dort feststellen zu müssen, dass Heinz noch gar nicht da war, oder vielleicht auch schon wieder weg.

„Frau Susanne, könnte ich bitte einen Kaffee haben?“, bat ich mit matter Stimme in Richtung der Zwischentür, die in Susis Reich führte.

Nach einem kurzen Rumoren und Geklapper trat Susi schwungvoll mit einer Tasse in der Hand herein und schmetterte mir ein energiegeladenes „Guten Morgen“ entgegen, stutzte aber sogleich und meinte mit einem tadelnden Kopfschütteln: „Sie sollten sich nicht mehr so ausgiebig im Nachtleben herumtreiben. Sie sind schließlich auch nicht mehr der Jüngste.“

Das saß! Trotzdem entrang ich mir ein knappes: „Danke, Ihnen ebenfalls einen schönen Morgen.“

Mit einem letzten nachdenklichen Blick verließ sie mich wieder, netterweise ohne weitere Anspielungen.

Ich hatte gerade meine Tasse angesetzt, da schlurfte Heinz herein und warf sich grußlos auf seinen Stuhl. Er stützte seinen runden Kopf auf die eine Hand, während er mit der anderen seine geröteten Augen rieb.

„Sie schauen aber müde aus“, meinte Susi mit anteilnehmender Stimme und stellte ihm eine dampfende Tasse Kaffee vor die Nase.

„Danke, Frau Susanne“, säuselte Heinz.

„Wollen Sie noch ein paar Platzerl haben, Herr Morgenstern?“, fragte Susi beinahe liebevoll.

„Und ich?!“, machte ich mich mit beleidigtem Unterton bemerkbar, fühlte ich mich doch echt diskriminiert angesichts der mitfühlenden Behandlung, die Susi Heinz zukommen ließ.

„Für Sie habe ich ein Aspirin“, meinte sie nur kurz angebunden und stellte mir ein Glas Wasser vor die Nase, in dem sich eine Tablette sprudelnd auflöste.

„Ich will aber auch ein Vanillekipferl!“, murrte ich und schob ihr das Wasserglas samt Aspirin wieder zurück.

„Der Herr Morgenstern hat das ganze Wochenende seine Kinder betreut, im Gegensatz ...“

„Ich war nicht unterwegs! Ich bin um ZEHN ins Bett, aber ich habe nicht schlafen können“, rief ich wütend. „Ich war auf einem Berg! Mit einer Leiche! Und ich hab im Nebel über dem Abgrund gebaumelt! Mein Vermieter hat die Heizung abgestellt, und meine Freundin interessiert sich auch nicht dafür, was ich brauche! Und Sie ...“ Ich verstummte erschöpft, und Susi und Heinz schauten mich bestürzt an.

Nach einem kurzen Schweigen meinte Susi nun mit mütterlich sanfter Stimme: „Aber natürlich kriegst du auch ein Vanillekipferl, Joe.“

Sie hatte in der Arbeit DU zu mir gesagt – in diesem Fall ein echtes „mea culpa“! Obendrein brachte sie kurz darauf einen ganzen Teller Plätzchen für uns zwei, und ich verzieh ihr augenblicklich.

Nachdem wir uns erst einmal schweigend gestärkt hatten, forderte Heinz mich auf zu erzählen, was vorgefallen war. Das war gar nicht so einfach, da ich aber schon gestern beschlossen hatte, zumindest Heinz die ganze Geschichte zu berichten, inklusive der Rolle von Jasmin Lopez, setzte ich ihn stockend und zunächst lückenhaft in Kenntnis, auch auf die Gefahr hin, dass meine Notlüge mit der Cousine auffliegen würde.

„Also, du hast zufällig deine Cousine, von der der Wanninger so schwärmt, am Rauschberg getroffen ...“, versuchte Heinz meine gestammelten Infos zu verarbeiten.

„Nein, ich hab sie nur gesehen, wie sie mit dem Toten gesprochen hat ... natürlich bevor er tot war ... also bevor er abgestürzt ist, meine ich."

„Aber wo ist das Problem? Wenn du sie befragen willst, dann ruf sie halt an", schlug Heinz vor.

„Sie, ja äh ... Ich hab keine Nummer und auch keine Adresse von ihr."

„Keine Nummer und Adresse! Von der eigenen Cousine!" Heinz sah mich erstaunt an.

„Sie ist gar nicht meine Cousine", gab ich kleinlaut zu.

„Aha! So ist das also, du alter Schlawiner! Mal schnell angebaggert, so nebenbei beim Ermitteln. Kennt man ja von dir!"

Ich sagte lieber nichts dazu, weshalb Heinz dann auch ungestört weitermachte. „Hattest wohl Angst, dass die Christine oder der Wanninger petzen gehen und alles deiner Paula erzählen."

„Nein!", rief ich dann doch, um ihn zum Stoppen zu bringen, woraufhin Susi von nebenan durch die nur angelehnte Tür rief: „Ist was?"

„Nein, nein", antwortete ich besänftigend, weil wenn jetzt noch die Susi dazugekommen wäre, das hätte ich nicht ertragen in meinem Zustand.

„Was nein?", fragte mich Heinz und lehnte sich mit verschränkten Armen zurück, während er mich eindringlich musterte.

„Ich ... na ja, ich konnte die drei Glühweintassen und die Hand nicht auf einmal tragen ..."

Heinz schaute mich zunächst fragend an, dann erhellte sich sein Blick wissend. „Und da gibst du die abgetrennte Hand einer wildfremden Frau zur Aufbewahrung! Warum ihr? Nur weil sie gut ausschaut?! Das ist ja wohl eine saudumme Anmache!"

„Nein, du ..."

„Ja was ist denn da dauernd?", rief Susi, die nun bereits in der Tür stand. „Alles in Ordnung, Herr Joe? Warum rufen Sie denn dauernd ‚nein'?", fragte sie und schaute dieses Mal Heinz vorwurfsvoll an.

„Ach, dem geht es wunderbar", meinte Heinz mit einem süffisanten Grinsen. „Er hat seiner Cousine bereits ein Weihnachtsgeschenk gemacht."

„Oh, da sind Sie dieses Jahr ja ausnahmsweise mal richtig früh dran. Darf ich fragen, was es war?"

„Eine Hand!", antwortete Heinz und grinste nun beinahe bösartig.

„Tasche! Eine Handtasche“, ergänzte ich schnell und warf Heinz einen giftigen Blick zu.

„Eine Handtasche, das hätte ich Ihnen gar nicht zugetraut“, meinte Susi überrascht. „Da hat Ihnen doch sicher Paula beim Kauf geholfen“, ergänzte sie noch unnötigerweise, bevor sie wieder verschwand.

„Jetzt hab ich langsam keinen Bock mehr“, schnauzte ich Heinz an. „Dann erzähl ich es dir halt nicht!“

„Okay, okay, ich sag ja schon nichts mehr.“ Heinz schaute mich aufmunternd an.

„Ich hab sie verloren.“

„Wen hast du verloren?“

„Na ... die Hand halt“, sagte ich leise und war froh, dass es jetzt endlich draußen war.

Heinz schwieg zunächst entgeistert, dann polterte er los: „Du hast ... du hast sie verloren? Ich glaub, ich krieg ’nen Vogel!“

„Jetzt Heinz, bitte, psssst! Du hast doch kürzlich auch erst deinen Ehering verloren.“

„Verlegt!“, meinte er. „Aber das ist ja wohl was anderes, als wenn man Leichenteile einfach so mal verliert.“

Nachdem ich ihn bittend angesehen hatte, nahm er sich dann doch etwas zurück mit seiner Empörung, wahrscheinlich weil er sich an die Standpauke seiner Franzi erinnerte, die erst endete, als er den Ring in der Legokiste seiner Kinder wiedergefunden hatte.

„Okay, okay! Also, sie hat die Hand gefunden, und damit du nicht so saudumm dastehst, hast du sie als deine Cousine ausgegeben.“

„Genau!“, sagte ich erleichtert.

„Ach, wenn ich das auch nur so gut könnte“, meinte Heinz.

Ich hob erstaunt die Augenbrauen.

„Na ja, das mit den Ausreden.“ Heinz seufzte, und jetzt fielen mir auch wieder die Ringe unter seinen Augen auf.

„Ich hab mich schon das ganze Wochenende um die Kinder gekümmert, weil die Franzi am Samstag ihren großen Weihnachtseinkauf machen wollte und am Sonntag mit Freundinnen einen Backtag eingelegt hat. Dabei hat sie mir den Bauch getätschelt und gemeint, das wäre ja vor allem auch für mich.“ Heinz sah nun restlos erschöpft aus. „Und jetzt soll ich heute Abend mit den Kindern auch noch

Engelsflügel basteln für ihren Auftritt beim Krippenspiel, während sie bei der Weihnachtsfeier ihrer Yogagruppe ist!", ächzte er, doch dann bekam sein Blick plötzlich etwas Durchtriebenes. „Du hilfst mir da heute dabei, sonst..."

„WAS?"

„Jetzt sei nicht so, Joe!"

„Ich kann nicht basteln, konnte ich noch nie!"

„Das machen die Kinder. Das Material und die Anleitung hat die Franzi schon hergerichtet", sagte er eilfertig. „Und wir trinken inzwischen ein Bier und passen auf", grinste er und schaute mich gleichzeitig bittend an.

„Aber nur, wenn du am 25.12. bei Paula anrufst und ihr erzählst, dass ich hier dringend gebraucht werde. Abgemacht?"

„Aber ich hab da doch Urlaub eingetragen, da bin ich ja hoffentlich gar nicht hier", gab Heinz zu bedenken.

„Das weiß doch die Paula nicht."

Heinz sah mich skeptisch an. „Du meinst, ich soll knallhart lügen?"

„So wird das nie was mit deinen Ausreden. Höchste Eisenbahn, dass du mal übst!", erwiderte ich und war froh, als er endlich einwilligte, weil Paula so direkt anzulügen, hätte auch ich nicht geschafft.

Nachdem wir das geregelt hatten, erzählte ich ihm den Rest der Geschichte und zeigte ihm auch den Artikel aus der Zeitschrift über den verschwundenen Kletterer Chris Kubec. So konnte er sich selbst davon überzeugen, dass sich auf dessen Hand der gleiche „Dede"-Schriftzug befand wie auf der Hand des Weihnachtsmannes.

„Also wie ein Mafiaboss schaut der ja nicht aus", bemerkte Heinz, und da wir im Moment außer bürokratischer Aktenarbeit nicht viel zu tun hatten, beschlossen wir, den Rösler von der K 14 zu unterstützen. Der war ja sowohl mit dem Vermisstenfall Christian Kubec als auch mit dem Händchenfall betraut und immerhin war es nicht unwahrscheinlich, dass die beiden Fälle zusammenhingen. Mich aber interessierte vor allem, wer diese schöne, aber doch sehr geheimnisvolle und vielleicht ja auch gefährliche Frau war. Leider konnte ich weder in der Datenbank noch im Melderegister eine passende Person zu dem Namen Jasmin Lopez finden.

Beschleunigter Montag

Ich hatte gerade vor, Fritz anzurufen, um möglichst informell nachzufragen, was die Kollegen in Traunstein bereits ermittelt hatten, aber dann kam mir die Frau Oberkommissarin höchstpersönlich zuvor.

„Reitmüller! Spreche ich mit Hauptkommissar Bichelmair?“, tönte es energisch aus dem Hörer.

„Ja, guten Mo...“, begann ich, aber sie hatte für solche Floskeln anscheinend keine Zeit.

„Kann es sein, dass Sie etwas vergessen haben zu Protokoll zu geben!“

„Ja, äh, vergessen, was?“, stammelte ich.

„Wir haben Zeugenhinweise darauf, dass Sie auf eine Person gewartet haben, von der Sie anscheinend vermuteten, dass sie sich in der Damentoilette befand.“

„Ja, und ist das verboten?“

„Nein, aber es ist durchaus eigenartig, wenn ein Mann in eine Damentoilette stürmt! Wen haben Sie dort drin vermutet, Herr Hauptkommissar Bichelmair?“

Mein Hirn arbeitete fieberhaft, natürlich hätte ich Jasmin erwähnen müssen. Zaghaft versuchte ich meinen Kopf aus der Schlinge zu ziehen: „Da ging es nur um eine Zeugenbefragung.“

„Aha! In Ihrer Aussage haben Sie gesagt, Sie wären privat da oben gewesen“, fauchte sie.

„War ich ja auch! Aber dort habe ich zufällig eine Zeugin gesehen und wollte sie noch etwas fragen. Vielleicht haben Sie ja von der Hand gehört, die man vor einer guten Woche in München auf einem Christkindlmarkt gefunden hat?“

„Das konnte man ja nicht nicht mitbekommen, stand ja in allen Zeitungen, sogar im Traunsteiner Tagblatt. Und? Hat das was mit unserem Fall zu tun?“

„Ich weiß nicht... Vielleicht ja. Also die Zeugin kannte anscheinend den Toten“, gab ich zögerlich zu.

„Sie hat den Martin Dandl gekannt! Und das sagen Sie mir erst jetzt!“, rief sie empört. „Und während der da unten liegt, warten Sie vor der Toilette auf diese Dame!“

„Zu dem Zeitpunkt wusste ich ja noch gar nicht, dass jemand abgestürzt ist. Ich hab sie zunächst mit Herrn Dandl bei dessen Bude gesehen und dann auf dem Weg zur Toilette“, verteidigte ich mich. „Und dann dachte ich, dass sie es ist, die da unten liegt, weil sie ja auch eine rote Jacke anhatte.“

„Ach, dann gehört der Stofffetzen am Hintereingang wohl ihr“, schlussfolgerte die Reitmüller eisig. „Wann wollten Sie mir denn das sagen?“

„Jetzt. Sie sind mir nur zuvorgekommen“, log ich.

„Also gut“, zischte es durch den Hörer, und ich konnte ihren unterdrückten Ärger spüren. „Hat sich die Zeugin zum Zeitpunkt des Absturzes in der Nähe von Herrn Dandl befunden?“

„Ich habe sie kurz vor dem Auftritt der Krampusse dort gesehen. Sie ist noch während des Auftritts Richtung Toilette gegangen. Mehr weiß ich nicht, und ob der Dandl vorher oder nachher runtergefallen ist, kann ich Ihnen nicht sagen.“

„Richtung Toilette! Rausgeschlichen hat sie sich!“, polterte sie ungeniert weiter.

„Das ist ja wohl noch nicht erwiesen, Frau Kollegin“, sagte ich streng, um dann versöhnlich hinzuzufügen: „Natürlich war das ein Fehler, Frau Lopez nicht gleich zu erwähnen. Aber hängen Sie mal an einem dünnen Seil über einem Abgrund bei einer Leiche, und kaum sind Sie oben, werden Sie wie ein Schulbub zusammengepfiffen“, versuchte ich den Spieß umzudrehen.

„Also gut! Aber was hat die Frau mit dem Dandl zu tun?“, fragte sie nun tatsächlich in einem beinahe sachlichen Ton.

„Ist das Wort ‚Dede‘ bei Ihren Ermittlungen in irgendeiner Form aufgetaucht?“, stellte ich eine Gegenfrage. „Irgendwo hingeschrieben, oder so?“

„Ja, allerdings“, rief sie überrascht. „Der Tote hat diesen Namen auf seiner rechten Hand stehen – tätowiert.“

Ich war elektrisiert. „Sie haben aber nicht zufällig eine Ahnung, was dieses ‚Dede‘ bedeutet?“, fragte ich, wobei ich versuchte, meine Aufregung zu unterdrücken.

Sie überraschte mich ein weiteres Mal, indem sie mir erklärte, dass es sich dabei um eine Kletterroute im Kaiser handeln könnte.

„Unser Polizeibergführer, Fritz Kühn, meinte, dass er den Toten vom Klettern kennt, und er erzählte auch, dass der Dandl und ein gewisser Chris Kubec die Erstbegeher der legendären Dede-Verschneidung im Kaiser sind. Scheint eine besonders wilde Tour zu sein, aber davon verstehe ich nichts.“

Ich erzählte ihr im Gegenzug, dass auch unsere Hand vom Christkindlmarkt mit „Dede“ verziert war – wenn auch nicht tätowiert, so doch postmortal mit einem Edding aufgemalt. Zu guter Letzt gab ich dann auch noch zu, von Frau Lopez über eine Mittelsfrau den Artikel mit dem verschwundenen Kubec zugespielt bekommen zu haben.

„Und wo diese Jasmin Lopez sich jetzt aufhält, wissen Sie nicht?“, fragte sie mich.

„Ich hab bereits die Datenbank und das Melderegister durchgeschaut – leider ohne Erfolg.“

„Dann werde ich sie zur Fahndung ausschreiben lassen. Zumindest ist sie eine wichtige Zeugin, wenn nicht noch mehr“, sagte sie in einem resoluten Ton.

Wir einigten uns darauf, uns gegenseitig zu informieren, und sie teilte mir noch mit, dass der Tote ein paar tierische Haare unter den Fingernägeln hatte. Zu welchem Tier die Härchen gehörten, wusste sie allerdings noch nicht. Ich aber sah jetzt die mit Pelz gefütterte Fliegerkappe auf dem Kopf von Jasmin Lopez vor meinen Augen.

„Weiß man denn schon sicher, dass es kein Unfall war?“, fragte ich beklommen.

„Es deutet alles darauf hin, dass da jemand nachgeholfen hat, aber wir müssen die genaueren Untersuchungen noch abwarten. Die Krampus-Gewänder haben wir bereits eingesammelt, mal schauen, ob die Haare zu einem davon gehören.“

Trotz dieser Möglichkeit fühlte ich mich zunehmend unwohl. Natürlich wäre so eine Krampusverkleidung ideal, um jemanden mal so nebenbei runterzuwerfen, aber ich musste mich dennoch fragen, ob ich mich nicht mal wieder sauber hatte einwickeln lassen von einer schönen Frau. Widerwillig rang ich mich dazu durch, ihr von der Fellkappe zu berichten.

Jetzt brannte es mir natürlich erst recht auf den Nägeln herauszufinden, wer diese Jasmin Lopez war. Nachdem ich das Strafregister durchgegangen war, war ich etwas erleichtert, dass ich weder auf ihren Namen, der zwar falsch sein konnte, noch auf ein Foto von ihr gestoßen war. Ich beschloss, Lisa darauf anzusetzen, ihre Identität endlich zu lüften, immerhin kannte sie noch andere Tricks, um jemanden aufzustöbern.

Lisa saß vor ihren Bildschirmen, die Füße auf dem Schreibtisch, die Tastatur auf dem Schoß, vor sich eine Tasse Kaffee sowie einen ganzen Teller Vanillekipferl. Obendrein hatte sie noch einen Kopfhörer über die Ohren gestülpt. Es war zwecklos, sie jetzt einfach anzusprechen, also raubte ich ihr mit einer gezielten Handbewegung eines ihrer Kipferl, was sie mit einem blitzschnellen Schlag nach meiner Hand parierte, wobei es zerbrach. Ich konnte gerade noch die verbliebene Hälfte in meinen Mund retten.

„Biche! Wie kannst du nur eine ausgehungerte Dame so hinterhältig bestehlen. Ich fordere augenblicklich Wiedergutmachung“, sagte sie und nahm den Kopfhörer ab.

Triumphierend kaute ich auf meiner Beute herum und setzte mich, nachdem ich Jacke, Schal und eine Tastatur entfernt hatte, auf ihren Hocker.

„Was hältst du davon, dass ich uns eine Pizza bestelle? Ist eh gleich Mittag“, schlug ich vor.

Lisa kniff die Augen zusammen und meinte: „Da ist doch irgendwo ein Haken!“

Ich erklärte ihr kurz mein Anliegen.

„Also das mit dem vermissten Kubec ist ja nicht mehr unsere Sache, und der tote Dandl gehört diesen Traunsteinern. Soll ich jetzt deren Arbeit machen?“ Lisa rollte theatralisch mit ihren großen Kinderaugen, seufzte kurz und meinte: „Also gut, Joe, weil du es bist! Ich hätte dann gerne eine Diavola mit einer großen Cola dazu.“

„Aber erst bei Erfolg“, sagte ich und gab ihr den Namen und das geschätzte Alter von Jasmin.

„Mehr hast du nicht? Nicht wenigstens ein Foto?“

Woraufhin ich ihr in Ermangelung eines solchen Jasmins Aussehen beschrieb.

„Sag mal, Joe, ist das nicht deine Cousine?“ Lisa schaute mich argwöhnisch an.

„Äh, nein", stammelte ich und trat den Rückzug Richtung Tür an.
„Der Wanninger hat sie mir haargenau so beschrieben", hörte ich sie noch sagen, aber da war ich schon zur Tür hinaus.

Als ich ins Büro zurückkam, schoss Susi ganz aufgeregt auf mich zu und hielt mir mein Sakko und die Haarbürste hin, die sie extra mal für mich besorgt hatte. „Der Vize erwartet Sie. Sie sollen sofort in die Ettstraße kommen."

„Der Brandl! Warum?", fragte ich alarmiert, aber sie zuckte nur mit den Schultern.

„Irgendwas von einer Pressemitteilung hat er gesagt", erklärte sie, während sie mir in mein Sakko hineinhalf, das für so formelle Aktionen wie jetzt allzeit bereit in der Garderobe hing. Dann drückte sie mir die Bürste in die Hand, und ich frisierte mir brav mein langes Haupthaar. Anschließend nahm ich den Gummi, der auf seinen Einsatz wartend um den Bürstengriff gewickelt war, und machte mir einen Zopf. Zu guter Letzt überreichte sie mir den Schlüssel unseres Dienst-BMWs und einen Artikel des Traunsteiner Tagblatts.

Oh du Fröhliche

Die letzten Vorweihnachtstage inklusive Heiligabend waren dann zwar äußerst turbulent, brachten uns aber nicht wirklich weiter, außer dass ich sozusagen für ein paar Tage zur öffentlichen Belustigung beitrug.

Zunächst wäre ich beinahe blank in das Messer der Pressefritzen gelaufen, hätte mir Susi nicht noch die Meldung des Traunsteiner Tagblatts zukommen lassen, die bekannt machte, dass ein Münchner Kommissar sich heldenhaft zu einem leider bereits Toten abgeseilt hatte. Unter der Mitteilung war ein äußerst unvorteilhaftes Foto meiner Person abgebildet. Anscheinend hatte mich irgend so ein Trottel dabei fotografiert, wie ich mich mit angstverzerrtem Gesicht in Klostellung an dem Geländer der Aussichtsplattform festklammerte und wie ein Kleinkind bittend zum Ex-Bergwachtler Max aufschaute.

Vor der Pressekonferenz konnte ich mich nur noch grob mit dem Brandl absprechen, der das Ganze klasse fand, hatte die Münchner Polizei wegen des letzten Drogenskandals positive Schlagzeilen doch dringend nötig. Er klopfte mir wohlwollend und heftig auf die Schulter, bevor er mich mit einem Schubs in den Raum beförderte, wo mich bereits die Damen und Herren der Presse erwarteten und amüsiert das heldenhafte Foto betrachteten, das großformatig per Beamer an die Wand gestrahlt wurde.

Die restlichen Turbulenzen waren dann mehr privater Art, da Paula ums Verrecken nicht einsehen wollte, dass ich keine Zeit hatte, mit ihr an den Weihnachtsfeiertagen „einen kleinen Urlaub“ zu machen. Da ich ja nun wusste, was in diesem stattfinden sollte, und ich darauf überhaupt keine Lust hatte, brauchte ich eine triftige Ausrede. Also tat ich so, als wäre meine Anwesenheit in Sachen Dandl dringend nötig. Doch Paula ließ sich nicht beirren und warf mir vor, dass ich mich in den Traunsteiner Fall nur deswegen so einmischte, weil ich unbedingt diese Jasmin wiedersehen wollte.

Das Ganze eskalierte dann an Heiligabend, den wir bei meinen Eltern verbrachten. Nach einem noch gemütlichen Raclette kam die Bescherung. Wie befürchtet, erhielt ich von meinen Eltern ein Paar

Tourenski, die sie gebraucht, aber fast neuwertig am Skibasar erstanden hatten, und von Paula dazu nagelneue Skitourenschuhe.

„Probier sie mal an“, forderte Paula mich mit erwartungsvollem Gesicht auf. „Ich bin extra mit deinem Vater zum Einkaufen, weil der doch die gleiche Größe hat wie du und dir ja auch seine alten Wanderschuhe passen.“

Mein Vater grinste zustimmend und meinte: „Bua, da hast ein Paar super Schuh! Da bin i dir echt neidisch!“

Es war also, wie ich es geahnt hatte. Widerwillig schlüpfte ich in einen der Schuhe und sagte, obwohl er tadellos passte: „Der ist zu klein! Der drückt!“

Doch Paula ließ sich nicht entmutigen. „Macht nichts“, entgegnete sie unverdrossen, „dann leihst du dir halt für unseren Mini-Urlaub welche, und danach tauschen wir die hier um.“ Dabei drückte sie mir ein Kuvert in die Hand, und ich wusste, was darin war.

„Aber ich kann doch nicht, Paula! Ich muss ermitteln“, rief ich flehend. „Nimm von mir aus den Vater mit!“

„Aber wir haben doch Konzertkarten am Zweiten Weihnachtsfeiertag“, meinte Mutter irritiert.

„Also gut, dann mache ich halt den Kurs beim Freddy ohne dich“, sagte Paula gereizt und mit drohendem Unterton.

„Wer ist der Freddy?“, fragte ich beunruhigt.

„Ach, nur ein sehr netter Kollege, der auch Lawinenkurse gibt“, antwortete Paula und grinste mich provokant an.

Irritiert, aber auch etwas ärgerlich übergab ich Paula nun mein Päckchen.

„Oh, wie originell! Da hat der Herr sich gleich selbst ein Geschenk gemacht“, sagte sie sarkastisch und hielt sich das schwarze Dessous vor den Körper. „Das ist zu klein!“ Sie reichte mir das Teil mit einem boshaften Grinsen zurück.

Dieser kurze Schlagabtausch und vor allem Paulas Ansage, dann halt mit einem gewissen Freddy verreisen zu wollen, machten den Rest des Abends nicht leichter. Wortlos teilten wir uns das Bett.

Als ich Paula am nächsten Tag in Trudering absetzte und wir beide nahezu schweigend noch einen Kaffee in ihrer Küche tranken, stand sie unvermittelt auf und begann für ihren Ausflug zu packen. Ich folgte ihr ins Schlafzimmer, wo sie gerade einen dicken Wollpulli in ihren Rucksack stopfte.

„Paula", versuchte ich es. „Es tut mir leid, ich hab wirklich keine Zeit, ich muss arbeiten." Genau in dem Moment klingelte das Telefon – es war Heinz. Dass er es war, konnte ich hören, weil Paula den Lautsprecher einschaltete und Heinz aufforderte, das Ganze noch einmal zu wiederholen. Aus dem Telefon trompetete nun in einem künstlich theatralischen Ton sein tiefer Bass: „Der Joe muss unbedingt ins Büro kommen. Es ist dringend!"

„Warum?", fragte Paula kühl.

„Ja, weil ... äh, wir Urlaubssperre haben, wegen dem Fall mit der – äh – Hand", stöpselte Heinz unbeholfen.

„Ich werde es ihm ausrichten", sagte Paula, legte auf und schaute mich finster an.

Ich wollte schon Heinz' dürftige Ausrede mit einem „Siehst du!" aufpeppen, als Paula loslegte: „So ein hundsmiserabler Lügner, dein Heinz. Und das, obwohl er dafür stundenlang vor dem Badezimmerspiegel geprobt hat."

Ich ersparte mir die Frage, woher sie das denn wüsste. Anscheinend hatte Franzi ihren Gatten dabei beobachtet und es brühwarm weitergegeben. Paulas Augen funkelten mich zornig an, dann stopfte sie mit einem verschlagenen Grinsen mein Weihnachtsgeschenk, das Dessous, in den Rucksack.

Ich konnte Heinz nicht einmal richtig böse sein. Ehrlich gesagt hatte ich seine Unterstützung in Sachen Ausrede gar nicht mehr erwartet, hatte ich doch durchaus eine Mitschuld daran, dass der Segen im Hause Morgenstern noch vor Weihnachten schon schief hing.

Als guter Freund war ich natürlich wie versprochen zu seinem Bastelabend gegangen und hatte auch noch eine Flasche Glühwein mitgebracht, um die vorweihnachtliche Stimmung zu erhöhen.

Während Heinz in der Küche den Glühwein aufwärmte, beaufsichtigte ich bei Plätzchen und Bier die Kinder, die sich am abgeräumten Esstisch bereits in ihre Arbeit gestürzt hatten. Franzi hatte, bevor sie gegangen war, vier Flügel aus Pappe vorbereitet, und die galt es jetzt mit goldener Glitzerfarbe zu verzieren. Während der kleine Xaver brav mit einem Pinsel seinen ersten Flügel bemalte, hielt sich Mariechen nicht lange mit dieser kleinlichen Prozedur auf, sondern kippte entschlossen das Glas mit der goldenen Farbe über den ihren. Jetzt wäre es ja nicht so schlimm gewesen für den schönen Eichentisch, da der in weiser Voraussicht mit einer Plastikdecke abgedeckt worden war. Aber den darunterliegenden Teppich hatte es voll erwischt.

Schnell beeilte ich mich, ein Handtuch aus dem Bad anzufeuchten, um den Schaden zu beheben. Während ich unter dem Tisch auf dem Teppich herumwischte, hüpfte Mariechen, „Oh du Fröhliche“ trällernd, auf dem Sofa herum, und Xaverl schrie lauthals nach neuer Farbe, um sein Werk fortsetzen zu können.

„Was ist denn hier los?“, rief Heinz, als er hereinstürzte. „Marie, komm sofort vom Sofa runter. Mein Gott, wie schaut denn das aus!“, hörte ich ihn entsetzt rufen und richtete mich dabei erschrocken auf, wobei ich mir den Kopf an der Tischkante anschlug. Das fast nagelneue Sofa war jetzt nicht mehr nur weinrot, sondern üppig versehen mit goldenen Streifen und Klecksen, ja ganzen Handabdrücken. Mariechen fing angesichts ihres Werkes auf der Stelle lauthals zu heulen an.

„Du, du...“, stammelte Heinz nur und ließ seinen Blick zwischen mir und Marie hin- und herwandern, dann entsann er sich und besorgte einen Eimer mit Laugenwasser und mehrere Lumpen.

Während wir zu dritt auf dem Sofa herumrubbelten – Mariechen half schuldbewusst mit –, besorgte sich Xaver inzwischen Aprikosenmarmelade, die er abwechselnd aß und in Ermangelung anderweitiger Farbe auf seinen Flügel pinselte. Irgendwann roch es dann nach gebrannten Mandeln, auf jeden Fall süßlich, und Heinz stürzte mit einem Aufschrei in die Küche. Vom Glühwein war nicht mehr viel im Topf, dafür war der Rest ordentlich eingebrannt, während der Hauptanteil sich über den Ofen und dann weiter auf den Boden ergossen hatte.

Ich möchte jetzt nichts gegen Heinz sagen, aber ich habe selten einen Menschen derart fluchen und schimpfen hören, weswegen ich vorschlug, doch lieber erst mal die Kinder ins Bett zu bringen. Kleinlaut und eingeschüchtert rebellierten diese auch nicht, sondern waren froh, aus dem rasenden Putzkommando entlassen zu werden. Kurz vor zehn, wir versuchten gerade mit Nagellackentferner doch noch die Goldfarbe vom Sofa zu bekommen, hörten wir den Schlüssel in der Haustür, und Heinz schaute mich erschrocken an.

Dass die Franzi noch viel ärger fluchen und schimpfen konnte als Heinz, hatte ich zwar geahnt, aber dass sie uns als elende Taugenichtse und noch einiges mehr beschimpfte, nahm ich ihr dann doch ein bisschen übel. Es verwunderte mich also nur wenig, dass sie das mit dem abgemachten Anruf der Paula verraten hat, nachdem sie Heinz bei seinen Proben belauscht hatte.

So kam es, dass ich die Weihnachtsfeiertage allein verbringen musste. Weil es zu Hause kalt war und ich mich von Paula und diesem Freddy ablenken wollte, beschloss ich zu arbeiten, obwohl wir offiziell nichts zu tun hatten. Der Fall Dandl gehörte den Traunsteinern, der Besitzer der Hand war zwar tot, aber bei einem Unfall ums Leben gekommen, und die Frage, wer denn die Hand am Weihnachtsmann befestigt hatte, war wirklich nicht Sache der Mord.

Angesichts dieser Tatsachen und der Feiertage war außer der Susi und mir keiner im Büro. Lisa hatte die Suche nach Jasmin Lopez auf nach den Feiertagen verschoben und mich aufgefordert, bis dahin eine Phantomzeichnung von ihr anfertigen zu lassen. Das ersparten mir dann aber die Traunsteiner Kollegen. Sie hatten in dem umfangreichen Fotomaterial der Weihnachtsmarktbesucher vom Rauschberg ein Bild von Jasmin gefunden. Fritz, der sich mithilfe des Fotos in der Traunsteiner Kletterszene umgehört hatte, konnte erfahren, dass Chris Kubec vor seinem Verschwinden mit unserer gesuchten Schönheit bei einem Kletterfest auf der Kugelbachbauer-Alm war. Allerdings wussten die befragten Kletterer auch nur, dass sie Jasmin hieß und dass die beiden furchtbar herumturtelten, und das, obwohl der Kubec ja verheiratet war.

Also gab es tatsächlich einen Zusammenhang zwischen dem toten Dandl, dem verschollenen Chris Kubec und Jasmin Lopez. Aber warum hatte mir diese Dame das Klettermagazin zugespielt? Wollte sie damit auf den verschwundenen Chris Kubec hinweisen? Und was hatte sie da oben vom Dandl gewollt? Oder hatte am Ende sogar sie ihm einen tödlichen Stoß versetzt? All diese Fragen gingen mir durch den Kopf, während ich Plätzchen kauend an meinem Schreibtisch saß.

Ich nahm das Foto von Jasmin und besuchte den Rösler, der ja für den Vermisstenfall Kubec zuständig war. Er hatte deswegen auch seinen Urlaub gecancelt und wollte erneut die Akten durchgehen, weil er es für keinen Zufall hielt, dass unsere Hand die gleiche Aufschrift hatte wie die des vermissten Kletterers, auch wenn man inzwischen ziemlich sicher ausschließen konnte, dass sich dieser unglückliche Motorradfahrer und Chris Kubec gekannt hatten.

„Schau mal, kennst du die?“, fragte ich ihn.

„Ja, das ist Jasmin Gruber!“, meinte er, und ich war froh, dass er anscheinend noch nichts von meiner Cousinen-Ausrede mitbekommen hatte.

„Gruber? Nicht Lopez?“, fragte ich überrascht.

„Lopez heißt der Vater. Sie heißt Gruber, wie ihre Mutter.“

„Und woher kennst du sie?“, fragte ich neugierig, obwohl ich bereits ahnte, wie die Antwort lauten würde.

„Vom Vermisstenfall Kubec. Der ist am 23. April nach Paris geflogen, weil dort wollt er sich am nächsten Tag mit der Gruberin beim Notar treffen. Ankommen ist er da aber nimmer. Zwar ist er noch im Hotel Gare de l’Est abgestiegen, aber am nächsten Tag war sei Zimmer leer – kein Kubec, kein Gepäck! Zahlt hat er alles schon vorher. Die Pariser Kollegen haben dann angenommen, dass er sich aus dem Staub g’macht hat.“

Ich erfuhr von ihm außerdem, dass Kubec noch am Abend des Notartermins zwei Textnachrichten vom Gare de Lyon aus verschickt hatte. Eine an Jasmin, dass es ihm leid täte, er aber jetzt erst einmal Zeit für sich bräuchte, und eine an seine Frau Christa, in der er ihr klargemacht hatte, dass endgültig Schluss sei. Danach hatte man sein Handy erst mal nicht mehr orten können, bis er einen Monat später aus Brixen seiner Frau erneut eine Nachricht zukommen hatte lassen, in der er erklärte, dass es ihm gut gehe, er aber nicht wiederkäme und sie die Suche nach ihm einstellen solle.

„Danach haben wir nix mehr g’hört und g’sehn von ihm, und orten haben wir sei Handy auch nicht können, weil wenn du die IMEI-Nummer nicht kennst und der die SIM-Karte herausnimmt oder einfach ausschaltet, dann geht nix mehr.“

„Und du? Glaubst du auch, dass er sich abgesetzt hat?“, fragte ich ihn.

„Nix g’wiss weiß ma ned“, meinte er und zog bedauernd die Schultern hoch.

„Weißt du, wo diese Jasmin Gruber wohnt?“

„Sie wollt mit dem Kubec ja ursprünglich ein Outdoorcamp irgendwo in Südfrankreich aufmachen, und dort ist sie auch noch gemeldet. Erreichen hab ich sie aber noch nicht können. Vielleicht hat sie ja a neue Handynummer. Ihre Mutter, des hab ich schon mal rausgekriegt, wohnt in Innsbruck.“

„Innsbruck? Da schau an!“, entfuhr es mir, war doch der dortigen Pathologie unsere Hand abhandengekommen und an einem Weihnachtsmann in München wieder aufgetaucht.

Kalte Fragen – schweißtreibende Nacht

Nachdem ich „Gruber Innsbruck“ als Suchbegriffe in meinen Computer eingegeben hatte, bekam ich wie vermutet mehrere Dutzend Vorschläge und überließ deshalb dem Rösler die Suche nach Jasmins Mutter. Die Aussicht, heute Abend wieder in meine kalte Bude zu müssen, und das auch noch alleine, sorgte dafür, dass ich mich jetzt erst einmal um meine Heizung kümmern wollte. Kurzerhand fuhr ich mit dem 63er zur Adresse meines Vermieters nach Solln. Als ich die Klingel, angebracht neben einem schmiedeeisernen Tor, welches zum Garten einer hübschen Altbauvilla aus den Dreißigerjahren führte, zum dritten Mal gedrückt hatte, tippte mir eine ältere Dame mit Hut und Fasanenfeder auf die Schulter.

„Sie brauchen gar nicht so klingeln, da ist keiner da, die sind im Skiurlaub“, meinte sie, während mich ihr Hündchen heldenhaft anbellte.

„Wissen Sie vielleicht, wann der Herr Wolff wiederkommt?“

„Wolff? Ach so, Sie meinen den Lebensgefährten von der von Tretwitz. Kaum zu glauben, was der Adel inzwischen für einen schlechten Geschmack hat. Also wenn Sie mich fragen, dieser Wolff ist doch ein Gauner ...“ Sie stutzte, dann musterte sie mich von oben bis unten, wandte sich abrupt ab und wechselte mit schnellen Trippelschritten auf die andere Straßenseite, wobei sie ihr Hündchen vergaß, das inzwischen mein Hosenbein beschnupperte. Erst nachdem die Ausziehleine endgültig abgerollt war, bemerkte sie, dass der Hund ja immer noch bei mir war.

„Pfui, Hannibal, kommst du jetzt endlich!“, rief sie laut und zog an der Leine, woraufhin Hannibal zwar nicht die Alpen, aber doch endlich die Straße überquerte.

Resigniert trat ich den Rückzug an. Ich stieg wieder in den 63er, um mit ihm bis zur Aidenbachstraße zu fahren. Dort wollte ich umsteigen in die U3, um auf direktem Weg zum Türkenhof zu gelangen. Jetzt allein in der Kälte zu sitzen, während sich die Paula mit diesem Freddy vergnügte, würde mich endgültig deprimieren. Und dann noch diese Jasmin Gruber! Am Ende war noch was an den Gerüchten dran, die

die Boulevard-Presse zum Besten gab, und der Kubec geisterte in München herum. Irgendjemand hatte diesen Pressefritzen anscheinend gesteckt, dass sich der Kubec nach seinem Verschwinden noch mehrfach gemeldet hatte.

Vielleicht hat ja er die Hand am Weihnachtsmann befestigt, um Jasmin zu drohen, die inzwischen mit dem Dandl was hatte, spekulierte ich, und dann hat er kurzerhand den Nebenbuhler hinabgestürzt. Das würde auch erklären, warum Jasmin schnell und heimlich über den Privatausgang der Bahn geflohen war.

Kurz darauf stapfte ich die Türkenstraße entlang, und hätte ich den Weg nicht gekannt, dann wäre ich womöglich am Türkenhof vorbeigegangen, so heftig und dicht fiel der Schnee vom Himmel. Bevor ich den zum Kälteschutz aufgehängten Vorhang zur Seite schob, klopfte ich mich noch mal ab und betrat nun leidlich schneefrei die Gaststube. Ich setzte mich an die Bar, um mit MM ein bisschen Gesellschaft zu haben, der mir auch gleich ein Augustiner hinstellte. Das Lokal war noch wenig besucht, kein Wunder, war doch heute Erster Weihnachtsfeiertag und noch nicht mal vier Uhr.

Kaum hatte ich mein Bier geleert, stürmte ein schlaksiger Kerl mit einem Parka und Schneeflocken im Haar herein. Hastig bestellte er bei MM einen Glühwein und zahlte sofort, um sich wieder in Richtung Tür abzusetzen.

„Hey“, rief MM, und sein Kopf wackelte bedenklich. „Die Tasse bleibt hier!“

Verdutzt blieb der andere stehen. „Ja, aber wie soll ich denn dann den Glühwein mit raus nehmen?“, entgegnete er.

Nach einigem Hin und Her einigten sie sich auf fünf Euro Pfand.

„Willst den ersten Schnee genießen?“, fragte MM nun leutselig.

„Nee, aber da vorn hat die Rosi vom Caféhäusel gerade ein verdächtiges Paket gefunden, und weil am Ende eine Bombe drin sein könnte, kommt jetzt ein Spezialkommando“, rief der Parkaträger und war auch schon wieder draußen.

„Depperte Voyeure! Immer das Gleiche! Gib mir noch ein Bier, bitte“, grantelte ich.

„Gut, dass die Tasse gerade einmal einen Euro kostet“, erwiderte MM mit einem Grinsen. „Ich mein ja nur, falls sie zu Bruch geht.“

Kurz darauf hörten wir bereits die Sirene eines Streifenwagens. Beruhigt, dass nun alles in ordentlichen Bahnen verlief, nahm ich einen kräftigen Schluck aus meiner zweiten Halben, als der Wärmeschutzvorhang erneut aufgerissen wurde, aber keiner reinkam. Der Glühweintrinker war zwischen der offenen Tür und dem zur Seite geschobenen Vorhang stehen geblieben und schaute neugierig auf die Straße.

„Tür zu, zefix", rief MM, woraufhin der Parkaträger schleunigst die Tür schloss und sich an den Tresen stellte, um seine leere Tasse gegen ein Bier einzutauschen.

„Die haben alle weggeschickt. Wahrscheinlich wird es jetzt gefährlich", haspelte er so aufgeregt, dass er sich an seinem Bier verschluckte und uns nun auch noch mit einem Schluckauf auf die Nerven ging.

Da ich noch nichts gegessen hatte, bestellte ich mir ein Chili, während unser Schaulustiger hicksend abwechselnd zum Fenster hinaussah oder wild in sein Handy tippte. Als er dann dazu überging, lauthals Sprachnachrichten an seine Fangemeinde zu verschicken, drohte einer der wenigen Gäste, ihm das Handy abzunehmen. „Jetzt gibst endlich a Ruah, du Gschaftler", meinte der zwar klein gewachsene, dafür aber umso besser trainierte Gast vom Ecktisch, dessen Kumpel noch viel grimmiger dreinschaute.

So eingeschüchtert, setzte sich unser Sonderbotschafter mit beleidigter Miene ausgerechnet neben mich. Als er mich tuschelnd auf den neusten Stand der Dinge bringen wollte, klingelte mein Handy.

„Servus, Biche, endlich erreich ich jemanden! Du warst doch dabei, als man diese Hand an der Münchner Freiheit gefunden hat", hörte ich die Stimme vom Schubert, dem Chef der Polizeiinspektion 12 Maxvorstadt.

„Ja schon", sagte ich gedehnt und ahnte Ungemach.

„Wir haben da im Caféhäusel ein herrenloses Packerl gefunden, des solltest dir mal besser anschauen", meinte er.

„Warum jetzt das? Ist es dringend? Ich bin grad bei einem Weihnachtsessen", meinte ich in der Hoffnung, noch auszukommen. Dann drehte ich meinem Sitznachbarn den Rücken zu und flüsterte leise ins Handy: „Ich hab gedacht, ihr habt einen Bombenfund – was hat denn das mit meiner Hand zu tun?"

„Da war keine Bombe drin, dafür aber eine Hand!"

„Eine abgetrennte Hand?", fragte ich, hellhörig geworden.
„Also abgetrennt kann man so nicht sagen – sie ist ja nicht echt."
„Siehst, meine war echt", erwiderte ich.
„Aber auf ihrem Handballen steht ‚Dede'. Bis gleich!" Ohne ein weiteres Wort legte er auf.

Jetzt war es gut, dass ich mein Chili schon gegessen hatte und auch nur wenige Meter zu gehen brauchte, um ins Caféhäusel zu gelangen, womit der Schubert anscheinend nicht gerechnet hatte.

„Flott, Bichelmair, flott!", begrüßte er mich, als ich eine Stimme hörte, die mir bekannt vorkam.

„Frohe Weihnachten, Herr Bichelmair", näselte Wagner und wirkte beinahe freudig erregt, als er auf eine täuschend echte Hand zeigte, die neben einer Pappschachtel und einem alten Wecker auf einem der Kaffeetische lag. „Schauen Sie sich das an! Genau der gleiche Schriftzug wie bei unserer Hand. Natürlich muss das noch abgeglichen werden. Aber..."

„Frohe Weihnachten, Herr Wagner! Die ist aber wenigstens nur aus Kunststoff. Von einer Schaufensterpuppe ist sie schon mal nicht, dazu ist das Material zu weich", versuchte ich seinem zu erwartenden Redeschwall zuvorzukommen, jedoch ohne Erfolg.

„Sie war in einem Paket, eine Pappschachtel, die umwickelt war mit einem Hochglanz-Weihnachtspapier in Rot und ohne Motive, die..."

„Wagner! Das sehe ich doch selbst!"

„Ja, also dieser Wecker vom Fabrikat...", versuchte er seinen Vortrag fortzusetzen, woraufhin ich die Augen verdreht haben muss, denn der Wagner meinte nun pikiert: „Wenn Sie sich lieber allein ein Bild machen wollen, bitte, dann gehe ich jetzt wieder an meine Arbeit."

Schubert klärte mich noch darüber auf, dass man das Paket unterhalb des Garderobenständers gefunden hatte. Danach besorgte ich mir beim Wagner ein Paar Handschuhe, die er mir wortlos überließ, und schaute mir die Hand näher an.

Der Bogen des großen D stand genauso schwungvoll über wie bei der Hand, die wir am Christkindlmarkt gefunden hatten. Ich holte mein Handy heraus und betrachtete den tätowierten Schriftzug auf Kubecs Hand aus dem Klettermagazin, den ich abfotografiert hatte. Er und der Dandl hatten eine identisch aussehende Tätowierung, und auch diese hier glich den beiden, zumindest soweit ich das beurteilen konnte. Nur handelte es sich hier nicht um eine Tätowierung, sondern das Wort „Dede“ war mit einem Stift geschrieben worden – genauso wie bei der Hand vom Christkindlmarkt. Deren Schriftzug unterschied sich jedoch leicht von den Originaltätowierungen der beiden Kletterer.

„Wagner, sorgen Sie bitte für ein graphologisches Gutachten. Ich möchte auch wissen, um welche Farben beziehungsweise Stifte es sich dabei handelt.“

Wagner, der vor der Garderobe kniete, um Fingerabdrücke und Fußspuren zu sichern, schaute mich durch seine Brille, die mehr einem Vergrößerungsglas glich, mit übergroßen Augen vorwurfsvoll an.

„Dafür bin ich dann doch wieder gut genug“, raunzte er, noch immer beleidigt.

„Ja, weil ich weiß, dass dieser Auftrag bei Ihnen in den besten Händen ist“, versuchte ich versöhnliche Worte zu finden. „Und vor allem danke, dass Sie sogar an Weihnachten so schnell vor Ort waren!“

„Wie meinen Sie das? Ich bin immer schnell da, wenn man mich braucht“, bekam er es mal wieder in den falschen Hals.

Ich gab auf und beschloss, das Lehrmädel, das heute Nachmittag als Einzige hier Dienst hatte, zu suchen. Ich fand sie im Hinterhof, eingehüllt in eine pinke Daunenjacke und umwickelt von einem meterlangen Schal, dessen eines Ende fast auf dem Boden hing. Sie stand unter der Überdachung des Radelständers und rauchte. Ich schätzte sie auf höchstens siebzehn, worüber auch die dick aufgetragene Kriegsbemalung nicht hinwegtäuschen konnte. Ihre dunklen Augen schauten mich unter den angeklebten Superwimpern misstrauisch an, als ich mich vorstellte.

„Ich hab dem anderen schon alles gesagt. Wann kann ich endlich heim?“, fragte sie missgelaunt, statt meine Begrüßung zu erwidern.

„Haben Sie das Paket gefunden?“, fragte ich, ohne darauf einzugehen.

„Jaa!“, sagte sie gelangweilt und nahm einen tiefen Zug.

„Und dann haben Sie die Polizei gerufen?“

Sie schaute mich an, als wäre ich nicht ganz bei Trost, und meinte dann: „Das war so ’ne alte Omi, die Angst hatte, da wär ’ne Bombe drin.“

„Und Ihnen ist nicht aufgefallen, wie das Paket in die Garderobe kam?“

„Nööö!“, erwiderte sie und spielte an ihren langen, schwarz lackierten Fingernägeln herum. Mir war klar, dass sie Bullen an sich schon doof fand und die Befragerei erst recht.

„Sind Sie hier die Chefin?“, probierte ich es, woraufhin sie mich erstaunt und dann amüsiert anschaute.

„Schau ich so aus?“, erwiderte sie spöttisch, aber immerhin mit einem Grinsen.

„Warum denn nicht?“, sagte ich möglichst lässig. „Aber du hättest mit Sicherheit einen cooleren Laden, ohne Häkeldeckchen, oder?“

„Stimmt! Die sind echt ätzend“, sagte sie kichernd.

„Ich hab gehört, dass du heute den Laden ganz alleine hast schmeißen müssen? Wow! War viel los?“

Sie schüttelte den Kopf. „Ein paar Stammkunden, die Namen hat der andere Bull ... äh, Polizist schon, also von denen ich sie weiß. Na ja, ein paar andere auch noch – zwei alte Frauen und einer, der nach einer Adresse gefragt hat ... Was weiß ich, wer sonst noch.“ Ihr Ton wurde nun wieder schnippischer.

„Hatte irgendeiner von denen eine größere Tasche oder Tüte bei sich?“

Sie überlegte eine Weile, kaute auf ihrer Unterlippe herum und meinte dann angriffslustig: „Keine Ahnung. Ich musste ja alles alleine machen! Wie soll ich denn da auf so was achten? Außerdem muss man auch mal aufs Klo oder was holen.“ Mit schmollendem Mund trat sie ihre Kippe aus. „Noch was?“, fragte sie ungeduldig.

„Fürs Erste nicht“, meinte ich und betrachtete die Ansammlung der Zigarettenstummel zu ihren Füßen. Kettenraucherin, vermutete ich in Gedanken. Wahrscheinlich war die mehr hier im Hof gewesen als im Lokal. Ich gab ihr zum Abschluss noch meine Karte, die sie nachlässig in ihre übergroße, aber dennoch gut gefüllte Handtasche warf.

Am nächsten Morgen wachte ich trotz der eisigen Kälte in meinem Zimmer schweißgebadet auf. Es war jetzt nicht so, dass ich von

Bomben geträumt hätte, nein, ich hatte von Paula geträumt, was kein Wunder war, weil ich nach der ganzen Sache mit der zweiten Hand wieder in den Türkenhof bin. Der Hias, sozusagen Dauerinventar und Kneipen-Philosoph, war inzwischen auch eingetroffen und hatte nach der Paula gefragt, und da hab ich ihm mein Leid geklagt. Er ist ja gerne mal pessimistisch, aber dass er geglaubt hat, dass ich die Paula jetzt endgültig abhaken könnte, hat mich doch ziemlich getroffen.

„Die hat die Schnauze voll! Wer Weihnachten abhaut, noch dazu mit einem anderen, der kommt nimmer zurück", hatte er gemeint und mir aus Mitleid ein Bier spendiert.

Nun fröstelnd, rollte ich mich noch mehr in meiner Decke ein, einem Hotdog gleich, und versuchte die Bilder zu verscheuchen, aus denen ich aufgeschreckt war. Paula lag in diesem Traum tief unter einer Schneedecke begraben, und das splitternackt. Um sie zu finden, stieß ich wie von Sinnen immer wieder mit einer Lawinensonde in den Schnee, der sich daraufhin blutrot färbte. Dann buddelte ich panisch mit bloßen Händen ein immer tieferes Loch und sprang letztendlich selbst hinein, um weiterzugraben.

Irgendwann gab ich erschöpft auf und sah nach oben. Dort am Rand meiner nun riesigen Grube sah ich Paula, bekleidet mit dem schwarzen Dessous, wie sie einen anderen Mann küsste. Im Traum war ich mir sicher, dass das dieser Freddy war.

Nach mehreren vergeblichen Versuchen, aus dem Loch herauszukommen, wachte ich endlich auf. Das schrecklich eisige und kalte Gefühl wurde ich erst wieder unter der heißen Dusche los.

Soko Weihnachtsmarkt

Die Presse jagte die Meldung über die zweite Hand durch alle Kanäle, und schon Stunden nach dem Fund gab es in den Sozialen Medien die wildesten Spekulationen, die sich mehr und mehr zu Horrorszenarien auswuchsen. Verschwörungstheoretiker glaubten, dass Andersgläubige damit Angst vor unserem christlichen Weihnachtsfest schüren wollten, befand sich doch die eine Hand an einem Weihnachtsmann, und die andere war hübsch verpackt als Geschenk. Die meisten waren jedoch der Meinung, dass die Hände mit dem verschwundenen Kletterer Kubec zu tun haben müssten. Die Tatsache, dass der Schriftzug „Dede" auch seine Hand zierte, war bekannt. Man hatte dieses Detail nach seinem Verschwinden veröffentlicht in der Hoffnung, dass sich dadurch neue Anhaltspunkte zu seinem Verbleib ergeben würden.

Die Anhänger dieser These teilten sich wiederum in zwei Parteien, die ihren Standpunkt rechthaberisch und mit meist humorlosen bis bissigen Kommentaren vertraten. Die einen sahen im Kubec das noch lebende Monster, das auf einem Rachefeldzug unterwegs war. Für die anderen war er tot und wie Dandl das Opfer ein und desselben Mörders. Das Tatmotiv, so spekulierten einige, musste etwas mit der gemeinsamen Erstbegehung zu tun haben. Die Anhänger dieser Version waren zum Teil selbst Bergsportler, die sich anscheinend durchaus vorstellen konnten, dass so eine Erstbegehung ein ausreichender Grund für einen Mord sein konnte.

Die erste Ladung dieser wilden Theorien musste ich bereits bei einem Cappuccino im Café Münchner Freiheit zu mir nehmen, in das ich mich nach meiner heißen Dusche geflüchtet hatte, wollte ich doch nicht gleich wieder auskühlen. Während ich mein weiches Ei verspeiste, blinkte eine Signal-Nachricht von Paula auf. Erwartungsvoll öffnete ich sie und musste lesen, dass sie noch für ein paar Tage im Stubaital bleiben wollte.

Hatte ich gerade eben meine depressive Stimmung kurz verscheuchen können, überkam mich erneut dieses Verlassenheitsgefühl. Zumindest würden heute alle wieder in der Arbeit sein, hatte doch der Brandl ihre restlichen Urlaubstage storniert.

Ich zahlte und trat ins Freie. Es schneite noch immer, und ich kämpfte mich mit hochgeschlagenem Kragen und eingezogenem Kopf über den schlecht geräumten Gehweg und den nun wieder leeren Platz. Der Weihnachtsmarkt war inzwischen abgebaut worden, und nichts erinnerte hier mehr an die vermaledeite Hand, wäre nicht die Schlagzeile der BLA gewesen, die mir von einem Zeitungskasten entgegenschrie: „Zweite Hand! Dieses Mal als Weihnachtsgeschenk verpackt! Steckt Chris K. dahinter?“ Darunter war ein Portraitfoto von Kubec, auf dem er in die Kamera lächelte, wobei sein männlich markantes Gesicht im Kontrast zu dem, wie ich fand, ganz schön kindischen Schal stand.

Mit so einem Gesicht konnte man sogar lauter kleine blaue Herzchen an seinem Schal haben, ohne dass man als Mann albern wirkte, musste ich neidisch einräumen. Wahrscheinlich war dieser Tierarztkollege auch so ein sportlich maskuliner Typ, dachte ich bitter.

Während die wenigen Menschen, denen ich begegnete, ebenfalls mit grimmigen Blicken unterwegs waren, schien sich lediglich der kleine Kerl von höchstens vier über den Schnee zu freuen. Juchzend warf er ihn in die Luft und erklomm jeden Schneehaufen. Was soll's, dachte ich mir, während mir sein Treiben ein Lächeln entlockte – wenn die Paula jetzt so spinnt, dann soll sie mir den Buckel runterrutschen.

Noch bevor ich zur U-Bahn hinunterging, schnappte ich mir eine Handvoll Schnee, formte einen Ball und schleuderte ihn im hohen Bogen über den Platz, was zunächst befreiend wirkte. Doch um ein Haar hätte ich einen eh schon schlingernden Radfahrer getroffen und eilte darum schleunigst hinein in die Einkaufspassage der Münchner Freiheit, die zur U-Bahn führte.

Als ich im Büro eingetroffen war, warf mich die Susi erst einmal wieder hinaus. „Gehn S', Herr Joe, jetzt schütteln Sie halt den Schnee draußen ab“, ermahnte sie mich, was ich dann auch im Treppenhaus erledigte.

Der Vize erwartete uns bereits im großen Besprechungsraum, wo auch schon der Rösler von der K 14 neben Heinz saß. Während Rösler sich mit einem T-Shirt begnügte, trug Heinz einen dicken, selbstgestrickten Pullover mit Norwegermuster. Wagner saß gleich rechts vom Vize, und auch Christine und der Wanninger waren bereits da. Die Frau mit den scharfen Gesichtszügen und der Helmfrisur, die links vom Brandl platziert war, war niemand anderes als die Reitmüller, die mir einen schnellen, undefinierbaren Blick zuwarf. Ich setzte mich auf den freien Stuhl neben Heinz, als Lisa hereinschlenderte, sich kurz umsah, um dann den letzten freien Platz neben Wagner einnehmen zu müssen.

„Dann sind wir ja vollzählig“, eröffnete der Brandl die Besprechung, wozu er von seinem Stuhl aufschnellte, um sich galant mit einer leichten Verbeugung an die Reitmüller zu wenden. „Darf ich vorstellen: Oberkommissarin Reitmüller aus Traunstein. Hier die Kollegen und Kolleginnen von K 11 und K 14.“ Dabei deutete er mit einer weit ausholenden Geste in die Runde, während Susi zwei Thermoskannen anschleppte. „Ach ja, und hier haben wir ja noch das Herzstück der Abteilung, Frau Lechtaler. Vielen, vielen Dank für den Kaffee!“, rief er ihr noch hinterher, aber da war sie schon weg.

Jetzt standen natürlich alle erst einmal wieder auf, um sich zu bedienen und die Chance zu nutzen, sich gegenseitig zu begrüßen, hatten wir uns doch glatt mal drei Tage lang nicht gesehen.

„Schöner Pulli“, meinte ich zu Heinz. „Von der Franzi?“, fragte ich dann noch hoffnungsvoll, da ich mich ja mitschuldig fühlte, dass der Heinz einen Ehekrach hatte wegen dem missglückten Bastelabend.

„Ja, aber er zwickt unter den Armen, und kratzen tut er auch“, jammerte er.

Verwirrt schaute ich ihn an, dann wurde mir sein Dilemma klar – er hatte ihn anziehen müssen und das auch noch klaglos, um den Ehefrieden wieder herzustellen. Aufmunternd klopfte ich ihm auf die Schulter. „Ziehst ihn halt jetzt wenigstens aus, der ist ja eh viel zu warm hier drin.“

Heinz grinste mich mit einem verzweifelten Blick an, zog dann aber doch den Pullover über den Kopf und stand nun mit einem selbst bemalten T-Shirt da, das ein buntes Fabelwesen mit vier Beinen zierte.

„Das soll ein Elch sein“, erklärte er verlegen und hatte im Nu die Aufmerksamkeit seiner Kollegen.

„‚Für unseren lieben Papi‘“, las Wagner, der hinter Heinz stand, halblaut von dessen T-Shirt-Rücken ab.

„Wie süüüß!“, säuselte Christine, und Lisa meinte trocken, dass sie jetzt genau wüsste, dass sie niemals Kinder haben wolle.

„Geh Heinz, ist das Viech da auf deinem Bauch schwanger oder beulst du des bloß so aus, haha...“, setzte Wanninger dem Ganzen noch die Krone auf, und ich konnte sehen, wie Heinz rot anlief.

„Ich finde es super, was dir deine Kinder da gemacht haben“, sagte ich darum schnell und schaute den Wanninger scharf an, um ihn zu stoppen, doch da orderte uns auch schon der Brandl auf unsere Plätze zurück.

„Meine Damen, meine Herren! Wir sollten langsam anfangen. Frau Reitmüller, könnten Sie uns über Ihren Ermittlungsstand in der Sache Dandl informieren? Es scheint ja, dass der mit unserem Händchenfall, haha, zu tun haben könnte.“

Sie öffnete ihren Laptop, und Brandl schaltete eilfertig den Beamer ein. Das Foto, das nun an die Wand projiziert wurde, zeigte die Besucher der Rauschberg-Weihnacht, und hinten rechts erkannte ich sofort Jasmin und den nun verstorbenen Dandl vor seinem Stand.

„Wir erhielten nach einem Aufruf an die Bevölkerung umfangreiches Bildmaterial“, erklärte die Reitmüller. „Hier haben wir eine Vergrößerung des Bildausschnittes mit der Person, die wir suchen. Es handelt sich dabei um eine gewisse Jasmin Lopez, zumindest kennt Herr Bichelmair sie unter diesem Namen.“

„Das ist ja deine Cousine!“, rief der Wanninger aufgeregt, und ich wäre am liebsten im Boden versunken.

„Ach, die Dame ist Ihre Cousine?“, sagte die Reitmüller empört. „Und mir erzählen Sie, dass Sie die Frau zufällig gesehen hätten und sie sprechen wollten, weil sie eine Zeugin in Ihrem Händchenfall wäre! Das wird ja immer besser!“ Sie wandte sich an den Vize. „Ich beantrage, dass man Herrn Bichelmair von diesem Fall abzieht. Diese Cousine ist immerhin eine Tatverdächtige!“

Brandl schaute irritiert zwischen mir und der Reitmüller hin und her und fragte dann: „Bichelmair, was weiß ich da nicht?“

Bevor ich noch etwas erwidern konnte, sprang mir Heinz bei. „Also das ist nicht dem Joe seine Cousine, er, er...“

Heinz hatte es sicher gut gemeint, aber lügen war nun mal nicht seine Stärke, darum unterbrach ich ihn und meinte: „Ich habe der mir bis dahin unbekannten Dame kurzzeitig die Tüte mit der Hand überlassen, um, äh ..."

„Um Eindruck zu schinden! Hab ich es mir doch gleich gedacht", ereiferte sich Christine und schüttelte missbilligend den Kopf.

„Um Eindruck zu schinden?!", stöhnte der Vize entsetzt, und die Reitmüller ergänzte halblaut: „Ein Perverser also auch noch!"

Ich zuckte verlegen die Schultern, das schien mir jetzt bei Weitem die beste Strategie zu sein. Besser ein Perverser, der mit einer abgetrennten Hand Eindruck schinden will, als ein schusseliger Polizist, der Leichenteile verliert, dachte ich mir.

„Also, dann is das gar nicht deine Cousine? Ja du bist mir einer! Aber ich kann dich gut verstehen, so ein Weib!", sprang mir unerwartet der Wanninger bei, woraufhin der Vize mit der Faust auf den Tisch schlug und Wanninger sofort verstummte, während die Reitmüller fassungslos ihren Kopf schüttelte.

„Bitte, könnten Sie fortfahren, Frau Kollegin", bat der Brandl mit hochrotem Kopf die grimmig dreinschauende Oberkommissarin.

Diese setzte nach einem kurzen Räuspern erneut an: „Wie man hier sehen kann, kannten sich das Opfer Martin Dandl und Frau Jasmin Lopez ..."

„Gruber", unterbrach sie dieses Mal der Rösler.

„Wieso Gruber?", fragte die Reitmüller nun irritiert.

„Die Frau heißt Jasmin Gruber, nicht Lopez!", erklärte er.

„Seit wann wissen Sie das?", herrschte die Reitmüller ihn an, schaute dabei aber in meine Richtung.

„Herr Bichelmair kann des noch gar nicht wissen!", erwiderte Rösler, wobei er versuchte, möglichst hochdeutsch zu reden. „Ich habe Frau Gruber im Zusammenhang mit dem Vermisstenfall Kubec kennenlernen dürfen. Herr Bichelmair hat mir gestern Abend zwar noch des Foto vom Rauschberg zukommen lassen, aber da war i schon weg. Ich hab's dann erst kurz vor der Konferenz gesehen. Ich hätt das jetzt dann scho noch zur Sprach bracht, sobald i drankommen wär!", log er dann sogar noch für mich.

„Also dann, Frau Gruber kannte ...", setzte sie erneut an.

„Lopez hätte viel besser gepasst", murmelte Wanninger, hielt sich aber sofort zurück, weil der Vize sich lautstark räusperte.

Man konnte förmlich sehen, wie die Reitmüller mit den Zähnen knirschte, um dann aber doch kommentarlos fortzufahren.

„Wir, die Traunsteiner Kripo, machten einen Test mit einem Dummy. Dabei konnten wir feststellen, dass Herr Dandl nicht von selbst hinuntergefallen ist, sondern dass ihm jemand den Stuhl sozusagen unter den Füßen weggekickt haben muss. Durch die plötzlich weggezogenen Füße geriet Dandls Körperschwerpunkt tiefer, als wenn er nur so das Gleichgewicht verloren hätte, und er schlug noch mit der rechten Hüfte auf dem Geländer auf, bevor er seine Talfahrt aufnahm. Außerdem haben wir noch einen erdigen Profilabdruck, der von einem Wanderschuh stammen könnte, auf dem vorderen rechten Stuhlbein gefunden. Leider ist es nur ein Teilabdruck, darum können wir noch nichts Näheres über die Größe oder Marke sagen."

Nach einem kurzen Blick in die Runde fuhr die Reitmüller fort: „Beim Sturz hat er noch versucht, sich festzuhalten, und muss dabei eine Fellkleidung erwischt haben. Die Krampus-Kostüme haben wir bereits alle einsammeln lassen. Eine genaue Auswertung der Haare an den Fingern des Opfers sowie der Kostüme erwarten wir in Kürze. Jetzt fehlt uns nur noch die Fellmütze von Frau Lo ..., äh Gruber." Giftig setzte sie hinzu: „Kein Wunder, dass wir diese Gruber noch nicht erwischt haben, wo sie einen falschen Namen benutzt! Aber vielleicht wissen Sie ja inzwischen, wo die Dame sich befindet, Herr Bichelmair?"

Ich spürte, dass ich rot anlief, obwohl ich ja selbst ganz gerne gewusst hätte, wo sie jetzt war, und stammelte lediglich ein klägliches „Nein".

Rösler räusperte sich. „Frau Gruber ist immer noch in Manosque gemeldet. Das ist eine Stadt in der Provence. Leider hab' i sie da noch nicht erreichen können."

„Ah! Eine Französin", entfuhr es Wanninger schwärmerisch, wofür er sich einen weiteren tadelnden Blick vom Vize einhandelte.

„Wie gesagt, i hab' sie damals, nachdem der Kubec in Paris verschwunden ist, auch noch mal befragt. Aber da hat sie bloß des wiederholt, was sie den Pariser Kollegen auch schon g'sagt hat", fuhr Rösler fort. Er berichtete, dass der Kubec zwar noch im Hotel angekommen, am nächsten Tag aber nicht zum verabredeten Notartermin erschienen sei und auch sein Gepäck weg war, sowie von den

Textnachrichten, die er nach seinem Verschwinden noch verschickt hatte. „Die Gruber hat seit einem knappen Jahr eine Affäre mit dem Kubec gehabt, und die zwei wollten zam ein neues Leben anfangen und in der Provence ein Outdoor-Camp aufmachen. Darum ja auch der Notartermin."

„Genau! So was ist absolut sinnvoll, ob verheiratet oder nicht", ereiferte sich Christine, die einen Scheidungskrieg hinter sich hatte. Nach einem bösen Blick vom Brandl verzichtete sie jedoch auf weitere Details.

„Aber ich hab ihre Mutter in Innsbruck ausfindig machen können", meldete sich Rösler wieder zu Wort.

„Und?", fragte die Reitmüller.

„Bisher hab ich lediglich ihren Anrufbeantworter erwischt, aber Sie können gern die Nummer ham", bot Rösler an, ohne sich von ihrem gereizten Ton aus der Fassung bringen zu lassen.

„Was ist mit dem Vater? Vielleicht kann man den ja erreichen", schlug Christine vor.

„Ihr Vater lebt in Paris. Bei ihm war die Gruber auch, als der Kubec verschwunden ist. Er is auch mit zum Notar, weil er ja mit seinem Geld ihren Anteil finanziert hätt. Aber dann is ja nix draus word'n", erklärte der Rösler.

„Und?", fragte die Reitmüller ungeduldig.

„Und?", wiederholte Rösler zunächst irritiert. „Ach so ja – der weiß auch nicht, wo sei Tochter jetzt grad is! Der hat dacht, sie wär im Bayerischen Hof, aber dort wissen sie auch nix."

Nachdem es keine weiteren Fragen an die Reitmüller und den Rösler gab, bedankte sich der Brandl bei den beiden und forderte mich auf, von dem gestrigen Fund der zweiten Hand zu berichten.

Ich teilte ihnen mit, dass es sich dieses Mal nur um eine Hand aus Kunststoff handelte, vorrausichtlich erstellt mit einem 3D-Drucker, aber immerhin auch um eine rechte, die ebenfalls mit „Dede" verziert war. Daraufhin brachen auch bei uns im Dezernat die wildesten Spekulationen aus, sodass alle durcheinanderquatschten. Der Brandl beendete das, indem er energisch mit einem Glöckchen läutete, das er anscheinend extra dafür mitgebracht hatte.

„Herrschaften, Sie fassen bitte alles zusammen und lassen mir einen Bericht zukommen. Ich denke, aufgrund der Überschneidungen sollten wir eng mit den Traunsteiner Kollegen zusammenarbeiten. Ich schlage vor, wir nennen das Ganze Soko Händchen", meinte er, doch damit war die Reitmüller nicht einverstanden. Nicht, dass sie nicht zusammenarbeiten wollte mit uns, aber der Name passte ihr nicht.

„Also Sie haben hier ja lediglich eine Hand und einen Vermissten. Wir aber haben einen Toten!", warf sie ein. „Ich schlage darum vor, dass es Soko Rauschberg heißt. Am besten, wir tauschen uns täglich in einem Videochat aus", versuchte sie die Regie zu übernehmen.

Nun entbrannte eine heftige Diskussion, und wir einigten uns schlussendlich auf Soko Weihnachtsmarkt, was ja für unseren und auch für den Traunsteiner Fall passend war.

„Also dann haben wir ja alles geregelt", seufzte der Brandl erleichtert. „Die Traunsteiner Fraktion mit dem Schwerpunkt Dandl leitet selbstverständlich Frau Reitmüller, die Münchner stehen unter der Leitung von Herrn Rösler, der ja bestens eingearbeitet ist in den Fall Kubec."

„Dann kann die Mord ja wieder in den Weihnachtsurlaub gehen", maulte Lisa, und Heinz nickte zustimmend.

„Nein, das kann ich leider nicht zulassen", erwiderte Brandl. „Herr Landauer höchstpersönlich hat dem Ganzen oberste Priorität eingeräumt. Lesen Sie keine Zeitung? Wir können es nicht zulassen, dass halb München sich bedroht fühlt, und das noch dazu zur Weihnachtszeit. Wir müssen dringend aufklären, was diese Hände zu bedeuten haben und ob es eine Verbindung zu dem vermissten Christian Kubec gibt. Und diese Jasmin Gruber müssen wir schleunigst finden und genauer unter die Lupe nehmen. Immerhin war sie die Geliebte von diesem Kubec, und am Rauschberg war sie auch, als man den Dandl hinunterbefördert hat! Und obendrein hatten die beiden die gleiche Tätowierung wie diese verflixten Hände!"

Er sah uns der Reihe nach an. „Also, bekommen Sie heraus, wer die am Weihnachtsmarkt und im Caféhäusel deponiert hat. Und Sie, Herr Rösler, Sie schauen, ob Sie noch mehr über den Verbleib von Herrn Kubec herausfinden können und übernehmen die Koordination und Leitung hier in München. Jeden Morgen um neun Uhr gibt es einen gemeinsamen Videochat mit den Traunsteinern, wo wir uns austauschen. Ich hoffe, wir haben uns verstanden“, meinte er unerwartet scharf, um dann mit sanfter Stimme die weitaus größere Drohung auszusprechen. „De Soche muss möglichst schnell aufgeklärt werden. Dann können wir auch entspannt unsern Hüttenausflug mochen. Frau Reitmüller, Sie san selbstverständlich eingladen“, beendete er jovial und nun niederbairisch eingefärbt seine Ansprache.

Als der Brandl und die Reitmüller endlich verschwunden waren, blieben wir ziemlich sprachlos mit unserem neuen Chef zurück.

Nicht, dass uns der Rösler unsympathisch gewesen wäre, im Gegenteil, aber jetzt einen gleichrangigen Kollegen vor die Nase gesetzt zu bekommen, war schon sehr gewöhnungsbedürftig. Aber auch Rösler schien sich in der Rolle unwohl zu fühlen, rutschte er doch verlegen auf seinem Stuhl hin und her, ohne eine Einleitung zu finden.

„Was ist eigentlich mit dem familiären Umfeld von diesem Kubec? Schließlich wollte der anscheinend ja seine Frau verlassen“, fasste Heinz sich ein Herz.

Dankbar nahm Rösler den Faden auf und berichtete von seinen damaligen Ermittlungen. Demnach war Chris Kubec am Tag vor seinem Abflug nach Paris mit seiner Frau Christa auf der familieneigenen Hütte am Geigelstein gewesen. Während er oben auf der Alm bleiben wollte, fuhr sie noch am selben Tag nach Moosach in die Baufirma ihres Schwagers. Von den Absichten ihres Mannes hatte sie angeblich weder etwas gewusst noch geahnt.

„Sie hat a Garage auf dem Firmengelände von der Baufirma Kubec, die ihr Schwager leitet. Der wohnt übrigens da, also i mein gleich daneben. Weil es bei ihr so spät worden is, hat sie bei ihm im Gästezimmer übernachtet. Am nächsten Tag hat sie dann weiter an ihrem Motorrad rumgeschraubt und ist erst um drei rum heimgefahren. Ihr Schwager hat des alles bestätigen können.“

„Also ist es unwahrscheinlich, dass sie in Paris war, um ihrem untreuen Mann den Garaus zu machen“, stellte Lisa fest.

„Hat die echt nicht gewusst, dass ihr Mann mit einer anderen Frau nach Frankreich gehen wollte?“, fragte Christine.

„Sie hat's verneint, und ihr Schwager, der Georg, hat auch gemeint, dass sie nix g'wusst hat und dass des typisch sei für sein Bruder, einfach so abzuhauen. Aber wie gesagt, den Kubec hat man ja eh zuletzt in Paris gesehen, und dorthin geflogen ist er nachweislich auch, schließlich hat er eingecheckt", teilte uns Rösler mit.

„Der hat halt doch noch kalte Füße gekriegt", sagte Christine. „Raus aus der Ehe und gleich wieder hinein ins nächste Schlamassel, und dann noch so ein Projekt! Da hätt ich auch Reißaus genommen."

„Nein, nein! So ein Mädel wie diese Jasmin lässt man doch nicht einfach so sitzen", ereiferte sich nun Wanninger und lief knallrot an, als ihn Christine mit einem Kopfschütteln bedachte.

„Ich will das einfach nicht glauben", meinte Heinz, der treusorgende Ehemann und Vater, „dass man das nicht merkt, wenn der Partner eine andere hat und der sich einfach so aus dem Staub machen will ... Also da muss man doch was mitkriegen!"

„Das kann schon mal passieren!", entfuhr es dem Wagner.

Nach dieser Bemerkung war es erst einmal totenstill, und alle glotzten ihn verwundert an. Zwar konnte sich jeder vorstellen, dass der Wagner nichts bemerken würde, aber dass er überhaupt jemals in so eine Situation gekommen war – das überraschte uns dann doch alle. Dem Wagner war das anscheinend so rausgerutscht, und jetzt war es ihm sichtbar peinlich, doch Christine sprang ihrem Kollegen netterweise bei.

„Also, Rösi, du bist jetzt hier unser aller Chef, die Frau Reitmüller kümmert sich um den Herrn Dandl, und wir, Thorsten", sagte sie zum Wagner, „wir gehen jetzt die Hand vom Caféhäusel untersuchen!"

Wagner sprang dankbar auf, und die beiden verabschiedeten sich schnell. Um uns für unsere weitere Zusammenarbeit zu stärken, beschlossen wir, uns erst einmal eine Runde Pizza für die Mord plus Anhang zu bestellen.

Verlustängste

Natürlich konnte sich unsere Abteilung nicht so einfach aus der Sache herausziehen, und es war auch kein Unding, mit dem Rösler zusammenarbeiten zu müssen. Mit seinen runden, rosigen Backen und dem knuddeligen Wohlstandsbauch wirkte er nicht nur gemütlich, sondern war es auch. Großzügig spendierte uns unser neuer „Chef" die Getränke zur Pizza. Der Wanninger verabschiedete sich allerdings schon vor unserem Mahl und gab vor, noch eine Leiche auf dem Seziertisch zu haben. Jeder von uns wusste jedoch, dass es sich dabei um die alljährliche Gans seiner Schwiegermutter handelte.

Also setzten wir unsere „Besprechung" pizzaessend zu viert fort, wobei wir uns zunächst über private Themen austauschten, sollte man doch beim Essen nicht über abgetrennte Hände und Leichen reden. Doch allmählich mischte sich auch wieder die Arbeit in unser Gespräch.

„Sag mal, was hat denn eigentlich dieser Kubec beruflich so gemacht?", fragte Heinz und nahm sich ein neues Stück seiner vorgeteilten Pizza Mare.

„Der war Mitinhaber von Natural Experience, zusammen mit einem Robert Raschke. Übrigens hat der Dandl auch als Bergführer für die gearbeitet."

Rösler berichtete uns noch, dass Natural Experience auch erlebnispädagogische Kurse anbot, und erklärte uns, dass man dabei sogar lernen könne, wie man einen Iglu baut und dass es angeblich gar nicht so schlimm sei, darin zu übernachten.

„In der Kälte schlafen könnte ich auch anbieten. Ich werde jetzt aus meiner Wohnung ein Erlebniscamp machen", brummte ich und säbelte dabei mit wieder aufkeimender Wut an meiner Diavola herum, bis ich endlich ein Stück herunten hatte. Anscheinend hatte man vergessen, meine zu schneiden.

„Für was soll denn das gut sein?", fragte Lisa, die ihre Pizza schon fast aufgegessen hatte.

„Na, damit ich Geld reinbekomme und mir einen gescheiten Anwalt leisten kann."

„Ich hab eigentlich gemeint, warum jemand ein Iglu baut und dann darin auch noch schläft“, erklärte sie.

„Um den Horizont zu erweitern“, bemerkte Rösler und erntete dafür fragende Blicke. „Da schicken Firmen ihre Lehrlinge hin, damit sie ihre Persönlichkeit besser entwickeln können. Des machens auch gern mit straffälligen Jugendlichen.“

„Am besten, Biche, du meldest dich vorsichtshalber auch für so einen Kurs an“, meinte Lisa grinsend, „für den Fall, dass dein Vermieter dich ganz raushaut. Dann kannst dir ein Iglu im Englischen Garten bauen.“

„Und ein bissel Persönlichkeitsentwicklung würde dir auch nicht schaden“, frotzelte Heinz.

Rösler war der Einzige, der auf mein Problem einging und mich fragte, warum es bei mir kalt war. Mit ernster Stimme, um albernen Kommentaren zuvorzukommen, klagte ich ihnen mein Leid. Doch es half nichts.

„Dem würde ich aber sauber einheizen“, sagte Lisa kichernd.

„Genau, Joe! Du heizt ihm ein, damit er dir einheizt, haha“, ergänzte Heinz, klopfte mir aber sofort freundschaftlich auf die Schulter, als er mein Gesicht sah.

„Der ist verreist samt seiner Von-und-zu, während ihre Villa wahrscheinlich gut temperiert auf ihre Rückkehr wartet und ich mir inzwischen den Arsch abfrier“, wetterte ich, um Dampf abzulassen.

„Also, zu mir kannst jetzt nicht“, stammelte Heinz entschuldigend, „die Franzi ...“

„Eh klar“, erwiderte ich und hatte durchaus Verständnis.

„Willst bei mir wohnen, Biche?“, fragte Lisa. „Musst halt in die Besenkammer oder zu mir und der Uschi ins Bett.“

Jetzt war es heraus! Heinz und ich hatten uns ja schon häufiger gefragt, ob und was für einen Partner die Lisa wohl hatte, und es überraschte mich auch gar nicht besonders, dass sie eine Frau bevorzugte. Während Heinz sich verschluckte, schaute Rösler Lisa mit großen Augen an. Dann biss er herzhaft in seine Pizza und meinte, nachdem er runtergeschluckt hatte, grinsend: „Ja mei, a jeder, wie er mag!“

„Manchmal ist es aber auch der Felix statt der Uschi“, setzte Lisa unbekümmert eins obendrauf.

„Geh, du willst ja bloß nicht, dass ich dein Angebot annehm.“ Mir war jetzt klar, dass sie uns nur verschaukeln wollte, wobei ich es ihr durchaus zutraute, mit einer Uschi und einem Felix gleichzeitig ins Bett zu gehen.

„Aber die Besenkammer ist immer frei“, bot sie mir netterweise noch an.

Um dann doch endlich wieder dienstlich zu werden, schlug ich vor, dass ich die Kubec befrage. Vor allem, weil ich echt neugierig war auf eine Frau, die nicht nur Motorrad fuhr, sondern auch daran rumschraubte. Aber auch, weil ich wissen wollte, wie leicht man so Trennungsabsichten übersehen konnte.

Heinz wollte in der Zwischenzeit bei Natural Experience vorbeischauen, und Lisa erklärte sich bereit, weiter nach Jasmin Gruber zu suchen, auch wenn uns das ja direkt gar nichts anging. Der Rösler hingegen wollte nochmals die alte Akte Kubec genau studieren und bei den Pariser Kollegen nachfragen, ob es neue Erkenntnisse gab.

Ich meldete mich telefonisch bei Christa Kubec an und machte mich dann auf den Weg in die Nordendstraße, wo Frau Kubec sich noch bis vor acht Monaten mit ihrem Mann eine Wohnung geteilt hatte. Weil es noch immer schneite und die Straßen nur schlecht geräumt waren, beschloss ich mit den Öffentlichen zu fahren.

Nachdem ich mir Jacke, Schal und Mütze angezogen hatte, stapfte ich über den breiten, aber rutschigen Gehweg Richtung Westendstraße zur U-Bahn und stellte zum wiederholten Male fest, dass das hier so gar nicht mein München war: breite Straßen, langweilige mehrstöckige Gebäude und null Charme. Ich hätte wie jedes Mal, wenn ich hier entlangdackeln musste, einiges darum gegeben, wieder mitten in der Stadt in der Ettstraße zu sein. Die dicken Schneeflocken verbesserten beziehungsweise verschleierten die triste Ansicht nur minimal, und als ich am Stachus wieder an die Oberfläche kam, fühlte ich mich endlich wieder daheim, auch wenn der Stachus nicht unbedingt zu meinen Lieblingsorten gehörte.

Die Fahrt mit der Straßenbahn durch die winterliche Maxvorstadt, die ich wie meine Westentasche kannte, war dann eine richtige Wohltat für meine Münchner Seele. Die Weihnachtsbeleuchtung und die warm erleuchteten Schaufenster taten ihr Übriges dazu, dass die Dienstfahrt beinahe zum Genuss wurde, wäre mir nicht gerade wegen dieser heimeligen Atmosphäre die Paula eingefallen.

So mit zwiespältigen Gefühlen beladen, fuhr ich mit der zuckelnden Tram bis zur Haltestelle Nordendstraße, von wo aus ich nur noch wenige Meter zu Fuß hatte. Das Haus lag unweit von der Kultgaststätte Max Emanuel Brauerei, dessen mächtige Kastanienbäume im Biergarten nun weiß und nicht grün in den Himmel ragten.

Kurz nachdem ich bei Kubec geklingelt hatte, ertönte ein Summen und ich drückte die schwere Haustür auf. Da ich keinen Aufzug fand, stieg ich die Holztreppe hinauf, deren Stufen bei jeder Berührung ächzten. „C&C Kubec“ stand auf dem Messingschild. Obwohl die Tür zur Wohnung nur angelehnt war, klopfte ich. Gleich darauf hörte ich schnelle Schritte, und eine zarte, aber burschikos wirkende Frau öffnete die Tür nun ganz.

Im ersten Augenblick war ich etwas erstaunt, hatte ich doch vom Typ her eine Jasmin Gruber erwartet. Frau Kubec war aber gerade mal 1,60 Meter groß und trug eine blondgesträhnte Kurzhaarfrisur. Ich wusste vom Rösler, dass sie 41 Jahre alt war, doch sie wirkte wesentlich jünger, ja beinahe kindlich, hätte sie nicht auch schon ein paar Fältchen um die Augen herum gehabt. Der breite braune Ledergürtel hielt ihre zwei Nummern zu große Jeans auf der Hüfte, und das weite, karierte Flanellhemd hatte sie unter den Gürtel in den Hosenbund gestopft.

„Herr Bichelmair?“, fragte sie, und ihre Terence-Hill-blauen Augen blitzten mich an.

„Ja, Bichelmair, Kripo München. Grüß Gott, Frau Kubec“, stellte ich mich vor, woraufhin sie mich hereinbat.

Ich betrat einen länglichen Flur, auf dessen Garderobe ein Helm lag, und darunter standen Motorradstiefel, die höchstens Größe 35 hatten. Obwohl sie meinte, ich könne meine Schuhe ruhig anlassen, stellte ich sie dennoch daneben, und sie bot mir dafür Filzpantoffeln an, die ich aber dankend ablehnte. Ich folgte ihr in ein geräumiges Wohnzimmer, dessen hohe Wände an einer Stuckdecke endeten. Die lederne Eckcouch war großzügig dimensioniert und füllte dennoch kaum den Raum. Auf dem beigefarbenen Teppich standen etliche Kartons, daneben war ein großer Haufen Kleidungsstücke.

„Misten Sie aus?“, fragte ich, nachdem sie mich gebeten hatte, auf der Couch Platz zu nehmen.

„Ja“, sagte sie und hatte plötzlich etwas Verlegenes an sich. „Wollen Sie was trinken? Ein Wasser oder einen Apfelsaft?“

Ich nahm das Wasser, nicht weil ich Durst hatte, sondern weil mir das die Gelegenheit gab, mich kurz ungestört umschauen zu können. Während sie also verschwand, um die Getränke zu holen, warf ich einen Blick in die Kisten. In einer fand ich überwiegend Sportartikel wie Kletterschuhe, verschiedene Helme, aber auch ein Radltrikot und Sporthosen. Alles hatte bereits Abnutzungserscheinungen, wirkte aber durchaus noch brauchbar. Im nächsten Karton befand sich überwiegend Männerkleidung. Doch dann kam sie mit zwei Gläsern und einer Flasche Wasser wieder zurück, und ich konnte gerade noch schnell das coole Nietenhemd und den Schal zurücklegen.

„Das meiste gehört meinem Mann“, sagte sie mit leicht verbittertem Ton. „Falls er noch lebt, muss er sich halt wieder was Neues besorgen. Seine Lieblingsklamotten hat er sowieso mitgenommen. Sogar Wintersachen, obwohl es zu dem Zeitpunkt schon sommerlich heiß war! Aber ich Depp hab das erst hinterher festgestellt! Ich bringe das jetzt in die Kleiderkammer der Caritas.“

Sie stellte die Gläser und die Wasserflasche auf dem niedrigen Glastisch ab, zuckte fatalistisch mit den Schultern und ließ sich auf den Polsterwürfel, passend zum Sofa, fallen, woraufhin ich mich ebenfalls wieder setzte.

„Glauben Sie, dass er noch lebt?“

„Fragen Sie wegen dieser Hand vom Christkindlmarkt?“ Sie musterte mich belustigt, fuhr dann aber fort: „Kann gut sein – immerhin hat er mir ja noch ein paar nette Nachrichten nach seinem Verschwinden geschrieben.“ Dabei verzog sie ihren hübsch geschwungenen Mund zu einem sarkastischen Lächeln, ehe sie fortfuhr: „Mir hat er weisgemacht, er bliebe auf der Alm und würde das neue Klo weißeln, und anschließend wollte er noch für ein paar Tage nach Arco zum Klettern. Stattdessen schreibt er mir aus Paris, dass es aus und vorbei ist!“ Sie schüttelte den Kopf, als könnte sie es noch immer nicht fassen.

„Das war aber nicht die letzte Nachricht, oder?“, wagte ich dennoch zu fragen.

„Ja, er hat mir einen Monat später aus Brixen geschrieben, dass ich ihn nicht zu suchen bräuchte – ihm ginge es gut und er wolle ein neues Leben anfangen, ohne Weiber. Anscheinend hatte er von der Neuen auch schon wieder genug!“ Sie schaute mich mit ihren tiefblauen Augen durchdringend an, und ich fühlte mich komischerweise ertappt, obwohl ich eher das Problem hatte, von Frauen nicht genug zu bekommen.

„Vielleicht hat ihn ja dieses Frauenzimmer in Paris umgebracht. Was ist denn schon ein Alibi vom eigenen Vater wert?!“, zischte sie verächtlich. „Aber das hat ja alles bereits Ihr Kollege recherchiert. Er und die Pariser Polizei glauben, dass er sich ein schönes Leben macht, irgendwo in Frankreich oder Italien oder noch weiter weg!“

„Ganz ohne Geld?“, fragte ich erstaunt. „Er hätte jetzt doch geerbt!“ Das wusste ich, weil mir der Rösler berichtet hatte, dass der Vater der Kubec-Brüder kurz vorher verstorben war. Dieser hatte neben dem Baugeschäft, das Georg Kubec schon seit Jahren leitete, auch noch ein Haus in Schwabing besessen. Laut Rösler hatte Chris Kubec vor, seinen Anteil am Erbe an seinen Bruder zu verkaufen, vermutlich um damit das Outdoor-Camp in der Provence zu finanzieren.

„Das läuft ihm ja nicht weg, das Geld, bevor er nicht für tot erklärt ist. Außerdem hat er kurz vor seinem Flug noch einen Batzen Bargeld von unserem gemeinsamen Konto abgehoben“, sagte sie verächtlich.

„Und Sie haben wirklich nichts davon mitbekommen, dass er sich von Ihnen trennen will?“, fragte ich und hatte dabei selbst ein mulmiges Gefühl wegen Paula.

„Vielleicht hätte ich es ahnen können“, meinte sie nachdenklich. „Aber zu diesem Zeitpunkt...“ Sie schüttelte heftig den Kopf. „Wir wollten doch unsere Alm auf Vordermann bringen und es war seit langem das erste Mal, dass wir wieder gemeinsam oben waren.“ Sie warf mir einen melancholischen Blick zu. „Er musste ja für Natural dauernd Trekkingtouren auskundschaften oder Kurse geben, und Wandern hat ihn sowieso nie gereizt in seiner Freizeit. Er ist lieber klettern gegangen.“ Obwohl sie trotzig geklungen hatte, schimmerten ihre Augen feucht.

„Sie klettern nicht?“

„Doch, schon. Zumindest hab ich es mal“, antwortete sie nun wieder gefasst. „Wenn ich mit Chris beim Klettern war, hat er gnädigerweise eine ‚Leichte' für mich gemacht, und dann hab ich ihn die meiste Zeit nur noch sichern dürfen in seinen Projekten. In denen hing er dann stundenlang drin. Ich hab's irgendwann sein lassen." Sie zuckte mit den Schultern.

Da hatte ich ja noch Glück mit Paulas Kletterkünsten. Wir waren sozusagen beide blutige Anfänger, wobei sie wesentlich mehr Ehrgeiz besaß als ich. Aber jetzt auch noch Skitouren ... Also wenn ich etwas hasste, dann Sportarten, bei denen man übermäßig ins Schwitzen und Schnaufen kam. Aber um mich ging es ja jetzt hier nicht, darum besann ich mich wieder auf meine Befragung.

„Wann haben Sie ihn denn zuletzt gesehen?"

„Das hab ich doch schon alles diesem Rösler erzählt", meinte sie und stand auf. Mit einer ärgerlichen Geste warf sie einen gelben Sommerrock, der auf einem Kleiderberg gelegen hatte, in eine der Kisten.

„Bitte, ich würde es gerne selbst noch mal von Ihnen hören", bat ich, worauf sie sich umdrehte, zunächst trotzig die Arme in die Hüften stemmte, sich dann aber wieder auf den Sitzwürfel fallen ließ.

„Chris war schon oben auf der Alm und ich bin mit dem Jeep nachgekommen, weil ich noch Farbe und Material für unseren neuen Toilettenraum besorgt habe. Wir haben gemeinsam die Kloschüssel installiert, dann haben wir Brotzeit gemacht. Und danach musste ich wieder runter und nach Moosach fahren, wo ich auf dem Firmengelände eine Garage zum Basteln habe." Sie grinste mich breit an. „Ich richte nämlich für mein Leben gerne alte Motorräder her. Ich selber hab schon drei, aber ab und zu verkaufe ich eines, und an diesem Abend musste ich noch dringend eine NSU Lux fertig machen." Plötzlich verschwand das Strahlen aus ihren Augen, und sie zog ihre Beine vor die Brust und umschlang sie mit ihren Armen. „Er wollte ja angeblich oben bleiben um zu weißeln, dieser ... dieser verlogene A ...", murmelte sie zwischen ihre Knie. Sie löste sich aus ihrer Kauerhaltung, stand auf und schaute mich traurig, aber auch trotzig an. „Er hatte von Anfang an vor, nach Paris zu fliegen, können Sie sich das vorstellen?"

Sie schluckte und blickte aus dem Fenster, dann wandte sie sich wieder mir zu. „Wissen Sie, wir kennen uns schon ewig, und jeder von uns hat sein eigenes Hobby. Vielleicht war das ja der Grund", meinte sie nachdenklich und warf mir einen melancholischen Blick zu, der ihre Augen noch größer erscheinen ließ. „Sind Sie auch verheiratet?“, fragte sie unversehens.

„So gut wie, wir kennen uns auch schon sehr lang“, sagte ich und fühlte plötzlich einen Kloß in meinem Hals.

„Ja, das ist ein Problem. Ich habe Chris kennengelernt, da war ich fünfzehn“, sagte sie, und ihr Gesicht bekam einen verträumten Ausdruck. Ich fühlte mich zunehmend angesprochen, schienen wir doch womöglich ein ähnliches Schicksal zu haben. Sie schaute mich aufmerksam an und meinte dann: „Falls Sie ein gemeinsames Hobby haben, pflegen Sie es, oder suchen Sie sich eines!“

Ich schluckte, hatte ich doch genau das Gegenteil davon gemacht.

„Ähm, ja gut“, sagte ich und versuchte mich wieder zu fassen. Ich beschloss das Thema zu wechseln. „Und Sie, Sie lieben also Motorräder und können sie sogar selbst reparieren!“

Ihre Augen blitzten auf, und sie strahlte übers ganze Gesicht. „Ja, wie gesagt, ich richte sie wieder her. Wollen Sie mal sehen?“

Sie sprang auf und öffnete die Balkontür, woraufhin ich ihr hinausfolgte. Unten im Hinterhof stand, unter einem Vordach aufgebockt, ein altes Motorrad.

„Die habe ich mir gestern geholt, eine Horex Regina 400, Baujahr 54!“ Sie schaute mich triumphierend an. „Die wurde schon mal restauriert, ist aber ’ne Weile her, und jetzt bringe ich sie wieder auf Vordermann.“

„Wow!“, entfuhr es mir ehrlich beeindruckt, und wir gingen wieder hinein.

„Den Dandl Martin kannten Sie ja sicher auch?“, sagte ich, als sie die Balkontür wieder schloss.

Ihre blauen Augen verengten sich zu Schlitzen.

„Deswegen sind Sie also hier!“, stellte sie fest, und für einen Moment konnte ich ihre Energie beinahe körperlich wahrnehmen. Mit dieser Frau konnte man wahrscheinlich jede Menge Spaß haben, aber wenn der was nicht passte, war sicher nicht gut Kirschen essen mit ihr. „Was hat das mit Chris zu tun?“, fragte sie dann aber gelassen.

„Der Dandl hatte auf seiner Hand ebenfalls den Schriftzug ‚Dede‘, wie auf der Hand von der Münchner Freiheit.“

„Und wie auf der Hand von Chris“, ergänzte sie traurig, um dann aber wütend hinzuzufügen: „Das haben sie sich vor gut einem Jahr tätowieren lassen, nach ihrer neuesten Tour im Kaiser, der Dede-Verschneidung. Angeblich ein Fantasiename, aber wie ich jetzt von einem Bekannten erfahren habe, ist es der Spitzname von dieser Jasmin! Na ja, was solls!“

Sie pfefferte ein weiteres Kleidungsstück von dem Haufen in eine der Kisten. Doch dann beruhigte sie sich schnell und berichtete mir, dass sie für Natural die Abrechnungen mache, den Dandl aber nur selten dabei zu Gesicht bekommen habe, da sie meist von zu Hause aus arbeite.

„Chris hat viel mit ihm unternommen, aber mich konnten sie bei ihren Unternehmungen ja nicht brauchen.“ Sie grinste spöttisch. „Vor zwei Jahren haben wir Silvester zusammen gefeiert, und warten Sie mal ...“ Sie kratzte sich nachdenklich am Kopf. „Nein, ich glaub, das war es. Oder brauche ich ein Alibi?“

„Schlecht ist so was nie“, meinte ich.

„Wann war denn das noch mal genau, dass der Dandl da runtergefallen ist? Letztes Wochenende?“

„Um genau zu sein, letzten Samstag.“

„Hmm ...“ Sie zog eine nachdenkliche Schnute, die sie beinahe drollig wirken ließ. „Da war ich den ganzen Tag in Moosach, also in meiner Garage“, sagte sie, als es klingelte. „Das wird Georg sein, der Bruder von Chris, er holt das Motorrad ab und entsorgt diesen Krempl auch gleich mit.“ Dann war sie auch schon an der Tür.

Ich hörte wieder die für alte Münchner Stadthäuser typischen knarzenden Schritte auf der Holztreppe und kurz darauf eine herzliche Begrüßung durch die offen stehende Wohnzimmertür.

Ein großer, bärtiger Mann mit auffällig dunklem, dichtem Haar trat ein. Ich dachte bei seinem Anblick an das Foto, das ich von seinem Bruder gesehen hatte. Er hatte die gleichen blauen Augen, die im Kontrast zu den fast schwarzen Haaren standen, jedoch waren die von Chris auf dem Foto lang und hatten Locken, wohingegen die von Georg so kurz geschnitten waren, dass sie keine Chance hatten, sich zu kräuseln. Auch war der vermisste Chris bartlos, und die lange Haarpracht ließ ihn trotz seines markanten, kantigen Kinns wesentlich jugendlicher wirken als seinen nur zwei Jahre älterer Bruder, dessen dichter und gepflegter Vollbart die untere Hälfte des Gesichts verbarg.

„Störe ich?“, sagte er und schaute fragend zu Christa Kubec. „Ich wollte eigentlich nur schnell das Motorrad abholen und die Kisten wegbringen.“

„Georg, das ist Herr Bichelmair von der Kripo. Er kommt wegen Chris und dem Dandl, weil die doch die gleiche Tätowierung auf der Hand hatten. Du weißt schon – ‚Dede‘ “, setzte sie ihn in Kenntnis.

Er reichte mir mit einem Lächeln die Hand zur Begrüßung.

„Georg Kubec, der Bruder von Chris“, stellte er sich vor. „Also, dass Chris so eine Tätowierung hat, weiß ich, aber der Dandl, keine Ahnung.“ Er zuckte mit den Schultern und schaute erneut zu seiner Schwägerin.

„Hatte er! Georg, Herr Bichelmair wollte gerade wissen, wo ich letzten Samstag war. Jetzt kannst du gleich mein Alibi bestätigen, wo du eh schon da bist“, sagte sie, woraufhin Georg Kubec zunächst sie und dann mich verblüfft ansah.

„Ähm ja, also bei mir, beziehungsweise in ihrer Garage. Aber warum soll das wichtig sein?“

„Reine Routine“, beschwichtigte ich.

„Wegen dem Absturz am Rauschberg, meinen Sie das? Ich hab davon gelesen. Aber was hat Christa damit zu tun?“, fragte er.

Mir war jetzt klar, dass die Alibi-Abfrage nur suboptimal verlaufen war, und bat ihn daher, den Tag genauer zu schildern. Nachdem er kurz seine Empörung kundgetan hatte, dass seine Schwägerin überhaupt ein Alibi bräuchte, berichtete er mir, dass sie am frühen Nachmittag zu ihm gekommen war, um erst einmal einen Kaffee zu trinken. Dann sei sie in ihre Werkstatt gegangen, wo er ihr so gegen halb vier noch mal einen Cappuccino vorbeigebracht habe.

„So um sechs ist sie dann rüber zu mir gekommen, und wir haben gemeinsam zu Abend gegessen, und um acht ist sie gefahren“, beendete er seinen Bericht.

„So, ich hoffe, das reicht jetzt für Ihre Routinebefragung, weil wir müssten wirklich langsam los“, sagte Christa Kubec, wobei sie mich entschuldigend anlächelte. Doch ich wollte die Gelegenheit nutzen, auch den Bruder des Vermissten noch etwas genauer kennenzulernen.

„Nur noch ein paar kurze Fragen an Sie, Herr Kubec, wo Sie gerade da sind“, sagte ich daher, und er nahm nach einem kurzen Zögern samt Mantel auf dem Polsterwürfel Platz, während seine Schwägerin mich mit einem ärgerlichen Blick aus ihren schönen blauen Augen bedachte. Entschlossen schnappte sie sich einen bereits verschlossenen Karton und trug ihn hinaus.

„Sind Sie auch so ein Bastler?“, wandte ich mich an Georg, und es war mir ganz recht, ihn kurz ohne sie befragen zu können.

„Ich bin Bauunternehmer! Wenn Sie das Basteln nennen ... Mit Autos oder so kenne ich mich nicht aus“, antwortete er und knetete dabei nervös oder auch ungeduldig seine Hände. Dabei fiel mir auf, dass ihm das obere Glied seines rechten Mittelfingers fehlte.

„Kannten Sie den Martin Dandl näher?“, fragte ich ihn.

„Den Dandl?“ Er räusperte sich kurz. „Nur flüchtig, von meinem Bruder. Er hat ihn einmal in die Firma mitgebracht.“

„Apropos Bruder. Wann haben Sie ihn zuletzt gesehen?“

„Drei Tage vor seinem Abflug war er noch einmal bei mir im Büro. Aber das hab ich doch bereits alles Ihrem Kollegen Rösler erzählt“, meinte er freundlich, schaute dabei jedoch zur Tür, durch die die Kubec verschwunden war.

„Wollten Sie nicht noch mit ihm zur Bank? Soviel ich weiß, hatten Sie einen Termin mit ihm dort ausgemacht am Vormittag vor seinem Abflug.“

„Das stimmt!“ Er stand auf und ging zu einer noch offenen Kiste. „Zirka eine Stunde davor hat er aber angerufen, dass er es nicht mehr schafft“, seufzte er, während er das Klebeband vom Tisch nahm und nach dem Anfang suchte.

„Typisch Chris“, bemerkte die Kubec leichthin, als sie gerade wieder den Raum betrat, um den Rest des Kleiderhaufens in einen fast noch leeren Karton zu werfen.

„Warum wollten Sie sich denn mit Ihrem Bruder treffen?“, ließ ich mich nicht beirren, während Georg Kubec ein gutes Stück von dem Klebeband abriss, um es seiner Schwägerin zu reichen, die damit die Kiste zuklebte.

Kubec legte behutsam die Rolle auf den Tisch zurück, blieb aber stehen.

„Mein Bruder wollte von der Bank einen Nachweis über das Vermögen meines Vaters. Die Erbschaft war noch nicht ganz abgewickelt, sodass wir keinen Zugriff auf das Erbe hatten. Lediglich auf das laufende Geschäftskonto."

„Ja, konnte er denn so einfach auf diesen Nachweis verzichten?", gab ich mich überrascht, als Christa Kubec mit Stiefeln und Anorak bekleidet wieder erschien und ungeduldig auf eine imaginäre Armbanduhr deutete.

„Woher sollte ich denn wissen, was der damals gebraucht hat oder nicht und für was und wann! Mir hat er nur gesagt, dass er geschäftlich Geld braucht! Vielleicht hat er es ja anders regeln können", antwortete Georg unvermutet heftig, um sich dann aber sofort zu entschuldigen.

„Sie müssen verstehen", sagte Christa Kubec, „wir wussten beide nichts von seinen Plänen, und dann verschwindet er obendrein einfach noch. Können Sie sich vorstellen, was wir uns für Sorgen gemacht haben und wie es sich noch immer anfühlt, nicht zu wissen, ob ihm was passiert ist?" Sie legte ihrem Schwager kurz eine Hand auf die Schulter. Georg Kubec warf ihr einen dankbaren Blick zu und erklärte mir dann noch, dass er gedacht hätte, dass Chris das Geld für Natural bräuchte.

Kurz darauf nahm sich jeder einen der im Gang abgestellten Kartons, und wir verließen gemeinsam die Wohnung. Beim Hinausgehen stellte ich fest, dass nebst einem Strickpulli das Nietenhemd und der Schal auf der Garderobe lagen. Anscheinend hatte sie sich doch noch besonnen, um das Hemd wäre es auch wirklich schade gewesen.

Nachdem ich meine Kiste auf die Ladefläche eines gelben Transporters mit der Aufschrift „Kubec-Bau" gestellt hatte, verabschiedete ich mich. Die Rampe für das Motorrad war schon angelegt worden.

Gedankenverloren schlenderte ich zur Straßenbahnhaltestelle, wo bereits ein junges Pärchen wartete. Er hatte seinen Arm um sie gelegt, und sie standen kichernd zusammen, kuschelten und trotzten so dem kalten Ostwind. Die Kubec hatte wenigstens noch ihren Schwager, der ein netter Kerl zu sein schien. Die haben sich zumindest gemeinsam verarschen lassen, aber immerhin ist Paula bisher nicht spurlos verschwunden, dachte ich trotzdem voller Selbstmitleid. Dann musste ich an den letzten Winter denken, der mild und schneearm war. Im Januar jedoch gab es zwei eiskalte, aber sonnige Wochen, und wir waren an einem besonders schönen Tag auf dem Kleinhesseloher See Schlittschuhlaufen gewesen. Gut, zugegeben, die Paula ist hauptsächlich gelaufen, und ich hab ihr mit einem Glühwein dabei zugeschaut. Aber dann haben wir noch zusammen einen Walzer gedreht, weil der Leo hatte so einen drahtlosen Lautsprecher dabei und hat extra für uns den „Schneewalzer“ bei Spotify gesucht.

Verdrossen blickte ich das Pärchen an. Die beiden interessierte das aber null, und sie küssten sich ungeniert. Warum nur hatte ich zugelassen, dass die Paula mit diesem Freddy gefahren war?! Am Ende verliebt sie sich jetzt auch noch in den Kerl, dachte ich bange. Aber wenn die so schnell einen Ersatz für mich fand, dann war da eh schon vorher was.

Innerlich brodelnd und trotzdem durchgefroren stieg ich in die Tram, als sie endlich kam.

Theorien, die Durst machen

Lisa hatte Jasmins Mutter erreichen können und festgestellt, dass Frau Dr. Irmtraud Gruber Oberärztin an der Uniklinik war, aus der unsere Hand stammte. Obendrein stellte sich heraus, dass sie einen Universalschlüssel besaß, der auch zur Tür der dortigen Pathologie passte.

Frau Doktor gab zu, dass Jasmin vor gut zwei Wochen für ein paar Tage bei ihr gewohnt habe, dann aber nach München gefahren sei. Wo sie jetzt war, wusste sie angeblich aber auch nicht. Als Lisa auf die Hand zu sprechen kam, reagierte Frau Dr. Gruber erst einmal empört.

„‚Gängan S', Sie werden mich doch ned am End verdächtig'n, des Handerl entwendet zu haben' ", gab Lisa die Worte der Frau Doktor eins zu eins wieder. „Aber sie musste dann doch einräumen, dass ihre Tochter durchaus die Möglichkeit gehabt hätte, sich den Schlüssel anzueignen. Und der Zeitraum passt ja auch sehr gut", beendete Lisa ihren Bericht und stibitzte sich aus der Brotzeitschachtel von Heinz ein paar Nüsse.

„Schaut schwer danach aus, dass das fesche Fräulein Gruber die Hand am Nikolaus angebracht hat", meinte Heinz, „und ob das dann nur purer Zufall war, dass der Dandl in ihrer unmittelbaren Anwesenheit in die Tiefe gestürzt wird... Na ja, wer's glaubt, wird selig."

„Und warum sollte sie so was machen?", fragte ich trotzig, musste ihm im Stillen aber recht geben.

„Rache!", erwiderte Heinz.

„Nicht ganz unplausibel", meinte nun auch noch Lisa. „Irgendjemand hat ihr ja ganz schön in die Suppe gespuckt. Freund weg und Geschäft weg!"

„Nehmen wir mal an, der Kubec wurde ermordet", fuhr Heinz mit seiner Theorie fort. „Weiterhin angenommen, der Dandl hatte was mit dem vermeintlichen Tod vom Kubec zu tun und die Gruber hat das herausbekommen, dann hätte sie durchaus ein Motiv gehabt, den Dandl da runterzustürzen."

„Aber was soll dann das mit der Hand? Warum hängt sie die, beschriftet mit dem Namen ‚Dede', an dem Weihnachtsmann auf? Wenn diese Hand nicht gewesen wäre und sie mir nicht dieses Klettermagazin zugespielt hätte, dann wären wir überhaupt nicht auf den Kubec gekommen und auf sie auch nicht."

Lisa sah mich nachdenklich an. Dann stand sie auf und ging zu unserer Ermittlungswand, an der auch ein Abzug von dem Foto hing, das Jasmin mit dem Dandl am Rauschberg zeigte.

„Hmmm", machte Lisa nachdenklich, „die schauen sich wie alte Freunde an. Sehr vertraut! Wenn es wirklich ihre Absicht war, ihn in den Abgrund zu befördern, dann ist sie eine gute Schauspielerin. Oder... oder es war ein spontaner Tritt. Vielleicht hat er ihr keinen Glühwein spendiert", gewann nun wieder ihr Schalk die Oberhand.

Heinz goss ihr daraufhin gleich mal vorsichtshalber Kaffee nach, den Lisa mit einem gnädigen Nicken huldvoll annahm.

Nachdem wir so ein bisschen zur Auflockerung herumgealbert hatten, schlug ich vor, die Sache mit der Hand und die mit dem Dandl mal getrennt zu betrachten. „Also dass Jas..., äh, Frau Gruber die Hand dort angebracht hat, um den Fall Kubec wieder aufzurollen, ist ja durchaus plausibel, oder? Da verschwindet ihr Freund, und die Polizei glaubt..."

„Was? Wer glaubt was?", fragte Rösler, der plötzlich in der Tür stand und anscheinend meine letzten Sätze gehört hatte. „Wie meinst des jetzt?", fragte er leicht pikiert und lehnte sich in Ermangelung eines weiteren Stuhles an unseren Aktenschrank.

„Also wenn meine Franzi einfach so verschwinden würde, ich würde mir zur Not auch was ausdenken, um meine Polizeikollegen auf Trab zu bringen", brachte Heinz unverdrossen meinen Gedanken zu Ende.

Rösler schaute Heinz empört an. „Meinst jetzt du, wir hätten uns keine Müh gemacht?! Weißt du, wie viel Vermisste es gibt? Die ewig nimmer auftauchen oder einfach mal so abgetaucht sind?"

„Nein, so war das jetzt nicht gemeint", versuchte Heinz abzuwiegeln. „Aber es könnte doch sein, dass die Gruberin das halt womöglich selbst in die Hand genommen hat – also sozusagen mit der Hand in die Hand genommen."

Da der gemütliche Rösler noch immer grantig dreinschaute, holte ich ihm schnell einen freien Stuhl aus Susis Büro, auf den er sich mit einem leisen Stöhnen niederließ.

„Aufmerksamkeit hat sie damit auf alle Fälle erreicht“, meinte Lisa, und ich musste an all die Schlagzeilen in der Boulevardpresse denken. Aber selbst seriösere Blätter, ja sogar Nachrichtensender hatten darüber berichtet. Was, so dachte ich mir, wenn sie nicht nur die Hand dort angebracht, sondern anschließend das ganze Spektakel genau verfolgt hatte?

Ich erinnerte mich an ihren amüsierten Blick, mit dem sie das Geschehen am Schwabinger Weihnachtsmarkt betrachtete. Sie sieht, dass ich die Hand habe, beobachtet, dass der Trottel von Polizist sie verliert, und nimmt sie an sich. Jetzt war es noch einfacher für sie! Sie musste nicht warten, bis es in der Presse stand, damit sie zu einer Polizeidienststelle dackeln konnte, um dort ihren Hinweis auf den verschollenen Kubec abzugeben. Nein, sie musste nur warten, bis der Trottel die Hand suchen ging, und stand dann noch als edle Finderin da! Dankbar, wie ich bin, und super, wie sie ausschaut, ist es für sie ein Leichtes, mich in den Bayerischen Hof zu locken, nur um mir dort diese Zeitschrift übergeben zu lassen. Ich kam mir wirklich saudumm vor in diesem Moment.

„Vielleicht aber wollte sie mit dieser Aktion vor allem den vermeintlichen Täter oder die Täterin aufschrecken“, unterbrach Lisa meine selbstmitleidige Betrachtung. „Ich mein, die hat doch nicht daran geglaubt, dass der abgehauen ist! Alles geregelt, und kurz vor dem Notartermin verschwindet der. Also ich hätte da auch meine Zweifel an ihrer Stelle.“

„Na ja, vielleicht habens g’stritten, oder er hat noch eine andere g’habt“, gab Rösler zu bedenken. „Und dann hat er sich einfach vom Acker gemacht. Immerhin hat er ja nach seinem Verschwinden von seinem Handy aus noch Nachrichten verschickt. Und einen Batzen Geld hat er vorher auch noch abgehoben. Also ausschließen möchert ich des nicht, dass der einfach abg’haun ist.“

„Angenommen, dass der Kubec noch lebt, dann könnte er doch auch mit der hübschen Frau Gruber gemeinsame Sache gemacht haben“, schlug Heinz eine weitere Variante vor. „Vielleicht sollte das ja eine Warnung von dem Kubec an den Dandl sein, die Finger von der Jasmin zu lassen. Der hat das aber ignoriert und dann, bumms, hinunter mit ihm.“

„Genau, weil er eifersüchtig auf den Dandl war! Diese Jasmin verdreht ja anscheinend den Männern reihenweise den Kopf", meinte Lisa und schaute mich mit einem provozierenden Grinsen an, worauf Heinz zum Kichern anfing.

Dann aber fiel wirklich keinem mehr was ein, und wir saßen niedergeschlagen, jeder seinen Gedanken nachhängend da. Heinz, der den Kopf müde auf der Hand abstützte, sprach es aus: „Alles, was wir wissen, ist, dass wir nix gewiss wissen! Noch nicht einmal, ob dieser Kubec tot oder lebendig ist!"

Nach einem weiteren längeren Schweigen fasste sich Lisa erneut ein Herz und brachte Christa Kubec ins Spiel, die, so meinte sie, ja durchaus ein Motiv gehabt hätte, sollte sie von seinen Trennungsabsichten gewusst haben. Rösler zuckte daraufhin kurz mit den Schultern, sagte dann aber, dass Raschke seinem Kompagnon Kubec durchaus zugetraut habe, sich einfach klammheimlich vom Acker zu machen.

„Eigentlich glaub ich ihr. Ich mein, wenn man sich so lang kennt, dann übersieht man so was vielleicht einfach", nuschelte ich betroffen und gab damit auch meine ganz privaten Befürchtungen wieder. „Die schraubt halt lieber an alten Motorrädern rum, statt sich mit ihm in den Bergen herumzutreiben."

„Aha, daher weht der Wind. Dafür hast du natürlich Verständnis", frotzelte Heinz, räumte dann aber ein, dass der Raschke ihm gegenüber diese Einschätzung nochmals bestätigt hatte. „Er hätt den Kubec mehrfach aufgefordert, dass er seiner Frau endlich reinen Wein einschenken soll. Wortwörtlich hat er gesagt, dass ‚der Chris zwar am Berg ein Held war, aber bei so was ein elender Feigling'. Er hat außerdem noch versichert, dass auch er der Kubec nichts gesagt hat. Kann ich verstehen, bei so was verbrennt man sich bloß die Finger."

„Also ist es am End doch möglich, dass man gar nichts merkt, wenn der andere ...", murmelte ich.

Bedrückt rührte ich in meiner Tasse herum, so lange, bis Heinz seine Hand auf die meine legte und sie damit stoppte. Ich schaute auf und sah in seine Augen, die mich gutmütig betrachteten.

„Die kommt schon wieder, deine Paula!", meinte er so leise, dass nur ich es hören konnte.

Dankbar erwiderte ich seinen verständnisvollen Blick. Dann schlüpfte Heinz in seine gefütterte Jacke und meinte laut: „Ich geh jetzt, sonst ist meine Franzi am End auch noch weg!"

Er klopfte mir aufmunternd auf die Schulter und verließ kurz darauf das Büro, gemeinsam mit Rösler.

„Und du? Was machst du jetzt noch hier?", fragte ich Lisa, die als Einzige mit mir zurückgeblieben war.

„Kann ich dich auch fragen", meinte sie mit einem schiefen Grinsen. „Magst nicht in deine Wohnung, gell?"

„Du aber anscheinend auch nicht", erwiderte ich, woraufhin sie mir erzählte, dass sie ihre Wohnung über Airbnb an diese Uschi und den Felix vermietet hatte.

Sie zuckte bedauernd mit den Schultern. „Eigentlich wäre ich ja jetzt in Irland und würde in einem Pub abhängen. Aber wegen dieser geschissenen Hand und diesem hyperaktiven..." Lisa verkniff sich den Rest. „... ist das ja jetzt erst mal gecancelt."

„Also mit Irland kann ich dir jetzt nicht dienen, aber einen Irish Pub wüsste ich schon", bot ich ihr an, und so kam es, dass ich mit Lisa in eine äußerst feuchtfröhliche Nacht zog, die unerwartet und fatal enden sollte.

Feuchter Abend mit Fata Morgana

Zunächst fing alles harmlos an. Wir fuhren mit der U-Bahn bis zur Giselastraße und waren dann auch schon so gut wie da, im ältesten Irish Pub von ganz München. Obwohl wir nur ein paar Meter bis dorthin zurücklegen mussten, erreichten wir die kleine, gemütliche Kneipe weiß wie Schneemänner. Als wir sie betraten, stieg regelrecht der Dampf von uns auf, und der Schnee auf unseren Schultern und Köpfen verwandelte sich schlagartig in Wasser.

Die Stimmung war bereits bestens, und nicht wenige grölten mit bei „Fairytale of New York“ von den Pogues: „... you were handsome – you were pretty – queen of New York City ...“ Wir wurden unsere durchnässten Jacken an einer überfüllten Garderobe los und quetschten uns durch die singenden und lachenden Gäste bis zur Bar vor, um zwei Guiness zu erstehen.

Nach einem weiteren Bier, das uns ein bulliger Kerl mit Hipster-Bart spendierte, der Lisa lallend und gegen die Musik anbrüllend seine Liebe gestand, hatte ich all meinen Kummer vergessen. Wir sangen, lachten und tranken, und die Zeit verflog genauso schnell wie der Inhalt unserer Gläser. Um kurz nach eins bot ich Lisa an, dass sie bei mir schlafen könnte. Ich würde schon dafür sorgen, dass es warm genug wäre trotz fehlender Heizung, versprach ich ihr.

Sie lachte nur. „Das hättest wohl gern, du einsamer Wolf.“

„Ich tu dir nix, großes Indianerehrenwort!“, schrie ich ihr ins Ohr.

„Das tätest du dir eh nicht trauen“, brüllte sie zurück, und da hatte sie wahrscheinlich recht. Also tranken wir zur Abwechslung lieber noch ein Kilkenny. Kurz nachdem wir das geleert hatten, vibrierte Lisas Handy, das sie auf den Tresen gelegt hatte.

„Ich muss jetzt gehen. Meine Schlafmöglichkeit wartet“, meinte sie knapp, gab mir ein Bussi auf die Backe und war auch schon weg.

Ich trank dann noch einen Absacker mit einem waschechten Iren, der mich zum krönenden Abschluss auf einen Joint mit vor die Tür nahm. Dort standen wir inmitten der schneeweißen Pracht, und die dicken Flocken taumelten langsam im Schein der Laterne zu Boden. Endlich hatte auch ich Weihnachtsgefühle.

Wie ich anschließend nach Hause gekommen bin, weiß ich ehrlich gesagt nicht mehr so genau, und den ganzen Rest kann ich mir bis heute nicht vollständig erklären.

Als ich aufwachte, nahm ich verschiedene Geräusche wahr, die aber nur widerwillig zu mir vordrangen. Da war ein Klingeln und dann ein wütendes Fauchen, und endlich kapierte ich, dass das kein Raubtier war, sondern mein Staubsauger, den ich gestern anscheinend noch in weiser Voraussicht als Weckhilfe an die Zeitschaltuhr angesteckt hatte und der nun mit meinem Wecker zusammen ein infernalisches Konzert gab. Dieses akustische Inferno riss mich zur Abwechslung mal nicht aus einem meiner wirren Träume, sondern aus einem traumlosen, bleischweren Nirvana.

Orientierungslos stemmte ich mich hoch und fand mich zu meinem Erstaunen auf meinem Küchenfußboden wieder, gleich neben dem geöffneten Backrohr, aus dem es wohlig warm herausströmte. Fassungslos überlegte ich, ob ich am Ende vor Kummer und Suff Selbstmord hatte begehen wollen, dann fiel mir aber ein, dass ich gar keinen Gasofen hatte, sondern Elektro. Auch war er nur auf fünfzig Grad eingestellt, und umsichtig, wie ich anscheinend doch noch gewesen war, lagen zwischen dem Fußboden und mir die Polsterauflagen meiner Küchenstühle. Zugedeckt war ich immerhin mit meiner Bettdecke.

Nachdem ich mich mühsam aufgekämpft hatte, stöpselte ich erst einmal den Staubsauger aus, stellte den Ofen und den Wecker ab und ging unter die Dusche. Während das warme Wasser wohltuend über mich hinwegrauschte, sah ich plötzlich Jasmin vor mir, und dann sah ich sie neben mir – neben mir in einem Auto sitzend, und dann stand sie mit mir vor einem schmiedeeisernen Tor, dann war das Bild wieder weg, und ich hatte Schaum in den Augen.

Obwohl es bereits nach neun war und die Videokonferenz mit den Traunsteinern schon lief, gönnte ich mir erst einmal einen Kaffee, um wieder etwas in Form zu kommen. Anschließend packte ich meine Jacke und stapfte, noch immer benebelt, hinaus auf die Straße, wo mich ein strahlend blauer Himmel empfing, der sich wunderbar ergänzte mit dem weiß glitzernden Schnee, der nun alles bedeckte, was in München nicht allzu oft geschah.

Der Wunsch, hineinzulangen in die weiche kühle Pracht, veranlasste mich dazu, mit der Hand im Vorbeigehen eine Ladung Schnee von einem Autodach zu wischen. Plötzlich war es, als hätte ich ein eigenartiges Déjà-vu. Nicht dass ich nicht schon öfters Schnee von einem Auto gewischt hätte, aber da war wieder dieses komische Gefühl, das ich schon unter der Dusche gehabt hatte, und jetzt tauchte auch wieder ihr Gesicht auf, und ich hörte sie sagen: „Du musst mir helfen!"

Schaudernd schob ich meine Hände tief in die Jackentaschen und überlegte, ob ich jetzt am Überschnappen war, beschloss dann aber, dass es sich um einen Filmriss handeln musste, was jedoch unweigerlich bedeutete, dass ich heute Nacht noch auf Jasmin getroffen war.

Grübelnd hatte ich schon fast die Münchner Freiheit erreicht, als mir die Eingebung kam, doch einmal nach meinem Wagen zu schauen. Schließlich gab es da dieses Bild in meinem Kopf, wo sie neben mir in einem Auto saß.

Die Suche gestaltete sich dieses Mal noch schwieriger als sonst, obwohl ich es ja erst kürzlich benutzt hatte. Ich war mir eigentlich ziemlich sicher, dass es in der Gunezreinerstraße stehen müsste. Also lief ich erst einmal die ganze Feilitzschstraße zurück bis zur Trattoria Seerose und startete dort meine Suche. Obwohl ich über alle Autos, die von der Form her infrage kamen, kurz drüberwischte, um nach der Farbe zu sehen, konnte ich meinen alten Astra dort nicht finden. Entnervt und mit bleierner Müdigkeit in den Knochen – viele Stunden Schlaf konnten es ja nicht gewesen sein –, machte ich mich wieder auf den Rückweg Richtung Münchner Freiheit.

Ich war schon fast am Cocktailhouse vorbei, als mich eine vage Erinnerung in die Ursulastraße trieb, und tatsächlich stand er da, gleich zu erkennen, da er bereits abgeräumt war, zumindest grob und mit freigekratzten Fenstern. Ich warf einen Blick hinein, den Schlüssel hatte ich dummerweise nicht dabei, und sah auf dem Beifahrersitz meine Taschenlampe liegen. Ich hätte schwören können, dass diese gestern noch auf meiner Kommode stand, und außerdem: Warum war mein Auto nicht noch mit Schnee bedeckt?

Also doch, dachte ich mir, ich bin mit Jasmin noch irgendwo hingefahren. Ich ging um das Auto herum und hoffte inständig, dass ich zumindest nicht der Fahrer gewesen war. Glücklicherweise fand ich weder eine neue Beule noch einen mir unbekannten Kratzer. Nachdenklich schleppte ich mich bis zur U-Bahn, und als ich um kurz vor elf endlich im Büro ankam, empfing mich Heinz gleich gebührend.

„Mann, wo warst denn du die ganze Zeit?", herrschte er mich an. „Und warum gehst du noch nicht einmal an dein Handy?"

Verdutzt sah ich ihn an, nahm es aus der Jackentasche und musste feststellen, dass der Akku leer war.

„Sorry, leer", sagte ich nur.

„Sie sehen aber müde aus. Ist es wegen Paula?", meinte Susi mit einem besorgten Blick. Ich schaute Heinz vorwurfsvoll an. Er hatte also mal wieder getratscht.

„Nein, diesmal hab ich einfach zu viel gesoffen", erwiderte ich erbost, als Lisa hereinkam und mich mit einem Zwinkern angrinste.

„Noch besser! Der Herr säuft sich die Birne voll, und ich kann dann mit dieser Reitmüller allein videochatten", moserte Heinz unverdrossen weiter.

„Und der Rösler? War der nicht dabei?", fragte ich, um von mir abzulenken.

„War verhindert", gab Heinz übellaunig zurück.

„Gibt es was Neues von den Traunsteinern?", wollte nun Lisa wissen, die anscheinend auch noch nicht auf dem Laufenden war.

„Nein! Diese Gruber haben sie noch immer nicht gefunden."

War ja auch kaum möglich, sollten meine Bilderfetzen nicht doch aus einem Traum sein. Schlagartig lichtete sich die Katerwolke in meinem Kopf, und mir wurde klar, dass ich die Nacht womöglich mit einer Tatverdächtigen verbracht hatte, zumindest mit einer gesuchten Zeugin.

„Also, Herr Bichelmair", fing Susi an, und ich ahnte Böses, weil sie mich gar so offiziell mit „Herr" und Nachnamen ansprach, was sie immer dann tat, wenn sie sauer war oder es ernst wurde. „Der Vize will Sie schon seit einer Stunde sprechen. Ich hab ihm gesagt, dass Sie dienstlich unterwegs sind. Sie sollten sich jetzt was Besseres einfallen lassen, als dass Sie zu viel gesoffen haben." Sie warf mir noch einen letzten strengen Blick zu und verschwand nach nebenan.

„Für die Reitmüller kannst du dir auch noch was Gescheites überlegen", ergänzte Heinz, „immerhin hat sie ja hier das Oberkommando, und wir sind nur ihre Wasserträger."

„Na dann brauchen wir halt endlich selber eine Leiche", meinte Lisa flapsig und löste damit einen erneuten Erinnerungsfetzen aus dem Nebel in meinem Kopf.

„Leiche ... Leiche ...", murmelte ich vor mich hin.

„Jetzt brabbelt er auch noch wie im Delirium", erboste sich Heinz, der sich inzwischen hinter seinen Bildschirm verzogen hatte und irgendwas tippte.

„Ich muss weg", rief ich.

„Du sollst den Vize zurückrufen, vergessen?"

„Sag ihm, ich hab eine heiße Spur! Anonymer Hinweis! Lisa, komm mit, ich brauch einen Chauffeur!"

Lisa sah mich verwundert an und meinte dann nur knapp: „Okay, let's go."

Erstaunlich schnell und noch bevor Heinz groß reagieren konnte, waren wir auch schon draußen.

„So, wo soll es denn hingehen?", fragte Lisa, die bereits gähnend auf dem Fahrersitz des Dienstwagens saß.

„Genau so war es", brummelte ich statt einer Antwort.

„Spinnst jetzt ganz? Ich glaub, ich hätte dich gestern lieber heimbringen sollen."

„Sie saß da!" Ich deutete zu ihr hinüber, woraufhin Lisa erstaunt meinte: „Hier? Hier im Dienstwagen? Von wem redest du überhaupt?"

„Da bin ich aber froh, dass sie gefahren ist und nicht ich", sagte ich erleichtert.

„Wer ist ‚sie'? Kannst du jetzt endlich mal vernünftig reden?", ermahnte mich Lisa genervt, woraufhin ich ihr von meinen Erinnerungsfetzen erzählte.

„Du meinst tatsächlich diese Jasmin? Donnerwetter, Joe! Warst du am End auch noch mit ihr im Bett?", fragte sie mich erschreckend direkt.

„Ich, äh, also ich bin am Küchenfußboden aufgewacht", gab ich zu und sah sie kläglich an. „Das spricht doch eher dagegen, oder?"

„Manche treiben es ja auch auf dem Küchentisch. Vielleicht bist du anschließend einfach heruntergefallen und eingeschlafen."

„Lisa, bitte lass uns fahren", bettelte ich.

„Wenn du mir jetzt endlich sagst, wohin – gerne!“

Aber genau das war mein Problem. Ich schloss die Augen, und Lisa ließ mich gewähren, was ich sehr zu schätzen wusste, wollte ich ja nicht schlafen, sondern noch einmal das Bild mit dem schmiedeeisernen Tor heraufbeschwören. Und dann tauchte es auf – ein Eingangstor zu einer dahinter liegenden Villa. Und jetzt fiel mir auch wieder der kleine Hund ein, der fürchterlich kläffte. Auf der anderen Seite der Straße stand eine alte Frau unter der Laterne, die an ihrer zur vollen Länge ausgezogenen und quer über die Straße reichenden Hundeleine zerrte und laut rief: „Hannibal, kommst du jetzt endlich!“

„Ich weiß jetzt, wo wir hinfahren müssen“, sagte ich zu Lisa, doch vom Nebensitz kam nur ein leises, friedliches Schnarchen.

Auf frischer Tat

Als ich sie endlich wach hatte, gab ich Lisa den Auftrag, nach Solln zu fahren, genauer gesagt zur Villa der von Tretwitz, Wohn- und Lebensgefährtin meines eiskalten Vermieters. Diese Tatsache unterschlug ich vorsichtshalber, nicht dass mir Lisa noch vorwarf, hier meine Privatprobleme lösen zu wollen. Natürlich hätte ich die größte Genugtuung gehabt, diesem Wolff etwas anhängen zu können, aber leider war dazu im Moment alles zu vage.

„Was suchst du denn da, in Solln?“, fragte mich Lisa.

„Erinnerungen!“

„An eine rauschhafte Nacht mit der schönen Jasmin“, lästerte Lisa, während sie halsbrecherisch die Wolfratshausener Straße entlangfuhr.

„Lisa, das ist keine Moto Guzzi, sondern ein Auto und auch so breit“, rief ich erschrocken, als sie sich zwischen Gegenverkehr und einem in zweiter Reihe abgestellten PKW in rasantem Tempo sozusagen haarscharf durchmogelte.

Bald darauf stand ich nun zum dritten Mal innerhalb kürzester Zeit vor dem schmiedeeisernen Tor. Lisa drückte die Klingel, und ich ließ sie gewähren. Als sich nach dem dritten Mal niemand rührte, was ich erhofft hatte, meinte ich: „Komm, wir schauen uns mal etwas um. Vielleicht fällt mir dabei noch was ein.“

Vom Tor aus führte ein mit Schnee bedeckter Weg an dick verschneiten Büschen vorbei direkt zum Haus. Er war nicht geräumt, und so konnte man die Fußspuren deutlich sehen. Diese bogen vor dem Haus nach rechts ab und liefen direkt auf ein Gartenhaus zu, das in mir erneut eine vage Erinnerung wachrief.

„Ich glaube, wir sollten uns mal bei dem Häusel da umschauen“, sagte ich und deutete in seine Richtung.

„Häusel ist gut! Also ich würde da sofort einziehen! Aber wie stellst du dir das vor? Einfach mal so reinspazieren?“, fragte Lisa.

„Da ist eh keiner da. Wir steigen einfach ein.“

„Spinnst jetzt ganz! Da ist sehr wohl jemand da, oder woher sollen die Fußspuren sonst kommen? Die müssen frisch sein, schließlich hat es gestern geschneit, wenn du dich noch erinnern kannst. Also ich sag dir, da ist der Hausherr heute früh erst heimgekommen, und weil er seine Frau nicht wecken wollte, ist er in das Gartenhaus gegangen."

Mit mulmigem Gefühl betrachtete ich die von mir verursachten Spuren, die ich an dem linken abgelaufenen Absatz erkennen konnte. Darum waren meine Cowboystiefel heute früh auch so nass gewesen.

Lisa folgte meinem Blick, und schlagartig begriff sie. Kopfschüttelnd schaute sie auf meine Füße, und ich war froh, dass ich jetzt die dicken Winterschuhe trug. Doch das half nicht viel.

„Du! Du warst heute Nacht schon hier! Mit ihr! Darum hast du mich mitgenommen, oder? Der Heinz hätte dir schon längst einen Vogel gezeigt. Vielleicht schon mal was von Hausfriedensbruch gehört?"

Natürlich wollte ich Lisa in nichts reinreiten, schon allein, weil mir klar war, dass so etwas für mich sehr teuer werden könnte – sozusagen lebenslängliche Verköstigung der Lisa Rauscher.

„Du musst ja nur Schmiere stehen", bat ich. „Wenn jemand kommt, pfeif kurz, und wenn er blöd fragt, sag einfach, dass wir unsern Hund suchen oder irgend so was."

Dann zog ich mir die Kapuze weit über den Kopf und schaute mich verstohlen um. Die Straße lag verlassen da, und auch an den Fenstern gegenüber konnte ich niemanden sehen. Anscheinend verbrachte auch die wohlhabende Nachbarschaft ihre Zeit jetzt lieber in einem angesagten Skigebiet oder war in die Sonne geflogen. Also wagte ich es und stieg über das Tor.

Vorsichtig näherte ich mich dem Gartenhaus, das gänzlich aus Holz und Glas bestand. Dabei nutzte ich meine nächtliche Spur, wollte ich doch nicht noch eine zweite dazulegen. Mit jedem Schritt zerstörte ich den darunter liegenden Abdruck und hinterließ das Profil meiner dicken Winterstiefel in der Hoffnung, dass es bald wieder schneien und auch diese Spur vernichtet würde.

Als ich den flachen Holzbau erreicht hatte, stellte ich fest, dass dieser noch nicht lange dort stehen konnte. Das Holz wies noch keine Spuren von Verwitterung auf, und auch die überdachte Holzterrasse, die sich zwischen dem Gartenhaus und einem nun zugefrorenen und schneebedeckten Schwimmteich befand, sah neu aus. Unter einer Folie fand ich ein angebrochenes Paket mit Dielen. „Holz-Geyer" las ich gerade von der Banderole ab, als ich Lisas Pfiff hörte. Schnell machte ich noch ein Foto, dann hielt ich Ausschau nach einem Fluchtweg und musste feststellen, dass meine alte Spur von gestern an der mannshohen Mauer aus Naturstein endete, die die hintere Seite der Terrasse begrenzte.

Ich schaute mich noch einmal kurz um, konnte aber keine weiteren Abdrücke mehr ausmachen. Anscheinend hatte ich bereits heute Nacht den Weg über das Flachdach gewählt. Ich kletterte beherzt die Mauer hoch, deren Natursteine für Griffe und Tritte sorgten, und gelangte so auf das Dach, dessen Stirnseite an einer hohen Hecke endete und diese einen halben Meter überragte. Ich blickte über die Thujen hinunter und sah, dass sich gut zwei Meter unter mir ein leider bereits geräumter, asphaltierter Bürgersteig befand, der die kleine Nebenstraße säumte.

Ich zögerte kurz und fragte mich ernsthaft, ob ich gestern bei Dunkelheit tatsächlich hier hinuntergesprungen war, noch dazu ohne auch nur eine Blessur davongetragen zu haben – als ich Lisa sah, die wild herumfuchtelte. So unter Druck gesetzt, sprang ich ohne weiteres Nachdenken mit einem Anlaufschritt über die Hecke hinweg, wobei mir der Sprung etwas zu weit geriet, sodass ich dummerweise auf der Kante des Gehweges landete, dabei umknickte und auf der Straße zu liegen kam. Leider konnte ich meinen Schmerzensschrei nicht ganz unterdrücken, was nicht nur Lisa anlockte, sondern auch Hannibals Frauchen.

„Das ist er!“, rief sie. „Das hab ich mir gleich gedacht, dass das ein Einbrecher ist. Zuerst hat er mich ausgekundschaftet! Angeblich wollte er zu dem Wolff, und ich, herrjeh, hab ihm auch noch gesagt, dass die im Urlaub sind. Aber dass der jetzt noch mal einbricht, wo er doch heute in aller Früh schon da war! Und das am helllichten Tag, das ist schon unverschämt!“

„Keine Angst, jetzt haben wir ihn ja erwischt, diesen Schuft“, sagte Lisa und gab sich als Polizistin zu erkennen, die mich verfolgt habe. Dann zog sie mich auf die Beine, was mich zumindest vor Hannibal rettete, der mir nun nicht mehr übers Gesicht schlecken konnte. Anscheinend um dem Ganzen mehr Glaubwürdigkeit zu verleihen, legte Lisa mich in Handschellen und zerrte mich die Straße vor bis zu unserem Dienstwagen, wo sie mich kurzerhand auf dem Rücksitz platzierte, nicht ohne mich auch noch an den Handgriff zu ketten.

„Also dann vielen Dank, Frau ...“, wollte Lisa sich von Hannibals Frauchen, die uns gefolgt war, verabschieden.

„Frau März, aber wollen Sie denn keine Aussage von mir?“, fragte sie überrascht.

„Vielleicht könnten Sie ja morgen zu mir kommen“, meinte Lisa, und ich schüttelte verzweifelt meinen Kopf, was Lisa immerhin zu dem Zusatz bewog, dass sie sich aber unbedingt nach ihr, Lisa Rauscher erkundigen solle. „Wissen Sie, die Kollegen, die jetzt an Weihnachten arbeiten müssen, sind alle fürchterlich genervt, und wir zwei kennen uns ja schon.“

Die alte Dame nickte verständnisvoll, doch als Lisa schon die Fahrertür geöffnet hatte, um einzusteigen, fragte sie noch: „Wo muss ich denn überhaupt hin?“

„Ähm, Hansastraße, zweiter Stock, Zimmer 203.“

„Hansastraße! Da ist ja die Mordkommission!“, rief die alte Dame entsetzt und schaute ängstlich zu mir ins Auto.

Super! Jetzt hielt sie mich auch noch für einen Mörder, dachte ich mir, da beugte sich Lisa zu ihr und flüsterte ihr etwas ins Ohr, woraufhin mich die alte Dame zunächst nachdenklich, dann voller Mitleid anschaute. Schließlich hob Lisa den Finger an den Mund und machte das Zeichen für Schweigen, und Frau März tat es ihr mit einem verschwörerischen Grinsen gleich.

„Von mir erfährt keiner was“, hörte ich sie noch sagen, bevor Lisa endgültig einstieg.

„Was hast du der jetzt gesagt, Lisa?“, zischte ich leise.

„Unwichtig“, meinte sie leichthin, und ich konnte ihr spitzbübisches Lächeln im Rückspiegel sehen.

Fragen über Fragen

Nachdem Lisa mir endlich auf Höhe von Thalkirchen vor einer Metzgerei die Handschellen abgenommen hatte, rief ich leicht beklommen von ihrem Handy aus den Vize an, während sie mit meinem Geldbeutel zum Einkaufen ging.

„Bichelmair, wo treiben Sie sich denn rum, und warum lassen Sie Ihr Handy im Büro?“, blaffte er mich ohne meine Begrüßung zu erwidern an.

„Entschuldigen Sie bitte vielmals“, schleimte ich, „der Akku war leer, und da hab ich es zum Laden im Büro angesteckt.“ Und das entsprach ja auch der Wahrheit. Nur dass ich es dort absichtlich vergessen hatte, unterschlug ich in meiner Erklärung.

„Also gut! Frau Lechtaler sagte mir, Sie hätten einen anonymen Hinweis zur Sache Kubec erhalten. Gibt es da was Neues?“

„Nur eine Spur“, versuchte ich möglichst vage zu bleiben. „Da müssen wir noch einiges überprüfen, weshalb wir ja auch nach Solln gefahren sind. Die betreffende Person konnten wir aber leider nicht antreffen.“

„Ich erwarte einen anständigen Bericht, Bichelmair! Und morgen sind Sie gefälligst zur Stelle, wenn die Videokonferenz losgeht. Das mit Ihrer Freundin tut mir leid. Kopf hoch, das wird schon wieder“, sagte er noch und hängte auf.

Als Lisa mit zwei Leberkässemmeln und zwei Cola zum Wachbleiben zurückkam, schmerzte mir so ziemlich alles, vom Herz bis zum Fuß, aber am meisten schmerzte mich im Moment, dass nun sogar der Vize von Paula wusste.

Wortlos kaute ich auf der Semmel herum, nahm einen Schluck von dem Cola, doch ich schaffte es nicht, meinen Ärger darüber runterzuschlucken.

„Wer hat dem Brandl das erzählt von der Paula?!“, konnte ich nicht an mich halten.

„Hey, hey, Biche, jetzt mal halblang. Du baust hier die Scheiße, und wir retten dir pausenlos den Arsch“, meinte sie ruhig, aber nachdrücklich.

„Sorry, Lisa, klar“, gab ich kleinlaut zurück. „Ich bin dir auch echt dankbar, aber das mit der Paula geht doch keinen was an!“

Meine Empörung verflog und wich einer Müdigkeit, die mir fast meine Sinne raubte, zumindest aber das Stechen im Fuß etwas betäubte.

„Schau, der Vize hat heute Morgen dreimal bei der Susi nach dir gefragt“, erklärte mir Lisa nun ruhig. „Irgendetwas musste sie ihm ja erzählen. Da ist ihr wahrscheinlich halt nichts Besseres eingefallen, als dass dich deine Freundin gerade verlassen hat.“

„Aber die ist doch nur beim Skifahren mit einem Kollegen“, rief ich verzweifelt und setzte nach einer Pause bange hinzu: „Das heißt doch noch nichts, oder?“

Anscheinend hielten alle meine Beziehung mit Paula für endgültig gescheitert, dachte ich und fühlte Panik in mir aufsteigen.

„Ich hab keine Minute geglaubt, dass du wegen deiner Paula so durch den Wind bist. Wahrscheinlich hat dir diese Jasmin komplett den Kopf verdreht, aber dass du mit ihr dann auch noch in fremde Gärten einsteigst... Mann, Biche, wenn das der Vize mitbekommt oder gar der Landauer, dann gute Nacht“, meinte Lisa untypisch ernst.

Danach herrschte erst einmal minutenlanges Schweigen.

„Und warum bist du dann überhaupt mitgekommen?“, fragte ich sie bedrückt.

„Weil man dich nicht allein lassen kann, und weil ich Angst hatte, auf meinem Bürostuhl einzuschlafen, nachdem du mich gestern so abgefüllt hast“, erwiderte sie schroff, drückte den Zündknopf, was ja ausreichte in diesen neuen Autos, und fuhr uns schweigend zum Dezernat zurück.

Im Büro legte ich erst einmal meinen Fuß, der dick angeschwollen war, hoch und bat Susi um einen Eisbeutel. Sie warf einen besorgten Blick auf den Knöchel und verkniff sich sogar die Frage nach dem Warum. Als sie mir dann noch einen Kühlbeutel und ein Aspirin aus dem Erste-Hilfe-Schrank besorgt hatte, verzieh ich ihr augenblicklich ihre Indiskretion. Nur Heinz konnte es nicht lassen und stichelte, dass ich mich einfach nicht einordnen könne, nur weil jetzt mal andere das Sagen hatten.

„Kein Wunder, dass die Paula die Schnauze voll hat“, giftete er und erntete dafür einen zurechtweisenden Blick von Susi.

Gott sei Dank hatte der Rösler eine ausgeglichenere Natur, sodass sich seine Vorwürfe wegen der verpassten Videokonferenz in Grenzen hielten. Aber als Leiter im Vermisstenfall Kubec wollte er natürlich Näheres über den anonymen Tipp wissen und kündigte an vorbeizukommen.

„Das wird jetzt aber schwierig, Biche. Da kannst du dir sauber was aus den Fingern saugen“, raunte mir Lisa zu, während sie meine Fotoaufnahmen aus dem Garten betrachtete. „Ja, nagelneu schaut das alles aus, aber wie soll uns das weiterhelfen?“, ergänzte sie nun laut vernehmlich.

„Vielleicht könntest du über diesen Geyer-Holz herausbekommen, wann und von wem das Gartenhaus und die Terrasse gebaut wurden.“

„Also nur weil diese...“ Lisa blickte zu Heinz, der unserem Gespräch kopfschüttelnd folgte. „Also nur weil ein anonymer Hinweisgeber dir einen Tipp gegeben hat, dass da was faul ist mit dem Gartenhäusel, soll ich das jetzt recherchieren? Ist schon ein bisschen dürftig.“

„Genau! Was hat denn das mit unserem Fall zu tun – egal mit welchem“, ereiferte sich Heinz.

„Mit unserem Vermisstenfall hat das was zu tun“, antwortete ich und meinte dann noch, um mal wieder aus dem Fokus zu kommen: „Wir haben doch sonst keine Spur. Oder gibt es was Neues in Sachen Händchen oder Kubec?“

Ich schaute Heinz herausfordernd an, woraufhin er sich achselzuckend der Ermittlungstafel zuwandte. Dort hingen Fotos der beiden Hände sowie vom Kubec, seiner Frau, seinem Bruder, vom Dandl und natürlich auch eines von Jasmin.

„Wir brauchen ein Motiv!“, sagte er. „Vielleicht geht es ja um dem Kubec sein Erbe. Aber solange er nur vermisst ist, hat die Ehefrau ja nichts davon. Sein Erbe erben kann sie erst in zehn Jahren. Also, wenn sie ihn auf dem Gewissen hat, dann hätte ich an ihrer Stelle keinen Vermisstenfall daraus gemacht.“

„Hätte, hätte, davon können wir uns auch nichts kaufen“, blaffte ich ihn an.

Heinz sah mich aufgebracht an. „Aber so ein dämlicher anonymer Tipp soll uns weiterbringen?!"

Auch ich betrachtete nun unsere Ermittlungstafel, wo außer den Fotos noch wenig zu sehen war.

„Der Bruder vom Chris Kubec hat doch ein Bauunternehmen", murmelte ich mehr für mich.

„Ja und?", fragte Heinz sichtlich genervt von meinem Gebrummle.

Ich ignorierte ihn und blickte Lisa an. „Wir sollten herausbekommen, wann dieses Gartenhaus samt Terrasse gebaut wurde."

„Du meinst..." Lisa schüttelte den Kopf. „Echt jetzt?"

„Hey, was soll das?", schaltete sich Heinz dazwischen. „Vielleicht könnt ihr uns mal einweihen. Ich verstehe nämlich nur Bahnhof!"

„Genau", meinte Rösler, der eben hereingekommen war, und nickte Heinz zustimmend zu.

Natürlich hatten die beiden ein Recht auf eine Erklärung, aber um meine Gedanken selbst noch sortieren zu können, wollte ich erst einmal bei der Susi Kaffee für alle besorgen, und das trotz meines verstauchten Knöchels. Humpelnd erreichte ich die Zwischentür, doch als Susi mich sah, erbot sie sich sofort, uns den Kaffee zu bringen. Kurz darauf erschien sie nicht nur mit der Kanne, sondern stellte uns auch noch einen Teller randvoll mit Weihnachtsgebäck hin. Heinz, der schon wieder zum Nachtarocken angefangen hatte, entspannte sich augenblicklich, wohingegen sich der Rösler durch die Plätzchen weitaus weniger beeindrucken ließ. Lisa, die meine Taktik durchschaute, hielt sich ausnahmsweise mal zurück.

Nachdem ich so die Gemüter wenigstens etwas beruhigt hatte, erklärte ich ihnen meinen Verdacht, der ja eigentlich der Verdacht von Jasmin Gruber war, deren Namen ich aber lieber nicht erwähnen wollte. Endlich hatten sich die Puzzleteile der gestrigen Nacht wenigstens so weit zusammengesetzt, dass ich wieder wusste, warum ich in den Garten eingestiegen war. Ich hatte zwar bei meinem zweiten Einstieg bereits das Gefühl, dass es um den neu angelegten Pavillon samt Terrasse und Teich gegangen war, und das nicht nur, wegen der Fußspuren im Schnee, die dorthin führten. Aber erst jetzt war mir wieder eingefallen, warum ich mich von Jasmin überhaupt hatte überreden lassen.

„Du musst mir glauben, Joe", hatte sie zu mir gesagt. „Chris ist tot! Er wurde umgebracht! Ich bin mir sicher, dass er in diesem Garten vergraben wurde."

Vielleicht mochte die genaue Wortwahl anders gewesen sein, aber das war die Aussage, dessen war ich mir jetzt sicher. Natürlich musste ich das dem Rösler und dem Heinz gegenüber anders verpacken, und auf gar keinen Fall sollten sie wissen, dass ich schon zweimal unbefugt in den Garten der von Tretwitz eingestiegen war.

„Also das war so", begann ich zaghaft. „Gestern, nachdem ihr gegangen wart, erhielt ich einen Anruf. Der Anrufer hatte das mit der Hand natürlich auch mitbekommen, und er kannte den Kubec ..."

„Vom Klettern?", unterbrach mich Heinz.

„Keine Ahnung, das tut auch nichts zur Sache", gab ich barsch zurück, um ihm den Schneid für weitere Fragen abzukaufen. Doch ich verfehlte mein Ziel, und Heinz lief bereits rot an, aber Rösler forderte mich rasch auf fortzufahren.

„Er meinte, dass er ..."

„Ja?", fragte Rösler geduldig, als ich nicht weiterwusste.

„Mann, wenn du das jetzt sagst, brichst du dein Versprechen!", fauchte Lisa mich an, worauf ich nur verdattert, aber erleichtert nickte.

Heinz ließ sich jedoch nicht beirren. „Das wird ja immer schöner", sagte er. „Was soll denn das jetzt? Sind wir vielleicht beim Geheimdienst?"

„Der Anrufer hat jedenfalls den Verdacht geäußert", fuhr ich ungerührt fort, „dass der Kubec nicht in Frankreich ist, weder tot noch lebendig, sondern in dem Garten von der Tretwitz liegt. Es handelt sich bei ihm um eine angesehene Persönlichkeit, weswegen er, gerade jetzt, wo die Presse eh schon so einen Rummel macht, nicht auch noch ins Visier genommen werden will", log ich eiskalt.

„Nicht mal mir sagst du den Namen?", rief Heinz entrüstet und warf mir und dann Lisa einen beleidigten Blick zu.

„Ich kenne ihn ja auch nicht", versuchte Lisa ihn zu beruhigen. „Aber jetzt überprüfe ich mal das mit dem Geyer-Holz. Und wenn sich dann herausstellt, dass an dem Tipp was dran ist, dann werden wir sicher noch erfahren, von wem er ist. Gell, Joe?", meinte Lisa und verschwand augenblicklich.

Rösler und Heinz starrten ihr verblüfft nach, und für einen kurzen Moment hatte ich Ruhe.

„Und was willst du jetzt tun? Sollen wir jetzt den Garten der Tretwitz umbuddeln, nur weil irgendeine bekannte, aber anonyme Persönlichkeit gesagt hat, dass dort eine Leiche liegt?“, fand Heinz entrüstet als Erster wieder Worte. Leider waren die Plätzchen bereits alle aufgegessen.

„Wir fragen erst einmal nur nach, wer die Baumaßnahmen durchgeführt hat und wann das war“, schlug ich vor. „Wenn das dann zeitlich zum Verschwinden vom Kubec passt, dann können wir ja weiterschauen. Und falls sein Bruder das Gartenhäusel oder die Terrasse gebaut haben sollte, dann sollten wir den mal genauer unter die Lupe nehmen.“

Rösler lachte laut auf. „Joe, sag mal, hast du das nicht mitbekommen? Der Kubec ist am Abend vor seinem Verschwinden noch in Paris gesehen worden. Dafür gibt es mehrere Zeugen!“

Heinz nickte zustimmend und meinte mit einem beinahe hämischen Lächeln, ich solle doch erst einmal meinen Rausch ausschlafen. Als Susi hereinkam und sagte, die Reitmüller möchte mich dringend sprechen, war ich fast erleichtert.

Eifersucht

Während Heinz noch feixte, dass ich jetzt endlich den verdienten Anschiss bekäme, stellte Susi das Telefonat durch.

„Bichelmair“, meldete ich mich zaghaft, während Heinz kurzerhand die Lautsprechertaste drückte.

„Geht uns ja wohl auch was an“, flüsterte er als Begründung.

„Hier Oberkommissarin Reitmüller! Grüß Gott, Herr Bichelmair“, trötete es nun für alle hörbar.

„Ja, äh, grüß Gott, Frau Reitmüller, was verschafft mir die Ehre?“, flötete ich in den Hörer.

„Herr Bichelmair! Wie schön, Sie mal zu erwischen“, kam es erstaunlich freundlich zurück, doch Heinz hatte anscheinend trotzdem noch die Hoffnung, dass sie mir so richtig den Kopf waschen würde, denn er zeigte grinsend mit dem Daumen nach unten.

„Ich muss mich bei Ihnen entschuldigen“, fuhr die Reitmüller dann aber zu seiner Enttäuschung fort. „Ich konnte ja nicht ahnen, dass Sie heute Morgen, statt an dem Videochat teilzunehmen, die Frau Gruber bis vor unser Polizeirevier gefahren haben. Schade, dass Sie nicht Zeit hatten, mit hereinzukommen.“

„Ähm, ja, äh, ich musste da noch einem wichtigen Hinweis nachgehen“, stammelte ich verwirrt, fügte dann aber noch schnell hinzu: „In der Vermisstensache Kubec!“

Natürlich hatte es einen vorwurfsvollen Blick von Heinz zur Folge, der sichtlich empört war, als er jetzt auch noch hörte, dass ich die Gruber nach Traunstein gefahren hatte, ohne ihn davon in Kenntnis zu setzen. Er konnte ja nicht wissen, dass noch nicht mal ich selbst von dieser Fahrt wusste.

Ich schluckte mein Erstaunen hinunter und meinte stattdessen gönnerhaft: „Keine Ursache!“

Trotzdem war ich ziemlich irritiert, hatte ich doch in Erinnerung, dass ich während dieser Konferenz noch auf meinem Küchenboden lag, statt mit Jasmin über die Autobahn zu düsen. Hatte ich ihr vielleicht geraten, sich bei der Reitmüller zu melden?, fragte ich mich, konnte mich aber nicht besinnen.

„Herr Bichelmair, wir könnten Sie hier brauchen, es wäre schön, wenn Sie kommen könnten“, fuhr sie zu meinem weiteren Erstaunen fort, und als ich so sprachlos nichts erwiderte, meinte sie, dass es wirklich dringend wäre. Zum einen sollte ich die rote Jacke, die ihr nun vorlag, anschauen, um bestätigen zu können, dass es sich um diejenige handelte, die Frau Gruber am Rauschberg getragen hatte.

„Zum anderen ...“, und jetzt zögerte sie, um dann fast bittend zu sagen, „Frau Gruber ... ähm, sie ist mir gegenüber etwas ... also sie besteht jetzt darauf, dass sie jede weitere Aussage nur bei Ihnen macht. Vielleicht könnten Sie es ja einrichten und vorbeikommen.“

Ich willigte ein und schaute auf die Wanduhr. Es war bereits kurz nach drei, und ich hatte in meinem verkaterten Zustand keine Lust auf noch mehr Stress und schon gar nicht auf eine Befragung, darum schlug ich vor, morgen vorbeizuschauen.

„Also wenn es heute wirklich nicht mehr geht, dann wäre es schön, wenn Sie morgen bis spätestens acht Uhr da sein könnten“, meinte sie freundlich, aber dennoch entschieden.

Fieberhaft sann ich über eine akzeptable Ausrede nach. Schließlich bedeutete um acht Uhr in Traunstein zu sein, mitten in der Nacht aufstehen zu müssen! Doch da beugte sich bereits Heinz über das Telefon und meinte, dass das eine sehr gute Idee sei: „Dann verlegen wir die morgige Videobesprechung auf, sagen wir ... halb zehn.“ Heinz grinste mich durchtrieben an. „Dann kann der Herr Bichelmair gleich nach der Befragung der Frau Gruber von Traunstein aus an der Videokonferenz teilnehmen.“

„Perfekt, so machen wir es“, sagte die Reitmüller und hängte ein, bevor ich noch etwas erwidern konnte.

„Heinz!“, rief ich empört, da er einfach für mich einen Termin festgelegt hatte. Noch dazu so früh!

„Was?“ Heinz sah mich mit vorgeschobener Brust an. „Jetzt kannst du deine Alleingänge ja bei der Reitmüller abziehen!“ Beleidigt wandte er sich an Rösler und lud ihn auf einen Cappuccino in der Cafeteria ein.

Obwohl mir das Ganze ja selbst leidtat – schließlich waren Heinz und ich normalerweise ein echt gutes Team –, war ich doch auch froh, endlich Ruhe zu haben. Schon allein, weil ich todmüde war. Kein

Wunder, anscheinend hatte ich ja so gut wie gar nicht geschlafen. Ich nahm meine Jacke, verabschiedete mich von Susi, die erstaunt auf die Uhr schaute, woraufhin ich nur kurz brummelte: „Muss noch was erledigen“, und dann war ich auch schon draußen.

Erschöpft schleppte ich mich zum Heimeranplatz und ließ mich in der U-Bahn auf einen freien Sitz fallen. Dann nahm ich mein Handy heraus, um Lisa zu benachrichtigen, dass ich jetzt Feierabend gemacht hätte und morgen nach Traunstein fahren würde, um die Frau Gruber zu befragen. Vor allem aber wollte ich wissen, was sie beim Holzhändler Geyer erfahren hatte.

„Ach geh“, meinte Lisa, „haben sie sie doch noch erwischt, und du gehst sie jetzt befreien, wie romantisch!“ Dabei kicherte sie frech, und ich musste noch einmal nachdrücklich meine Frage stellen.

„Also der Zeitraum der Baumaßnahmen könnte passen, zumindest hat der Geyer seine Holzdielen eine Woche vor Kubecs Verschwinden geliefert“, antwortete sie nun sachlich. „Da stand das Fundament für den Pavillon schon, meinte der Herr Geyer, aber bei der Terrasse wäre noch nichts gemacht gewesen.“

„Haben die das Fundament nicht gleich auch für die Terrasse mitgemacht?“, fragte ich irritiert.

„Anscheinend kommt unter eine Holzterrasse kein Beton, sondern ein halber Meter Kies. Nur die Auflagen für die Querbalken werden einbetoniert. Darauf montiert man dann die Dielenbretter.“

„Aha! Da hat dann die Tretwitz vielleicht Glück gehabt, und wir müssen nur ein paar Bretter abschrauben“, sagte ich lachend.

„Oder den Teich demontieren“, meinte Lisa. „So oder so bekommen wir dafür im Moment mit Sicherheit keine Genehmigung. Wahrscheinlich ist das alles eh nur eine Spinnerei oder gar ein Ablenkungsmanöver von deiner Jasmin, oder wie erklärst du dir, dass der Kubec in Paris noch im Hotel eingecheckt hat?“

„Ich weiß, das passt nicht. Trotzdem hab ich da einfach so ein Gefühl ...“

„Deine Gefühle kennt man ja, aber ob die kriminalistischer Art sind, bezweifle ich stark“, lästerte Lisa. Nachdem ich daraufhin nichts sagte, fuhr sie fort: „Bestellt hat das Holz ein Herr Wolff, aber der arbeitet nicht für den Bruder vom Kubec.“

Zu Hause in meiner kalten Bude legte ich mich erst einmal aufs Ohr. Eine Stunde später fühlte ich mich zumindest etwas erholt und rief meine Eltern an, um mich für heute Abend anzukündigen. So musste ich zumindest morgen früh nicht zu Unzeiten schon aufstehen. Mutter war ziemlich überrascht, aber sie freute sich auf mich und versprach mir ein anständiges Essen, wo ich doch jetzt Strohwitwer wäre. Danach warf ich das Nötigste in eine Tasche, suchte mein Auto auf, das ich dieses Mal auf Anhieb fand, und startete Richtung Chiemgau.

Statt der Salzburger Autobahn wählte ich die Passauer, um anschließend über die B304 zu fahren. Da ich dabei sowieso fast an Trudering vorbeikam, beschloss ich noch einen kleinen Umweg zu Paulas Hexenhäuschen zu nehmen. Einfach nur so, dachte ich mir, um mal zu schauen, ob alles in Ordnung war, ob der Briefkasten schon überquoll oder ob sie vielleicht doch schon wieder zurück war und nur vorgegeben hatte, länger im Stubaital zu bleiben.

Ich parkte nicht direkt vor ihrem Haus, sondern in der Nebenstraße. Ich wollte mir einen unsichtbaren Rückzug sichern, falls dieser Freddy anwesend wäre. Langsam, mich nach einem Zeichen ihrer Anwesenheit umschauend, näherte ich mich dem Holztor, durchquerte die zehn Quadratmeter Vorgarten und schaute vorsichtig durch das Küchenfenster. Dort war schon mal keiner zu sehen, weder an ihrem Zwei-Personen-Tisch noch sonst wo. Die Arbeitsfläche ihrer kleinen, rot lackierten Küchenzeile war nahezu leer, bis auf einen Basilikum im Topf, der bereits seinen Geist aufgegeben hatte.

Das schaut nach Abwesenheit aus, dachte ich mir und spähte durch das andere Fenster in ihren Praxisraum, in dem sich wie zu erwarten niemand befand, war doch die Praxis bis Lichtmess geschlossen. Dann humpelte ich, da der Fuß wieder zu schmerzen anfing, die Einfahrt entlang und gelangte in ihren kleinen, aber feinen, nun schneebedeckten Garten. Von der Terrasse aus konnte ich in ihr Wohnzimmer schauen, aber auch dort war niemand zu sehen.

Ich läutete, vielleicht war sie ja oben im Schlafzimmer, aber es rührte sich nichts. Als ich ein weiteres Mal auf die Klingel drückte und an der Tür lauschte, ob sich was regte, hatte ich urplötzlich die beängstigende Fantasie, dass der Freddy jetzt gleich die Tür aufreißen würde, in Unterhosen oder gar nackt, ärgerlich, weil man ihn bei einem Schäferstündchen gestört hatte. Dabei zuckte ich unwillkürlich zurück, und ein paar bange Sekunden schlug mir das Herz bis in die Haarspitzen, aber es blieb ruhig.

Ich nahm ihren Hausschlüssel, den ich für alle Fälle mitgenommen hatte, und schloss auf. Nachdem ich meine Schuhe brav an der Garderobe abgestellt hatte, ließ ich die Tür zu den Praxisräumen links liegen. Kurz ging ich in die Küche, um den armen Basilikum zu gießen. Dann schlich ich mich ängstlich und doch voller Hoffnung, sie allein anzutreffen, hinauf zu ihrem Schlafzimmer, das unter dem Dach lag.

Nachdem ich ein paar Minuten an der Tür gelauscht hatte, war ich mir sicher, dass sich niemand darin befand. Trotzdem öffnete ich sie vorsichtig – aber das Zimmer war leer. Plötzlich fühlte ich mich unendlich müde, noch viel müder als den ganzen Tag schon, und das mir so vertraute Bett zog mich magisch an. Zwei, drei Minuten widerstand ich, dann legte ich mich rein, wozu ich bloß die Jacke ablegte, schließlich wollte ich ja nur kurz ruhen. Wehmütig sog ich Paulas Duft ein, den das Kissen verströmte, während ich die Augen schloss und an sie dachte.

Dabei musste ich eingeschlafen sein. Nach einem tiefen, schwarzen und traumlosen Abtauchen schreckte mich eine männliche Stimme auf, und als ich die Augen aufriss, war es immer noch schwarz, da es draußen schon längst dunkel war.

Nur das nicht!, dachte ich und sprang hastig aus dem Bett. Gott sei Dank kam die Stimme von unten. Wenn die Paula und ihr Freddy mich hier erwischen – nicht auszudenken, schoss es mir durch den Kopf.

Vorsichtig suchte ich im Dunklen meine Jacke und schlich zur Tür, die einen Spalt breit offen stand. Auch im Flur war es stockdunkel, anscheinend hatten sie noch kein Licht angemacht oder waren schon in der Küche oder im Wohnzimmer.

Das ist meine Chance, dachte ich mir und tappte vorsichtig Richtung Treppe, deren Anfang ich mehr erfühlte als sah. Ich konnte die männliche Stimme jetzt lauter hören, verstand aber noch immer nichts. Sie mussten irgendwo da unten sein, und einen Moment lang überlegte ich, ob ich versuchen sollte, über das Schlafzimmerfenster in den Garten zu springen, zur Not auch ohne Schuhe, die ja in der Garderobe standen. Aber einen zweiten Sprung an diesem Tag, noch dazu mit einem bereits lädierten Knöchel, wagte ich dann doch nicht. So blieb nur der Weg über die Treppe.

Wenn es jetzt schon so weit war, dass dieser Freddy mit hierher kam, dann war eh schon alles egal, sprach ich mir trotzig Mut zu. Der konnte was erleben!

Grimmig stampfte ich, so auf Angriff gebürstet und mit hoch erhobenem Haupt, die knarzenden Stufen hinab. Anscheinend hörte das dieser Freddy aber gar nicht, da er unverändert fröhlich weiterplapperte. „Also dann bis nächste Woche“, hörte ich ihn sagen, woraufhin ein kurzes Klacken ertönte und dann ein sich wiederholender Tüt-Ton.

Als ich im lichtlosen Gang unten angekommen war, sah ich das Telefon noch rot blinken, auch gab es noch ein letztes Tüt zum Besten. Mir fiel ein Stein vom Herzen. Erleichtert zog ich meine Schuhe an. Da hatte ich mich doch glatt von einem Anrufbeantworter ins Bockshorn jagen lassen und wäre um ein Haar aus dem ersten Stock gesprungen.

Erste Antworten

Der Abend bei meinen Eltern war kurz, aber herzlich. Zunächst versorgte Ma meinen verstauchten Knöchel mit einem Salbenverband und dann mich mit meinem Lieblingsweihnachtsessen: Ente mit Kartoffelknödel und Blaukraut. Und dazu gab's ein Zwickelbier. Erst da merkte ich, dass ich den ganzen Tag außer der Brotzeit mit Lisa noch nichts gegessen hatte. In wohliger Wärme verspeiste jeder von uns ein Viertel der Ente, und Mutter freute sich, dass ich mich auch noch für das übrige Viertel erbarmte.

Nach einer halben Ente, drei Knödel und drei Zwickelbieren überließ mir Pa das Sofa und räumte mit Mutter das Geschirr ab. So gegen Mitternacht rüttelte er mich wach und meinte, ich solle doch lieber ins Bett gehen, was ich auch tat, um dort sofort traumlos weiterzuschlafen. Es war ein friedlicher Abend, vor allem auch weil Ma nach einem kurzen Abwinken von mir darauf verzichtete, weiter nach Paula zu fragen.

So gestärkt und ausgeruht trudelte ich um fünf vor acht in der Kriminalpolizeiinspektion Traunstein ein, wo mich ein schwergewichtiger Kollege in Uniform sofort zur Reitmüller brachte. Die saß bereits mit einer verschlossen dreinblickenden Jasmin in einem Vernehmungsraum. Ihr himmelblauer Rollkragenpullover verschaffte mir einen erneuten Erinnerungsfetzen an die vorgestrige Nacht, und ich merkte, wie mir das Blut ins Gesicht schoss. Auf Jasmins vollen Lippen zeigte sich ein leises Lächeln, und sie zwinkerte mir kurz verschwörerisch zu, was ich aber geflissentlich übersah, vor allem wegen der Reitmüller. Jedoch hätte ich zu gerne gewusst, was in der Nacht noch passiert war und wie sie auf die Idee gekommen war zu behaupten, dass ich sie nach Traunstein gefahren hätte.

„Guten Tag, Herr Bichelmair", begrüßte mich die Reitmüller. „Schön, dass Sie es geschafft haben, pünktlich zu sein, wo doch heute so ein Schneechaos herrscht." Ich verriet der Reitmüller jetzt natürlich nicht, dass ich statt der hundert Kilometer gerade mal zehn gefahren war, und nickte stattdessen nur mit einem leichten Stöhnen, was zur Folge hatte, dass sie gleich loszog, um mir einen Kaffee zu besorgen.

„Gut, dass du da bist“, meinte Jasmin leise, als die Reitmüller draußen war. „Die blöde Kuh hat mich glatt einsperren lassen, angeblich wegen Fluchtgefahr!“ Sie gestikulierte temperamentvoll und sah dabei noch reizvoller aus. Um meine Unprofessionalität ihr gegenüber zu beenden und vor allem, um der Reitmüller keine Angriffsfläche zu bieten, versuchte ich deren Abwesenheit zu nutzen, um Frau Gruber klarzumachen, dass ein „Sie“ angebracht wäre.

„Sie?! Wegen dir sitze ich doch hier! Du hast mich doch überredet, hierher zu kommen, und entschuldigt hab ich dich auch, damit du deinen Rausch ausschlafen kannst“, meinte sie aufgebracht. Nachdem ich ihr dann aber noch mal klargemacht hatte, dass in diesem Fall die Reitmüller das Sagen hatte, nickte sie verständnisvoll.

„Die darf mich jetzt aber nicht noch länger einsperren, oder?“, fragte sie und wirkte plötzlich eingeschüchtert.

„Nur dass Sie den Herrn Dandl am Rauschberg getroffen haben, reicht dazu jedenfalls nicht“, antwortete ich kühler, als ich wollte, da gerade die Reitmüller mit zwei Kaffee zurückkam. Einen stellte sie vor mir ab, den anderen behielt sie selbst, während sie Jasmin mit vollkommener Missachtung strafte.

Ich schob meinen Kaffee demonstrativ zu Jasmin hinüber mit den Worten: „Ladys first!“, was die Reitmüller dann doch verstand, und sie zog los, um noch einen weiteren Kaffee zu besorgen.

Jeder mit einer Tasse Kaffee bewaffnet, saßen sich Jasmin und die Reitmüller schweigend gegenüber, während ich es vorzog, neutral auf dem Fensterbrett Platz zu nehmen. Nachdem keiner was sagte, stand die Reitmüller auf und holte aus einem Schrank eine transparente Tüte heraus, in der sich ein rotes Kleidungsstück befand.

„Die Pelzkappe kann die werte Dame ja leider nicht mehr finden“, stichelte sie. Dann holte sie die Jacke heraus und bat mich, einen Blick darauf zu werfen.

Ich trat heran und betrachtetet sie. Am rechten Ärmel war ein triangelförmiges Loch zu sehen.

„Passt das Stück Stoff, das am Hinterausgang der Bergbahn hing, zum Loch oder nicht?“, fragte ich sie.

„Ja, der Stofffetzen stammt eindeutig von dieser Jacke, und Frau Gruber gibt auch zu, diese getragen zu haben. Sie hat inzwischen auch eingeräumt, die Bergstation durch den privaten Zugang nach hinten verlassen zu haben. Und dann ist sie abgehauen!"

„Und was wollen Sie jetzt dann von mir noch wissen?", fragte ich irritiert, wo doch diese Sachlage anscheinend schon geklärt war.

„Ich ... Na gut, lassen wir das. Aber an der Jacke ist was faul!", ätzte sie und warf Jasmin einen verheerenden Blick zu, den diese mit einem kalten Lächeln erwiderte.

Als ich die Reitmüller danach fragte, was sie damit meinte, mokierte sie sich, dass die Jacke inzwischen sorgfältig gereinigt worden war.

„Ich wasche nun mal meine Wäsche von Zeit zu Zeit, im Gegensatz zu anderen", bemerkte Jasmin daraufhin, wobei sie der Reitmüller unverhohlen auf die Brust schaute. Auch ich und die Reitmüller selbst folgten ihrem Blick und sahen den dunklen Fleck, der den beigen Pulli der Frau Oberkommissarin zierte, die daraufhin prompt rot wurde und mit der Hand darüberwischte, was aber nichts half.

„Ähm, das muss beim Reintragen vom Kaffee passiert sein", murmelte sie leise. „Aber das tut hier nichts zur Sache! Im Gegensatz zu Ihnen, Frau Gru..."

„Jetzt bleiben wir mal wirklich bei der Sache", ging ich dazwischen, denn ich konnte es förmlich riechen, dass sich die zwei spinnefeind waren. „Welche Spuren hofften Sie darauf zu finden?"

„Na, DNA vom Dandl zum Beispiel! Der Dandl wird vielleicht ja noch versucht haben, sich festzuhalten." Sie schaute mich an, als würde sie mich für einen Trottel halten. „Vor allem aber bräuchten wir diese pelzgefütterte Fliegerkappe! Die Krampus-Kostüme können wir nämlich mittlerweile ausschließen, die sind aus Ziegen- oder Schaffell. Herr Dandl hatte jedoch Haare eines Waschbären an seinen Fingern – und aus diesen macht man gerne Fellmützen! Aber die ihre hat Frau Gruber ja leider verloren!", giftete sie in Richtung Jasmin, die genervt die Augen verdrehte. „Vielleicht erzählt sie ja Ihnen, wo genau sie die Mütze ‚verloren' hat. Mir will sie ja nichts mehr sagen."

Abrupt stand sie auf und war schon fast an der Tür, als Jasmin ihr hinterherrief: „Kann ich nach diesem Verhör dann endlich gehen? Sonst hole ich mir einen Anwalt!"

„Es ist nur eine Befragung, und ja, Sie können danach gehen, müssen sich aber zu unserer Verfügung halten und dürfen das Land nicht verlassen!", leierte die Reitmüller herunter, wobei ihr anzumerken war, dass sie Frau Gruber lieber in Gewahrsam behalten hätte. Dann verließ sie endgültig den Raum.

Ich nahm ihren Platz gegenüber von Jasmin ein.

„Gott sei Dank ist diese Hexe draußen", stöhnte sie erleichtert auf. „Was ist mit dem Garten ..."

Ich schaute sie scharf an und machte leise „Psst" mit einem kurzen Blick Richtung Kamera, weil über unsere nächtliche Aktion wollte ich hier jetzt lieber nicht reden. Sie begriff sofort und brach ihren Satz ab. Ich schlug die Akte Martin Dandl, die mir die Reitmüller dagelassen hatte, auf und fand auch schnell das Befragungsprotokoll von Jasmin Gruber. Die angeführten Daten zur Person stimmten mit unseren überein, und Manosque/Frankreich war als Wohnsitz angegeben, was mit Sicherheit ein weiterer Grund für das Misstrauen der Reitmüller war.

„Immer noch Manosque? Oder leben Sie jetzt wieder in Innsbruck?"

„Gemeldet bin ich noch in Manosque, aber ich wohn gerade bei meiner Mutter in Innsbruck und will mir dort auch wieder eine Wohnung suchen. Ich mein ... na ja, was soll ich in Südfrankreich ohne Chris?", sagte sie und hatte plötzlich Tränen in den Augen.

Ich unterdrückte sowohl den Wunsch, sie zu trösten als auch den Impuls, sie sofort nach der Hand aus der Innsbrucker Pathologie zu fragen, sondern wartete ab, bis sie sich wieder gefangen hatte. „Sie kennen ja meinen Kollegen, den Herrn Rösler bereits", leitete ich meine Befragung ein.

„Ja, Herr Hauptkommissar", meinte Jasmin und warf mir einen spöttischen Blick zu, woran ich erkannte, dass es ihr bereits wieder besser ging. „Ich habe ihn nach Chris' Verschwinden kennengelernt."

„Kannten Sie den Dandl Martin über Ihren Freund Chris Kubec?", fragte ich weiter.

„Nein, andersherum. Ich habe Chris über den Martl kennengelernt. Den Martl kenne ich schon seit unserem Studium in Innsbruck. Er hat auch Sport studiert."

„Nur miteinander studiert, oder war da mehr? Immerhin haben sich ja beide Ihren Namen auf die Hand tätowieren lassen!", konfrontierte ich sie mit der Aussage der Kubec.

Jasmin schaute mich zunächst entgeistert an, dann brach sie in ein lautes Lachen aus. „Ja, sie haben die Tour nach mir benannt. Als Geburtstagsgeschenk mit Topo und Widmung“, meinte sie schmunzelnd. „Dabei werde ich die niemals hochkommen, und jetzt ohne Chris und Martl schon gleich gar nicht mehr“, fügte sie traurig hinzu. „Martl hat mir diesen Namen in unserer Studienzeit verpasst – ‚de‘ von ‚de Lopez‘, so heißt mein Vater mit vollem Namen. Er wollte mich damit aufziehen. Aber zwischen uns war nie mehr als Freundschaft!“

Mir fiel es ehrlich gesagt schwer, das zu glauben. Zumindest aus seiner Sicht hätte ich schon mehr gewollt. „Waren Sie mit Herrn Dandl am Rauschberg verabredet, oder haben Sie sich dort zufällig getroffen?“

„Wir waren verabredet“, erklärte sie und schaute mich dabei eindringlich an. „Er wollte mir was sagen.“

Ich schwieg und wartete.

„Er hatte einen Verdacht, wegen Chris! Er glaubte auch nicht, dass der einfach so abgehauen ist. Joe, er war sich sicher, dass Chris umgebracht wurde! Und sie hatte ja wohl ein Motiv, oder?“

„Sie? Seine Frau?!“ Ich beugte mich zur ihr hinüber. „Hast du nicht vorletzte Nacht behauptet, dass Chris im Garten von dieser Tretwitz liegt?“, flüsterte ich.

„Ich hab Chris mal dort in Solln abgesetzt, weil er seinen Bruder auf der Baustelle treffen wollte. Und sie wusste dann sicher auch davon, schließlich fährt sie sogar ab und zu Lastwagen für ihren Schwager“, gab sie trotzig zurück.

„Aha!“, sagte ich verblüfft. „Und deswegen halten Sie sie für eine Mörderin? Vielleicht ist Ihnen entgangen, dass Ihr Chris zuletzt in Paris gesehen wurde.“ Zu meiner eigenen Verblüffung übernahm ich dem Rösler sein Argument. Doch obwohl es nun ziemlich sicher klar war, dass Georg Kubec die Arbeiten bei der Tretwitz gemacht hatte, erschien mir ihr Verdacht ausgeschlafen und nüchtern inzwischen eine Schnapsidee zu sein. Wahrscheinlich konnte sie es einfach nur nicht ertragen, dass ihr Chris sie hat hängen lassen, und ignorierte daher geflissentlich die Ermittlungen von Rösler und der französischen Polizei. Und deswegen habe ich zweimal Hausfriedensbruch begangen, ärgerte ich mich mehr über mich als über sie.

„Aber der Martl war auch der Meinung, dass Chris ermordet wurde und dass er hier irgendwo..." Jasmin schaute mich verzweifelt an, und ich glaubte ihr, dass sie tatsächlich davon überzeugt war.

„Ist das alles, was Sie an Beweisen haben?", sagte ich, und mein Ton fiel barscher aus, als ich wollte.

Sie wirkte plötzlich erschöpft und schaute mich mit ihren dunklen Mandelaugen nicht vorwurfsvoll, sondern traurig an.

„Der Martl – der hatte was! Da bin ich sicher. Darum bin ich ja hoch auf den Rauschberg, und dann..." Sie senkte schluchzend ihren Kopf, wobei ihr das dunkle, lange Haar vors Gesicht fiel. Einen Moment lang war ich versucht, ihr eine Strähne sanft beiseitezuschieben, unterdrückte aber meinen Impuls.

Nachdem sie sich beruhigt hatte, fragte ich behutsam: „Hat er denn nichts gesagt? Sie waren ja doch eine ganze Weile mit ihm zusammen in seinem Stand."

Jasmin blitzte mich mit zornigen Augen an. „Du hast mich beobachtet? Warum?"

„Ja, wegen dieser Kletter-Zeitschrift halt. Da bestellen Sie mich extra in den Bayerischen Hof, um mir dann nur ... äh ... eine Zeitschrift übergeben zu lassen", sagte ich und konnte den vorwurfsvollen Ton dabei nicht ganz unterdrücken.

„Hast dir wohl mehr versprochen", meinte Jasmin mit einem bissigen Grinsen, und ich spürte, wie mir das Blut in den Kopf schoss.

„Wenn wir jetzt schon bei diesem Thema sind, was war mit der Hand aus der Innsbrucker Pathologie?! Die haben Sie doch da mithilfe eines Drahtes hinmontiert an den Weihnachtsmann!" Ich schaute sie herausfordernd an, vor allem um meine Verlegenheit zu kaschieren und wieder das Ruder zu übernehmen.

Jasmin sagte erst einmal nichts mehr und starrte stattdessen zum Fenster hinaus. Endlich wandte sie sich wieder mir zu und fragte mich, ob ich den Fall mit der Hand bearbeitete oder diese Hyäne. Nachdem ich ihr versichert hatte, dass wir Münchner zuständig seien, gab sie ohne Zögern zu, die Hand am Weihnachtsmann befestigt zu haben.

„Ist das strafbar?", wollte sie kleinlaut wissen.

„Hmmm, da wird schon noch was kommen. Sie haben damit ordentlich für Aufsehen gesorgt, ganz abgesehen vom Polizeieinsatz.

Aber die Entwendung der Hand dürfte das größere Problem sein."

„Ich hab das alles schon mit dem Herrn Professor geklärt und auch mit der Frau des Opfers", meinte sie schnell.

Wahrscheinlich hat die Frau Mama für gebührenden Ausgleich gesorgt, dachte ich grimmig.

„Was ist mit der zweiten Hand? Geht die auch auf Ihr Konto?"

Erschrocken schaute sie mich an. „Nein! Nein! Damit habe ich nichts zu tun! Ich hab nur die eine ... Ich wollte ..." Sie stockte, und ihre dunklen Augen wurden erneut feucht, was sie verführerisch schimmern ließ. „Ich wollte doch nur, dass was passiert! Dass man ..." Wieder hielt sie inne.

„... auf den Fall Kubec aufmerksam wird. Und darum haben Sie auf die Hand ‚Dede' geschrieben."

Jasmin nickte stumm, doch dann verengten sich ihre Augen und nahmen einen harten, entschlossenen Ausdruck an. „Er ist nicht einfach abgehauen, Joe! Man hat ihn umgebracht!"

„Warum sind Sie sich so sicher, dass er tot ist und noch dazu ermordet wurde?", fragte ich und betonte dabei das „Sie", um sie wieder auf die ordnungsgemäße Ansprache hinzuweisen.

Jasmin schnaufte kurz durch. „Der Martl hat mich Anfang Dezember angerufen und gemeint, dass er sich jetzt sicher ist, dass Chris ..."

„Was?"

„... ermordet wurde", beendete sie leise ihren Satz, während sie nervös eine Haarsträhne zwischen ihren langen, schönen Fingern zwirbelte. Sie schaute mich verzweifelt an. „Irgendwas hat er gefunden. Er wollte es mir noch zeigen."

„Also wenn Sie den Beweis, den der Dandl Martin angeblich noch gehabt hat, nicht haben, ja noch nicht einmal wissen, was es sein könnte, dann wird es schwer, irgendeine Untersuchung in diese Richtung zu veranlassen", sagte ich und ärgerte mich erneut, dass ich wegen dieser Hirngespinste in den Garten der von Tretwitz gestiegen war. Immerhin war Jasmin im Moment die Hauptverdächtige, und was tat man nicht alles, um von sich abzulenken.

„Er hatte den Beweis nicht dabei, aber er wollte ihn mir noch zeigen", erklärte sie trotzig.

„Aha, und mehr hat er nicht verraten?"

Sie schaute mich einen Moment lang nachdenklich an, ehe sie fortfuhr: „Er hat angedeutet, dass man damit auch Geld machen könnte, aber ich wollte kein Geld mit dem Verschwinden von Chris machen. Wir hätten uns deswegen fast gestritten, und er hat dann vorgeschlagen, das später in Ruhe bei ihm zu Hause zu besprechen." Sie schaute mit einem Seufzer zur Decke. „Außerdem kamen da gerade diese Krampusse, und dann musste ich dringend aufs Klo, und dann ..." Sie stockte, und ihre Augen füllten sich erneut mit Tränen.

Ich wartete ein wenig, bevor ich sie sanft darum bat, mit ihrem Bericht fortzufahren.

„Beim Händewaschen hab ich zum Fenster hinausgeschaut, weil das Abendrot so wunderschön war und ... und plötzlich rauscht da was runter, was Rotes!" Ihre Stimme zitterte, und sie verbarg ihr Gesicht in ihren Händen. „Ich hab geahnt, dass es der Martl ist, weil das ja direkt unter seinem Stand war, und die rote Jacke ..." Sie brach ab und schüttelte den Kopf, als wolle sie das Bild damit loswerden. Dann schaute sie mich direkt an, mit so einem eigenartig intensiven Blick, der mich für einen Moment total verwirrte, während sie eindringlich sagte: „Irgendjemand hat ja den Martl runtergestoßen, und ich bin mir sicher, es war der Mörder von Chris! Und seine Frau hatte ja wohl ein Motiv!"

Ich schnaufte einmal tief durch, um mich wieder ins Lot zu bringen.

„Sie meinen, sie hat ihren Mann aus Enttäuschung und gekränkter Eitelkeit umgebracht? Das könnten durchaus auch Ihre Beweggründe gewesen sein", rutschte es mir dann fast etwas böswillig heraus. Jasmin schaute mich entsetzt an, und in ihre Augen traten Tränen. Am liebsten hätte ich in diesem Moment meine Hand auf die ihre gelegt, aber das war hier unmöglich, und so sagte ich nur sanft: „Vermutlich lebt Ihr Chris ja noch. Frau Kubec hat jedenfalls für beide Fälle ein Alibi."

Jasmin schüttelte resigniert den Kopf und meinte dann: „Warum hätte denn sonst jemand den Martl umbringen sollen? Ich bin mir sicher, dass er sterben musste, weil er bereits einen Erpressungsversuch gestartet hat, wo er doch gar so rumgedruckst hat!"

„Okay, und was passierte dann, nachdem Sie den Sturz vom Klo aus beobachtet haben?"

„Ich bekam Panik! Was, wenn ...", sie stockte kurz, „... wenn man mich mit ihm gesehen hatte? Dann war ich womöglich auch in Gefahr." Sie schaute mich eindringlich an, worauf ich nicht umhinkam, kurz zu befürchten, dass ihre Ausführungen womöglich nur dazu dienen sollten, um von sich abzulenken.

„Du glaubst mir nicht, dass Chris ermordet wurde und Martl wusste, wer der Mörder ist!", meinte sie und warf mir einen enttäuschten Blick zu.

„Sie sind dann durch die Tür, auf der ‚Zutritt verboten' stand", ignorierte ich ihren Vorwurf und das „Du", wobei ich hoffte, sie würde nun endlich bei der Sache bleiben.

„Sie war einen Spalt offen, und ich wollte mich erst mal dort verstecken, aber dann hab ich die Treppe gesehen und bin hinauf und durch die Hintertür raus und so schnell wie möglich runter ins Tal. Dabei habe ich die blöde Fellkappe verloren, aber diese Ziege hier glaubt mir das nicht! Glaubst du mir wenigstens das?", fragte sie und ihre Augen sahen mich bittend an.

„Das mit der Mütze wird sich sicher noch klären. Bestimmt wird sie früher oder später noch gefunden. Schließlich ist der Rauschberg ja nicht der Mount Everest!" Und dann wird dich das hoffentlich entlasten, dachte ich mir allerdings nur, ohne es auszusprechen. „Aber bei dein ..., äh Ihrer These, dass Chris in einem Sollner Garten liegt, gibt es nun mal das Problem, dass man ihn zuletzt in Paris gesehen hat!"

Jasmin schnaufte unbefriedigt auf, sagte aber nichts dazu. Ich beugte mich zu ihr über den Tisch und flüsterte: „Ich rate dir, nicht so vorschnell und lautstark andere zu verdächtigen. Das könnte man dir schnell falsch auslegen!"

„Okay!", meinte sie und wirkte betroffen. „Sind wir jetzt fertig?"

Ich nickte, obwohl ich wegen der vorgestrigen Nacht durchaus noch ein paar eher private Fragen gehabt hätte.

Während sie ihren Mantel anzog, trat die Reitmüller ein und fragte sie nach ihrer aktuellen Adresse.

„Hier, im Parkhotel! Damit Sie es nicht so weit haben", bemerkte Jasmin spitz und bedachte die Reitmüller mit einem ironischen Lächeln, was diese mit einem finsteren Blick parierte. Kurz darauf durfte sie dann endlich gehen, im Gegensatz zu mir. Ich wurde bereits zum Videochat erwartet.

Videokonferenz

Die Reitmüller führte mich dann auch sofort in ein Besprechungszimmer, wo bereits der Beamer die Wand anstrahlte. Dort saßen neben dem Polizeibergführer Fritz Kühn noch drei weitere Mitarbeiter, die sich mir kurz vorstellten.

Fritz stellte mich auch gleich der Runde vor, indem er unser gemeinsames Abenteuer an der Hörndlwand zum Besten gab, was augenscheinlich alle hier Anwesenden beeindruckte, außer die Reitmüller selbst.

„Können wir jetzt?“, fragte sie und bedachte zuerst Fritz und dann mich mit einem kühlen Blick, woraufhin alle verstummten. Damit war der Videochat eröffnet, und ich konnte die Münchner Kollegen, an die Wand projiziert, erkennen.

Heinz hatte anscheinend noch nicht mitbekommen, dass sie bereits online waren, und stocherte in aller Seelenruhe mit einem Zahnstocher nach Resten seiner letzten Mahlzeit. Das änderte sich aber schlagartig, nachdem ihm Lisa einen Rempler verpasst hatte, woraufhin er den Zahnstocher zunächst auf die Tischplatte legte, dann aber doch erkannte, dass diese Lösung nur suboptimal war, und ihn mit dem Ellbogen diskret hinunterbeförderte.

„Guten Morgen miteinander“, rief er umso lauter Richtung Wand, während ihn die Kamera dabei von schräg hinten filmte.

„Ebenfalls guten Morgen“, grüßte die Reitmüller zurück und machte mit der Kamera einen Schwenk durch die Runde.

„Ja da schau her! Der Fritz ist auch da“, entfuhr es Heinz überrascht, der mit Susi ebenfalls bei besagter Hörndlwandtour dabei gewesen war. „Geh, Susi, komm mal! Der Fritz ist da!“, rief er nun laut nach hinten.

„Ähhäm ...“, räusperte sich die Reitmüller hörbar und drehte die Kamera zu sich. „Wir hätten jetzt eine Aussage der Frau Gruber, falls Sie das interessieren sollte.“

„Ja, natürlich“, erwiderte Heinz artig und nickte dabei heftig erneut in Richtung Wand. Rösler hingegen schaute angestrengt auf den vor ihm liegenden, geschlossenen Aktenordner und mied jeglichen

Blickkontakt, egal wohin auch immer. Ich konnte ihn gut verstehen, auch ich fühlte mich bei Videokonferenzen seltsam unbeobachtet beobachtet. Als mir die Reitmüller dann das Wort erteilte, war mir das ehrlich gesagt lieber, weil da hatte ich dann was zu tun und lief nicht Gefahr, vor laufender Kamera irgendwie komisch vor mich hinzugrinsen oder beim Tuscheln ertappt zu werden.

„Wir konnten nun klären, wie die Hand an den Weihnachtsmann kam“, begann ich meinen Bericht. „Also, Frau Gruber hat zugegeben, dies gemacht zu haben, weil ...“

„So, so, die schöne Frau Gruber, gell, Joe ...“, stichelte Heinz in Richtung Wand, besann sich dann aber endlich und wandte sich in Richtung Kamera. Ich überging seinen Einwurf und erklärte ihr Motiv dafür.

„Und das glaubst du ihr?“, ereiferte sich Heinz. „Das klingt mir nach einer verdammten Ausrede. Ich trau der langsam alles zu!“

Das hatte dann einen kurzen Disput zwischen Heinz und Wanninger zur Folge, der sie sofort in Schutz nahm.

Die Reitmüller räusperte sich hörbar. „Wie gesagt, angeblich wollte sie mit der Weihnachtsmann-Hand auf den Vermisstenfall Kubec aufmerksam machen. Für mich eine wirklich saudumme Ausrede!“

„Genau!“, sagte Christine. „Immerhin war die Frau Gruber sowohl beim Verschwinden des Chris Kubec als auch beim tödlichen Sturz von Herrn Dandl direkt vor Ort. Vielleicht wollte der Kubec ja einen Rückzieher machen, oder er hatte gar eine Neue. Es kam in Paris zu einem Streit, und dieser ging tödlich für den Kubec aus. Der Dandl wusste davon und hat die Gruber deswegen erpresst. Das wäre dann durchaus ein Motiv, ihn umzubringen.“

Daraufhin kam es zu einer hitzigen Diskussion zwischen denen, die Jasmin für schuldig hielten, und jenen, die zumindest hofften, dass dies nicht der Fall wäre.

„Also ich hätt da jetzt noch was zu den Finanzen der Kubec-Brüder“, machte sich Rösler schließlich bemerkbar und schaute von seinem Aktenordner auf. Er hatte das nicht einmal besonders laut gesagt, eher nachdrücklich, doch verstummte nun endlich auch der Letzte.

„Der Nachlass vom alten Kubec is ja jetzt abgewickelt“, setzte er an. „Aber so wie’s ausschaut, kommt da nimmer viel rüber, also raus, also i mein, da is nimmer viel übrig für seine Söhne, den Herrn Georg Kubec und den vermissten Chris. Das Baugeschäft is verschuldet, und des Mietshaus in München in der Maxvorstadt ist mit knapp zwei Mille beliehen. Was i damit sagen will: Von der Bank hätte der Kubec Chris ned so leicht no einen Kredit erwarten können für sei Frankreich-Geschäft."

„Du meinst...", stammelte ich überrascht. „Aber der Bruder hatte doch gesagt, dass sie sich einig gewesen waren über eine Auszahlung."

„Ja, aber des wär dann wie gesagt nur möglich gewesen über eine weitere Grundschuld aufs Haus, oder sonst hättens des halt verkaufen müssen."

„Hat das denn dieser Georg Kubec nicht gewusst?", fragte ich. „Wenn der die Firma schon länger leitet, hätte er doch wissen müssen, dass kein Geld mehr da ist."

„Ich hab ihn das auch gefragt, und er hat gemeint, dass er des freilich gewusst hat, aber dass des kein Problem wär, weil die Firmenschulden nur kurzfristiger Natur sind und er no einen Haufen Außenstände hat. Außerdem wär des Haus ja viel mehr wert als die zwei Mille, behauptet er. Der Heinz will sich um a Einsicht in die Konten kümmern", versprach er noch, und Heinz nickte brav.

„Ist das denn jetzt wichtig für unseren Fall Dandl, wie viel Geld oder Schulden die Kubecs haben?", fragte Fritz irritiert.

„Wie du mir ja selbst erzählt hast", antwortete ihm die Reitmüller, „waren der Dandl und der vermisste Kubec nicht nur Bergkameraden, sondern haben auch gemeinsam diese Dede-Verschneidung gemacht. Jetzt ist einer vermisst und der andere tot. Sollten die beiden Fälle irgendwie zusammenhängen, dann könnten die finanziellen Hintergründe durchaus eine Rolle spielen. Frau Gruber hat übrigens Frau Kubec in Verdacht, ihren Mann umgebracht zu haben", berichtete die Reitmüller dann noch. „Obendrein vermutet sie, dass der Dandl hat sterben müssen, weil er dafür einen Beweis hatte, den er für eine Erpressung nutzen wollte. Den Beweis hat sie aber nicht zu sehen bekommen, und was es war, weiß sie auch nicht. Wenn Sie mich fragen, will sie nur von sich ablenken."

„Was den Kubec Chris betrifft, da hat Frau Gruber ja wohl ein Alibi", ereiferte sich Wanninger.

„Ja, aber die Kubec auch", bemerkte Christine spitz. „Und am Rauschberg war definitiv die Gruber, nicht die Kubec."

„Und was der Gruber ihr Alibi in Paris betrifft, das war bloß eines von ihrem Vater!", gab dann auch noch Heinz zum Besten. „Ich würde für meine Kinder auch alles sagen."

„Himmelhergottsacklzement no mal!", brach es nun aus dem sonst so friedlichen Rösler hervor. „Ihr redet grad so, wie wenn der Kubec scho tot wär! Für mi is der Kubec abgehauen! Vielleicht hat er ja no an Rest von der Erbschaft vorher abzweigt. Des sehen wir dann schon no! Also für mi is der erst tot, wenn i sei Leich seh!"

Wir spielten dann noch weitere Varianten durch mit einem toten, aber auch einem lebendigen Kubec, doch egal, wie wir es drehten und wendeten, es war nur eines klar: Wir wussten so gut wie nichts. Jasmin blieb daher vorerst unsere Hauptverdächtige, zumindest im Fall Dandl.

Unfreiwillige „Dienstfahrt“

Endlich vor der Tür der Traunsteiner Polizeistation, fand ich den dichten Schneefall zunächst richtig erfrischend nach diesem anstrengenden Online-Austausch. Ich blieb unter dem Vordach stehen und schaute auf mein Handy, das während der Videokonferenz mehrfach vibriert hatte. Zu meiner Überraschung stellte ich fest, dass die zweite Textnachricht von Jasmin Gruber kam. Vielleicht wollte sie noch einmal über die vorgestrige Nacht sprechen, und da mich das rein persönlich auch brennend interessierte, war ich in Versuchung, diese Nachricht als Erstes zu lesen. Dann besann ich mich und öffnete erst einmal die von Lisa. Sie teilte mir darin mit, dass das Gartenhaus samt Terrasse und Unterbau von der Baufirma Kubec errichtet worden war und bestätigte damit Jasmins diesbezügliche Aussage. Die Arbeiten wurden einen Tag nach dem Verschwinden von Chris Kubec beendet, schrieb sie.

Tsja, das wäre eine gute Gelegenheit gewesen, ihn loszuwerden, aber nur, wenn man ihn nicht in Frankreich ermordet hatte, sofern er überhaupt tot war, dachte ich. Am Ende lag der jetzt irgendwo in der Sonne, während wir uns hier den Kopf zerbrachen. Dann las ich den Rest von Lisas Botschaft: *Rösi, das hast du ja mitbekommen, hält trotzdem nichts von der These, dass ein toter Kubec hier bei uns vergraben wurde, schon gleich gar nicht, wenn er nicht weiß, wer dieser ominöse Tippgeber ist.*

Jasmin, meine Tippgeberin! Auch wenn ich nicht glaubte, dass Jasmin damit nur von sich ablenken wollte, so war ich doch der Meinung, dass sie einfach nicht akzeptieren konnte, dass Chris Kubec sie verlassen hatte.

Bedrückt überlegte ich, ob es mir nicht auch schon so ging. Wahrscheinlich war Paula schon längst mit diesem Freddy zusammen und sagte mir bloß nichts.

So beladen mit diffusen Ängsten, einmal wegen Paula, aber auch wegen der Nacht mit Gedächtnislücken, las ich die Nachricht von Jasmin Gruber: *Bin im Wochinger Bräu und muss Ihnen ;-) noch was Wichtiges sagen. Bitte, bitte kommen!*, stand da.

Inbrünstig hoffte ich, dass zwischen uns nichts passiert war, antwortete kurz und machte mich auf den Weg, um darüber Klarheit zu erlangen.

Ich stieg also in meinen Astra, der vor dem Revier auf mich wartete, musste aber erst einmal eine dicke Schneeschicht von der Windschutzscheibe wischen. So viel hatte es schon lange nicht mehr geschneit, dachte ich mir und blinzelte in den grauweißen Himmel, aus dem ohne Unterlass kalte Flocken herabfielen.

Als ich in den großen, aber gemütlichen, mit viel Holz ausstaffierten Gastraum eintrat, sah ich sie allein an einem der dunklen Holztische sitzen. Außer ihr war nur noch eine Handvoll weitere Gäste anwesend, um ein zeitiges Mittagsessen einzunehmen, und am Stammtisch saßen zwei ältere, langhaarige Männer beim Frühschoppen vor einem Bier. Jasmin hatte einen Teller vor sich, auf dem sich überwiegend Gemüse befand. Daneben standen ein weiterer Teller mit zwei Scheiben Schweinsbraten, Röstkartoffeln, einem Knödel und Gemüse, sowie ein Helles. Mir lief das Wasser im Mund zusammen, hatte ich doch heute Morgen noch nichts heruntergebracht.

„Ich hab nicht genau gewusst, was du isst. Da hab ich einfach von allem etwas genommen." Sie sah mich dabei mit einem strahlenden Lächeln an und zeigte auf das warme Buffet.

„Danke, was bin ich Ihnen schuldig?", sagte ich verlegen, nicht nur weil ich Probleme mit der Vermischung von Privat und Dienstlich hatte. Sie löste schon wieder dieses kribbelige, verwirrende Gefühl bei mir aus, und das, wo sie eine Tatverdächtige war.

„Nichts! Jetzt trinken wir erst einmal auf das ‚Sie' – ich heiße Gruber! Prost!" Sie hielt mir mit einem frechen Grinsen ihr Wasserglas entgegen, und in ihren schönen Mandelaugen blitzte der Schalk.

Ich musste lachen und kam mir jetzt selbst albern vor. „Prost, Jasmin", sagte ich darum, stieß mit ihr an und nahm einen großen Schluck von meinem Bier, hätte ihn aber um ein Haar wieder ausgespuckt. Widerwillig schluckte ich das Gebräu hinunter.

Jasmin, der offensichtlich aufgefallen war, dass es nicht gerade nach meinem Geschmack war, meinte entschuldigend: „Ich hab ein alkoholfreies Bier genommen. Ich dachte, weil du ja noch arbeiten musst, oder?"

„Danke, aber ein kleines Bier in der Mittagspause, das vertrage ich schon", erwiderte ich und winkte der Bedienung, um eines mit Promille zu ordern. Doch Jasmin schob meine Hand nach unten, schaute mich ernst an und meinte: „Wir müssen aber noch ..."

„Was müssen wir?", fragte ich, und all meine Sensoren waren nun höchst alarmiert.

Jasmin sah mich bittend an. „Joe ... ich ... Jetzt iss doch erst mal", stammelte sie und lächelte mich dabei entwaffnend an.

„Bringen Sie uns bitte doch noch ein Bier", meinte sie zu der Bedienung, deren Aufmerksamkeit wir trotz Jasmins Intervention immer noch hatten.

„Ja, wenn S' mir sagen, was für eins", erwiderte die Bedienung.

„Ein Helles ohne Alkoholfrei", gab ich ihr augenzwinkernd zur Antwort, woraufhin sie mir kurz darauf das Gewünschte mit einem verschwörerischen Lächeln auf den Tisch stellte.

Jasmin drückte ihr augenblicklich einen Fünfer in die Hand und meinte: „Stimmt so!"

„Nein, kommt gar nicht infrage! Das zahle ich und den Rest auch!", grätschte ich dazwischen.

„Das hat die Dame bereits erledigt. Warum zahlen Sie nicht einfach alles am End? Aber gut, so können S' jederzeit gehen und müssen nicht auf mich warten", bemerkte sie fast etwas beleidigt, bevor sie in der Küche verschwand.

Eigentlich hätte mich das erst recht stutzig machen müssen, aber dazu kam ich gar nicht. Als ich Jasmin einen Zwanziger zur Begleichung meiner Schulden rüberschieben wollte, legte sie ihre Hand sanft auf die meine und schob sie mit dem Schein darunter zurück. Einen Moment lang saßen wir beide regungslos da, meine Hand unter der ihren, die warm und zart auf meiner lag. Ich schluckte verlegen, und mir wurde heiß und kalt. Dann zog ich sie vorsichtig hervor und musste mich räuspern, woraufhin sie meinte, dass sie mich aber gerne einladen würde, schon allein wegen vorgestern.

Ich säbelte verlegen an meinem Bratenstück herum. Gerade als ich sie fragen wollte, ob sie wüsste, warum ich auf dem Küchenboden geschlafen hatte, sagte sie: „Wir müssen los, Joe!"

„Wohin?", fragte ich naiv.

„Auf eine Alm“, war ihre unerwartete Antwort.

Eigentlich wollte ich ein ungläubiges „Wie bitte“ ausstoßen, verschluckte mich aber und musste stattdessen heftig husten. Während sie mir auf den Rücken klopfte, schaute Jasmin nervös auf die Uhr. „Wir müssen jetzt los, sonst wird es zu spät!“

Sie stand ruckartig auf, und ich sah, dass sie eine Skihose trug. Als sie bereits an der Tür war und ich ihr immer noch nur verblüfft hinterherstarrte, drehte sie sich um und rief: „Jetzt komm schon, du hast einen Einsatz! Mittagspause vorbei!“

„Was soll der Schmarrn?“, rief ich irritiert, aber auch ernüchtert, und winkte der Kellnerin, um ein zweites Bier zu ordern.

„Gut, wenn du nicht mitkommst, gehe ich eben allein. Aber das hast dann du zu verantworten“, rief sie entschlossen und warf die Tür hinter sich zu.

Warum ich ihr dann gefolgt bin, weiß ich auch nicht. Irgendwie hatte ich Sorge, dass sie bei diesem Wetter mit dem ganzen Neuschnee einfach so allein drauflosstapfen würde. Mit der Absicht, sie daran zu hindern, folgte ich ihr und sah sie in einen roten Golf einsteigen. Rasch spurtete ich über die Straße und hüpfte gerade noch rechtzeitig in das Auto, bevor sie auch schon losfuhr.

„Jasmin! Jetzt sei doch mal vernünftig! Was soll denn das?“, sagte ich mit erregter Stimme.

Ohne auch nur im Geringsten darauf einzugehen, meinte sie in einem beinahe fürsorglichen Ton: „Ich hab dir Gamaschen besorgt, dann müsste das auch in Jeans gehen. Falls dir die Skischuhe nicht passen, hab ich ein Paar Schneeschuhe ausgeliehen. Die passen auf alle Schuhe.“ Dabei warf sie jedoch einen kurzen skeptischen Blick auf meine Cowboystiefel, die endlich wieder trocken waren, und ich hatte auch nicht vor, das zu ändern.

Eigentlich wollte ich ihr so richtig die Meinung sagen, weil das war ja jetzt wohl die Frechheit schlechthin, mich derart zu überrumpeln, aber mir blieb angesichts dieser Dreistigkeit die Spucke weg.

„Joe, bitte nicht böse sein“, setzte sie genau in dem Moment an, in dem ich meine Sprachfähigkeit wiedergefunden hätte. „Ich habe herausbekommen, dass Chris mit seiner Frau am Tag vor seinem Verschwinden noch mit ihr auf seiner Alm war.“

„Ja, das weiß ich auch! Na und?“, blaffte ich sie an.

„Aber Joe, vielleicht finden wir da oben einen wichtigen Hinweis. Vielleicht ist ihm ja auf der Alm schon was passiert!“

„Jasmin“, sagte ich wie zu einem sturen, begriffsstutzigen Kind. „Der Chris wurde NACH seinem Aufenthalt auf der Alm noch in einem Hotel in PARIS gesehen. Außerdem ist ein Mann namens Chris Kubec auch dorthin geflogen. Das wurde überprüft! Verstehst du? Also wie soll der jetzt da oben irgendwo verscharrt liegen?“

„Was ist, wenn sich ein anderer als Chris Kubec ausgegeben hat?“ Trotzig schob sie ihr Kinn nach vorne und bog bereits auf die Autobahnauffahrt Siegsdorf ein.

Die kurze Fahrt auf der A8 bis zur Abfahrt bei Grabenstätt verbrachten wir stumm. In mir brodelte eine Mischung aus Wut sowohl gegen sie als auch gegen mich selbst, hatte ich mich doch erneut einfach von ihr über den Tisch ziehen lassen. Und jetzt saß ich hier gegen meinen Willen und gegen jegliche Vernunft neben einer obendrein Verdächtigen im Mordfall Dandl.

„Sie wollen ja nur von sich selbst ablenken. Wer sagt denn, dass Sie nicht in beide Fälle verwickelt sind? Wahrscheinlich haben Sie Ihren Chris selbst in Paris verschwinden lassen“, sagte ich provokativ.

Jasmin warf mir einen vernichtenden Blick zu, bremste auf offener Straße ab und hielt am Fahrbahnrand.

„Wenn Sie das meinen, Herr Hauptkommissar, dann steigen Sie jetzt aus oder nehmen Sie mich fest! Ich hab es satt, dass alle glauben, Chris wäre abgehauen. Aber wenn Sie jetzt auch noch glauben, dass ich ihn ...“

Sie schluckte heftig, und ich konnte sehen, wie ihr die Tränen in die Augen schossen. Ich blieb sitzen und meinte, nun doch ihre Überlegungen aufnehmend, dass der Doppelgänger dann aber ein Mann sein müsste, Frau Kubec aber nun mal eine Frau sei, noch dazu nicht die größte.

„Vielleicht hatte sie einen Helfer, oder von mir aus war der Mörder ein Mann, aber Chris ist nicht abgehauen, und Martl hatte einen Beweis dafür!“, erwiderte sie heftig. „Außerdem glaube ich, dass er gar nicht in Paris war.“

„Wie kommst du da drauf?“

„Am Abend seiner Ankunft hat er mir nur noch eine Nachricht geschrieben, dass er gerade gelandet sei, aber sehr müde ist und jetzt gleich ins Bett geht."

„Na und?!", erwiderte ich leicht genervt.

„Ich hab mir ja zunächst auch nichts gedacht, aber ich frag mich schon, warum er nicht einfach kurz angerufen hat. Er hat mit mir immer lieber telefoniert", sagte sie und wischte sich eine Träne ab. Dann schaute sie mich eindringlich an.

„Wenn ein anderer ins Hotel einchecken würde, fällt das doch gar nicht groß auf. Da tut es irgendein Mann, der ihm halbwegs ähnelt, oder glaubst du, dass die da so genau hinschauen? Da gibst du irgendeinem Typen einen Fünfziger und bittest ihn, er soll sich als Chris Kubec anmelden." Dicke Schneeflocken fielen auf die Windschutzscheibe, und ein im Schritttempo passierendes Auto hupte uns an, während mir die Worte fehlten.

„Und was ist mit dem Flug?", fragte ich schlussendlich. „Da schauen sie ja dann wohl doch etwas genauer hin!"

„Wenn der komplett anders aussieht, dann fällt es ihnen vielleicht auf", gab sie immerhin zu und startete den Motor, um die Fahrt über die schneebedeckte Straße fortzusetzen. Ich spürte, dass sie felsenfest entschlossen war, auf diese Alm zu gehen, trotzdem wollte ich nichts unversucht lassen, ihr diesen Ausflug auszureden.

„Voraussetzung ist, man hat den Ausweis und das Ticket von seinem Opfer", fuhr sie unbeirrt fort.

Ich sagte daraufhin lieber nichts mehr, sondern suchte fieberhaft nach Argumenten, um sie von dieser Schnapsidee abzubringen, doch mir fiel nichts ein. Stumm und ratlos blickte ich daher in die tief verschneite Landschaft, die an uns vorbeizog. Der Schneefall hatte nun endlich aufgehört, und der Himmel riss auf, sodass man das steil abfallende Blatt des Geigelsteins sehen konnte.

Bei Mettenham beschloss ich, einen erneuten Versuch zu starten, um endlich herauszubekommen, was in dieser suffumnebelten Nacht genau passiert war. Zum Einstieg in das neue Thema benutzte ich eine Retourkutsche.

„Vorgestern hast du ja noch behauptet, dass dein Chris bei der von Tretwitz im Garten liegt!"

„Das könnte natürlich auch der Fall sein“, räumte sie ein. „Aber vielleicht finden wir auf der Alm ja irgendeinen Hinweis.“ Sie warf mir einen erwartungsvollen Blick zu, doch ich schüttelte nur missbilligend den Kopf, worauf sie ärgerlich meinte: „Findest du es nicht verwerflich, dass ich hier eure Arbeit machen muss, nur weil ihr den Arsch nicht hochbringt?“

Das saß! So was wollte ich mir dann doch nicht vorwerfen lassen.

„Also gut, dann fahren wir halt hoch“, meinte ich resigniert und hoffte darauf, dass sich die Alm in der Nähe des oberen Endes des Sesselliftes befand. In meiner Kindheit waren wir auch ein paarmal am Geigelstein beim Pisteln gewesen, und ich wusste noch, dass der Sessellift auf halber Höhe endete. Den anschließenden Schlepplift hat man schon vor vielen Jahren abgebaut, hatte mir mein Vater erzählt.

„Fahren ist nicht, wir müssen gehen. Der Sessellift ist nicht mehr in Betrieb.“

Ich war fassungslos, damit hatte ich überhaupt nicht gerechnet. Ich hatte angenommen, dass wir mit den Ski von oben zur Hütte abfahren konnten, beziehungsweise zur Not mit den Schneeschuhen die verbleibenden Meter zurückzulegen hätten. Und jetzt sollte ich da von ganz unten hinauflatschen?! Weil ich der aufwallenden Empörung nicht ungezügelt freien Lauf lassen wollte, presste ich die Lippen aufeinander und zählte in Gedanken mit geschlossenen Augen langsam bis hundert.

„Wir sind da“, hörte ich Jasmin bei 98 sagen, während sie das Auto in unmittelbarer Nähe des stillgelegten Liftes parkte. Außer unserem Wagen befanden sich lediglich drei weitere auf dem Parkplatz, und das erschienen mir angesichts des Wetters und der fehlenden Bahn erstaunlich viele zu sein.

Skitour wider Willen

Jasmin stieg sofort aus und begann im Kofferraum herumzuwühlen, während ich einfach sitzen blieb.

„Probier erst mal die hier", schlug sie vor und stellte mir ein paar knallig gelbe Skischuhe mit einem Aufkleber, auf dem „Sport-Schneider" stand, vor die Beifahrertür. Nachdem ich mich nicht rührte und stattdessen stur nach vorne durch die Windschutzscheibe blickte, meinte sie aufmunternd: „Wenn die passen, dann musst du nicht runtergehen. Ein paar Skistrümpfe habe ich auch noch für dich." Sie hielt mir ein nagelneues Paar hin.

Sie hatte das also alles von langer Hand geplant, und ich Trottel spielte brav mit. Nicht mit mir, dachte ich grimmig und zog mit einem Schwung die Tür wieder zu. Als ich das Radio einschalten wollte, klingelte mein Handy. Es war Heinz, der wissen wollte, wann ich komme.

„Ich hab da noch eine Spur", sagte ich schroffer als beabsichtigt. „Aber die ist jetzt beendet!" Ich warf Jasmin, die geduldig vor dem Auto stand und mit den Strümpfen winkte, einen vernichtenden Blick zu, woraufhin sie sich erst einmal ihre eigenen Skischuhe anzog.

„Hast noch einen Stress gehabt mit der Reitmüller, weil du gar so gereizt bist?", wollte Heinz wissen.

„Naa, passt schon. Ich fahr jetzt dann gleich zurück nach München. Und du? Gibt es was Neues bei euch?"

„Außer einem zehnseitigen Bericht vom Wagner zur zweiten Hand, aus dem lediglich hervorgeht, dass sie aus Polyethylenther ... ach, aus was weiß ich besteht und dass der Schriftzug sich in einigen Details von der ersten Hand unterscheidet, gibt's leider nix", antwortete Heinz, während Jasmin bereits die Felle aufzog.

„Dann hat sie ja nur wenig Ähnlichkeit mit unsrer ersten Hand", sagte ich und tippte auf einen Trittbrettfahrer.

„Ja", meinte Heinz, „da schauen sich die Kubec-Brüder wesentlich ähnlicher."

„Wie meinst du das, die schauen sich ähnlich?"

„Na ja, ich hab hier grad ein paar Fotos bekommen, die man beim Dandl gefunden hat. Und auf einem ist der Kubec Chris mit seinem

Bruder zu sehen. Gut, da waren sie noch jünger, und der Georg Kubec hatte noch keinen Vollbart und auch längere Haare, und a bissel schlanker war er halt auch noch. Aber damals hams fast ausgeschaut wie aus einem Ei."

Ich schloss kurz die Augen und versuchte, mich auf das Foto von Chris Kubec zu besinnen, um es mit dem Aussehen seines Bruders zu vergleichen, den ich ja bei seiner Schwägerin zu Gesicht bekommen hatte. Georg Kubec hatte auf mich eher gemütlich, ja fast behäbig gewirkt und bei Weitem nicht so dynamisch wie sein Bruder auf den uns vorliegenden Fotos, die ihn allerdings fast ausschließlich in Action zeigten.

Zugegeben, sie hatten die gleiche Augenpartie mit den blauen Augen, die auffällig im Kontrast zu den dunklen Brauen und Haaren standen. Stellte ich mir Chris mit Bart und kurzen Haaren vor, dann konnte dieser auf alle Fälle als sein Bruder durchgehen. Aber umgekehrt?

„Sag mal, was hat denn der Georg für eine Kinnpartie auf den alten Fotos?", fragte ich Heinz.

„Genauso ein kantiges wie sein Bruder, vielleicht sogar noch ausgeprägter", gab er zurück.

Etwas älter und fülliger kann man ja inzwischen geworden sein. Und nur wegen eines Barts muss man ja auch nicht gleich einen neuen Ausweis beantragen, oder man rasiert ihn sich einfach vorher ab, überlegte ich, während Heinz weiterredete, wovon ich allerdings aufgrund meiner Denkarbeit lediglich die Frage mitbekam, wann genau ich denn dann käme. Während ich also grübelte und Heinz plapperte, klopfte Jasmin an die Scheibe.

„Also dann gehe ich halt alleine", meinte sie und warf mir einen halb ärgerlichen, halb resignierten Blick zu, wobei sie entschlossen einen der beiden Rucksäcke schulterte.

„Warte, ich komme doch mit", rief ich laut.

„Wohin?", hörte ich Heinz erstaunt fragen.

„Also servus, Heinz, bis morgen!"

„Morg...", hörte ich noch seine empörte Stimme, doch dann hatte ich auch schon aufgelegt, weil langsam wurde die Zeit knapp, wenn wir bei Tageslicht wieder runterkommen wollten.

Jasmin schaute mich erfreut an und legte mir die Ski einstiegsbereit vor die Füße, während ich mich in die Skischuhe quälte, die dann aber doch erstaunlich gut passten.

„Die sind ja kaputt!", maulte ich.

„Wer ist kaputt?", fragte Jasmin.

„Na die Ski hier! Sieh dir doch mal die Bindung an, da ist irgendwas abgefallen bei den Vorderbacken."

„Abgefallen?"

„Na, da sind doch nur noch zwei spitze Zähne!", rief ich. Die Idee vom Doppelgänger, der statt dem Kubec Chris geflogen sein könnte, hatte nun auch von mir Besitz ergriffen, und vielleicht konnten wir da oben ja doch noch was Brauchbares finden.

„Ach, das meinst du." Jasmin lachte und zeigte auf ihre Schuhspitzen. Die zwei Zähne von ihrer Bindung hatten sich sozusagen von rechts und links in den Schuh gebissen. „Joe, siehst du die zwei Löcher da vorne in deiner Schuhsohle? Die Zacken müssen da rein", erklärte sie mir, und mit ihrer Unterstützung gelang mir das dann auch.

Bergauf war mir so eine Bindung ja noch egal, aber wie man mit so was den Berg wieder runterkommen sollte, war mir schleierhaft. Nun gab Jasmin mir ein kleines Kastl, das blinkte. Mir war klar, dass das ein Lawinenpieps war, und ich schaute sie erschrocken an.

„Keine Sorge. Die Alm liegt auf halber Höhe in der Nähe der Wuhrsteinalm, da passiert nix", sagte sie schnell. „Du musst es unter den Anorak anziehen."

Ich ignorierte ihre Anweisung und steckte es kurzerhand einfach in die Jackentasche. Ich wollte jetzt endlich los, und wenn eh nix passiert, dann wird das schon reichen, dachte ich mir. Ich befestigte noch die Gamaschen, da ich das für sinnvoll hielt angesichts des vielen Neuschnees, und schulterte den verbliebenen Rucksack, ohne über seinen Inhalt überhaupt Bescheid zu wissen. Nach dem, was ich von Paulas Skitouren-Vorträgen so mitbekommen hatte, waren wahrscheinlich zumindest eine Lawinenschaufel und eine Sonde darin.

Die Wolken hingen nun wieder tief und gaben nur den Blick auf den direkt vor uns liegenden Hang frei. Immerhin konnten wir einer Spur folgen, die uns erst flach, dann aber bald steiler werdend ohne Kehren direkt hangaufwärts führte. Jasmin bewegte sich zügig vorwärts, und ich versuchte mit ihr Schritt zu halten. Als sie sich zu mir umdrehte, fing sie zu lachen an. „Du musst die Füße nicht hochheben! Zieh das hintere Bein einfach so nach vorne. Schau, so!"

Tatsächlich half der Tipp, und ich kam zunächst auch besser hinterher. Dann jedoch wurde es noch steiler, und mir rutschte mehrfach ein Fuß samt Ski nach hinten davon. Jasmin wartete auf mich und meinte, ich sollte doch besser vorausgehen, was sich dann aber als Fehler herausstellte, da ich dieses Mal nicht nur nach hinten rutschte, sondern ganz ausglitt und sie gleich mitnahm.

Dank des tiefen Schnees kamen wir zwar schnell zum Halt, das Aufstehen war dafür umso schwieriger. Zunächst mussten wir uns erst einmal auseinandersortieren, wobei mich trotz aller Widrigkeiten ein kribbelndes Gefühl durchschoss, bei all der Tuchfühlung, die wir dabei hatten. Als sie endlich stand und mich hochzog, kam ich ihren Lippen so nahe, dass ich sie am liebsten geküsst hätte, und einen Moment lang hatte ich das Gefühl, dass es ihr durchaus auch recht gewesen wäre.

Bei meinen Bemühungen, wieder in die kleinen Zacken der Bindung zu treffen, musste sie mir dann im wahrsten Sinne des Wortes unter die Arme greifen.

Endlich standen wir beide wieder auf Ski. Ich putzte ihr den Schnee vom Kopf, und sie klopfte mir die Jacke ab. Dabei schauten wir uns verschmitzt, aber auch verlegen an, bis Jasmin lachend meinte: „Das war jetzt aber ein hartes Stück Arbeit! Gott sei Dank müssen wir bis zur Alm wenigstens keine Spitzkehren machen."

„Ja, bei so einer schönen Frau dadert i mi auch glei amal in den Schnee schmeißen!", unterbrach ein untersetzter Skitourengeher in unvorteilhaft eng anliegender Kleidung unsere Romanze. „Aber mi dadn Sie am End gar ned hochkriegen", meinte er und wedelte nach unten davon. Er sollte der einzige Mensch sein, dem wir begegneten.

Erneut fing es zu schneien an. Ich folgte Jasmin und Jasmin der Spur. Plötzlich blieb sie stehen und rief: „Joe, irgendwo hier muss die Hütte sein. Verdammt, man sieht ja fast nichts!"

Der Schneefall wäre gar nicht das Schlimmste gewesen, doch der aufkommende Nebel ließ einen kaum zwanzig Meter weit blicken, und weiter der Spur nach oben zu folgen, hätte uns vielleicht auf den Gipfel gebracht, aber nicht zur Hütte.

Wir hatten dann das Glück, dass die Spur an der Wuhrsteinalm vorbeiging, doch leider war die Hütte verwaist. Zumindest half sie Jasmin bei der Orientierung. Anscheinend war sie schon mal hier oben gewesen, und nach einer Abfahrt mit Fellen, bei der sie alle paar Meter innehielt, um sich zu orientieren, erblickten wir schemenhaft eine Alm. Sie lag unterhalb des Breitensteins, den man aber zu diesem Zeitpunkt nur erahnen konnte. Von meinen Eltern wusste ich, dass man auch auf diesen Gipfel mit Ski aufsteigen konnte. Von der steilen Abfahrt durch eine Rinne namens „der Hirschen“ hatte mir mein Vater mit leuchtenden Augen berichtet. Er erwähnte aber auch, dass hier vor Jahren eine Lawine ein Fenster der Wuhrsteinalm eingedrückt hatte und eine andere Alm ihr komplett zum Opfer gefallen war.

Nervös folgte ich Jasmin, die auf die Hütte zustrebte. Eigentlich hätte es nicht mehr lange gedauert, hätten wir noch eine Spur gehabt, so aber musste Jasmin sich mühselig durch den tiefen Schnee graben.

„Sie ist es!“, rief sie schließlich keuchend, aber erleichtert, und ich bot ihr an, die restlichen Meter zu spuren.

Erschöpft erreichte ich die Hütte, die tief versunken in Schnee gebettet war. Anscheinend war sie schon länger nicht mehr besucht worden, von der Tür war nur noch die obere Hälfte zu sehen. Resigniert schaute ich Jasmin an und konnte die Anstrengung in ihrem Gesicht erkennen. Sie zog den rechten Handschuh aus und kramte unter ihrem Jackenärmel ihre Uhr hervor.

„Mist! Es ist schon halb drei“, meinte sie schnaufend.

Seufzend, aber entschlossen setzte sie den Rucksack ab und zog ihre Lawinenschaufel heraus. Wortlos begann sie zu graben, und wohl oder übel nahm auch ich meine Schaufel zur Hand. Mit vereinten Kräften schafften wir es dann doch noch, die Tür bis auf die Schwelle freizulegen. Schweißtriefend und erleichtert blickten wir uns an, dann holte sie aus einem Spalt im Mauerwerk einen Schlüssel hervor und öffnete die knarzende Tür.

Almrauschen

„Vor Kurzem sind wir noch über grüne Wiesen zum Rauschberg“, bemerkte ich mit einem Seufzer und betrat hinter Jasmin das Dunkel der Hütte. Sie kramte, ohne auf meine Bemerkung einzugehen, eine Stirnlampe hervor, mit deren Hilfe sie den Raum ableuchtete. Die Fenster waren mit Läden winterfest verrammelt, sodass nur durch die offene Tür etwas Licht hereinfiel.

„Irgendwo müssen hier Kerzen sein“, murmelte sie, fand dann aber erst einmal eine Taschenlampe, die sie mir gab.

Während Jasmin einen Schrank durchsuchte, leuchtete ich das Innere des Raumes ab. Es gab einen Holzofen, auf dem man auch kochen konnte, und ich erinnerte mich, dass meine Chiemgau-Oma früher auch so einen hatte. Sie schwor auf ihn und kochte bis zu ihrem Lebensende darauf, obwohl ihr mein Vater einen E-Herd besorgt hatte. In einer Ecke stand eine rustikale Eckbank aus Holz mit einem Tisch und daneben ein altes Buffet, in dem Jasmin nun endlich ein paar Kerzen fand.

Nachdem sie diese im Raum verteilt und angezündet hatte, wurde es augenblicklich heimeliger, trotz der frostigen Grade, die sich kaum von der Außentemperatur unterschieden. Jasmin zog trotzdem ihren Anorak aus, dann noch ihren Pullover und zuletzt ihr Unterhemd und stand nun, mir den Rücken zugewandt, halb nackt und hübsch beleuchtet vor den Kerzen neben der Ofenbank. Bevor ich aber den Anblick so richtig genießen konnte, hatte sie auch schon wieder trockene Kleidung angezogen, die sie aus ihrem Rucksack hervorgeholt hatte.

„Du solltest dich auch umziehen. Ich habe dir in deinen Rucksack ein paar Klamotten von einem Freund gepackt.“

Wortlos und überwältigt von so viel vorausschauender Umsicht kramte ich ein frisches T-Shirt und einen roten Wollpullover hervor, wobei ich auch eine Thermoskanne und ein belegtes Brot entdeckte. Sie hatte also tatsächlich an alles gedacht! So ein durchtriebenes Luder, dachte ich halb schmunzelnd, halb verblüfft. Zu meiner Enttäuschung fand ich aber keine Übernachtungsutensilien wie zum Beispiel eine Zahnbürste.

Nachdem wir bei Kerzenschein erst einmal kurz Brotzeit gemacht hatten, wurde es nun höchste Zeit, mit der Spurensuche zu beginnen. Wir fanden aber nichts außer ein paar dunklen Flecken auf dem Tisch. Ich kratzte vorsorglich einige Pigmente davon ab, war mir aber ziemlich sicher, dass es sich dabei nicht um Blut, sondern um Rotwein handelte, gab es doch neben einem größeren Fleck etliche weitere kreisförmige. Diese kannte ich nur zu gut von meinem eigenen Holztisch und wusste auch, dass sie selbst durch Schrubben nur schwer wegzukriegen waren. Auch hier hatte man herumgeschrubbt, vielleicht sogar mit Schmirgelpapier, zumindest waren einige Stellen auffallend hell. Ich streifte die Pigmentteilchen auf einem Stück Papier ab, schlug es zweimal ein und verstaute es in meinem Geldbeutel.

Jasmin kehrte mit einem resignierten, leicht trotzigen Blick aus der kleinen Schlafkammer zurück. „Magst du noch schauen? Ich habe nichts gefunden“, sagte sie enttäuscht.

Ich zog mein Handy heraus und stellte erschrocken fest, dass es bereits kurz nach vier war. „Ich glaube, jetzt ist es gleich dunkel“, meinte ich, woraufhin Jasmin die Tür nach draußen öffnete und wir feststellen mussten, dass es bereits dämmerte.

„Wir können natürlich auch bleiben und die Nacht hier verbringen“, schlug ich vor und lehnte mich möglichst lässig an den Tisch.

Jasmin schloss die Tür wieder und trat mit einem frechen Grinsen auf mich zu, so nahe, dass ich ihren warmen Atem in meinem Gesicht spüren konnte.

„So, so, der Herr Kommissar will übernachten“, sagte sie keck. Dabei funkelten ihre dunklen Wahnsinnsaugen schelmisch, und mein Herz fing augenblicklich an, bis in meine Schädeldecke zu pochen. Ihr hübsches Gesicht war nur noch wenige Zentimeter von meinem entfernt, und ich konnte ihre sinnlich-weichen Lippen bereits erahnen, als es in meiner Hosentasche miaute.

„Ich wusste gar nicht, dass du eine Katze mit hoch geschleppt hast“, meinte Jasmin grinsend, wobei sie ihren Kopf wieder zurückzog.

So ernüchtert, war ich irgendwie auch erleichtert über den Abbruch unsres Tête-à-Têtes, fühlte ich mich doch von Paula, die da gerade anrief, ertappt. Außerdem war mir klar, dass mir ein Intermezzo mit Jasmin nicht nur neue Scherereien mit Paula eingebracht hätte, sondern vor allem auch beruflich. Schließlich war Jasmin ein Teil unserer Ermittlungen.

Verlegen versuchte ich mein Handy aus der hinteren Hosentasche zu fischen. Da ich am Tisch lehnte, musste ich mich dazu nach vorne beugen und kam dabei erneut Jasmin sehr nah, die noch immer dicht vor mir stand. Wieder schoss mir ihr Duft verführerisch in die Nase. Verwirrt, da sozusagen umzingelt von zwei Frauen, eine dicht vor mir, die andere in meiner Gesäßtasche miauend, stieß ich bei meinem Versuch, dieser Zwickmühle zu entkommen, die Thermoskanne hinter mir um. Ich probierte noch, mich mit einem Satz zur Seite in Sicherheit zu bringen, wobei ich den Tisch mit einem Ruck ein Stück nach hinten verschob, aber trotzdem ergoss sich ein guter Teil vom Tee über meinen linken Oberschenkel.

Das Ganze dauerte höchstens zwei Miau, dann war die Katze stumm, meine Hose nass, und Jasmin lachte schallend. Während ich noch auf mein stummes Handy starrte, bückte sich Jasmin, um die Kanne unter dem Tisch hervorzuholen. Dann aber rief sie plötzlich aufgeregt: „Joe! Schau mal hier! Da unter dem Teppich, das musst du dir anschauen!"

Ich ging neben ihr in die Hocke. Der Flokati war verrutscht und ein großer, dunkler Fleck war nun sichtbar. Ich richtete den Schein meines Handys auf ihn und ahnte, dass es sich hier nicht um Rotwein handelte. Ich leuchtete die Umgebung ab und erkannte vereinzelt kleinere Flecken, die uns vorher nicht aufgefallen waren. Sie führten von dem großen Fleck weg zu einer Waschschüssel, die auf einem Buffet stand. Oberhalb davon war ein kleiner Kasten angebracht, auf dem ein rotes Kreuz zu sehen war. In dem Schränkchen befand sich Verbandsmaterial, und an der Innenseite der Tür prangte ein dunkelroter Fingerabdruck. Jasmin schluckte und schaute mich mit aufgerissenen Augen an.

„Also doch", hauchte sie kaum hörbar, als auf einmal ein dumpfer lauter Knall ertönte und danach ein infernalisches Tosen zu hören war. Obwohl wir uns in der Hütte befanden, hatte ich das Gefühl, die Druckwelle zu spüren, und mit einem Rumms, der die Wände zum Knacken brachte, waren alle Kerzen bis auf eine ausgegangen. Eine atemlose Stille legte sich über uns.

Wir hatten uns beide unwillkürlich geduckt und kauerten nun gemeinsam, die Arme über dem Kopf, am Boden, während die letzte Kerze auf dem Tisch mit schwachem Schein flackerte, den Raum kurz noch unwirklich beleuchtete und dann auch ausging.

„War das ...", Jasmin stockte und klammerte sich an meinen Arm, während uns die rabenschwarze Dunkelheit umhüllte.

Ich schluckte und hörte, wie meine Stimme zitternd sagte: „Eine Lawine? Ich glaub, das war eine Lawine!"

Wir saßen noch immer auf dem Boden und starrten ins schwarze Nichts. Plötzlich schluchzte Jasmin laut auf. „Das war Blut, oder? Joe, meinst du, dass das Blut ist, da unter dem Tisch?"

Statt einer Antwort stand ich vorsichtig auf und zog sie behutsam mit hoch. Ich hätte gerne etwas Tröstendes gesagt, brachte jedoch selbst kein Wort heraus. Die knackenden Geräusche über uns ließen mich erstarren.

„Hast du deine Lampe noch bei dir?", gelang es mir endlich, sie zu fragen, und Jasmin drückte mir wortlos ihre Stirnlampe in die Hand, während sie sich weiterhin angsterfüllt an meinem Pulloverärmel festkrallte.

Das Erste, was ich sah, war das zerborstene Fenster, durch das sich Schnee in die Hütte ergossen hatte, sodass nun ein riesiger Schneehaufen mitten im Raum lag. Der hölzerne Fensterladen hing nur noch an einem Scharnier. Der verbliebene Rest der geborstenen Scheibe spiegelte gespenstisch das Licht der Lampe wider. Die dunkle Masse dahinter leuchtete weiß auf, als der Lichtstrahl auf sie traf. Ich schluckte, und Jasmin stieß einen kurzen, erschrockenen Schrei aus.

Wir konnten feststellen, dass die Eingangstür standgehalten hatte, jedoch wirkte sie nun etwas windschief. Beim zweiten Fenster hatte anscheinend der Fensterladen Schlimmeres verhindern können. Ich ließ die Lampe einmal durch den ganzen Raum kreisen, um dann die Decke abzuleuchten. Glücklicherweise zeigte sie keine Spuren der Zerstörung.

Jasmin hatte inzwischen die Kerze auf dem Tisch wieder angezündet, und das Bild, das sich uns nun bot, erschien mir surreal mit dem Schneehaufen, der sich bis in die Mitte des Zimmers erstreckte. Ich ging um ihn herum zur Schlafkammer und schnaufte erleichtert auf.

So wie es ausschaute, hatte dieser Raum, der lediglich ein schmales, ebenfalls mit Laden verschlossenes Fenster besaß, die Lawine gut überstanden.

„Na wenigstens haben wir ein Bett", meinte ich zu Jasmin, die mir gefolgt war, konnte aber diesbezüglich keine erotischen Gefühle mehr entwickeln, hatten wir jetzt doch wahrlich andere Probleme.

„Sag bloß, du hast extra eine Lawine bestellt, damit wir beide hierbleiben müssen", versuchte Jasmin einen kläglichen Scherz.

„Klar! Und sie kam keine Minute zu früh. Sonst wärst du mir noch entwischt", sagte ich und lachte dabei leicht hysterisch auf, woraufhin Jasmin ebenfalls in ein schluchzendes Lachen verfiel.

Nachdem wir uns etwas beruhigt hatten, machte sich emsige Aktivität in uns breit. Wir versuchten herauszubekommen, ob und wie tief die Tür verschüttet war, wagten aber nicht, diese zu öffnen, da wir Angst hatten, dass dann womöglich der Rahmen ganz brach und sich weitere Schneemassen in die Hütte ergossen.

„Das kaputte Fenster geht zur Bergseite. Vielleicht ist vor der Tür ja weniger Schnee!", bemerkte Jasmin dennoch optimistisch.

Leider hatte sie ein modernes Zylinderschloss, sodass man nicht durchs Schlüsselloch schauen konnte. Ich suchte nach einem Werkzeug, um ein Loch in die Tür zu machen, und fand einen dicken alten Nagel, den ich mithilfe eines Kochtopfs in das Holz trieb. Bei jedem Schlag hatte ich das Gefühl, dass sich die Tür noch mehr verzog, und bezweifelte zunehmend, dass wir diese jemals wieder aufbringen würden, egal ob mit oder ohne Schneemasse davor.

Endlich war der Nagel durch, und der letzte Schlag endete weich. Eine weitere gefühlte Ewigkeit später hatte ich ihn mittels einer Zange, die Jasmin im Besteckkasten gefunden hatte, wieder herausgezogen. Wir schauten abwechselnd durch das kleine Loch, konnten aber außer Dunkelheit nichts sehen. Wir blickten uns beide enttäuscht an. „Sollen wir es riskieren?" Jasmin schaute mich fragend an.

Ich nickte und zog kräftig an der Türschnalle, doch es bewegte sich nichts. „Mist, die klemmt!", rief ich.

„Es hilft nichts, wir müssen Hilfe holen. Und wenn sie erst morgen kommen, überleben wir das auch!", stellte Jasmin entschieden fest und schenkte mir ein aufmunterndes Lächeln.

Sie hatte recht. Das war mit Abstand die sicherste Lösung, also kramte ich mein Handy aus der Hosentasche und musste feststellen, dass der Akku nur noch drei Prozent hatte. Ich schaute entsetzt zu Jasmin, die wie wild ihre Taschen absuchte.

„Verflucht!", rief sie plötzlich. „Ich Idiot! Ich hab es vorhin auf das Fensterbrett gelegt, und jetzt ..." Sie fing an zu schluchzen.

„Echt?!" Fassungslos starrte ich auf den Schneehaufen. „Da drunter – das können wir vergessen." Resigniert zuckte ich mit den Schultern. Mir war klar, dass ich schnell handeln musste, bevor der Akku ganz leer war. Zu telefonieren erschien mir in diesem Fall zu riskant, und ich beschloss Nachrichten zu verschicken.

Als Erstes fiel mir Fritz ein, der mir für die Aufgabe, uns hier auszubuddeln, am geeignetsten erschien, wohnte er doch in der Nähe und war Polizeibergführer. Der Zweite, an den ich dachte, war Heinz. Die Traunsteiner, vor allem diese Reitmüller, konnte ich in dieser Situation wirklich nicht brauchen. Wenn die mich hier mit Jasmin antraf, würde sie mich endgültig für befangen halten und dafür sorgen, dass man mich von dem Fall abzog. Heinz würde zwar in das gleiche Horn stoßen, aber bei ihm wusste ich, dass er dennoch zu mir halten würde. Außerdem war der vermisste Kubec ja unser Fall! Fritz war zwar auch bei den Traunsteinern, aber mir und Jasmin gegenüber nicht voreingenommen, zumindest bis jetzt noch nicht. Ich beschloss Fritz informell, also als Bergwachtler und nicht als Polizist zu alarmieren.

Während Jasmin wie besessen mit Hilfe eines Kochtopfs nach ihrem Handy zu graben anfing – unsere Schaufeln standen dummerweise vor der Tür –, schrieb ich möglichst unverfänglich von unserer Notlage:

Servus Fritz, wir, zwei Personen, sind in einer Hütte am Geigelstein Nähe Wuhrsteinalm von Lawine verschüttet worden. Uns geht es gut, kommen aber nicht mehr raus. Akku gleich leer! Morgen früh reicht auch! Danke, Joe

Ich warf noch einen letzten Blick darauf und drückte dann auf Senden. Fieberhaft wartete ich auf die Bestätigung, wobei ich wie hypnotisiert ein Auge auf die Akkuanzeige gerichtet hielt. Es klappte, aber jetzt waren nur noch zwei Prozent für meine Nachricht an Heinz übrig, um ihn samt Christine zur Spurensicherung hier heraufzulocken.

Ich überlegte kurz und tippte dann:

Habe Spur von Kubec! Komm bitte morgen früh zu seiner Alm am Geigelstein. Ich warte da. Bring Christine und ihren Koffer mit. Traunsteiner noch raushalten! Bin jetzt nicht mehr erreichbar, ist aber dringend! LG Joe

Noch ein Prozent! Ich drückte erneut auf Senden und schaute voller Bangen auf das Display – gesendet! Geschafft! Mir fiel ein Stein vom Herzen, und mein Handy meldete sich endgültig ab. Lachend und glücklich rief ich: „Jasmin, du kannst aufhören, nach dem Handy zu graben. Ich habs geschafft!“

Freudestrahlend ließ sie den Topf fallen und fiel mir um den Hals, und dann gab sie mir einen Kuss, von dem ich heute noch ab und zu träume.

Rettung

Da es langsam bitterkalt wurde, brachten wir zunächst den Ofen in Gang. Mit Hilfe einer alten Zeitung, die ich anzündete, überprüfte ich, ob der Kamin frei war und der Rauch abzog. Beim zweiten Anlauf brachte ich ein Feuerchen zustande, das wir sparsam mit den wenigen vorhandenen Holzscheiten fütterten. Wir stellten die beiden Stühle direkt vor den sich langsam erwärmenden Ofen und nahmen dort unser spärliches Abendmahl ein. Zum Studentenfutter, das Jasmin noch hatte, machten wir uns einen Tee, indem wir Schnee schmolzen, den es hier drin ja nun reichlich gab. Mit Hilfe von Zucker und viel Rum, den wir ebenfalls im Buffet gefunden hatten, wurde daraus ein wärmendes Beruhigungsmittel.

So leicht narkotisiert, überfiel uns bald eine gewaltige Müdigkeit und wir legten uns in das kalte, klamme Bett. Den Wollpullover ließ ich an, und eine Jogginghose fand sich auch, während Jasmin ihre lange Skiunterwäsche anbehielt und noch eine Daunenweste drüberzog. Dicht an mich gekuschelt, schlief sie augenblicklich ein. Ich genoss noch eine kurze Weile ihre Nähe und Wärme, doch dann fiel auch ich in einen tiefen Schlaf und erwachte erst wieder durch ein kräftiges Poltern.

Erschrocken setzte ich mich auf und musste sofort an eine weitere Lawine denken, doch dann hörte ich die Stimme von Fritz rufen: „Joe! Joe, bist du da drin?“

Ich riss die Augen noch weiter auf, was allerdings nichts nützte, denn es war stockdunkel im Raum. Hastig tastete ich nach der Taschenlampe, die irgendwo neben dem Bett liegen musste.

„Fritz! Wir sind hier! Hier drin!“, rief ich möglichst laut.

„Was ist los?“, fragte Jasmin mit schlaftrunkener Stimme und leuchtete mir kurz darauf mit ihrer Stirnlampe mitten in das Gesicht. Geblendet schloss ich die Augen.

„Der Fritz ist da. Kann ich die Lampe mal kurz haben?“, fragte ich und riss sie ihr bereits aus der Hand. Hastig stürmte ich durch die Kammertür, die wir offen gelassen hatten, um wenigstens die Restwärme des Ofens abzukriegen.

„Ich komme, Fritz. Die Tür klemmt!“, rief ich noch, doch da donnerte bereits etwas Schweres dagegen, und sie sprang mit einem lauten Bersten auf, wobei sie in mehrere Teile zersplitterte. Mein Sprung zur Seite verhinderte zwar einen Totalzusammenstoß, jedoch ging ich samt einem Teil des Türblatts zu Boden, wobei es mich am Kopf traf.

„Sorry, Joe!“ Fritz beugte sich erschrocken über mich. „Ich, äh, ich hab noch gerufen: ‚Wegbleiben‘ ...“

„Hauptsache, du bist da!“, sagte ich erleichtert und bemerkte erst dann, dass hinter Fritz nicht nur ein weiterer Bergwachtler stand, der mich entgeistert anstarrte, sondern auch Paula.

„Joe, mein Gott, du blutest“, rief Paula, doch dann sah sie über mich hinweg, und ihre Augen wurden zu zwei grimmig dreinschauenden Schlitzen.

„Du, du ... Mistkerl!“, fauchte sie empört, und ich folgte ihrem Blick durch die halb offen stehende Tür zur Schlafkammer, wo unter unzähligen Wolldecken noch immer Jasmin im einzigen Bett lag.

„Äh, Paula, das verstehst du falsch“, stammelte ich unbeholfen und wollte aufstehen, kam aber nicht hoch, so benommen wie ich war.

Sie stiefelte über mich hinweg direkt in die Kammer, während Jasmin sich ruckartig aufsetzte, wobei sie die Decken schützend vor ihrem Körper zusammenraffte.

„Aha!“, bemerkte Paula zischend und hob mit spitzen Fingern Jasmins BH vom Boden auf, der neben meiner Jeans lag. „Wir werden euch doch nicht am Ende bei einem Schnaksel-Versuch gestört haben? Aber wahrscheinlich hat das der Herr bereits erledigt“, meinte sie mit gespielt süßlicher Stimme, wobei sie den schwarzen BH um ihren Zeigefinger kreisen ließ und mir dabei einen vernichtenden Blick entgegenschleuderte.

Jasmin ließ sich davon aber nicht einschüchtern, sondern erhob sich aus unserem Lager und trat auf Paula zu. „Darf ich bitten“, sagte sie kühl und angelte sich den BH von ihrem Finger. „Vielleicht haben Sie es ja nötig, mit einem Büstenhalter zu schlafen.“

„Sie ...!“, empörte sich Paula, kam aber nicht weiter, weil Jasmin sie resolut zur Tür hinausschob.

„Sie entschuldigen mich bitte, ich würde ihn jetzt gerne wieder anziehen! Und im Übrigen: Nackter als jetzt ...“, sie zupfte an ihrer

Daunenweste und ihrer langen Skiunterhose, „... war ich zu keinem Zeitpunkt!“

Dann schlug sie vor der verdutzten Paula die Tür zu. Paula fing sich jedoch augenblicklich wieder.

„Hab ich es dir nicht gesagt, Freddy!“, wandte sie sich an den gut gebauten Bergwachtler, der mich mit seinen strahlend blauen Augen verschmitzt grinsend von oben herab betrachtete. „Es ist immer das Gleiche mit ihm! Zuerst will er partout keinen Lawinenkurs machen, und dann lässt er sich von einer verschütten. Natürlich mit weiblicher Begleitung!“, meinte sie aufgebracht, ohne mich eines weiteren Blickes zu würdigen.

Freddy? Hatte ich richtig gehört? Sollte dieser blonde Schönling mit dem jungenhaften Gesicht und der blonden Haarsträhne, die ihm lässig über die Stirn fiel, DER Freddy sein?

Für einen kurzen Moment erschien mir das ganze Szenario grotesk und unwirklich, wie Paula Arm in Arm mit diesem Typen die Hütte verließ, wobei sich die frühen Sonnenstrahlen, die durch die geöffnete Tür fielen, in ihrer roten Lockenpracht verfingen und ihr einen Heiligenschein verpassten. Er dagegen wirkte wie ein Held aus einem Film, der männlich stark seine Liebste aus dem Inferno heraus und hinein ins Licht, ja in eine bessere Welt führte. Dann war das Bild verschwunden, und ich schaute in den leeren Türrahmen, der den Blick auf einen freigeschaufelten Zugang mit hohen weißen Schneewänden rechts und links freigab.

„Was macht Paula hier?“, fragte ich Fritz verdattert, der mir etwas Kaltes gegen die Stirn drückte,

„Sag du mir lieber, was die hier macht?“, raunte er und deutete mit dem Kopf auf Jasmin, die gerade kommentarlos die Hütte verließ.

Die Antworten blieben wir uns erst mal schuldig, weil dieser Brad Pitt der Bergwacht zurückgekommen war und bereits Verbandsmaterial aus seinem Rucksack holte. Erst da merkte ich, dass mir etwas Warmes über das Gesicht ran, und als es meine Lippen erreicht hatte, schmeckte ich den metallischen Geschmack von Blut. Unwillkürlich wollte ich nach meiner Stirn greifen, doch Paulas Bergwachtler fing meine Hand ab.

„Das gehört geklammert“, meinte er in sachlichem Ton.

„Da hast jetzt Glück, dass der Freddy Arzt ist, wenn auch nur ein Viechdoktor", versuchte Fritz die Stimmung aufzuheitern.

Freddy! Ich hatte mich also nicht verhört! Dieser Typ hieß Freddy und war wie Paula Tierarzt, also wie dieser Kollege, bei dem sie den Lawinenkurs gemacht hatte, um dann auch noch ein paar Tage dranzuhängen! Aber was zum Teufel hatten die hier zu suchen, noch dazu gemeinsam?, fragte ich mich verwirrt und beunruhigt.

„Also, was machst du jetzt mit der schönen Gruberin hier? Intime Zeugenbefragung, oder was?", kam Fritz mir jedoch zuvor.

„Ich ... Da war nix! Ehrenwort!", stammelte ich unbeholfen, während dieser Freddy an meinem Hirn herumbastelte, um dann, nach einem kurzen „Achtung", das ich wiederum mit einem lauten „Au" beantwortete, die Prozedur mit einem „Fertig" zu beenden.

„Das Klammerpflaster sollte eigentlich reichen. Aber wenn du unten bist, gehst besser noch zum Arzt", schlug er vor, und seine blauen Augen schauten mich dabei ernst an. Dann befahl er mir aufzustehen und mal kurz auf und ab zu gehen.

„Schwindlig?", fragte er, und ich schüttelte verneinend den Kopf, woraufhin er mir noch eine Voltaren-Tablette in die Hand drückte, die ich aber nur in die Hosentasche steckte.

„Ich schau dann mal, wie weit die anderen sind. Die Lawine ging zwar erst nach Einbruch der Dunkelheit runter, und vermisst wird auch keiner, aber wir suchen trotzdem vorsichtshalber und zu Übungszwecken noch den Lawinenkegel ab." Er nickte Fritz zu und verließ samt Rucksack die Hütte.

Fritz nahm die fast leere Rumflasche, die auf dem Buffet stand, und verteilte den Rest auf zwei Schnapsgläser.

„Besser als Voltaren", meinte er und reichte mir mit einem Zwinkern eines davon. „Prost!"

Nachdem wir unsere Gläser mit einem Schluck geleert hatten, sagte er: „Ein sauberes Massel habt's ihr gehabt! Das hätte dumm ausgehen können. Bei einem Dreier sollte man sich lieber zu Hause austoben!"

Ich schaute ihn verständnislos an. „Die Paula ist doch erst mit dir gekommen. Und überhaupt, ich hab nix mit der Gruber! Schon gar nicht einen Dreier, verstanden!", sagte ich ärgerlich, weil nun auch noch der Fritz damit anfing.

Fritz verschluckte sich, hustete und begann lauthals zu lachen. „Lawinenwarnstufe drei hab ich g'meint", brachte er endlich heraus. Dann wurde er jedoch ernst und schaute mich durchdringend an. „Also, was hast du hier mit der Gruber zu suchen?"

„Das ist die Hütte von ihrem Freund, dem verschwundenen Kubec. Jasmin, also Frau Gruber, hat den Verdacht, dass ihrem Freund hier was zugestoßen sein könnte. Also nicht in Paris, sondern schon vorher – hier." Ich stand auf und zeigte ihm den vermeintlichen Blutfleck sowie den Fingerabdruck am Verbandskasten.

„Dann sollten wir die Spurensicherung holen", stellte er fest und hatte schon das Handy in der Hand.

„Die Kollegen aus München müssten jeden Moment hier sein", sagte ich schnell, um ihn davon abzuhalten, die Traunsteiner zu alarmieren.

Fritz schaute mich finster an. „Also zum Ausbuddeln sind wir gut genug, aber den Rest traust du uns nicht zu, oder was?"

„Fritz! Ich weiß doch gar nicht, ob was dran ist an dieser Geschichte, schließlich wurde er ja danach noch in Paris gesehen. Ich wollte keinen unnötigen Wirbel machen, verstehst du?" Und da Fritz nicht antwortete, fügte ich hinzu: „Das ist ja immerhin unser Fall, das mit dem Kubec, und ob das was mit eurem abgestürzten Dandl zu tun hat ..." Ich zuckte mit den Schultern.

Endlich steckte Fritz sein Handy wieder ein und wollte nach draußen gehen, doch ich hielt ihn am Ärmel zurück.

„Was macht die Paula hier? Hat die was mit diesem Freddy?" Ich sah Fritz eindringlich an, der mich genüsslich angrinste.

„Tolle Frau", meinte er zunächst nur und ließ mich zappeln.

„Also was ist jetzt?", hakte ich nach. „Du kennst doch diesen Freddy. Hat der was erzählt von seinem Lawinenkurs mit der Paula?"

„Nein. Aber anscheinend hat ihm dein Name was gesagt. Ob die Paula schon bei ihm war, weiß ich allerdings nicht. Offenbar hat sie sich aber Sorgen um dich gemacht", sagte er grinsend, während ich mich in meine Skistiefel kämpfte.

Nur etwas beruhigt, trat ich hinter ihm aus der dunklen Hütte und war zunächst fast geblendet vom Schnee und der Sonne. Meine Füße versanken nach den ersten ausgeschaufelten und festgetrampelten Metern tief im Schnee, sodass ich erst einmal stehen blieb, um mich umzuschauen. Ich war überrascht, wie friedlich die weiße Winterlandschaft unter dem blauen Himmel lag. Es hätte beinahe idyllisch ausgesehen, wäre nicht der breite Lawinenkegel gewesen, dessen Ausläufer bis unterhalb der Hütte reichten.

Im oberen Teil des Kegels konnte ich mehrere Menschen erkennen, die alle die gleiche rot-blaue Jacke trugen. Das musste die Bergwachttruppe von Fritz sein. Auf der Bergseite der Alm häufte sich der Schnee bis zum Giebel, und riesige Schneeblöcke hatten die tief verschneite Landschaft durchpflügt und lagen nun kreuz und quer herum.

Ich sah Paula und Jasmin ein paar Meter weiter an einem großen Schneebrocken stehen, auf dem sich eine Thermosflasche befand und eine Brotzeitschachtel. Ich setzte meine Füße in die bereits ausgetretenen Fußstapfen und erreichte sie so von Loch zu Loch steigend, während beide nach oben Richtung Breitensteingipfel schauten. Auch ich blickte hinauf und sah den riesigen Lawinenabbruch am oberen Ende der steilen Rinne. Jasmin war kreidebleich, und auch mich durchzog ein eiskalter Schauer bei diesem Anblick.

„Gut, dass ihr in der Hütte wart“, murmelte Paula.

„Das war alles meine Schuld. Er wollte ja gar nicht mitkommen.“ Jasmin schaute Paula zerknirscht an. Dann warf sie mir einen beinahe verzweifelten Blick zu. Verlegen nahm ich mir ein Stück Christstollen, während Paula mir eine Tasse Tee rüberschob.

„Danke, Paula“, sagte ich erleichtert, war ich doch froh, dass sie mir keine weitere Szene machte. Wortlos hingen wir alle drei unseren Gedanken nach, wobei ich es vermied, erneut nach oben zu schauen.

„Gott sei Dank ist es ja noch mal gut ausgegangen“, seufzte Paula schließlich. „Hättest einen Lawinenkurs gemacht, wäre dir das nicht passiert!“

Wir lachten laut los, wodurch sich die gesammelte Anspannung schlagartig löste. Nachdem unsere letzten Gluckser verebbt waren, sagte Paula, nun wieder sachlich: „Ich hab’s schon gehört, Christine und Heinz sind auch im Anmarsch. Das wird dann sicher noch dauern, bis ihr fertig seid. Ich fahr dann besser schon mal.“

„Kann ich mitkommen?“, fragte Jasmin und schaute dabei abwechselnd Paula und mich an.

„Klar!“, meinte Paula zustimmend, und auch ich nickte, schon allein, weil es besser war, wenn Heinz ihr hier nicht mehr begegnete.

„Du kannst sicher bei deinen Kollegen mitfahren. Deine Ski und die Stecken haben wir bereits ausgegraben“, informierte mich Paula. „Gut, dass ihr sie gleich neben der Tür an die Hüttenwand gelehnt habt. Freddy hat gemeint, dass sie der Schnee sonst mitgerissen hätte. Sie sind dort drüben.“

Kurz darauf waren die beiden abfahrtbereit.

„Kannst du deine Ski und die Schuhe vielleicht noch im Sportgeschäft abgeben?“, bat Jasmin. „Die Leihgebühr habe ich bereits bezahlt.“

„Mach ich“, versprach ich ihr.

Auch Fritz verabschiedete sich, um zu seinen Bergwachtkameraden aufzusteigen. So stand ich dann allein mit der Thermoskanne am Schneetresen und beobachtete, wie sich Paula und Jasmin durch das Schneegeröll der Lawine kämpften, um dann umso eleganter ihre Spuren durch das makellose Weiß zu ziehen, bis sie hinter einer Kuppe verschwanden.

Während ich auf Heinz und Christine wartete, den wärmenden Tee in den Händen, überkam mich eine große Dankbarkeit. Ich schaute hinauf zu dem sanft ansteigenden Kessel, der sich zwischen den steil abfallenden Flanken des Breitensteins und des Geigelsteins befand, dessen Gipfel man aber von hier aus nicht sehen konnte. Den Schlepplift, der mich als Kind den Kessel hinauf bis zum Sattel gezogen hatte, gab es nicht mehr, und die Landschaft lag unberührt und fast menschenleer vor uns. Lediglich zwei frühe Tourengeher spurten sich den Weg bergauf und ließen sich anscheinend auch von dem Lawinenkegel nicht abschrecken.

Ich war zwölf, als ich mit meinem Vater bis zum Ende des Liftes hochfuhr. Vorher hatte ich das Tiefschneefahren schon etliche Male auf den unpräparierten Hängen des Hochfelln geübt, doch an dem Tag musste ich die letzten Höhenmeter aus eigener Kraft bewältigen. In Ermangelung von Tourenski stieg ich mit Skischuhen den steilen, windverblasenen Gipfelanstieg hoch, während mein Vater den Spitzkehren folgte. Meine Alpinski trug er, festgeschnallt auf seinem Rucksack, mit nach oben.

Ich erinnerte mich nun auch wieder an die grandiose Aussicht, die man von dort hatte. Im Süden erhoben sich unzählige schneebedeckte Gipfel unter dem Blau des Himmels, und im Norden erstreckte sich der Chiemsee mit seinen Inseln. Doch mich interessierte der Ausblick nur zweitrangig, ich konnte meinen Blick kaum abwenden von dem weißen, steil abfallenden Hang, den man „das Blatt“ nennt. Während mein Vater all die Namen der umliegenden Berge aufzählte, brodelte in mir ein Gefühlscocktail aus Anspannung und freudiger Erwartung, und trotz des Drangs, mich auf der Stelle in den Hang zu werfen, hatte ich einen gehörigen Respekt.

Als Pa endlich die Reste unserer Brotzeit wieder im Rucksack verstaut hatte und wir in die Ski stiegen, bündelten sich all meine Emotionen zu einer geballten Ladung Konzentration. Mit dem ersten Schwung, den ich nach kurzem Zögern entschlossen in den Hang setzte, verwandelte sich dieser Cocktail in ein Gefühl der Euphorie und Schwerelosigkeit, der mich beinahe schwebend von Schwung zu Schwung trug, während die feinen, aufgewirbelten Schneekristalle wie eine Gischt um mich herum aufspritzten.

Versonnen und auch etwas wehmütig hing ich meinen Erinnerungen nach und beschloss, demnächst mit Paula eine Skitour zu machen, falls sie noch wollte. Auch wenn ich jetzt einen gewaltigen Respekt vor Lawinen hatte.

Standpauken und Engelsflöten

Als ich talwärts blickte, erkannte ich Heinz sofort an seiner Statur und an seinem beachtlichen Tempo. Wahrscheinlich hatte er es sich nicht nehmen lassen und wollte die Chance nutzen, hier aus eigener Kraft aufzusteigen, sozusagen als Trainingseinheit, um es dem Brandl dann zu zeigen.

Kurze Zeit später stand er schnaufend vor mir und schaute schaudernd zu dem Lawinenabbruch hinauf, dann zur halb verschütteten Alm und deren nun freigelegtem Eingang.

„Lässt du dich jetzt also für deine Weibergeschichten sogar noch verschütten?“, stichelte er, noch bevor er die Ski ausgezogen hatte.

„Kommt Christine auch noch?“, fragte ich, ohne weiter darauf einzugehen.

„Nicht nur die“, sagte er mit einem bedrohlichen Unterton, der mich eigentlich hätte stutzig machen sollen.

Stattdessen fragte ich: „Hast du Paula noch getroffen?“

„Ja, und die Frau Gruber“, antwortete Heinz mit einem boshaften Lächeln. „Unten auf dem Parkplatz. Die Frau Reitmüller hat sie dort auch gleich in Empfang genommen. Die Gruberin kriegt jetzt ein lawinensicheres Plätzchen in der Arrestzelle, und du solltest dich auch warm anziehen.“ Er seufzte. „Joe, Joe, du hast dich mal wieder gehörig in die Scheiße geritten. Ich hoffe, du hattest einen triftigen Grund, mit ihr hier zu sein.“

Ich hatte alles Mögliche erwartet: blöde Kommentare von Heinz, einen Anschiss von der Reitmüller, nicht aber, dass man Jasmin noch am Parkplatz festnehmen würde. Heinz brachte mich dann netterweise auf den neusten Stand: Die Traunsteiner hatten vor zwei Tagen einen Aufruf in allen regionalen Zeitungen veröffentlichen lassen, worin sie nach einer mit Pelz gefütterten Fliegermütze suchten und die Bevölkerung um Mithilfe baten. Neben dem Aufruf war auch das Foto von Jasmin mit Kappe abgebildet, wobei man netterweise ihr Gesicht gepixelt hatte. Kurz darauf wurde eine Pelzkappe bei der Polizei abgegeben. Die Finderin erzählte, diese am Rauschberg zwei Tage nach der Bergweihnacht gefunden zu haben. Tatsächlich stimmte nicht nur das Aussehen der Kappe mit der auf dem Foto überein, auch stammte das Fell von einem Waschbären, so wie die Härchen unter Dandls Fingernägeln.

„Solche Pelzmützen gibt es doch immer wieder. Hat man die Fellhaare schon genauer untersucht?“, fragte ich, nachdem ich mich von meinem ersten Schock erholt hatte. „Ich mein, äh ... Waschbär ist ja nicht gleich Waschbär.“

Heinz schaute mich kopfschüttelnd an. „Mann, Joe, du wirst einfach nicht gescheiter!“ Dann zuckte er mit den Schultern. „Ich hab das Ganze auch erst hier erfahren. Die Morgenbesprechung hat ja heut sozusagen live am Parkplatz stattgefunden. Ich hab erst gedacht, dass die wegen der Spurensicherung da sind.“

„Kommen die Traunsteiner auch noch hoch?“, fragte ich kleinlaut.

„Ja, sobald sie da unten fertig sind, will die Reitmüller mit Christine hochfahren, und wenn du nicht noch eine saftige Ladung Donnerwetter abbekommen willst, haust jetzt besser ab und lässt mich das hier regeln.“

Nachdem ich ihm die verdächtigen Flecken gezeigt hatte samt Fingerabdruck, lachte er mich nur aus. „Und? Was soll das beweisen? Selbst wenn das Blut vom Kubec Chris stammt, sagt das noch lange nichts aus. Vielleicht hat er sich beim Rasieren geschnitten!“

„Nassrasur am Küchentisch?!“, entgegnete ich beinahe trotzig, doch Heinz ging nicht weiter darauf ein und sah sich in der Hütte um.

„Was ist das da? Das schaut mir nach frischem Blut aus“, meinte er und deutete auf den Blutfleck neben der Tür.

„Der ist von mir“, erklärte ich und tippte vorsichtig an mein Hirn.

„Aha! Auch noch einen vermeintlichen Tatort kontaminiert. Soll Christine davon auch noch eine Probe mitnehmen, um nachzuschauen, ob sich dein Resthirn darin befindet?“, frotzelte Heinz, woraufhin ich wortlos meinen Rucksack packte. Hätte es noch eine Tür gegeben, dann hätte ich diese krachend hinter mir zugeworfen.

Ich beeilte mich, in diese aberwitzige Bindung hineinzukommen, da einige von der Bergwachttruppe bereits Richtung Hütte abfuhren und sich ein Schneemobil von unten näherte.

Kurz bevor der erste Bergwachtler die Hütte erreichte, hatte ich mich schon über das Lawinengeröll auf den nur mit zwei Spuren verzierten, sonst unberührten Hang gekämpft. Der Schnee war fantastisch, so wie man es sich erträumt. Kein Bruchharsch, kein Sulz, nicht vereist und auch noch nicht zusammengefahren. Trotzdem konnte ich ihn nicht genießen und nutzte lediglich die Tatsache, dass er leicht zu fahren war, indem ich schaute, dass ich so schnell wie möglich runterkam, mit einem weiten Bogen um das Schneefahrzeug herum.

Als mir die Oberschenkel so brannten, dass es fast nicht mehr zum Aushalten war, blieb ich nach Luft schnappend vor dem letzten Abhang stehen. Zumindest drohte mir jetzt nicht mehr die unmittelbare Gefahr, einer aufgebrachten Reitmüller in die Hände zu fallen. Was mir aber ernsthaft zu schaffen machte, war die Sache mit der Fellkappe. Ich konnte es einfach nicht fassen, dass Jasmin womöglich den Dandl hinuntergestoßen hatte, und noch weniger, dass ich mich von ihr so hatte blenden lassen. Ich wurde zwar gerne mal weich beim anderen Geschlecht, vor allem wenn es dermaßen gut aussah wie Jasmin, aber ich hatte doch bisher dabei immer noch Instinkt bewiesen! Allerdings musste ich mir eingestehen, dass diese Jasmin Gruber schon ein gewaltiges Manipulationsvermögen besaß.

Während ich so dastand mit weichen Knien und darauf wartete, dass sich Puls und Atmung wieder normalisierten, fiel mir zu allem Übel auch noch ein, dass ich ja gar keine Mitfahrmöglichkeit hatte. Ich hatte weder Lust, auf die Kollegen zu warten, noch hatte ich den Schlüssel für Jasmins Auto – falls der Wagen überhaupt noch dastand und die Traunsteiner ihn nicht schon mitgenommen hatten.

Resigniert fuhr ich im Schuss den flachen Auslauf bis zum Parkplatz und erblickte zu meiner Überraschung Paulas alten silbernen Alfa. Erleichtert skatete ich so schnell wie möglich auf ihn zu und riss die Beifahrertür auf, ohne die Ski abzuschnallen.

„Danke, dass du auf mich gewartet hast. Ich hätte sonst gar nicht gewusst wie ich heim...“, stieß ich atemlos hervor.

„Stell dir vor, diese Hyäne hat Jasmin festgenommen“, unterbrach mich Paula.

„Ich weiß! Oh, ist es schön, dich zu sehen!“, sagte ich voller Inbrunst. „Ich habe mir schon Sorgen gemacht, wie ich hier wegkomme!“

„Was bist du nur für ein Egoist! Die arme Jasmin wird jetzt in die Mangel genommen, und du machst dir nur Sorgen um dich selbst!“

Ich war überrascht, hätte ich doch nicht erwartet, dass diese Festnahme Paula zu Herzen gehen würde. Gleichzeitig war mir trotzdem klar, dass ich jetzt ihr gegenüber nicht zugeben durfte, dass mich Jasmins Festnahme selbst betroffen machte. Das hätte womöglich bloß wieder ihre Eifersucht geweckt, und das war jetzt das Letzte, was ich brauchen konnte. Vor allem aber ließ mich eine wartende Paula hoffen, dass ich sie noch nicht ganz an diesen Freddy verloren hatte. Meine gedrückte Stimmung verbesserte sich daher augenblicklich.

„Geh, Paula, ich bin ja bloß so glücklich, dass du auf mich gewartet hast." Ich löste umständlich die Skibindung, setzte mich samt Skischuhen neben sie auf den Beifahrersitz und lächelte sie zärtlich an.

Zunächst verzog sie ihr anmutiges Gesicht zu einer verdrießlichen Schnute, dann lächelte sie aber doch kurz zurück. „Vielleicht solltest du die Ski noch einladen, sonst bekommt die arme Jasmin auch noch Ärger vom Verleih."

Nachdem ich sie ins Wageninnere manövriert hatte, was bei so einem Alfa gar nicht so leicht war und auch nur gelang, indem ich mir meinen Platz mehr oder weniger mit den Ski teilte, quetschte ich mich samt Skischuhen daneben auf den Beifahrersitz.

„Willst du nicht andere Schuhe anziehen?", fragte mich Paula mit einem Grinsen und griff nach hinten, um mir meine Cowboystiefel zu reichen.

„Du hast ..." Ich war sprachlos. Sie hatte tatsächlich daran gedacht, sich meine Sachen noch aus Jasmins Auto geben zu lassen, bevor dieses abtransportiert worden war. Überrascht schaute ich sie an.

„Na ja", sagte sie, „ich hatte gehofft, dass Heinz dich noch warnen kann, damit du dieser Giftspritze nicht in die Hände fällst. Du hättest mal sehen sollen, wie die mit der Jasmin umgesprungen ist! Und du, du bist auch nicht gut dabei weggekommen, weder als Polizist noch als ..." Sie stockte und sah mich ernst und eindringlich an.

„Ehrlich, Paula, großes Ehrenwort, da war nichts! Ich ... na ja ... Und du?", fragte ich leise in einem Nachsatz, erhielt aber keine Antwort.

Auf dem Weg nach Traunstein erzählte ich Paula alles wahrheitsgemäß, bis auf meine erotische Schwäche, wobei ich froh war, sie nicht ausgelebt zu haben.

Sie berichtete mir dann, dass Jasmin ihr von ihrem vermissten Freund erzählt hatte und dass sie glaubte, er wäre ermordet worden. „Die Arme! Du musst da unbedingt weiterermitteln! Jasmin sagt, außer dir glaubt keiner an ihren Verdacht, und nur deswegen wärst du mit zu der Hütte hinaufgestiegen."

Darauf wollte ich lieber nicht näher eingehen, war ich mir doch selbst nicht ganz im Klaren, warum ich mit bin, aber es erklärte immerhin, weshalb Paula ihr und auch mir gegenüber so mild gestimmt war.

„Wenn mich der neue Vize noch lässt, jetzt, wo sie Jasmin wegen der Pelzkappe verdächtigen, und ich ..." Ich seufzte, während wir durch ein tief verschneites Achental fuhren.

„‚Und ich ...' Wie geht der Satz weiter?"

„Nun ja, der Vize, also, das war nicht abgesprochen", meinte ich zerknirscht.

„Oder er hält dich auch für befangen, wie die Reitmüller, wegen Jasmin! Ist da was dran?", fragte sie und warf mir einen kurzen, aber durchdringenden Blick zu.

„Ich habs doch schon gesagt, da war nix! Ehrlich gesagt, hübsch ist sie ja, aber mir ist sie zu raffiniert!"

„Was soll das jetzt heißen? Bin ich vielleicht nicht raffiniert?"

Dabei riss sie empört am Steuer, und wir gerieten auf der schneebedeckten Fahrbahn ins Rutschen.

„Nein, äh, ja, ich mein, du bist einfach durchschaubar ... barer", meinte ich, als wir wieder geradeaus fuhren.

Paula sah mich kurz, aber wütend an. „Halt lieber den Mund, Sepperl! Du reitest dich gerade mega in die Scheiße", rief sie aufgebracht.

„Und wie war es bei dir? Äh, hast was gelernt bei deinem Freddy?", fragte ich schnell, einmal, weil es mich brennend interessierte, zum anderen, um zu kontern.

„Wenn ich so durchschaubar bin, dann wirst du ja sicher wissen, was ich so alles bei meinem Freddy gelernt habe! Übrigens werde ich heute noch hierbleiben, ich hab noch eine Verabredung mit ihm am Abend."

Ich schluckte, anscheinend hatte sie doch nur aus Mitleid am Parkplatz auf mich gewartet.

„Du, ähm ...", stöpselte ich, ohne weitere Worte zu finden, und Paula sagte auch nichts mehr, sondern fuhr mit stoisch nach vorne gerichtetem Blick am Damm der Tiroler Ache entlang.

Ich wagte einen erneuten Anlauf. „Dieser Freddy, der ist, glaub ich, schon ein netter Kerl, aber ..."

„Aber was?"

„Ja, magst du ihn denn? Also mehr?", nuschelte ich.

„Was? Ich hab den Schluss nicht verstanden", quälte sie mich.

„Ja, halt ... Du weißt schon, was ich meine! Ob du den Freddy mehr magst. Also mehr wie man halt einen Skilehrer so mag?"

„Ja, ich mag ihn sehr. Er ist aufmerksam und zuverlässig", erwiderte sie ernst.

Ich war am Boden zerstört. Alles ruiniert! Meine Zukunft als Polizist, und jetzt das endgültige Aus mit Paula! Ich konnte sie ja verstehen, und der Freddy schien ja wirklich in Ordnung zu sein, und ich war oft so ein Depp, dachte ich niedergeschlagen.

„Also doch", murmelte ich.

„Ich mag ihn als Freund und als Kollegen. Und ich mag, dass ich mit ihm auf einen Berg kann und er nicht so ein stinkfauler Knochen ist wie du!"

Ich schaute zu ihr hinüber, woraufhin sie spitzbübisch grinste. „Na ja, so unsportlich bist du ja eigentlich gar nicht, nur eben stinkfaul. Vielleicht muss ich ja zuerst eine Leiche auf den Berg legen, damit du mit mir hochgehst!"

Ich lachte erleichtert auf. „Okay, ich gebe mich geschlagen. Sobald der Fall hier vorbei ist, machen wir eine Skitour, ganz ohne Leiche, versprochen!" Ich strahlte sie an.

Sie grinste kurz zurück, um dann den Blick wieder auf die Fahrbahn zu richten. Ich hätte sie am liebsten auf der Stelle geküsst, aber dazu war ich im Moment noch zu verunsichert, war ich mir doch nicht sicher, wie sie darauf reagieren würde. Auch wenn sie anscheinend noch immer eine Skitour mit mir machen wollte, hieß das ja noch lange nicht, dass ihr dieser Freddy nicht doch etwas mehr gefiel, so vertraut wie sie miteinander umgingen und so wie der ausschaute. Und warum war sie nicht mehr eifersüchtig auf Jasmin? Ich beschloss den Kuss lieber erst mal zu verschieben, auch wollte ich nicht riskieren, dass wir erneut ins Schleudern gerieten.

Kurz darauf erreichten wir Traunstein, wobei wir direkt am Gefängnis vorbeikamen, das mitten in der Stadt stand, und ich überlegte, ob sie da auch die Frauen unterbrachten und ob am End gar die Jasmin schon dort drinsaß. Ich musste schlucken, wobei mir auch ein Seufzer entfuhr. Paula, die das Gefängnis nicht als solches erkannte, blickte mich fragend an.

„Jetzt mach doch nicht so ein Gesicht wegen meinem Date mit dem Freddy", meinte sie. „Ich will mir seine Praxis anschauen, wo ich schon mal hier in der Gegend bin. Wie wäre es mit morgen Abend bei Antonio? Sagen wir so gegen 19 Uhr?"

Ich nickte nur und musste schlucken bei der Vorstellung, dass sie nun auch noch den Abend mit diesem sportlichen Schönling verbringen wollte.

„Sag mal, wo hat denn der seine Praxis", fragte ich so unverfänglich wie möglich.

„In Pertenstein, das ist in der Nähe von Traunreut."

„Ah ... Da wird es ja dann spät werden ... Und, ähh ... da wirst ja dann vielleicht gar nicht mehr heimfahren", stammelte ich unbeholfen.

Sie musterte mich kurz mit einem amüsierten Blick. „Soll ich dir eine Nachricht schicken, wenn ich da bin, Daddy?", fragte sie, und wir mussten beide lachen.

Eine Viertelstunde später, wir hatten die Ski bereits zurückgegeben, hielt sie quer vor meinem Auto auf dem Parkplatz vom Wochinger. Sie stieg mit mir aus, und ich schaute sie mit pochendem Herzen an. Obwohl wir uns nun schon so lange kannten, schaffte sie das immer wieder. Ich nahm ihre Hände und zog sie zu mir her. Ihre grünen Katzenaugen blitzten schalkhaft auf, bevor sie sie schloss und ihr Mund sich dem meinen näherte. Weich und warm berührten ihre Lippen die meinen, erst ganz sanft, dann leidenschaftlich – als es plötzlich hupte.

„Vielleicht fahren Sie jetzt endlich Ihren Karren aus dem Weg, oder wie lang soll ich Ihnen da jetzt noch zuschauen", riss uns eine ärgerliche Stimme aus unserer Wiederfindungsfreude.

„Also dann, bis morgen Abend", meinte Paula und schenkte dem Besitzer des lautlosen Elektroautos noch ein freundliches Lächeln, bevor sie einstieg und davonfuhr.

Gut eineinhalb Stunden später betrat ich mit flauem Gefühl das Kommissariat und kurz darauf unser Büro, wo mir Susi sogleich die Bürste und mein Sakko hinhielt.

„Wie schauen Sie denn aus?", sagte sie und bedachte mich mit einem mitleidigen Blick.

Als ich in den Spiegel sah, verstand ich warum. Das Klammerpflaster saß zwar noch gut und erfüllte auch seine Dienste, doch unterhalb war bis zum Auge hin alles dunkelblau. „Haben Sie vielleicht einen Abdeckstift?"

Susi musterte mich, nahm mir die Bürste aus der Hand, obwohl ich sie noch gar nicht benutzt hatte, hängte das Sakko zurück und meinte: „Gehen Sie so, wie Sie sind! Ein bisschen Mitleid kann nicht schaden. Er ist noch im Haus beim Rösler. Ich werde Sie schon mal melden."

Mit „er" konnte sie nur den Vize oder gar den Landauer gemeint haben, weil für alle anderen hätte sie mein Sakko nicht hervorgeholt.

Also suchte ich kurz darauf die Abteilung 14 auf, unfrisiert, mit muffeliger Jeans und dem noch muffligeren Wollpullover, den ich jetzt seit beinahe vierundzwanzig Stunden ununterbrochen getragen hatte. Leicht verzagt klopfte ich bei Rösler an, wo mir unser hyperaktiver Vize höchstpersönlich mit einem Ruck die Tür öffnete, die Gott sei Dank nach innen aufging. Das große Donnerwetter blieb erst einmal aus, dafür betrachteten mich die beiden mit erstauntem Blick von Kopf bis Fuß. Susis Trick schien zu funktionieren.

Der Brandl schob mir einen Stuhl zu, auf den ich mich augenblicklich setzte, und der Rösler öffnete trotz der winterlichen Temperaturen das Fenster. Um den beiden zuvorzukommen, startete ich sofort meinen Bericht zu meiner lebensgefährlichen Ermittlung auf Ski, was besonders den Brandl zu beeindrucken schien.

„Wie war der Schnee?", fragte er in einem beinahe freundlich-interessierten Ton.

Ich stutzte! Das schien mir jetzt doch etwas zu leutselig zu sein, selbst für den Brandl. Also zögerte ich, woraufhin der Brandl förmlich explodierte und mich anbrüllte, was mir wohl einfällt, während der Dienstzeit mit einer Mordverdächtigen eine Skitour zu machen und mich dann auch noch mit ihr von einer Lawine verschütten zu lassen.

„Ich hab es Ihnen doch erklärt", versuchte ich mich zu rechtfertigen. „Wir hatten den begründeten Verdacht, dass dem Kubec bereits auf seiner Alm etwas zugestoßen sein könnte."

„Papperlapapp! Vielleicht hat er sich mal das Hirn dort angehauen, so wie Sie ja auch! Schließlich war er ja noch in Paris! So schlimm kann das dann ja nicht gewesen sein!"

Die These, dass vielleicht ein anderer statt ihm dort hingeflogen sein könnte, behielt ich erst mal für mich. In der Stimmung hätte er sicher kein Ohr dafür gehabt.

„Ab jetzt befolgen Sie sämtliche Anweisungen von Herrn Rösler und unterlassen vor allem jegliche Alleingänge! Und von dieser Gruber halten Sie sich fern! Haben wir uns verstanden?!", herrschte er mich an, um nur kurz innezuhalten und auf mein Nicken zu warten. „Während Sie nach der Leiche vom Kubec suchen, treibt sich der Kerl womöglich quicklebendig hier herum und verteilt Autogramme in Form von signierten Händen! Würde mich nicht wundern, wenn diese Gruber weiß, wo der steckt. Seine Exfrau hat auf alle Fälle Angst vor ihm. Sie hat bereits Personenschutz beantragt!"

Nach diesem Wortschwall, bei dem er vor mir auf- und absprang wie ein Rumpelstilzchen, riss er die Tür auf und war weg.

„Puh!", meinte Rösler, als wir allein waren. „Weißt was, jetzt gehen wir erst mal was essen. Oder magst nicht doch lieber zuerst duschen? Ich hätt auch noch a frisches Hemd."

Degradiert

Nachdem ich frisch geduscht Röslers blau-weiß kariertes Hemd übergezogen hatte, gingen wir in die Kantine. Wir holten uns beide eine Portion Kaiserschmarrn mit Apfelmus, dazu er eine Apfelschorle und ich zum Wachhalten ein Cola. Kaum am Tisch, schob er mir die heutige Ausgabe der BLA-Zeitung herüber und deutete auf die Schlagzeile „Chris K. auf Rachefeldzug?“. Darunter stand fett gedruckt: „Ist die schöne Jasmin seine Komplizin?“

Daneben befand sich eine Abbildung eines Schreibens, das angeblich die BLA erhalten haben sollte. Auf diesem stand in großen, gedruckten Lettern der Satz:

ZERSTÖRTE HÄNDE KÖNNEN NICHT MEHR KLETTERN, ABER TÖTEN!

RACHE IST SÜSS!

Dann folgte ein Hinweis, dass der Rest auf Seite 3 zu finden wäre. Ich blätterte die Seite auf und las den zwei Spalten langen Artikel, in dem zunächst das bisher Bekannte geschildert wurde, inklusive Jasmins Geständnis, die erste Hand am Weihnachtsmann angebracht zu haben. Weiterhin stellte der Autor die These auf, dass der verschwundene Kletterer Christian K. dahinterstecke und die schöne Jasmin G. seine Komplizin sei, die in seinem Auftrag Martin D. vom Rauschberg gestoßen hätte. Das Ganze war als Frage formuliert worden, erzeugte aber mit Sicherheit beim BLA-Leser den gewünschten Gänsehauteffekt.

Von Jasmins Verhaftung konnte der Schmierfink zu diesem Zeitpunkt noch nichts wissen, weshalb sie auch nicht erwähnt wurde. Doch ich ahnte bereits, was morgen der große Aufmacher sein würde. Am liebsten hätte ich mich lauthals empört über so viel Unsinn. Ein Blick auf Rösler zeigte mir jedoch, dass er der These durchaus Potenzial einräumte.

„Du glaubst also auch, dass der Kubec Chris noch lebt und hier sein Unwesen treibt?“, fragte ich ihn.

„Keine Ahnung, ob der dahintersteckt oder ob er überhaupt noch lebt. Aber ich glaube nicht, dass er hier in Deutschland umgebracht wurde“, antwortete Rösler nachdrücklich.

Ich sagte daraufhin erst einmal lieber nichts und schob mit der Gabel den letzten Fetzen Schmarrn im Apfelmus-Rest herum.

„Also gut“, meinte ich nach einer Weile. „Nehmen wir mal an, dass der Kubec tatsächlich noch lebt und, was ich allerdings nicht glaube, mit Frau Gruber unter einer Decke steckt. Warum sollte er dann dieses Rache-Schreiben an die Zeitung verfassen, und was soll das mit der zerstörten Hand? Ich zumindest weiß nichts davon, dass der Kubec eine zerstörte Hand gehabt hätte!“

Rösler grinste mich schief an. „Die Kubec war heut früh da. Die war ganz panisch wegen dem Artikel. Sie hat zugeben, dass sie doch schon gewusst hat, dass der Kubec sich trennen will. Des war aber auch g'schert! Der hats ihr erst am Tag vor seinem Flug nach Paris gesagt, auf der Alm. Sie war natürlich ziemlich geschockt von der Nachricht und hat zum Heulen angefangen, und als er dann übern Tisch nach ihrer Hand gelangt hat, um schön Wetter zu machen, da hat sie ihm mit dem Brotzeitmesser in sei Pratzen g'stochen. Mei, verstehen kann man des irgendwie scho...“

„In die Hand oder hat sie ihn gleich ganz erstochen?“, fragte ich sarkastisch und überlegte, ob so ein Stich in die Hand ausgereicht hätte für den Blutfleck auf der Alm.

„Geh, Joe, ich glaub, du hast dich da sauber verrannt! Den hams doch in Paris noch g'sehn, und nachher hat er auch noch Nachrichten von seinem Handy verschickt an sie und die Gruber. Die ersten definitiv aus Paris, no dazu vom Bahnhof! Des ham mir doch alles überprüft damals, die Franzosen und ich.“ Er seufzte, als wäre ich ein begriffsstutziger Schulbub. „I versteh ehrlich ned, warum du dich so in dera Idee verbeißt.“

Mit einem leichten, beinahe resignierten Kopfschütteln stand er auf und nahm sein Tablett.

„Kann ich wenigstens in meinem Büro bleiben, oder soll ich bei dir einziehen?“, fragte ich mit bockigem Unterton.

„Des derfst machen, wie du willst“, meinte er. „Aber sag mir Bescheid, bevor du wieder allein losziehst!“

Grübelnd blieb ich zurück. Jasmin als Mitwisserin oder Komplizin vom Kubec schied für mich aus. Warum hätte sie sonst mit mir da oben auf der Alm nach Beweisen suchen sollen? So ein übles Schmierentheater traute ich ihr bei aller Gerissenheit dann doch nicht zu. Dass Jasmin mit ihrer Aktion am Schwabinger Weihnachtsmarkt die Untersuchungen im Vermisstenfall Kubec ankurbeln wollte, leuchtete mir da schon mehr ein. Aber warum hätte sie das tun sollen, wenn sie mit ihm unter einer Decke steckte? Und falls der Kubec tatsächlich noch immer leben sollte und er die zweite Hand im Caféhäusel deponiert hatte, was wollte er damit bezwecken? Ganz abgesehen von dem Brief an die Zeitung – wollte er seine Frau damit erschrecken oder warnen? Aber warum so öffentlich?

So oder so, irgendwer wollte hier Angst und Schrecken verbreiten, dachte ich mir, und Jasmin hatte mit der ersten Hand dieses Spielchen immerhin eröffnet.

Müde stand ich auf, packte mein Tablett und schob es in den Ständer. Am liebsten wäre ich jetzt heim gegangen und hätte mich ins Bett gelegt, aber es war noch nicht mal zwölf Uhr. Widerwillig machte ich mich auf den Weg in unser Büro.

Als ich dort ankam, war es leer, und Susi war auch nicht da. Ich nahm mir eine Tasse Kaffee und verschanzte mich hinter meinem Monitor. Als ich den Computer gewohnheitsmäßig hochfuhr, sprang mir eine Ladung ungelesener E-Mails entgegen. Ich wollte ihn schon wieder ausschalten, da fiel mir eine Mail von der Hypo-Bank auf, die vom Staatsanwalt an Heinz und mich weitergeleitet worden war. Kurz und knapp stand darin, dass wir jetzt Einsicht in die Finanzen der Baufirma Kubec haben könnten, und dass wir dazu einen Termin mit Herrn Rosenberger von der Filiale am Kurfürstenplatz vereinbaren sollten.

Heinz war also nicht untätig gewesen und hatte die Einsicht beim Staatsanwalt durchgesetzt, dachte ich mit Wohlwollen. Meine Niedergeschlagenheit wurde damit zwar nicht ganz vertrieben, auch weil mir die nervliche und körperliche Anstrengung der letzten vierundzwanzig Stunden schwer in den Knochen hing. Aber zumindest hatte ich wieder eine sinnvolle Aufgabe. Kurz entschlossen kündigte ich mich bei Herrn Rosenberger an und sagte Rösler telefonisch Bescheid, wollte ich mir doch nicht schon wieder einen Alleingang nachsagen lassen. Mit seinem Einverständnis machte ich mich dann auf den Weg.

Eine Stunde später war ich zwar noch immer müde, aber bei Weitem nicht mehr so deprimiert. Wie ich von Herrn Rosenberger erfahren konnte, stand es um die Firma Kubec noch wesentlich schlechter, als bisher bekannt war. Georg Kubec hatte in den letzten fünf Jahren regelmäßig größere Beträge vom Firmenkonto in Bitcoins und riskante Aktiengeschäfte investiert. Dabei hatte er anscheinend kein besonders gutes Händchen gehabt. Die Firma geriet in die roten Zahlen, woraufhin er ein Darlehen auf das Mietshaus aufnahm, um solvent zu bleiben. Kurz nach dem Tod des Vaters platzte dann anscheinend auch noch ein großer Auftrag, für den ihm die Bank ein weiteres Darlehen genehmigt hatte, und so gehörte nun das Haus mehr oder weniger komplett der Bank. Außerdem hatte es über den ganzen Zeitraum hinweg regelmäßige Überweisungen auf ein privates Konto in Liechtenstein gegeben.

Georg Kubec hatte also durchaus ein Motiv, seinen Bruder verschwinden zu lassen, hatte er doch dessen Erbanteil mit verzockt und musste seine Rache fürchten. Und falls er der Täter war, machte die Doppelgängerthese von Jasmin auch Sinn.

Was aber meine Stimmung so richtig anhob, war der Anruf von Lisa. Nachdem ich die Bank verlassen hatte, beschloss ich mir erst einmal einen Cappuccino in der Münchner Boulangerie zu gönnen. Ich schlenderte die paar Meter bis zur Bauerstraße und betrat kurz darauf das kleine französisch angehauchte Café. Nachdem ich mir an der Glasvitrine eine Tarte aux pommes ausgesucht hatte, setzte ich mich an den letzten freien Holztisch in die Ecke und streifte meinen Anorak ab. Kaum hatte mir die freundliche Bedienung meine Bestellung gebracht, ertönte mein Handy, und das Display zeigte mir, dass es Lisa war. Einen Moment lang überlegte ich, ob ich den Anruf nicht einfach ignorieren sollte, weil an sich langte mir der Input für heute. Auch fühlte ich mich trotz besserer Stimmung müde und ausgelaugt, und selbst der Kaffee half nicht mehr viel. Dann nahm ich aber doch ab.

„Hi Biche", grüßte sie knapp. „Stell dir vor, heut ist das Frauchen vom Hannibal tatsächlich hier bei uns aufgeschlagen."

„O je, will sie mich jetzt doch anzeigen? Das fehlt mir gerade noch", stöhnte ich.

„Nein, das hab ich doch geklärt“, sagte Lisa beschwichtigend. „Sie hat sogar eine Schachtel Pralinen für dich dagelassen und wünscht dir gute Besserung.“

„Warum gute Besserung? Lisa!“

„Das erzähle ich dir ein andermal in Ruhe.“

„LISA!“

„Also, ich hab sie noch auf einen Kaffee in die Kantine eingeladen“, setzte sie unbeirrt ihren Bericht fort.

„Du lädst jemanden ein?!“, meinte ich verdutzt, war das doch so gar nicht ihre Art.

„Jetzt unterbrich mich nicht dauernd. Ich hab es bei dir anschreiben lassen“, erklärte sie. „Und wie wir so kaffeetrinkend plaudern, hab ich sie nach der Baustelle bei der Tretwitz gefragt und ob sie da mal was Auffälliges hat beobachten können. Zunächst hat sie sich nur darüber aufgeregt, wie viel Lärm und Schmutz die gemacht haben, doch dann erzählte sie mir streng vertraulich, dass ihr Hannibal an dem Tag, als man in aller Früh den Kies eingefüllt hat, in den Garten der Tretwitz getürmt wäre. Sie hätte ihn nur kurz losgemacht, weil er sich in der Leine so verheddert hat. Die Arme wollte dann noch wissen, ob es strafbar ist, dass ihr Hund da rein ist und dass doch deswegen keiner ein Recht hätte, ihren armen Hannibal im hohen Bogen über den Zaun zu werfen, vor allem, wo doch das Tor offen stand.“

„Zu werfen, ernsthaft?!“

„Ja, das waren ihre Worte. Sie ist dann natürlich rein, um dem Werfer mal die Meinung zu sagen. Aber dieser Unhold, der der Beschreibung nach durchaus der Georg Kubec gewesen sein könnte, hat sie sofort wieder vor die Tür gesetzt. Da war sie dann aber richtig sauer, weil der gar so ein g’scherter Deifi war, und hat laut zu schimpfen angefangen, woraufhin er sich dann doch mal entschuldigt hat und meinte, dass der Hund bei der Aktion unter den Kies hätte kommen können und es ja nur gut gemeint war. Er hat ihr noch einen Zehner in die Hand gedrückt als Schmerzensgeld und sie dann der Baustelle verwiesen. Sie wäre dann so aufgeregt gewesen, dass sie zunächst gar nicht bemerkt hatte, dass ihrem Hannibal eine Goldkette aus dem Maul hängt, und später hätte sie sich gedacht, dass es diesem Grobian ganz recht geschieht, dass er keine Kette mehr hat, wo die doch jetzt obendrein verbissen war und sie Angst hatte, dass er von ihr Schadenersatz fordern könnte."

Mir war sofort klar, dass Lisa mir diese Geschichte nicht nur zum Amüsement erzählt hatte.

„Und?", fragte ich und spürte Adrenalin in mir aufsteigen.

„Die Kette ist was ganz Besonderes. Der Anhänger ist ein Berg, also ich mein, er schaut aus wie ein Berg, und rate mal, was hinten draufsteht."

„Sag schon!", drängelte ich aufgeregt.

„Für ...", Lisa legte eine kleine dramaturgische Pause ein, „... Chris!"

„Und wann haben die den Kies da eingefüllt?"

„Am Tag, als Chris Kubec angeblich abends nach Paris geflogen ist."

„Dann ist er vielleicht wirklich nie dort angekommen", murmelte ich nachdenklich.

„Ich glaub, da ist der Rösler anderer Meinung", gab Lisa zu bedenken, und ich hörte auch in ihrer Stimme Zweifel. Ich erinnerte mich an Jasmins Aussage, dass sie Chris mal bei der Tretwitz-Baustelle abgesetzt hatte. Rein theoretisch konnte er da schon die Kette verloren haben, musste ich mir eingestehen, erwähnte es aber nicht, sondern fragte: „So ein Kettchen, wenn das abreißt, das merkt man doch, oder?"

„Also ich hab meine Taufkette auch verloren", sagte Lisa, „und gemerkt hat es erst meine Mutter, aber lassen wir das."

„Du bist getauft?!", entgegnete ich, was ein Stöhnen ihrerseits zur Folge hatte. „Aber so eine Goldkette sucht man doch! Oder man fragt wenigstens nach. Hat er bei der Tretwitz nachgefragt?"

„Nein, hat er nicht. Ich hab sie gerade eben telefonisch erwischt. Sie und auch ihr Lebensgefährte wissen nichts von einer verlorenen Kette oder von jemandem, der sie suchte. Aber mal ehrlich, wenn er sie von seiner Frau geschenkt bekommen hat, dann hat er sie dort vielleicht einfach entsorgt. Auf jeden Fall war sie ihm dann sicher nicht mehr wichtig", meinte Lisa lakonisch, versprach mir aber, sich bis zu meiner Ankunft schon mal für einen Durchsuchungsbeschluss einzusetzen.

Ausgrabung

Als ich eine halbe Stunde später abgehetzt im Dezernat eintraf, hatte Lisa den Rösler und den Vize bereits überredet. Zu guter Letzt stimmte dann auch der Staatsanwalt einem Durchsuchungsbeschluss zu, jedoch mit der Auflage, lediglich den Kies unter der Holzterrasse abzutragen. Der Rest war tabu, außer wir sollten dort weitere Hinweise finden.

So motiviert, rief ich bei der von Tretwitz an. Nach dreimaligem Tüten meldete sich eine männliche Stimme mit: „Wolff."

„Grüß Gott, Bichelmair, Kripo München. Ich hätte gerne die Frau von Tretwitz gesprochen", sagte ich und musste mich zusammenreißen, um ihm jetzt keine Standpauke wegen der Heizung zu halten.

„Um was geht es?"

„Das würde ich ihr gerne persönlich sagen. Wenn Sie jetzt so nett wären!"

Ich hörte das Geräusch einer Tür, die leicht knarzte, und kurz darauf ihn sagen: „Für dich, die Polizei."

Eine warme, weibliche Stimme stellte sich mit Tretwitz vor, und ich informierte sie über unser Anliegen. Verständlicherweise sträubte sie sich zunächst, doch ich machte ihr klar, dass unter der Terrasse ihres Pavillons eventuell eine Leiche liegen könnte und wir auch bereits einen gerichtlichen Beschluss hatten.

„Oh Gott! Wie schrecklich!", murmelte sie, und es war erst einmal nichts mehr zu hören.

„Sind Sie noch da?", rief ich in den Hörer.

„Ja", kam es leicht atemlos zurück. „Sie müssen entschuldigen, aber das ist ja entsetzlich! Sie meinen ernsthaft, dass da ein Toter liegt?"

„So ein Krampf, da liegt mit Sicherheit niemand drunter", hörte ich den Wolff im Hintergrund poltern.

„Ist ja gut, Jockl, die machen doch nur ihre Arbeit", meinte sie an den Wolff gerichtet. Dann fragte sie mich: „Aber wie soll denn da einer in unseren Garten gekommen sein, noch dazu unter die Terrasse?"

Ohne groß darauf einzugehen, fragte ich sie, ob es am 23. oder 24. April auf der Baustelle besondere Vorkommnisse gegeben hätte.

„An dieses Datum kann ich mich gut erinnern“, meinte sie traurig. „Da war ich bei meiner Schwester in Garmisch, und ...“ Sie stockte, und ich vernahm ein leises Schluchzen.

„Ist ja gut, Spatzl“, hörte ich den Wolff sagen, dann brüllte er anscheinend direkt in den Lautsprecher: „Sie war nicht da, aber ich! Und mir wäre sicher aufgefallen, wenn man da eine Leiche abgelegt hätte. Es gibt also keinen Grund, warum Sie jetzt unseren Garten durchwühlen sollten!“

„Jetzt, Joachim!“, hörte ich nun die Tretwitz wieder deutlich. „Bitte entschuldigen Sie meinen Freund, er meint es nur gut.“

„Sie müssen verstehen, wir gehen einem plausiblen Hinweis nach, und es tut uns auch leid, Sie deswegen belästigen zu müssen. Aber wie gesagt, wir haben einen richterlichen Beschluss. Ich kann Ihnen versichern, dass wir sorgsam vorgehen werden, und es wird dabei ja auch kein Schaden verursacht. Die Holzdielen kann man abschrauben, und den Kies darunter kann man ja wieder einfül ...“

„Woher wissen Sie, dass wir Holzdielen haben?“, unterbrach sie mich erstaunt.

„Wir erkundigen uns bei so was natürlich vorher. Also dann, in einer halben Stunde sind wir bei Ihnen“, sagte ich und legte schnell auf.

Eigentlich wäre ich ja gerne mit Lisa gefahren oder mit Heinz, aber Rösler als mein neuer Chef wollte natürlich auch mit, vor allem, weil er ja schon viel länger auf der Suche nach dem Kubec war. Da zwei von unserer Sorte ausreichten, kam es, dass ich mit ihm zusammen nach Solln fuhr. Rösler setzte sich ans Steuer, nachdem er den Sitz so weit nach vorne geschoben hatte, dass ich schon dachte, er will mit den Zähnen lenken. Dann startete er endlich, nicht ohne vorher alle Spiegel genau einzustellen.

Als wir bereits auf der Wolfratshausener Straße waren, die Rösler wesentlich bedächtiger als Lisa befuhr, meinte er nachdenklich: „Also wenn der Kubec jetzt wirklich da irgendwo begraben liegt, na dann ...“

Rösler beendete den Satz nicht, und wir hingen beide unseren Gedanken nach. Ich hätte ja jetzt sagen können: „... dann ist das eine Sache für die Mord, und dann bist du draußen oder darfst uns zuarbeiten.“

Ich ersparte ihm diese Bemerkung und konzentrierte mich lieber auf die Begegnung mit dem Herrn Wolff, von dem ich inzwischen wusste, dass er das Haus, in dem ich wohnte, nur für die Tretwitz verwaltete. Das hatte mir Lisa noch kurz vor unserer Abfahrt mitgeteilt. Auch wenn er mir die Heizung schon wieder abgestellt hatte, wollte ich dieses Mal das Private und das Dienstliche auseinanderhalten. Daher hatte ich mir fest vorgenommen, nicht zu erwähnen, dass ich sein beziehungsweise ihr Mieter war. Wolff würde sicher meinen Namen erkennen, aber Bichelmairs gab es in München nicht nur einen. Interessiert hätte es mich allerdings schon, wer von den beiden nun schuld war, dass ich mir den Hintern abfror. Zwar hatte seit heute Tauwetter eingesetzt, doch der Frühling lag noch in weiter Ferne.

Als wir ankamen, empfing uns am Tor bereits ein schätzungsweise knapp Sechzigjähriger, der, wie ich annahm, der Wolff sein musste. Nur mit einem schwarzen Rollkragenpullover bekleidet, passend zur schwarzen Hose, stand er in der Auffahrt und stemmte die Hände in die Hüften. Dann schritt er auf das Tor zu und drohte uns, dass das Ganze noch Konsequenzen für uns haben würde und er uns hiermit ausdrücklich den Zutritt verweigere. Das nutzte ihm natürlich nicht viel, hatten wir ja unseren Durchsuchungsbeschluss für den Garten, den ich ihm durch die Gitterstäbe hinhielt. Er nahm ihn aber nicht, sondern verschränkte abwehrend die Arme vor der Brust.

„Jetzt sein S' halt ned so, Herr von Tretwi...", meinte der Rösler um Konsens bemüht.

„Wolff, ich heiße Wolff!"

„Na schaun S', da hammer's schon. Dann soll uns halt die Hausbesitzerin, die Frau von Tretwitz, das Türl aufmachen", sagte der Rösler beinahe gemütlich.

Während der Wolff bockig hinter dem verschlossenen Tor stehen blieb, kam eine attraktive Frau von Ende fünfzig, braun gebrannt, auf uns zu. Sie legte begütigend die Hand auf die Schulter ihres aggressiv dreinschauenden Freunds und öffnete uns.

„Sind Sie der Herr Bichelmair, mit dem ich telefoniert habe?", wandte sie sich an den Rösler.

„Naa, ich bin Hauptkommissar Rösler von der Vermissten, aber das ist der Bichelmair von ..."

Ich verpasste Rösler einen Seitenhieb und ersparte ihr damit das Wort Mord, wollte ich sie doch nicht noch mehr beunruhigen. „Grüß Gott, Frau von Tretwitz, wir zwei haben miteinander telefoniert", sagte ich schnell und erntete vom Wolff einen abschätzigen Blick.

Dieser stand nun einen halben Meter hinter ihr, und ich konnte sehen, dass er innerlich bebte. Aber eines war klar, sie war hier die Chefin, auch wenn er es sicher gerne selbst gewesen wäre.

Kurz darauf traf der Wagen mit den Kollegen von der Spurensicherung ein, und diese machten sich dann auch sofort ans Werk, nachdem sich der Wagner bei der von Tretwitz mit einem angedeuteten Diener vorgestellt hatte. Der Rösler und ich hatten uns neben den Teich verzogen, um noch ein paar Sonnenstrahlen abzubekommen. Ich war erleichtert, dass der Schnee im Garten nahezu überall weggetaut war und keine Spuren von mir mehr sichtbar waren.

„Darf ich Ihnen was Warmes anbieten?", fragte uns die Frau des Hauses, und ich hätte um ein Haar gesagt: Ja, die Heizung andrehen! Stattdessen antwortete ich: „Ja, sehr gerne", und sie brachte uns ein Tablett mit Tassen, einer Kanne Kaffee und einer mit Tee. Ein Kännchen Milch und den Zucker hatte sie auch nicht vergessen. Trotz der milden Temperaturen über Mittag, wurde es nun langsam empfindlich kalt.

Ich nahm mir eine der hübschen, zarten Porzellantassen, schenkte mir Kaffee ein und gab einen Schuss Milch dazu, während Rösler sich beim Tee bediente. Sie selbst nahm sich ebenfalls Tee, stellte dann aber die Tasse ab, um ins Innere des Hauses zu verschwinden. Kurz darauf kehrte sie mit einer Flasche Rum zurück.

„Man hat ja nicht so oft die Polizei im Haus und womöglich eine Leiche im Garten", meinte sie leicht verlegen und goss sich einen kräftigen Schluck ein. „Oh, Entschuldigung! Möchten Sie auch?"

Wir lehnten dankend ab, ich vor allem, um mein Bild beim Rösler bezüglich meiner Diensttauglichkeit nicht noch mehr zu strapazieren.

Während der Wagner mit seinem Team zunächst die Holzplanken abschraubte, um dann vorsichtig den Kies auszuheben, ließ sich der Wolff kein einziges Mal blicken. Anscheinend saß er jetzt schmollend im Haus, dachte ich mit einer gewissen Befriedigung.

„Ihr Mann schaut sich das wohl lieber nicht an", meinte der Rösler, um Smalltalk bemüht.

„Er war absolut dagegen, er wollte sogar einen Anwalt einschalten. Wir hatten deswegen fast einen Streit", seufzte sie. „Er meint, Sie hätten kein Recht dazu. Aber ich hätte hier nicht mehr ruhig leben können mit der Vorstellung, dass in meinem Garten womöglich ... Da ist es mir doch lieber, ich habe Gewissheit. Das ist doch ein grauenvoller Gedanke, nicht?"

Sie sah uns mit ihren großen, veilchenblauen Augen beinahe treuherzig an, und ich war mir sicher, dass nicht sie, sondern er hinter der Geschichte mit der Heizung steckte.

„Ganz genau!", meinte der Rösler. „Lieber einmal den Garten umgr ..."

„Wir haben was!", rief Christine aufgeregt, und Rösler und ich traten hinzu, während Frau von Tretwitz sich schreckensbleich an ihrer Tasse festklammerte.

Das Erste, was ich sah, waren braune Fellhaare, und ich wunderte mich, dass der Kubec um diese Jahreszeit – es war ja Frühling, als er verschwand – eine Felljacke getragen hatte. Einen kurzen Moment lang dachte ich dann noch, dass man seine Leiche vielleicht in eine Decke gewickelt hatte, dann aber wurde mir klar, dass das kein Mensch war, sondern ein Hund.

In dem Moment rief auch Christine bereits lauthals: „Das ist bloß ein Hund!", woraufhin Frau von Tretwitz einen spitzen Schrei ausstieß und zur Ausgrabungsstätte eilen wollte. Wolff packte sie jedoch schnell von hinten an der Schulter und hielt sie zurück. Von uns unbemerkt, musste er inzwischen auch herausgekommen sein.

„Babett, du musst jetzt tapfer sein", sagte er. „Es ist Chico!"

Sie drehte sich zu ihm um und schaute ihn zunächst verständnislos, dann entsetzt an.

„Chico? Mein Chico ...", flüsterte sie heiser, woraufhin er versuchte, sie tröstend in die Arme zu nehmen. Doch sie schob ihn immer wieder weg, sodass es beinahe wie ein kleiner Ringkampf aussah.

„Schau ihn dir nicht an, bitte, Babett! Erspare dir diesen Anblick", flehte er sie an und schaffte es endlich, sie zu umklammern, woraufhin sie in ein lautes Schluchzen ausbrach.

„Aber du hast doch gesagt, dass er weggelaufen ist, weil er Angst vor dem Bagger hatte. Du hast doch gesagt, du hast ihn gesucht und nicht gefunden. Und jetzt liegt er hier – tot!“ Sie hob den Kopf von seiner Brust und schaute ihn fragend an.

„Ich wollte dich schonen. Er hatte sich wirklich erschrocken und ist rausgelaufen, und da hat ihn ein Auto angefahren. Er war sofort tot, glaube mir, mein Schatz!“

„Weil ihr das Tor nicht zugemacht habt“, schluchzte sie, während er sie behutsam Richtung Verandatür steuerte.

„Das hab ich dir doch schon erklärt“, sprach er begütigend auf sie ein. „Die mussten ja dauernd hin und her, die Bauarbeiter ...“

Den Rest konnte ich nicht mehr hören, weil dann waren sie im Haus verschwunden.

„Jetzt verstehe ich auch, warum der so partout dagegen war“, meinte Rösler.

Die Spusi drang weiter in das Erdreich vor, und eine knappe Stunde später war der gesamte Untergrund der Terrasse ausgegraben. Wir blickten in ein großes Loch, umrandet vom aufgeworfenen Kies.

„Und jetzt?“, fragte Christine, die in ein paar Tüten „verdächtiges Material“ einsortiert hatte. Leider war das jedoch nicht viel. Außer ein paar Zigarettenkippen, wahrscheinlich von den Bauarbeitern, hatten wir nur noch einen alten Knochen gefunden, der aber laut Wagner zu einem Rind gehört hatte.

„Also, um auch noch unter dem Teich nachzuschauen oder gar das Häusel abzureißen, bräuchten wir erst eine weitere Genehmigung“, meinte Christine.

Ich schüttelte enttäuscht den Kopf, woraufhin Rösler mir tröstend auf die Schulter klopfte und meinte: „Kopf hoch! Einen Versuch war es wert.“

Eine weitere halbe Stunde später schraubten wir im letzten Tageslicht die Bretter wieder drauf. Abgesehen von dem zertrampelten Rasen, den der Wolff mit kritischem Blick unter Zuhilfenahme einer überdimensionalen Taschenlampe begutachtete, sah alles wieder wie vorher aus. Als wir schon beim Zusammenpacken waren, nahm er mich mit einem jovialen Grinsen zur Seite.

„Sie haben sich sicher den Hund genauer angeschaut, oder?", sagte er und blickte mich eindringlich an.

„Warum?", fragte ich, obwohl ich genau wusste, worauf er hinauswollte, hatte doch der gute Chico ein Einschussloch in seinem Schädel, was der armen Frau von Tretwitz dank seines schnellen Eingreifens entgangen war.

„Ich musste ihn erschießen! Er war schwer verletzt und wäre sonst leidvoll gestorben." Als ich darauf nichts sagte, bedachte er mich mit einem kühlen, arroganten Blick. „Ich würde ja wohl sagen, dass das hier eine absolut sinnlose Aktion war, die, wie es ausschaut, auf Ihrem Mist gewachsen ist. Eigentlich sollte ich mich bei Ihrem Chef beschweren! Schauen Sie sich mal den Garten an. Da wäre eine Schadensersatzforderung durchaus angebracht." Er wechselte den Tonfall und meinte nun umgänglich: „Vielleicht könnten Sie mir aber einen Gefallen tun und Frau von Tretwitz gegenüber nicht erwähnen, dass der Hund erschossen wurde."

Dabei sah er mich mit einem so schmierigen Grinsen an, dass ich ihm am liebsten eine verpasst hätte.

„Von Ihnen erschossen wurde. Ich hoffe, Sie haben einen Waffenschein!", sagte ich stattdessen barsch.

Das schmierige Lächeln gefror ihm auf der Stelle, doch er fing sich rasch wieder. „Wollen Sie ihn gleich sehen, oder reicht es, wenn ich ihn Ihrem Chef zeige? Ich muss ja sowieso zu ihm wegen meiner Beschwerde und der Schadensersatzforderung!"

Ich gab mich geschlagen, so viel Unverfrorenheit hatte ich schon lange nicht mehr erlebt. Aber tatsächlich konnte mir dieser Typ durchaus gewaltig Ärger machen, stand ich doch momentan nicht im besten Licht da, beim Vize nicht und beim Landauer sowieso nie.

„Wenn Sie meinen, dass wir die Frau von Tretwitz schonen sollten, dann mache ich das natürlich gerne – ihr zuliebe", schluckte ich meinen Zorn hinunter, während ich innerlich brodelte.

„Geht doch!", meinte er breit grinsend und zog endlich ab.

Wachtmeister

Was meine Heizung betraf, war ich keinen Schritt weitergekommen. Wohl oder übel musste ich dann halt doch noch mal zu einem Rechtsanwalt.

Lisa, der ich das alles bei einer Tasse Kaffee am nächsten Morgen erzählte, zog ihr Näschen kraus und wickelte nachdenklich einen ihrer Dreads um den Zeigefinger.

„Ich hab extra nachgeschaut", sagte ich, „die Unterschriften auf all meinen Schreiben, sowohl bei dem Abfindungsangebot, wenn ich ausziehe, sowie bei der Heizungsgeschichte sind vom Wolff. Ich möchte wetten, die Tretwitz weiß von seinen Schweinereien gar nichts."

„Du Frauenversteher!", meinte Lisa mit einem ironischen Grinsen und entließ ihre gefilzte Haarsträhne aus ihrer Umgarnung, sodass sie nun frisch und frei noch etwas mehr vom Kopf abstand. „Sag mal, Biche, wo ist jetzt der Hund eigentlich?"

„Der Hund? Den hat die Spurensicherung mitgenommen. Christine hat dem Wolff versprochen, ihn in die Tierkörperbeseitigungsanlage bringen zu lassen."

„Echt jetzt? Wollte die Von-und-Zu ihren geliebten Hund nicht lieber im Garten beerdigen? Ihr hättet ihn ja einfach wieder reinschmeißen können. Ist doch erlaubt, oder?"

„Ja, soviel ich weiß schon, aber die Tretwitz haben wir danach gar nicht mehr zu sehen bekommen. Der Wolff wird ihr jetzt wahrscheinlich weismachen, dass der Hund noch im Garten liegt, und ein hübsches Kreuz für ihn aufstellen, dieser scheinheilige Halsabschneider."

„Also wenn der Hund noch hier ist, dann gäb's da vielleicht eine Chance ...", nuschelte sie halblaut vor sich hin und griff auch schon zum Telefon. „Christine, ich bin es, die Lisa", sagte sie dann. „Habt ihr den Hund noch?"

Was Christine antwortete, konnte ich nicht verstehen, aber Lisa schaute mich triumphierend an. „Beim Wanninger im Kühlfach! Super, da liegt er genau beim Richtigen. ... Verstehe, die machen erst um zehn auf, darum Kühlfach. ... Du, ich kümmere mich um den Hund. ... Mach ich! Also dann, ciao, Christine."

Über das ganze Gesicht grinsend schaute sie mich an. „Joe, was ist es dir wert, wenn ich es schaffe, dass du wieder eine warme Bude hast?“

Ich zuckte nur mit den Schultern. Bei einer Lisa Rauscher musste man da schon vorsichtig sein, aber endlich wieder eine warme Bude, das wäre mir schon einiges wert gewesen. Während ich noch über eine Antwort nachsann, machte sie mir bereits einen Vorschlag: „Ich hätte da demnächst ein paar Auslagen für ein Event in der Staatskanzlei.“

„Du? Event in der Staatskanzlei? Mit, äh, mit diesen Dreads?“

„Mit deiner großzügigen Unterstützung werde ich mein Styling schon so aufpeppen, dass ich mich dort blicken lassen kann und vor allem genügend Eindruck schinde. Also abgemacht?“

Ich schlug ein, auch wenn ich weder wusste, was sie vorhatte, noch wen sie beeindrucken wollte und was es mich kosten würde. Kurz darauf machte sie sich auf den Weg zum Wanninger und dem tiefgekühlten Chico, ohne mir ihren Plan noch weiter zu erläutern.

War die Unterhaltung mit Lisa zwar befremdlich, aber auch durchaus hoffnungsvoll gewesen, so war die Vorladung zum Vize das Gegenteil davon, weil ich konnte ahnen, was er vorhatte.

Nachdem Susi mich mit Sakko und Bürste in Form gebracht hatte, sollte ich statt mit den Öffentlichen mit einem Dienstauto in die Ettstraße fahren, hatte der Brandl ihr mitgeteilt.

„Warum will der denn, dass du mit dem Dienstwagen kommst?“, fragte Susi, nun selbst auch nervös, weshalb ihr auch ein „du“ herausgerutscht war.

„Keine Ahnung“, meinte ich und bemühte mich um einen möglichst lässigen Tonfall.

Unseren Misserfolg im Garten der Tretwitz hatte er natürlich auch so mitbekommen, ohne dass der Wolff gepetzt hatte. Aber so was passierte ja immer mal wieder, versuchte ich mich zu beruhigen.

Es war jetzt nicht so, dass er mir direkt Vorwürfe gemacht hätte. Als ich an seiner Bürotür angeklopft hatte und nach einem „Herein“ eintrat, saß er gerade wild strampelnd auf dem Rad, obenherum lediglich noch mit einem Feinripp-Unterhemd bekleidet.

„Bichelmair, setzen Sie sich“, stieß er schnaufend hervor.

Ich nahm in dem Sessel Platz, der mehr oder weniger gegenüber von seinem Rad stand.

„Bichelmair – was mach ich nur mit Ihnen? – Irgendwie gefallen Sie mir ja. – Vielleicht etwas überengagiert. – Haben Sie es mal mit so einem Rad probiert? – Kann ich nur empfehlen!"

Dabei stieß er die Sätze regelrecht hervor, um schnell wieder Luft zu holen. Ich sagte nichts, weil ehrlich gesagt hätte ich nicht gewusst, was.

„Auch wenn Sie private Probleme haben – Frauen können einen schier um den Verstand bringen – kenne ich – haha!"

Dabei verschluckte er sich und hustete erst mal eine Runde, ohne jedoch das Treten ganz einzustellen. Nachdem er sich wieder gefangen hatte – ich sagte noch immer nichts, weil sonst hätte ich ihm erklären müssen, dass ihn mein Privatleben einen Dreck zu interessieren hatte –, schaute er mich beinahe treuherzig an.

„Aber so geht das nicht, bei allem Verständnis", meinte er und stoppte dazu sogar sein Gestrample. „Ich hab Sie deshalb zum Personenschutz bei der Frau Kubec eingeteilt." Er schaute auf die Uhr. „In einer halben Stunde spätestens stehen Sie bei ihr vor der Haustür und lassen diese nicht mehr aus den Augen. Dienstwagen haben Sie ja dabei."

Ich war schon auf dem Weg hinaus, als er sich offenbar bemüßigt fühlte, mir den Grund für den Personenschutz zu erklären. „Vor ihrer Wohnungstür lag heute früh eine Hand. Zwar nicht echt, aber wieder mit diesem ‚Dede' drauf. Falls dieser Kubec noch lebt, und davon gehe ich inzwischen aus, dann scheint er sie nun direkt zu bedrohen, warum auch immer."

Ich nickte und konnte diese Maßnahme sogar verstehen, nachdem sich meine These nicht bestätigt hatte und der Kubec durchaus noch leben konnte. Aber inwieweit war das überhaupt meine ureigene Theorie gewesen, und auf was hatte ich sie aufgebaut? Den Floh, dass die Frau und vielleicht auch der Bruder vom Kubec was mit seinem Verschwinden, ja sogar mit seinem Tod zu tun hätten, hatte mir ja primär diese Jasmin Gruber ins Ohr gesetzt. Vor allem den Verdacht, dass man den Kubec hier umgebracht hatte, und das, obwohl man ihn in Paris noch gesehen hatte. Ich kam mir wie ein absoluter Narr vor. Ich hatte wirklich nichts Besseres verdient, als Wache zu stehen, dachte ich niedergeschlagen.

Als ich die Türklinke schon in der Hand hatte, meinte der Brandl beinahe leutselig: „Ich weiß, dass Sie ein guter Polizist sind und auch mal was wagen, aber dieses Mal sind Sie einfach auf dem falschen Dampfer. Aber das wird schon wieder."

„Sicher, Chef, schönen Tag noch", murmelte ich, dann war ich endlich draußen.

Grübelnd spazierte ich zu meinem Dienstwagen und war froh, keinem bekannten Kollegen zu begegnen.

Die Lösung der Frage, ob der Kubec noch lebte und inwieweit die Gruber in die Sache verstrickt war, ging mich ja jetzt nur noch am Rande was an, war ich doch zum Wachtmeister degradiert worden, dachte ich selbstmitleidig. Dann versuchte ich mich damit zu trösten, dass die Nordendstraße in der Nähe von Antonios Bistro lag und ich nach meinem Schichtende heute Abend dort Paula treffen würde. Den Gedanken daran, dass sie gestern noch bei diesem Freddy vorbeigeschaut hatte und wer weiß wie lange und intensiv, verdrängte ich schnell. Das wäre mir jetzt zu all meinem Übel zu viel gewesen.

Ich besorgte mir in einer Bäckerei in der Barer Straße noch Proviant in Form von zwei Butterbrezen, Cola und einer Tüte Weihnachtsplätzchen, obwohl ich überhaupt keinen Hunger hatte. So gerüstet fuhr ich bis zur Nordendstraße und stellte den Dienstwagen direkt gegenüber der Haustür im Halteverbot ab. Dann drehte ich die Standheizung auf Vollgas und versuchte es mir gemütlich zu machen. Dazu ließ ich die Rückenlehne so weit herunter, dass ich gerade noch durch das Fenster die Tür im Auge behalten konnte.

Ich verspeiste die beiden Butterbrezen aus purem Frust und ohne jeden Genuss. Obendrein schien in dieses Haus weder jemand rein noch aus ihm raus zu gehen, und die Passanten waren auf Dauer auch langweilig. Zunächst hatte ich noch jeden einzelnen zum Dampfablassen halblaut beschimpft, aber das half auch nur wenig gegen meine schlechte Laune.

Nachdem ich alle Sender durchgezappt hatte und keinen als erträglich befand, schaltete ich das Radio wieder aus. Resigniert saß ich in diesem Kasten gefangen und wurde dank der Standheizung immer schläfriger. Vor lauter Langeweile hatte ich bereits auch die Hälfte der Plätzchen gegessen, ohne ihren Geschmack wahrzunehmen, und dazu das Cola getrunken, das sich nun unangenehm in meiner Blase breitmachte.

Gerade als ich mich endlich entschlossen hatte, bei der Kubec zu klingeln, um dort aufs Klo zu gehen, kam sie zur Eingangstür heraus. Sie trug einen kurzen beigen Wollmantel, dessen Kragen sie zum Schutz gegen den eisigen Wind aufgestellt hatte. Bevor sie die Straße überquerte, vergewisserte sie sich, dass kein Auto kam, nahm mich dabei aber in keiner Weise zur Kenntnis. Ich fragte mich, ob sie überhaupt wusste, dass ich zu ihrer Bewachung abgestellt worden war. Beseelt, endlich etwas Abwechslung zu haben, stieg ich aus dem Auto und folgte ihr.

Sie bog zunächst in die Adalbertstraße ab, überquerte dann die Barer- und die Arcisstraße und betrat schließlich den alten Nordfriedhof, der nun eine beliebte Parkanlage war. Hier waren einige Berühmtheiten wie Max von Montgelas oder Louis Braun zur letzten Ruhe gebettet, doch mein Liebling war August „Gustl" Gemming, ein Münchner Original, der einst wettete, nackt durch die Straßen der Stadt zu reiten. Er gewann die Wette, indem er sich auf seinen nackten Körper eine Uniform malen ließ.

Jedoch hatte ich jetzt nur wenig Muße, die Grabmale zu betrachten, da der Druck auf meine Blase immer größer wurde. Ich beschloss, kurz hinter einem Busch zu verschwinden. Als ich dann, nun wieder entspannt, den Reißverschluss hochzog und mich nach der Kubec umsehen wollte, traf mich ein heftiger Schlag, und ich sah einen verwitterten Grabstein auf mich zurauschen. Natürlich ist jetzt nicht der Stein auf mich zugerauscht, sondern ich auf ihn, aber so oder so trafen wir aufeinander, was mir endgültig die Lichter auslöschte, wenigstens für eine geraume Zeit.

Als ich auf der Ruhestatt der Katharina Vollmeier wieder zu mir kam, konnte ich mich kaum bewegen, so benommen wie ich war.

Nach einigen missglückten Versuchen schaffte ich es dann doch noch, mich unter Zuhilfenahme des Grabsteins aufzurichten. Zitternd rieb ich meine Hände, um sie warm zu bekommen – und dabei musste ich feststellen, dass auf meinem rechten Handballen „Dede" stand!

Panisch blickte ich mich nach der Kubec um. Zuletzt hatte ich sie ein ganzes Stück vor mir gesehen. Hatte der Händchenschreiber, wer immer das war, sie auch erwischt? Mit fahrigen Fingern tippte ich ihre Handynummer ein, die ich mir auf einem Zettel notiert hatte, doch es ging niemand dran. Dann rief ich Heinz an, der mir versprach, sofort nach ihr suchen zu lassen.

Ehrlich gesagt hab ich keine Ahnung mehr, wie ich wieder raus auf die Straße fand, nachdem ich benebelt und leicht panisch durch den Friedhof geirrt war. Auf der Schellingstraße stürzte ich mich vor das nächste Taxi, dessen Fahrer mit quietschenden Reifen gerade noch verhindern konnte, dass ich unter dieselben geriet. Er stieg wutentbrannt aus, um mir einen Anschiss zu verpassen, hatte dann aber nach näherer Ansicht doch Erbarmen. Nachdem er aus seinem Erste-Hilfe-Kasten mehrere Kompressen herausgeholt hatte, die er mir gab, damit ich sie auf mein Hirn drückte, um nicht seinen Sitz zu versauen, fuhr er mich auf direktem Weg ins Schwabinger Krankenhaus.

Dort verpasste man mir eine Tetanusspritze und gab mir einen Saft, der mein Telefonat mit Paula total ruinierte, aber immerhin die rasenden Kopfschmerzen linderte. Ich konnte ihr nur noch lallend berichten, dass ich heute leider nicht zu Antonio kommen könne. Paula wollte natürlich wissen, was los sei, und ich übergab nach einigen gestammelten Erklärungsversuchen das Telefon an die anwesende Schwester, während eine resolute Ärztin mich mit einer weiteren Spritze und ein paar Stichen versorgte.

„So, jetzt ham Sie noch einen zweiten Binkel auf ihrem Hirn", meinte sie mit einem Grinsen, und an die nette rundliche Schwester gewandt: „Über Nacht behalten wir ihn auf alle Fälle zur Beobachtung noch hier und jetzt ab zum Röntgen."

Schwester Margit fuhr mich dann noch nach der Untersuchung in einem Rollstuhl zu meinem Zimmer, wo ich sofort und freiwillig in Unterhosen und T-Shirt ins Bett fiel. Schon kurz darauf fand ich mich in einem wirren Traum wieder, in welchem Katharina Vollmeier mich mit ihren Skelettärmchen schützend umschlang, während wir es uns in ihrem Grab gemütlich machten.

Krankenstand

Als ich wieder aufwachte, dämmerte es draußen bereits, und Paula saß neben meinem Bett und las mit angespannten Gesichtszügen und gerunzelter Stirn etwas auf ihrem Handy. Zunächst war mir einen Moment lang nicht klar, dass ich mich im Krankenhaus befand, schließlich hatte ich gerade noch in einem Grab gelegen. Dann fiel mir die ganze Geschichte wieder ein.

„Wo ist die Kubec?“, fragte ich erschrocken und wollte mich aufsetzen, woraufhin sich erst einmal das ganze Zimmer drehte und mein Kopf zu hämmern anfing.

„Psst, ganz ruhig“, meinte Paula und drückte mich sanft in das Kissen zurück. „Du brauchst jetzt erst einmal Ruhe. Du hast eine Gehirnerschütterung.“

Unwillkürlich wollte ich nach meiner Stirn greifen, stoppte dann aber mitten in der Bewegung, weil mein Blick an meiner Hand hängen blieb, auf der noch immer „Dede“ stand.

„Scheiße!“, rief ich erschrocken, war dann aber auch froh, dass die Hand sich immerhin noch an meinem Arm befand, was man von den anderen Händen ja nicht behaupten hat können. Ich hatte das also nicht nur geträumt. Eine Gänsehaut überlief mich. Vorsichtig bewegte ich die Finger, und sie gehorchten, was mich albernerweise unglaublich erleichterte.

„Du sollst das noch dranlassen, hat Heinz gesagt.“

„Klar! Solange sie mich nicht mitsamt meiner Hand zu den anderen Beweismitteln legen“, versuchte ich zu spaßen. „Ist ja Winter, dann zieh ich halt Handschuhe an.“ Paula lachte tatsächlich, aber ich stellte das Mitlachen sofort wieder ein, hämmerte es doch gewaltig in meinem Schädel.

„Was hast du gerade gelesen?“, fragte ich sie.

„Nichts Wichtiges! Nur ein bisschen Online-Zeitung zum Zeitvertreib“, sagte sie schnell. „Du sollst übrigens nicht lesen, hat die Ärztin gesagt, und am besten schläfst du jetzt.“

Sie räumte noch den Inhalt der Tasche, die sie für mich mit dem Nötigsten gepackt und mitgebracht hatte, in den Schrank. Dann gab sie mir einen Schmatz auf die Wange und versprach mir am nächsten Tag wiederzukommen.

Nachdem Paula gegangen war, nickte ich sofort wieder ein, und als ich erneut erwachte, saß dieses Mal Lisa neben meinem Bett.

„Mann, Biche, du schaust aus!“, meinte sie netterweise und schüttelte ihren Dreadhead wie eine tadelnde Mutter, die versehentlich ihren Wischmopp aufgesetzt hatte. „Ich soll dein Händchen fotografieren. Eine Farbprobe nehmen wir dann später, aber das schaut mir ganz nach Henna aus. Das bleibt dir eine Weile“, sagte sie, während sie sich meine Hand griff, ein wenig an der Farbe kratzte und zu guter Letzt eine ganze Fotoserie davon machte. Nachdem sie meine Schilderung des Tathergangs per Diktiergerät aufgenommen hatte, gingen wir zum privaten Teil über.

„Heinz lässt dich grüßen. Er kann heute nicht mehr kommen, weil er mit den Kindern noch Silvesterknaller kaufen muss.“

„Ist es schon so weit?“, fragte ich erschrocken, doch Lisa beruhigte mich und meinte, dass mit meinem Zeitempfinden noch alles in Ordnung sei, und Silvester wäre erst morgen.

Erleichtert lehnte ich mich zurück.

„Was ist jetzt mit der Kubec? Ist ihr was passiert? Hat sie ihr Mann oder wer auch immer ...“

„Die ist längst wieder aufgetaucht. Die hat anscheinend nicht mal mitbekommen, dass du sie bereits bewacht hast.“

„Glaubst du, dass mir ihr Ex eine übergebraten hat?“

Lisa verzog ihren Mund zu einer skeptischen Schnute, zuckte dann aber mit den Schultern.

„Also wenn der wirklich hier sein Unwesen treibt und es ihm um die Rache an seiner Frau geht, weil sie ihm in die Hand gestochen hat, dann macht der einen gewaltigen Rummel drum herum. Aber vielleicht will er sie ja nur einschüchtern. Übrigens, ich habe dein Heizungsproblem gelöst“, sagte sie grinsend.

„Echt? Wie hast du das jetzt wieder gemacht?“

„Großes Geheimnis“, meinte sie nur und schaute mich verschwörerisch an. „Ich werde mich jetzt angemessen ausstaffieren und überlasse dir dann wie abgemacht die Rechnung. Vielleicht kannst du es ja unter Heizkosten absetzen“, witzelte sie.

Bevor ich noch protestieren konnte, zerrte sie eine weihnachtlich bedruckte Tüte aus ihrem Rucksack. „Ich hab dir was mitgebracht." Sie hob eine Dose heraus. „Gute Weihnachtsplätzchen von Tante Susi!"

Dann hielt sie ein Buch in die Höhe mit dem Titel „Wenn er fällt, dann stirbt er" und meinte: „Eine kleine Krimilektüre von Heinz. Der Ermittler soll genauso ein Depp sein wie du." Kichernd legte sie es auf mein Nachttischchen, um ein weiteres Mal in ihre Bescherungstüte zu greifen.

„Und der Schal ist von mir." Voller Stolz legte sie mir das kunterbunte Teil um den Hals. „Selbst gemacht."

„Das sieht man", lachte ich, worauf mir sofort wieder der Kopf brummte. Lisa zog einen Schmollmund.

„Dass du was für mich strickst, ehrt mich wirklich", beeilte ich mich zu sagen und war ernsthaft gerührt.

„Wer sagt denn, dass ich den wegen dir angefangen hab?!"

Ich schaute sie nachdenklich an, während ich mit dem Finger in einem der Löcher bohrte.

„Also, wie hast du das jetzt gemacht mit dem Wolff?", startete ich einen erneuten Versuch.

„Aber ich habe ihn für dich fertig gestrickt!", erwiderte sie stattdessen.

Fast hätte sie mich schon wieder zum Lachen gebracht, und nur mühsam konnte ich es unterdrücken, denn ich hatte keine Lust auf ein erneutes Kopfhämmern. Bittend schaute ich sie an, und ich sah, dass sie schon wieder über einen neuen Handel nachdachte, sich dann aber besann.

„Ich hab den Wanninger darum gebeten, dass er den Hund obduziert", erklärte sie leichthin.

„Du hast ihn obduzieren lassen? Und der Wanninger hat mitgemacht?", fragte ich fassungslos.

„Der hat mir noch einen Gefallen geschuldet. Aber dass du da selber nicht draufgekommen bist, wo du doch den Schlag erst nachher abgekriegt hast ..."

„Duu ...!"

„Mann, bei so einem Typen wie dem Wolff liegt es doch auf der Hand, dass er Hunde hasst. Der hat ihn eiskalt erschossen."

„Wieso soll das auf der Hand liegen? Bloß weil er ein Entmieterschwein ist? Und ja, er hat ihn erschossen, aber weil er schwer verletzt war."

„Du bist echt naiv, Biche. Dem Hund hat nichts gefehlt! Der war pumperlgesund, hat der Wanninger gesagt."

„Echt?! Und woher hast du das geahnt, dass der den einfach so erschossen hat?", fragte ich erstaunt. Dass die Lisa eine mit allen Wassern gewaschene Göre war, war mir klar, aber hellsehen traute ich ihr dann doch nicht zu.

„Na ja, Hannibals Frauchen hat mir erzählt, wie grob der immer zu dem Chico war, sobald die Tretwitz das Haus verlassen hatte."

„Aha, so bist du also darauf gekommen. Aber mich als Deppen hinstellen wollen", sagte ich in einem gespielt tadelnden Ton.

„Ja gut! Ich geb's zu. Bei unserem Kaffeekränzchen hat sie mir unter anderem erzählt, dass an dem Tag nicht nur dieser gemeine Bauarbeiter ihren Hannibal über den Zaun geschmissen hat, sondern sie hätte kurz darauf auch einen lauten Knall aus dem hinteren Teil des Gartens gehört und sich noch gedacht, dass diesem Grobian jetzt auch noch was explodiert wäre."

„Respekt! Das war einmal ein ergiebiges Kaffeekränzchen", meinte ich und musste jetzt doch noch lachen. Nachdem das Hämmern in meinem Kopf abgeebbt war, fragte ich: „Wie hat der Wolff reagiert?"

„Aalglatt, aber kompromissbereit", antwortete sie knapp. „Und jetzt hör endlich auf mit deiner Fragerei!"

„Okay. Die Ausstattung für die Staatskanzlei hast du dir echt verdient! Mit wem gehst du da ...?" Ich beendete meine Frage dann aber lieber doch nicht, weil Lisa bereits die Augen verdrehte.

Nachdem sie sich verabschiedet hatte, machte ich erst einmal ein kurzes Schläfchen, bis Frau Doktor hereinstürmte, um mit mir die Röntgenaufnahmen zu besprechen.

„Gut schaut's aus! Kein Sprung in der Schüssel, nur eine kleine Narbe wird bleiben, aber eine Frau haben Sie ja schon. Morgen können Sie gehen. Ich schreib Sie noch die nächste Woche krank, und Sie halten sich ruhig", ratterte sie herunter und war dann auch schon wieder draußen.

So positiv gestimmt, verspeiste ich ein Wurstbrot von meinem Abendessen, dass man anscheinend inzwischen auf meinem Tischchen abgestellt hatte, und beschloss dann einen Ausflug zum Kiosk zu wagen, um mir trotz Paulas Warnung eine Zeitung zu besorgen. Vorher wollte ich mich aber noch etwas frisch machen.

Der Blick in den Spiegel traf mich daher relativ unvorbereitet. Verbeult war durchaus eine zutreffende Beschreibung meines Gesichtes. War die alte Platzwunde auf der linken Seite meiner Stirn bereits am Verheilen, stand an der rechten Seite ein Höcker hervor, der dank des Wundpflasters wie ein weißes Horn ausschaute. Darunter zierte eine breite Schramme meine rechte Backe. Außerdem konnte ich eine weitere Beule am Hinterkopf erfühlen, wahrscheinlich von dem Schlag. Ich drapierte mein langes Haupthaar vorsichtig über die rechte Hälfte meines Gesichts und sah nun nicht nur verwegen, sondern beinahe unbeschadet aus. Dann zog ich mir den Morgenmantel, den mir Paula gebracht hatte, über und machte mich auf den Weg.

Im Kiosk angekommen, fingen sofort zwei Damen, eine in rosa Plüsch, die andere mit Infusionsständer und Jogginghose, zu tuscheln an. Während sie ihre Köpfe zusammensteckten, schielten sie zu mir herüber. Ich versuchte, sie nicht zu beachten, und schlenderte zum Zeitungsständer – wo mir mein eigenes Konterfei entgegensprang. Die Überschrift der Abendausgabe der BLA lautete: „Münchner Hauptkommissar niedergeschlagen!“, und darunter: „Auch auf seiner Hand steht nun ‚Dede‘! Stecken Chris K. und die schöne Jasmin dahinter?“

Dass es tatsächlich meine rechte Hand war, konnte ich an der Narbe am Handballen erkennen, die ich mir in jungen Jahren beim Skateboarden zugezogen hatte. Irgendjemand musste sie fotografiert haben, ohne dass ich es mitbekommen hatte; wahrscheinlich, als ich noch bewusstlos auf Katharinas Grab lag.

Entsetzt wollte ich schon den Rückzug antreten, als die Frau mit Infusionsständer lächelnd auf mich zukam und mich um ein Autogramm bat. Am besten gleich hier auf die Zeitung unter dem Foto, schlug sie vor. Sie hielt mir einen Kugelschreiber hin, und als ich zögernd zugriff, packte sie meine Hand.

„Da steht wirklich ‚Dede‘ drauf! Kein Fake! Hab ich’s nicht gesagt!“, rief sie triumphierend Lady-Plüsch zu.

Ich befreite mich aus ihrer Klaue und ergriff die Flucht. Aufgeschreckt und verstört rettete ich mich zurück in mein Zimmer, sprang in meine Jeans und entließ mich selbst, nachdem ich einige Formulare unterschrieben hatte, inklusive eines Autogramms für die Stationsschwester. Dann fuhr ich mit einem Taxi auf direktem Weg zu mir nach Hause. Lieber wäre mir natürlich die Obhut von Paula gewesen, doch die hätte mir wahrscheinlich die Leviten gelesen, weil ich mich eigenmächtig entlassen hatte. Aber dank Lisa hatte ich zumindest eine warme Bude.

„Gutes“ neues Jahr!

Mittlerweile waren die ganze Stadt und auch der Vize der Meinung, dass Chris Kubec noch lebte und hier sein Unwesen trieb. Sogar Rösler schloss nicht aus, dass er zurückgekehrt war. Lediglich Lisa und Heinz zweifelten daran, dass der verschollene Kubec den weihnachtlichen Frieden von seiner Frau und den Münchner Bürgern störte. Warum man mich niedergeschlagen hatte, aber nicht die Kubec, erklärte man sich damit, dass man erst ihren Beschützer loswerden wollte, bevor man sie angriff, dass dann aber Passanten aufgetaucht waren.

Frau Kubec hatte zu Protokoll gegeben, sie habe gar nicht gewusst, dass bereits jemand zu ihrem Schutz abgestellt worden war. Darum wollte sie eine Freundin besuchen, die am Josephsplatz wohnte, zum einen weil sie nicht allein in ihrer Wohnung sein wollte und zum anderen, um sich ein bisschen abzulenken. Sie habe wie immer den Weg über den Friedhof gewählt, da es ja helllichter Tag war und ihr dieser Weg auch nicht unsicherer erschien. Eine ihrer Überlegungen war, dass man sie hier zumindest nicht mit einem Auto niederfahren könnte. Sie habe erst durch Heinz von dem Überfall auf mich erfahren, der sie dann doch noch bei ihrer Freundin telefonisch hat erreichen können. Sie wurde dort zu ihrer Sicherheit von einer Polizeistreife abgeholt.

Das alles erfuhr ich von Heinz, der extra zu einem Krankenbesuch bis nach Trudering gefahren war. Trotz meiner nun wieder warmen Wohnung hatte ich mich am Morgen von Paula abholen lassen, zog ich es doch vor, meinen restlichen Krankenstand wohl umsorgt bei ihr zu verbringen.

„Übrigens soll ich dir gute Besserung von der Kubec wünschen. Die war ganz niedergeschlagen, als sie davon gehört hat. Nun hat sie natürlich erst recht Angst. Aber jetzt haben wir einen anständigen Wachposten vor ihrer Tür abgestellt, nicht so einen verweichlichten Hauptkommissar“, frotzelte Heinz mit einem Augenzwinkern. „Gib doch zu, du hast dich absichtlich niederschlagen lassen, damit du diesen Job wieder loswirst.“

„Hmm, wer weiß, was das Unterbewusstsein sich so alles einfallen lässt“, ging ich auf seinen Schmäh ein und nahm mir eines der

Vanillekipferl aus dem großen Beutel mit Plätzchen, den ihm seine Franzi für mich mitgegeben hatte. Den Kaffee dazu hatte ich allerdings trotz Krankenstand selbst machen müssen, da Paula noch immer nicht zurück war. Sie hätte beruflich auswärts zu tun, hatte sie mir lediglich gesagt, und dass es länger dauern könnte.

„Was die Hände betrifft, haben wir jetzt Ergebnisse", meinte Heinz noch kauend. „Die erste war, wie wir wissen, von so einem armen österreichischen Motorradfahrer, wobei die Gruber das Wort „Dede" mit einem Edding frei Hand draufgeschrieben hat. Die vom Caféhäusel und die, welche man der Kubec vor die Tür gelegt hat, sind identisch – gleiches Material, deckungsgleicher Schriftzug, wahrscheinlich mit Hilfe einer Schablone aufgebracht, wobei bei beiden ein Tattoo-Stift auf Basis von Hennafarbe benutzt wurde, so wie bei deinem Patschehändchen. Bei dir hat der Künstler allerdings frei drauflos gekritzelt."

„Dann scheinen die restlichen Hände samt meinem Kunstwerk auf ein anderes Konto zu gehen", meinte ich erleichtert und betrachtete den Schriftzug auf meiner Hand, der noch immer deutlich zu sehen war.

„Tsja, einfach schnell mal hingeschmiert. Mit der Schablone wäre es schöner geworden", bemerkte Heinz. „Grundlage zur Schablone war übrigens das Original-Tattoo vom Kubec und Dandl."

„Dann muss der Täter zumindest ein Foto von dem Tattoo gehabt haben. Auf dem im Klettermagazin war es ja im Detail nicht so gut zu erkennen", überlegte ich laut.

„Da hast du recht, bloß hilft uns das nicht viel. Wenn man ‚Dede-Verschneidung' als Suchbegriff eingibt, dann landet man unter anderem auf der Homepage vom Kubec und findet dort nebst Tour-Beschreibung noch wunderschön den Schriftzug ‚Dede' abgebildet."

Draußen knallten bereits die ersten Silvesterkracher, obwohl es erst kurz nach fünf war.

„Also hätte es jeder machen können", resümierte ich enttäuscht. „Oder es war doch Chris Kubec höchstpersönlich, schließlich hat er ja das Original auf seiner Hand."

„Was ist eigentlich mit dem Blut und dem Fingerabdruck aus der Hütte?", fragte ich.

„Also zum Verbluten hätte das nicht gereicht, zumindest nicht in der Hütte, und der Fingerabdruck ist vom Kubec selbst. So wie es ausschaut, hat er sich selbst noch verarzten können."

Heinz nahm einen Schluck Kaffee und stöberte in den Plätzchen nach einem Florentiner, während ich mir ein weiteres Vanillekipferl sicherte.

„Der Kubec Chris hätte natürlich schon ein Motiv, wenn er noch lebt. Der Bruder verjubelt sein Erbe, und die Frau sticht ihm in die Hand! Vielleicht hat sie ihn ja verkrüppelt, und nun kann er nicht mehr klettern", schlug Heinz kauend vor.

„Oder er will den beiden einfach nur Angst machen, wie Lisa vermutet hat. Aber wie passt da der Dandl rein?", sagte ich ratlos, und auch Heinz zuckte mit den Schultern.

Nachdem wir eine Weile still vor uns hin sinniert hatten, fragte ich Heinz möglichst beiläufig: „Weißt du was von der... äh... Frau Gruber?"

Heinz grinste mich an, und ich hatte schon Angst, dass er einen blöden Spruch ablassen würde.

„Die Fellmütze, die abgegeben wurde", sagte er, „gehört zwar deiner Jasmin, aber die Haare passen nicht zu denen, die der Dandl in den Fingern gehabt hat. Ist zwar auch Waschbär, muss aber ein anderer gewesen sein."

Er schmunzelte, und mir fiel ein Stein vom Herzen. Nicht nur, weil ich durchaus Sympathien für sie hatte, wurde doch dadurch auch mein verunsichertes Selbstvertrauen bezüglich Menschenkenntnis wieder aufpoliert.

„Glaub aber nur nicht, dass sie jetzt komplett aus dem Schneider ist", meinte er, als könnte er meine Gedanken lesen. „Die Reitmüller hat sie zwar wieder auf freien Fuß gesetzt, vermutet aber, dass sie mit dem Chris Kubec gemeinsame Sache macht."

Ich konnte mir allerdings beim besten Willen nicht vorstellen, dass Jasmin mich zuerst in den Garten der Tretwitz lockt und dann auf die Hütte, um dort nach dem Verbleib ihres totgeglaubten Freundes zu suchen, wohl wissend, dass er noch lebt. So durchtrieben konnte sie nun doch nicht sein, oder?

Um uns zu stärken – so ein paar Plätzchen ersetzen ja noch kein Abendessen –, richtete ich uns eine Brotzeitplatte her. Gesättigt und mit einem weiteren Augustiner zum Runterspülen, setzten wir unsere Überlegungen fort.

„Angenommen“, begann ich, „Frau Gruber hat mit der Hand am Christkindlmarkt tatsächlich nur auf ihren verschwundenen Freund aufmerksam machen wollen, in der Hoffnung, dass die Polizei verstärkt sein Umfeld unter die Lupe nimmt. Mal weiter angenommen, der Kubec wurde wirklich ermordet, und Frau Gruber hat mit ihrer Aktion nun auch den Mörder aufgescheucht ...“

„Aber der Mörder weiß doch, dass der Kubec nicht mehr lebt, sondern tot ist“, warf Heinz ein. „Warum soll sich der dann durch die Hand bedroht fühlen?“

„Stimmt“, gab ich zu, während meine Gedanken bereits in eine andere Richtung gingen. „Nimm doch mal das Gegenteil an! Der Mörder vom Kubec hat auch noch den Dandl auf dem Gewissen. Dann wäre es doch praktisch, wenn Gott und die Welt glaubt, dass der Kubec noch lebt und er den Dandl hinuntergestoßen hat. Nachdem die Presse nach der ersten Hand angefangen hat, die These, dass Kubec noch am Leben ist, zu verbreiten, hat er seine Chance erkannt und einfach noch zwei weitere Händchen samt Gerüchten und Drohbotschaft in Umlauf gebracht, und voilà, jetzt denkt ganz München, dass Chris Kubec was mit dem Dandl-Mord zu tun hat.“

Heinz schaute mich kopfschüttelnd an. „Sag mal, Joe, hat der Schlag auf den Kopf deine Fantasie beflügelt? Das ist schon eine echte Räuberpistole, die du da zusammenschusterst! Aber zugegeben, gäbe es einen Mörder vom Kubec und hätte der dann auch noch den Dandl runtergeschmissen, wär es für ihn schon fein, alle würden glauben, dass der Kubec es war. Doch bei der ganzen Sache liegt die Betonung auf g ä b e. Und was soll dieser Doppelmörder überhaupt für ein Motiv haben?“

„Vielleicht haben die Taten was mit dieser gemeinsamen Erstbegehung zu tun ...“, setzte ich an, doch Heinz fiel mir ins Wort: „Oder eben doch mit deiner Jasmin. Sie kannte beide, und es ist immerhin ihr Spitzname, der da auf all den Händen steht!“

„Und was ist, wenn Frau Gruber recht hat und der Dandl irgendwas zum Mord am Kubec wusste?“, gab ich ärgerlich zurück.

„Hör mal, Joe“, erwiderte Heinz in der Tonlage eines genervten Vaters, „deine ganze Theorie beruht darauf, dass der Kubec tot ist, obendrein ermordet! Aber wir haben keine Leich und schon gar keinen Hinweis darauf, dass er hier irgendwo das Zeitliche gesegnet hat! Also vergiss es!“

Er seufzte leicht und meinte dann entschieden freundlicher: „Die Reitmüller hat uns gebeten, die weitere Sichtung der Fotos und Videos vom Rauschberg zu übernehmen, und der Vize hat es ihr zugesagt. Das wäre doch was für dich, schließlich warst du ja live dabei, und so ein paar Fotos und Filmchen durchschauen, das kann man ja auch vom Krankenbett aus.“

Ich wollte schon protestieren, doch da fiel mir ein, dass ja womöglich auch ich und Paula darauf sein könnten. Am Ende streitend vor der Damentoilette.

„Okay“, sagte ich großzügig, „schick mir das Zeug!“

Um kurz vor acht Uhr abends ging er dann, schließlich war heute Silvester, und als guter Familienvater musste er noch ein paar Raketen steigen lassen, bevor er die Kinder ins Bett schicken konnte.

Um neun war Paula noch immer nicht zurück, und da mir der Kopf inzwischen übel brummte, beschloss ich bis Mitternacht noch eine Runde zu schlafen. Paula würde mich sicher rechtzeitig wecken, so wie früher meine Ma, dachte ich und musste schmunzeln.

Augenblicklich schlief ich ein und erwachte erst wieder bei Morgengrauen. Feuerwerk und Pulverdampf hatten sich längst verzogen, und ein grauer Himmel zierte das schlafende München – wobei Trudering für mich nur im entferntesten Sinn als München galt. Ich drehte mich noch einmal um und wollte mich an Paula kuscheln, als mir auffiel, dass neben mir gähnende Leere herrschte. Und es war noch schlimmer: Die Decke lag zusammengefaltet neben mir und schien laut zu rufen: „UNBENUTZT!“

Ungläubig stemmte ich mich aus dem Bett und ging in die Küche, wo ich noch auf die Biergläser von gestern traf, aber auf keine Paula. Aufgebracht, aber auch nervös – vielleicht war ihr ja was zugestoßen – eilte ich zum Telefon, das mir schon per Rotlicht entgegenblinkte. Das wird sicher eine Nachricht von ihr sein, dachte ich hoffnungsvoll, und so war es dann auch. Es waren sogar drei Nachrichten von ihr drauf: eine von 21.17 Uhr, eine von 22.03 Uhr und eine von 00.05 Uhr.

Ich begann mit der ersten: „Hi Joe“, hörte ich Paulas Stimme aus einem Stimmengewirr heraus, das feuchtfröhlich im Hintergrund zu hören war. „Stell dir vor, die machen hier eine große Silvester-Stallparty. Du, wenn du willst, komme ich noch, aber wenn mein krankes Spatzl eh schon im Bett liegt... Na ja, melde dich halt noch, falls du mich dringend brauchst. Bussiii!“

Also immerhin hatte sie mich nicht vergessen. Ich wählte die zweite Nachricht: „Mein armer, kranker Bär, ich denke, du schläfst schon“, sang sie mit einem leichten Zungenschlag in den Äther. „Du, ich glaub, jetzt komme ich besser nicht mehr, ich hab schon ein bissl zu viel getrunken zum Fahren. Aber du schläfst ja eh schon. Oder bist am End selber unterwegs? Mensch, Joe, das solltest aber nicht machen mit der Gehirnerschütterung!“

Ohne Verabschiedung hatte sie einfach aufgehängt. Ein Blick auf mein Handy sagte mir auch warum. Dort war wenige Sekunden später ebenfalls ein Anruf von ihr verzeichnet. Ich drückte auf die Wiedergabetaste und hörte ihre leicht beängstigte, aber auch vorwurfsvolle Stimme: „Mann, Joe, du bist doch nicht unterwegs, oder?“ Dann hörte ich durch das Gewirr an Geräuschen im Hintergrund eine Männerstimme sagen: „Paula, jetzt lass doch, der schläft bestimmt schon!“ Dann wieder Paulas Stimme, nun sanft: „Also dann, mein Schatz, ich komme erst morgen. Träum was Schönes und rutsch gut rüber!“

Die Sprachnachricht von 00.05 Uhr ersparte ich mir. Ihre Neujahrswünsche konnte sie behalten, dachte ich wütend. Diese Stimme aus dem Hintergrund ging mir aber nicht aus dem Kopf. Erneut hörte ich mein Handy ab, und es war nicht zu leugnen – die Stimme gehörte diesem Freddy!

Wütend schnappte ich mir meine Klamotten, schlüpfte in Jeans, T-Shirt, Pulli und zu guter Letzt in die Jacke und Schuhe, als mir einfiel, dass ich gar nicht mit dem Auto da war. Jetzt S-Bahn fahren, in meinem Zustand, kam nicht infrage. Eine Viertelstunde später brachte mich ein Taxi in mein warmes Zuhause. Wenigstens die Heizung lief!

Doppeltes Käppchen

Während direkt unter meinem Fenster die übrig gebliebenen Raketen und Böller verfeuert wurden, verfluchte ich bereits jetzt das beginnende neue Jahr. Nicht nur, dass ich wegen Paulas Ermahnungen brav im Bett geblieben war und auf meinen alljährlichen Silvesterumzug durch die Schwabinger Kneipen verzichtet hatte, nein, sie vergnügte sich, während sie mich im Bett kaltgestellt hatte. So eiskalt ausmanövriert von ihr, nutzte auch die ganze Wärme nichts, die aus meinen Heizkörpern strömte.

Missmutig zappte ich mich durchs Morgenprogramm, als plötzlich mein Handy ertönte. Paula konnte es nicht sein, es war der ganz normale Klingelton. Kurz überlegte ich, ob ich diesen Anruf überhaupt annehmen sollte, doch irgendwie kam mir die Nummer bekannt vor.

„Ein gutes Neues, Joe! Ich weiß, es ist noch ziemlich früh", entschuldigte sich eine mir durchaus vertraute Stimme.

„Kein Problem! Dir auch ein gutes Neues, Jasmin. Ich hab schon gehört, sie haben dich wieder gehen lassen?"

„Ja", meinte sie nur schlicht.

„Hast du gefeiert?"

„Ich war hier auf einer Hütte bei einem Freund, weil weiter darf ich ja immer noch nicht weg. Die Reitmüller glaubt ja jetzt, dass ich mit dem Chris ... Ach Joe", platzte sie plötzlich heraus, „ich hab ihn gesehen!"

„Wen?", fragte ich begriffsstutzig.

„Na, Chris!"

„Du meinst ... du, du hast ihn gesehen – im Ernst?!"

„Ich bin gestern aufs Stahlhaus, weil Luis, der Hüttenwirt, ist ein alter Freund von mir und hat mich eingeladen hochzukommen. Also hab ich meine Tourenski gepackt und bin von Hinterbrand aus auf die Hütte. Am Abend war's dann recht lustig, und es waren auch wirklich nette Leute da. Um zwölf sind wir raus. Es war herrlich sternenklar, und der aufgehende Mond hat den Schneibstein hell beleuchtet. Und da sehe ich am unteren Ende vom Hang oberhalb der Hütte Chris stehen. Ich könnte schwören, er war es!"

Ich nickte entgeistert und wartete wortlos, dass sie weitersprach.

„Joe, bist du noch da?“

„Ja. Erzähl weiter.“

„Ich hab seinen Namen gerufen, und ... er, er hat mir zugewunken! Zumindest hab ich das gedacht“, hauchte sie kaum verständlich in das Telefon.

„Und dann?“

„Dann war er weg.“

„Wie? Wie weg?“

„Na ja, er ist mit den Ski abgefahren. Zunächst direkt auf uns zu, aber dann ist er in der Mulde verschwunden Richtung Schneibsteinhaus.“

„Bist du ihm nach?“

„Ich wollte, aber allein in der Nacht habe ich mich nicht getraut. Ich kannte die Leute doch erst seit diesem Abend, und den Luis wollte ich nicht fragen, der hatte ja alle Hände voll zu tun. Heute in aller Früh habe ich mit Luis im Schneibsteinhaus nachgefragt, aber dort hat ihn keiner gesehen.“

Nach einer ratlosen Stille hörte ich mich sagen: „Vielleicht hast du dich ja getäuscht.“

„Aber er hat doch gewunken!“

„Na ja, vielleicht hat er ja auch Chris geheißen oder erst gedacht, er kennt dich, und dann, als er näher kam, hat er festgestellt, dass es ein Irrtum ist, und darum hat er abgedreht.“

Daraufhin folgte ein längeres Schweigen.

„Hmm, vielleicht hast du ja recht. Ich werde schon ganz irre mit dieser Geschichte. Aber er hat wirklich ausgesehen wie Chris.“

Sie erzählte mir dann noch, dass sie vorhatte, ein paar Tage oben auf dem Stahlhaus zu bleiben. Dann wünschten wir uns nochmals ein gutes neues Jahr und beendeten das Gespräch.

Zunächst war ich natürlich aufgewühlt und wollte schon Heinz verständigen, doch dann war ich mir sicher, dass sie sich das nur eingebildet hatte, war ich doch selbst schon Opfer ihrer blühenden Phantasie geworden.

Nachdem ich schon fast den Plan gefasst hatte, ins Chiemgau zu fahren, um diesen Freddy höchstpersönlich zu verdreschen, nahm ich dann doch lieber meinen Dienstlaptop, um mir die Fotos vom Rauschberg mal anzuschauen. Schließlich wusste ich sowieso nichts Sinnvolleres mit meiner Zeit anzufangen.

Ich stellte fest, dass sie chronologisch sortiert waren, und begann mit den Aufnahmen, die beim Auftritt der Krampusse gemacht worden waren. Auf einem der Fotos konnte man den Dandl sehen, von Jasmin fand ich jedoch nichts in diesem Zeitraum. Ich klickte das Bildmaterial an, das unmittelbar vor dem Auftritt entstanden war. Dort fand ich dann auch ein Foto, worauf Jasmin und der Dandl gemeinsam vor seiner Bude abgebildet waren und sie ihre pelzgefütterte Fliegerkappe trug. Mir fiel auf, dass vorne an der Mütze ein Abzeichen war, dem ich aber zunächst keine Bedeutung zumaß. Auf einem Bild, das ebenfalls noch vor dem Perchtenauftritt gemacht worden war, stieß ich erneut auf die Kappe. Es war eine Aufnahme von dem Schmied und einer Gruppe Menschen, die ihm bei seiner Arbeit zuschauten. Einer von ihnen trug die gleiche Fellmütze wie Jasmin.

Ich zoomte die Aufnahme größer, doch leider war der Träger nur von hinten zu sehen. Ich war mir aber sicher, dass es sich aufgrund der Statur um einen Mann handeln musste. Auch hatte er keine rote Jacke an – zumindest die Schulterpartie war blau. Mehr konnte ich darauf nicht erkennen, auch nicht, ob vorne auf der Pelzkappe ein Abzeichen war.

Ich nahm mir noch einmal den größten Ordner vor, der die Aufnahmen während des Perchtenauftrittes beinhaltete, und wurde nach einer geschlagenen Stunde endlich fündig. Nachdem ich mühselig jede einzelne Aufnahme genauestens studiert hatte, wozu ich die eine oder andere auch vergrößerte, glaubte ich die Pelzkappe erneut zu sehen. Der Träger wurde fast völlig von einer Menschengruppe verdeckt, war aber immerhin von vorne fotografiert worden. Man konnte jedoch nur die Augenpartie und die Kappe erkennen, und auch nur, nachdem ich das Foto extrem vergrößert hatte. Die Pelzmütze über der eindeutig männlichen Augenpartie, die mich sofort an die Gebrüder Kubec erinnerte, zierte ebenfalls ein Abzeichen, das jedoch nur unscharf angebildet war. Alles, was ich sah, war, dass es irgendwie sternförmig sein musste und einen roten Hintergrund hatte.

Ich öffnete erneut das Foto mit Jasmin und der Kappe und erkannte zweierlei: Erstens war die Augenpartie von ihr wesentlich liebreizender, und zweitens war das Abzeichen ihrer Kappe ebenfalls rot. Auch hier schien eine Art Stern darauf abgebildet zu sein. Ich suchte daraufhin das Foto von der in Ruhpolding abgegebenen Fellmütze heraus, die nachweislich von Jasmin stammen musste, da die Kollegen daran noch ein schönes, langes schwarzes Haar gefunden hatten. Auf dieser Abbildung konnte ich endlich deutlich das Abzeichen erkennen: Auf rotem Hintergrund kreuzten sich diagonal zwei Anker, durch deren Schnittpunkt senkrecht eine Art Stab oder Zepter verlief, sodass das Ganze die Form eines Sternes hatte.

Aufgeregt griff ich zum Handy, um Jasmin anzurufen, die auch gleich abnahm.

„Hallo, Joe?“, begrüßte sie mich, während ich im Hintergrund Geschirr klappern hörte.

„Ich wollte dich was fragen, zu deiner Fliegerkappe, die du am Rauschberg aufhattest. Die hat doch da vorne so ein Abzeichen drauf. Weißt du noch, was das ist und wo du die Kappe gekauft hast?“

„Klar“, rief sie. „Das war bei meinem ersten Urlaub mit Chris in Sankt Petersburg. Das ist das Wappen der Stadt.“

„Sag mal, hat der Chris sich da auch eine solche Kappe gekauft?“

„Ja, wir sind die ganze Woche damit rumgelaufen.“ Sie seufzte laut. „Wir waren so glücklich! Wir ...“

Ich konnte meine Aufregung nicht mehr unterdrücken und fiel ihr daher etwas brüsk ins Wort: „Weißt du, wo seine jetzt ist?“

„Die Kappe?“ Jasmin stockte. „Komisch, der Mann gestern ...“ Sie brach mitten im Satz ab.

„Du meinst der Mann, den du für Chris gehalten hast, der trug so eine?“

„Ja!“, kam es leise zurück. „Ich ... ich hab ihn ja nur ganz kurz näher gesehen, aber er hatte genau so eine Fliegerkappe auf. Wie Chris ... Er sah auch aus wie Chris. Glaubst du, ich bilde mir das alles nur ein?“ Den letzten Satz sagte sie nicht vorwurfsvoll, sondern zutiefst verunsichert. „Er wäre doch bestimmt zu mir gekommen, oder Joe?“ In ihrer Stimme schwangen Zweifel und Hoffnung gleichermaßen mit.

Sollte ich ihr wirklich von dem Foto erzählen?, überlegte ich einen Moment betroffen, um dann linkisch zu fragen: „Hast du einen Mann mit so einer Kappe schon vorher mal gesehen? Zum Beispiel am Rauschberg?"

„Am Rauschberg? Wieso am Rauschberg? Nein, hab ich nicht!", kam es resolut aus dem Hörer, und nach einer kleinen Pause: „Wieso sollte ich? War da einer mit so einer Pelzmütze?"

„Es gibt da ein Foto auf dem Rauschberg, wo ein Mann genau so eine aufhat. Auch so eine Fliegerkappe mit Pelz, und das Abzeichen ist ebenfalls rot mit irgendetwas Sternförmigen drauf. Könnte gut das Wappen von Sankt Petersburg sein", teilte ich ihr dann doch mit, woraufhin erst mal Funkstille herrschte. „Hast du vielleicht noch ein Foto von Chris mit dieser Fellmütze?", hakte ich dann nach.

Auch jetzt hörte ich nur ihre fast schluchzende Atmung und das Geschirrgeklapper im Hintergrund.

„Jasmin? Bist du noch da?"

„Warum willst du das alles wissen, Joe? Glaubst du, Chris lebt noch?", fragte sie hoffnungsvoll, um kurz darauf energisch zu protestieren: „Du verdächtigst doch nicht Chris, den Martl am Rauschberg runtergestoßen zu haben?! Warum hätte er denn dem Martl was tun sollen? Sie waren doch Freunde! Beste Freunde!"

„Ich glaube erst mal gar nichts", versuchte ich sie zu beruhigen. „Bitte schicke mir das Foto vom Chris mit dieser Fliegerkappe, dann kann ich dir mehr sagen, und pass gut auf dich auf!"

Ich beendete das Gespräch, und kurz darauf kam tatsächlich kommentarlos das Foto per E-Mail. Darauf waren sie und Chris mit den identisch aussehenden Fellmützen zu sehen. Das Stadtwappen von Petersburg zierte beide Kappen. Mit echtem Bedauern betrachtete ich das Bild, auf dem man sehen konnte, wie glücklich und verliebt die beiden waren. Wie vergänglich doch alles ist, dachte ich mit Wehmut, jedoch nur kurz. Ein Chris ähnlicher Mann zuerst am Rauschberg und jetzt am Jenner. Wer war das? Er selbst, oder am Ende doch sein Bruder? Obwohl es Neujahr war und erst kurz nach zehn Uhr, wählte ich Lisas Nummer. Beim dritten Anlauf hob sie endlich ab.

„Mann, Joe, was ist denn los", kam es endlich halb ärgerlich, aber vor allem verschlafen aus dem Lautsprecher des Handys.

„Lisa, du musst mir einen großen Gefallen tun. Bitte vergleich für mich ein paar Bilder", bat ich sie, und dann berichtete ich ihr knapp von Jasmins Beobachtung und von den Fotos, woraufhin sie anstandslos zusagte. Kurz darauf leitete ich das Bild vom Rauschberg und das aus St. Petersburg an sie weiter. Eines vom Georg Kubec hatte sie aus unseren Unterlagen bereits.

Dann beschloss ich, mir wenigstens ein schnelles Frühstück zu genehmigen, musste aber feststellen, dass mein Kühlschrank so gut wie leer war. Immerhin gab es noch Kaffee, und zusammen mit einer Packung Kräcker und einer Dose Ölsardinen würde das fürs Erste schon gehen.

Bereits während meines Gourmet-Frühstücks, das ich geschmacklich aber nur nebenbei wahrnahm, beschlichen mich erneut finstere Gedanken. Nur kurz wegen Paula, die inzwischen ein paarmal versucht hatte mich zu erreichen, vor allem aber wegen Jasmin. Hastig raffte ich die nötigsten Sachen zusammen, fand beinahe augenblicklich meinen Autoschlüssel und Gott sei Dank auch das Auto.

Kurz darauf befand ich mich schon auf der Salzburger Autobahn, und ich überlegte, ob ich versuchen sollte, die Reitmüller zu informieren. War Jasmin wirklich in Gefahr, und wenn ja, durch wen? Sollte Chris Kubec tatsächlich noch leben, dann wollte er sie vielleicht einfach nur sehen. Vielleicht waren ihm gestern zu viele andere Menschen dabei. Schließlich stand sie ja nicht allein vor der Hütte. Aber warum sollte er ihr was antun wollen? Oder verheimlichte sie mir etwas?

Und was war, wenn es doch einen Doppelgänger gab, wenn es am Ende sogar sein eigener Bruder Georg war? Falls Georg Kubec seinen Bruder umgebracht hatte, dann hätte er zumindest einen triftigen Grund, weiter an der Legende zu stricken und als Chris Kubec zu erscheinen. Vielleicht war er ja nur deswegen oben am Rauschberg gewesen, und dann war da dummerweise der Dandl, der ihn erkannt hatte. Falls er nun glaubte, dass Jasmin ihn gesehen hätte, am Ende sogar, wie er den Dandl runterstürzte, dann war sie nicht mehr sicher! Und jetzt war er womöglich oben am Jenner und wartete auf eine Gelegenheit, um das Ganze wieder als Chris Kubec zu regeln.

Hastig drückte ich die Wiederwahltaste auf meinem Handy, doch es meldete sich nur Jasmins Mailbox. Eine kurze Welle von Panik stieg in mir auf. Ich rief Lisa an, die noch keine Ergebnisse hatte, und bat sie, mir die Nummer vom Stahlhaus zu schicken, und während ich diese mit einer Hand eintippte, raste ich mit gut 200 km/h an Rosenheim vorbei.

„Stahlhaus", meldete sich eine markante männliche Stimme.

„Joe Bichelmair, kann ich bitte Jasmin Gruber sprechen? Ich kann sie leider auf ihrem Handy nicht erreichen."

„Kein Wunder, das war leer, und jetzt hängts hier zum Laden. Die Jasmin macht grad eine Skitour auf den Schneibstein. Ich schätz, in einer guten Stund is sie wieder da."

„Alleine? Macht sie die Tour allein und ohne Handy?", fragte ich besorgt und versuchte, meine Ängste in den Griff zu bekommen.

„Mei, wie man halt allein eine Tour macht am Neujahrstag", lachte er. „Aber einen Platz wird sie schon noch finden, da oben am Gipfel!"

Erleichtert bedankte ich mich für die Auskunft und ging erst mal runter vom Gas. Mitten unter einem Haufen Skitourengeher würde ihr schon nichts passieren am helllichten Tag, beruhigte ich mich. Dann bat ich den Hüttenwirt noch ihr auszurichten, dass sie mich anrufen solle, sobald sie zurück wäre.

Flott, aber mit nun halbwegs angepasster Geschwindigkeit erreichte ich gegen Mittag den Parkplatz am Königssee. Hastig eilte ich zur Talstation der Jennerbahn. Jasmin hatte sich noch immer nicht zurückgemeldet. Wahrscheinlich nutzte sie das herrliche Wetter und genoss den Ausblick am Gipfel, sagte ich mir, konnte aber mein ungutes Gefühl nicht abschütteln.

Die glorreichen Sieben

Ich passierte die Schlange an der Jennerbahn unter ein paar bösen Blicken, unterlegt mit mürrischem Gemurmel, und zeigte der Dame am Schalter meinen Ausweis. Nachdem sie mir ein Ticket für eine Berg- und Talfahrt auf den Jenner überreicht hatte, fragte ich sie noch nach dem Weg zum Stahlhaus.

„Also, der ist halb so wild und auch gut ausgeschildert. In einer guten halben Stund sind Sie drüben."

„Des glaub i ned! Mit dene Schuh kann er höchstens den Berg glei wieder obirutschen", maulte ein stämmiger Herr mit Helm auf dem Kopf und Ski in der Hand hinter mir. Ich blickte nach unten zu meinen Füßen – gedankenlos hatte ich meine Cowboystiefel angezogen.

„Mist! Daran hab ich gar nicht gedacht."

„Gehen S' halt rüber zum Ausrüstungsverleih und holen S' sich da was Vernünftiges", gab mir die Dame hinter dem Schalter den Tipp.

„Gute Idee!", rief ich, während ich mich an dem Behelmten und den dahinter anstehenden Bergfreunden vorbeidrückte Richtung Ausgang.

„So a Depp!", hörte ich einen noch sagen.

Der Laden befand sich in unmittelbarer Nähe, und ich schilderte dem sportlich-dynamischen Verkäufer mein Anliegen.

„Also wenn S' nur rüber zum Stahlhaus wollen, dann tät i Ihnen Schneeschuh empfehlen", schlug er vor, „sonst Tourenski, weil mit normalen wird's zach, da rüber."

Ich überlegte kurz und fragte mich, ob ich womöglich Jasmin am Schneibstein oder sonst wo suchen musste, und was da jetzt wohl praktischer wäre.

„Die Schneeschuh gehen schneller, oder?", fragte ich ihn, während ich immer unruhiger wurde.

„Ja, die können S' glei mitnehmen", antwortete er irritiert.

„Dann die", sagte ich knapp, aber entschieden, weil ich wollte so schnell wie möglich zum Stahlhaus, um mir selbst ein Bild zu machen. Sollte Jasmin verschwunden bleiben, brauchten wir sowieso die Bergwacht.

„Aber andere Schuh ham S' schon?", meinte er und warf einen erstaunten Blick auf meine Cowboystiefel.

Als er begriff, dass genau das mein Problem war, verpasste er mir ein Paar Softboots, die ich gleich anbehielt, und fünf Minuten später stand ich erneut vor der netten Dame. Sie winkte mich grinsend durch, und kurz darauf schwebte ich in der fast neuen Gondel der Jennerbahn nach oben. Viel zu kurz konnte ich den postkartenreifen Blick auf den schneebedeckten Watzmann und hinunter auf den tiefblauen Königssee genießen, weil da auch schon mein Handy miaute.

„Ist es wichtig? Ich muss die Leitung freihalten...", versuchte ich Paula kurz und bündig zu erklären, dass ich jetzt keine Zeit hätte für private Diskussionen.

„Du bist doch krank, was soll da so wichtig sein? Außerdem, wo bist du?"

„Was? Ich versteh dich nicht! Schlechte Verbindung!", rief ich laut in das Handy, dann legte ich einfach auf.

Es miaute noch einmal, was ich aber ignorierte. Kurz darauf klingelte es, und ich konnte am Display erkennen, dass es Lisa war. Eine stattliche Dame, eingezwängt in einen knallroten Skioverall, schaute mich vorwurfsvoll an. „Nicht einmal auf dem Berg kann man seine Ruhe haben", hörte ich sie sagen. Achselzuckend drehte ich ihr den Rücken zu und nahm ab.

„Die Aufnahme vom Rauschberg, das ist ziemlich sicher der Georg Kubec. Aber um das hundertprozentig sagen zu können, bräuchte ich zum Vergleich zumindest ein biometrisches Foto von ihm oder seinem Bruder", teilte sie mir kurz und bündig mit und versprach, sich diesbezüglich umzuschauen.

Kaum hatte ich das Handy wieder eingesteckt, ertönte „Winnetou".

„Servus Joe, schon auf?"

„Rufst mich an, weil du das nachschauen willst?", blaffte ich.

„'tschuldigung! Ich wollte dir nur sagen, dass du vielleicht doch recht hast mit deiner Doppelgängertheorie!" Er berichtete mir, dass vor gut zehn Minuten die Kubec beim Rösler angerufen hätte. „Sie glaubt, dass sich ihr Schwager als Chris ausgegeben hat. Sie hat das Handy ihres Mannes in seinem Schreibtisch gefunden und auch einen 3D-Drucker und eine Schablone für das Wort ‚Dede'. Die war total durch den Wind, hat der Rösler gesagt, weil ihr Schwager sie obendrein fast dabei erwischt hätte, wie sie die Pelzkappe, die eigentlich ihrem Mann gehört, wieder in seinen Spind zurückgelegt hat. Und jetzt hat sie ausgerechnet Angst um die Gruberin, weil sie glaubt, dass die auch am Jenner ist, wie ihr Schwager, der ist nämlich dorthin mit Ski und Kappe. Also ich blick da nicht mehr durch", schloss Heinz, doch mir lief es siedend heiß den Buckel runter.

Um ein Haar hätte ich deswegen beim Umsteigen an der Mittelstation die Schneeschuhe in der Bahn vergessen, hätte sie mir nicht die üppige Dame mit einem verächtlichen Lächeln nachgetragen.

„Das kommt davon, wenn man die ganze Zeit telefoniert", meinte sie schnippisch, doch ich nickte ihr nur kurz zu und wandte mich wieder an Heinz. „Ist die Reitmüller informiert?"

„Das hat der Rösler schon erledigt. Die Reitmüller macht sich gerade auf die Socken, weil die Waschbärmütze will sie sich nicht entgehen lassen. Außerdem ist die Bereitschaftspolizei vor Ort anscheinend auch schon alarmiert."

„Ich bin gleich oben", sagte ich.

„Wo oben?"

„Oben am Jenner."

„Du? Am Jenner?! Echt?" Man konnte regelrecht hören, wie Heinz staunte.

„Übrigens, ein Mann mit Waschbärmütze war auch am Rauschberg. Es ist noch nicht sicher, aber wahrscheinlich war es Georg Kubec", teilte ich ihm noch schnell mit, da die Gondel bereits abbremste.

„Du meinst ... Echt?! Also dann, schau, dass du ihn findest, bevor er noch jemanden runterschubst!"

In der Bergstation drängte ich so schnell wie möglich aus der Kabine und irrte noch kurz durch das Restaurant, bevor ich hinausfand und die Ausschilderung zum Stahlhaus erblickte. Ich schnallte mir die Schneeschuhe an, zog Handschuhe über und stapfte mit vehementer Stockunterstützung los. Das Hohe Brett vor Augen und den Gipfel des Jenners hinter mir, stolperte ich zunächst bergab, während die Skifahrer an mir vorbeisausten. Außer mir nutzten noch zwei andere Schneeschuhwanderer das schöne Wetter und bewegten sich ebenfalls Richtung Stahlhaus, wobei nun der Weg wieder aufwärts führte.

Dank meines gehobenen Adrenalinpegels schaffte ich es tatsächlich, sie zu überholen, und bog bald auf einen schmalen Pfad ab.

Ich war ehrlich gesagt froh darüber, Schneeschuhe statt Ski zu haben, ging doch der Weg dauernd bergauf und bergab und war obendrein von Latschen so eingeengt, dass im Schneepflug zu fahren auch nur teilweise möglich gewesen wäre. Ein Tourengeher vor mir meisterte das trotz hinten offener Bindung bravourös, wobei ihn seine Felle bei den Abfahrten zumindest abbremsten.

Trotz meiner Eile nahm ich die Aussicht auf den direkt vor mir liegenden Gipfel des Schneibsteins und die tief verschneite Winterlandschaft wahr. Der Watzmann musste hinter mir sein, und ich fragte mich, ob ich irgendwann noch die Muße finden würde, ihn samt Frau und Kindern in Ruhe betrachten zu können.

Plötzlich erklang erneut „Winnetou“, und ich fummelte noch halb im Gehen das Handy aus meiner Jackentasche.

„Es gab einen Notruf vom Schneibsteinhaus“, teilte mir Heinz aufgeregt mit. „Jemand hat Hilferufe im Gebiet der Königsbergalm gehört. Da gibt es mehrere Kaser, also Almen.“

„Wo ist das?“, keuchte ich.

Bevor er mir die GPS-Daten schickte, versicherte er mir noch, dass Verstärkung bereits im Anmarsch und auch ein Helikopter geordert worden sei.

Hektisch gab ich die Daten in meine Navigations-App ein und dankte stumm Lisa für ihre geduldige Fortbildung. Leider musste ich feststellen, dass die richtige Abzweigung bereits hinter mir lag. Doch von hier aus hatte ich zumindest schon mal einen guten Blick hinunter auf das Schneibsteinhaus, und die Hütten der Königsbergalm mussten laut GPS rechts, also westlich davon sein.

Ich schaute mich um, um mich zu orientieren. Wenn man den Weg nach Osten weiterging, kam man zum Stahlhaus, das nicht mehr allzu weit entfernt sein konnte, doch es war von hier aus noch nicht zu sehen. Kurz überlegte ich, ob ich dem Weg folgen sollte, doch dann beschloss ich, mir diesen Umweg zu schenken und direkt den Hang hinunter auf das Schneibsteinhaus zuzuhalten.

Entschlossen stapfte ich durch den tiefen Schnee abwärts. Vor lauter Hektik geriet ich jedoch ins Stolpern und stürzte kopfüber in die weiße Pracht. Die plötzliche kalte Erfrischung tat fast gut und kühlte auch mein Gemüt etwas ab. Ich rappelte mich wieder auf und eilte weiter Richtung Hütte, vor der sich eine Gruppe von Menschen befand, die gerade in ihre Ski stiegen – jeder mit einem Holzscheit in der Hand, und einer hatte sogar eine Axt. Anscheinend hatte sich das mit den Hilferufen bereits rumgesprochen. Solche Knallköpfe konnte ich jetzt am wenigsten brauchen. Das Geringste, was passieren konnte, war, dass sie den Kubec aufschreckten.

„Halt!", rief ich keuchend. „Sofort stehen bleiben!"

Sie schauten sich kurz nach mir um, vier Männer und zwei identisch aussehende Frauen – anscheinend Zwillinge –, musterten mich abschätzend mit einem finsteren, aber wild entschlossenen Blick. Dann deutete der Große mit umgebundener Kochschürze in die andere Richtung und meinte knapp: „Gemma! Auf gehts!", woraufhin sich der ganze Trupp von mir abwendete und losmarschierte.

Trotz Krankenstand hatte ich vorsichtshalber meine Dienstwaffe mitgenommen. Umständlich zog ich sie aus der Jackentasche und wollte schon damit in die Luft schießen, um sie aufzuhalten. Doch dann wurde mir klar, dass ich damit unter Umständen ebenfalls den Kubec aufscheuchen würde.

„Wenn ihr nicht stehen bleibt, dann schieß ich!", rief ich stattdessen und wurde tatsächlich erhört. Wieder drehte sich der mit der Kochschürze um, doch dieses Mal musterte er mich ausgiebig, und die anderen taten es ihm gleich. Sechs menschliche Augenpaare und das von einem Hund starrten mich finster an, als ein langer Dünner, der von oben bis unten in Funktionskleidung steckte, seinen Skistecken bedrohlich in der Luft schwang.

„Das ist er! Attacke!" schrie er laut und wollte schon losspurten, doch der mit der Kochschürze hielt ihn am Arm zurück.

„Was willst du?", fragte er, während wir uns wie in einem Wildwestfilm gegenüberstanden: auf der einen Seite ich noch immer mit der Pistole in der Hand, auf der anderen Seite, keine zwanzig Meter entfernt, sechs wild Entschlossene, mit Axt, Knüppel und Skistecken bewaffnet, nicht zu vergessen der Hund, der bereits gefährlich knurrte. Es herrschte atemlose Stille unter dem blauen Himmel, und aus der Hütte drängten die ersten Schaulustigen.

„Polizei“, sagte ich und steckte die Pistole in die äußere Jackentasche. Dann öffnete ich meinen Anorak langsam, um aus der Innentasche meinen Dienstausweis hervorzuholen.

„Hände weg“, kreischte der lange Dünne und fuchtelte mit seinem Stecken wie mit einem Degen herum.

„Mensch, spinn di aus, Jockl! Der hat doch sei Waffen grad eing'steckt“, meinte ein breitschultriges Muskelpaket mit blondem, langem Haupthaar, das unter einer schwarzen Mütze hervorquoll.

„Gut, dass Sie da sind! Wo san denn die anderen?“, fragte der mit der Kochschürze und dem markanten Gesicht und schaute sich angestrengt um, doch auch zu meinem Leidwesen war weit und breit keine Verstärkung in Sicht.

„San Sie wirklich a Polizist? Ausschauen tun S' ja wie ein Schneemann“, meinte der, der als Einziger ebenfalls Schneeschuhe trug und den knurrenden Hund zurückhielt. Mit einem Grinsen auf seinem gutmütigen, runden Gesicht tätschelte er ihn und meinte beschwichtigend: „Susi, des is bloß a Polizist, der tut dir nix!“

„San Sie der, der mich angerufen hat? Jetzt kommen S' endlich, es pressiert!“, meinte der mit der Kochschürze und nickte mir auffordernd zu. Das musste also Luis, der Hüttenwirt vom Stahlhaus sein, schlussfolgerte ich, ehe er weitersprach. „Die Jasmin is immer no ned zurück, und die Wirtin vom Schneibstein hat mich angerufen, weil der ...“, er deutete auf das blonde Muskelpacket, „hat Hilferufe auf der Königsbergalm gehö...“, erklärte er, als ein schriller Schrei ihn jäh zum Verstummen brachte.

Zunächst waren wir wie erstarrt, doch dann sprintete der lange Dünne los, wobei er rief: „Des kommt von da drüben! Auf geht's!“

Wir beeilten uns ihm zu folgen, und als ich ihn endlich eingeholt hatte, erklärte ich ihm keuchend, dass er hinten bleiben sollte, was er nur widerwillig tat. Luis, als Ortskundiger, setzte sich an die Spitze, gefolgt von mir und dem erregbaren Dünnen. Beppi, so hieß der mit den Schneeschuhen und Hund, folgte mit dem Rest.

Nur wenige Minuten später stoppte Luis unseren rasenden Lauf und raunte keuchend: „Wir sollten ab jetzt vorsichtig sein. Wenn er sich in einem der Kaser verschanzt hat, dann wissen wir noch nicht in welchem.“

„Teilen wir uns auf! Ich nehm gleich die da vorn!“, rief der lange Dürre und wollte schon losstürmen, doch ich hielt ihn am Arm zurück, und ein Blick von Luis ließ ihn verstummen.

„Hier führt keine frische Spur zur Hütte hin. Mensch, Jockl, schau halt erst amal!“, meinte Luis ruhig.

Während wir uns kurz beratschlagten, hielt Beppi dem Hund immer wieder einen blauen Skistrumpf vor die schnuppernde Nase und flüsterte ihm was ins Ohr.

„Also, achtet auf frische Spuren im Schnee, und keiner unternimmt was auf eigene Faust, verstanden!“, sagte ich nachdrücklich und warf dem Lulatsch einen strengen Blick zu.

Der wollte schon was erwidern, als Beppi raunte: „Such, Susi, such die Jasmin“ und den Hund von der Leine ließ, der daraufhin freudig kläffend losstürmte.

„Mensch, Beppi, du Depp“, sagte Luis. „Jetzt rennt's wieder bis zur Wasseralm, und mir können's dann von dort holen. Und des im Winter!“

„Aber vielleicht find' sie ja die Jasmin, jetzt wo sie an ihrem Socka g'rochen hat!“

„Mei, hätt' i dich bloß weiter Betten machen lassen“, meinte Luis kopfschüttelnd, während der Hund auf und davon war.

Angespannt bis in die Haarwurzeln folgten wir dem ausgetretenen Weg, als Luis auf eine Spur deutete, die einen Hügel hochführte, auf der eine Hütte stand.

„Normal ist da jetzt keiner“, flüsterte er.

Der Kaser, dessen Schindeldach mit schweren Steinen belegt war, stand nahezu frei, den einzigen Sichtschutz boten einige Fichten am steilen Ende des Hügels. Um unbemerkt zur Hütte zu gelangen, folgten wir nicht der Skispur, die direkt auf sie zuführte, sondern entschieden uns für einen weiten Bogen, um uns hinter den Bäumen zu verbergen.

Wir durchpflügten weiträumig die unberührte Schneedecke, bis wir die Baumgruppe erreichten, mit deren Hilfe wir uns immer näher, die steile Flanke aufsteigend, an die Alm heranpirschten. Dann hielten wir hinter einer üppigen Fichte inne. Wir waren nun kaum zwanzig Meter von der Rückseite der Hütte entfernt.

Ich legte den Finger auf den Mund, und Beppi tat es mir nach, während die anderen stumm nickten. So lauschten wir alle sieben – doch es war kein Laut zu hören. Flüsternd gab ich den anderen zu verstehen, dass ich mich allein der Rückseite nähern wollte.

„Ich brauch einen, der zum Schneibsteinhaus zurückgeht, um dort auf die Polizeiverstärkung zu warten und sie hierherzubringen“, flüsterte ich und hoffte den leicht erregbaren Jockel für diese Aktion zu gewinnen, hatte ich doch Angst, dass er mir dazwischenpfuschte.

Doch leider fühlte er sich nicht angesprochen, und so übernahmen die Zwillingsschwestern den Job. Sie nickten uns stumm zu und verschwanden dann zwischen den Bäumen. Jockl konnte ich schlussendlich nur dadurch hindern, mir zu folgen, indem ich ihm meine Waffe überließ und ihn bat, mir Rückendeckung zu geben. Natürlich nicht ohne vorher unauffällig die Munition zu entfernen.

Nachdem so weit alles geregelt war, näherte ich mich vorsichtig der Rückseite der Hütte. Das Knirschen des Schnees erschien mir wie ein lautstarkes Krachen. Immer wieder hielt ich inne und lauschte angespannt, doch es war nichts zu hören. Erst jetzt fiel mir auf, wie stumm der Winter sein konnte. Kein Vogel, kein Nichts, nur mein Atem.

Vorsichtig, Schritt für Schritt, hellwach und gespannt lauschend, erreichte ich die hintere Hauswand und lugte links um die Ecke. Ich betrachtete die Hütte genauer und stellte fest, dass ein Fensterladen offen stand. Mehr konnte ich aber von hier aus nicht erkennen. Zu dem Fenster, das nur gute zwei Meter entfernt lag, führte von der anderen Seite eine Spur, und der Schnee unmittelbar davor war niedergetrampelt. Daneben standen zwei Paar Ski und Stecken im Schnee.

Behutsam schlich ich mich heran und stellte fest, dass die Scheibe eingeschlagen und der Rahmen mit dem Rest des Glases nur angelehnt war. Voller Anspannung hielt ich noch einmal inne, und als ich nichts hörte, löste ich lautlos die Riemen der Schneeschuhe.

Mit angehaltenem Atem wagte ich einen Blick hinein und sah zunächst nur wenig, bis sich meine Augen an die Dunkelheit gewöhnt hatten. Ich erkannte eine Schlafkammer, in der ein großes Bett und ein alter, bemalter Bauernschrank standen. Die Tür, die sich auf der gegenüberliegenden Seite befand, war geschlossen. In dem Raum schien niemand zu sein.

Ich nahm meinen ganzen Mut zusammen, drückte das Fenster auf und stellte den rechten Fuß auf das Fensterbrett. Gerade als ich mein Gewicht nach vorne verlagerte, um auch das zweite Bein nachzuholen, kam der Hund angerannt, gefolgt von Beppi. Ich versuchte ihm noch mit einer Geste klarzumachen, dass er zurückbleiben sollte, als ich das Gleichgewicht verlor und nach innen in den Raum stürzte.

Nach dem heftigen und lauten Aufschlag herrschte einen Moment lang absolute Ruhe, dann zerriss ein Schuss die Stille. Hinter der Tür schrie eine Frauenstimme hysterisch: „Hilfe, bitte nicht!" Und dann noch mal: „Nein!"

So schnell wie möglich rappelte ich mich auf und stürmte zur Tür. Ich verfluchte mich, dass ich keine Waffe mehr hatte, als Jockl bereits mit gezückter Pistole durchs Fenster sprang und mit leisen Klickgeräuschen auf die Tür ballerte. Entschlossen riss ich ihm die Waffe aus der Hand und schob eilig das Magazin hinein.

„So is des also!", maulte er, doch ich hatte jetzt keine Muße für Erklärungen.

„Kubec!", schrie ich. „Kubec! Lass den Blödsinn. Du hast keine Chance!"

Keine Antwort. Es rumpelte heftig in dem anderen Raum. In mir stieg Panik auf. Ich riss an der Klinke, doch die Tür war verschlossen. Ich dachte an Jasmin und warf mich mit aller Kraft dagegen, es krachte laut, doch sie gab nicht nach. Dann sprang auch Jockl mit einem wilden Satz gegen die Tür. Im selben Moment ertönte krachend ein zweiter Schuss. Erschrocken sahen wir uns an, dann nahm ich erneut Anlauf, als die Tür plötzlich aufging und ich um ein Haar Christa Kubec über den Haufen gerannt hätte. Sie stand mit hängenden Schultern in der Tür, in der Hand hielt sie eine Pistole. Dann ließ sie sie fallen, und ich zerrte sie aus dem Raum, bevor ich selbst mit meiner SFP9 im Anschlag eintrat.

Das Zimmer war dunkel, da die Läden geschlossen waren, nur die LED-Laterne auf dem kleinen Holztisch spendete etwas Licht. Der Tisch war umgeben von fünf Stühlen, wovon einer umgestoßen worden war, und die Scheibe des alten Buffets war zertrümmert. Mit dem Kopf angelehnt an ein altes, abgegriffenes Kanapee, dessen Bezug nun rot eingefärbt war, lag Georg Kubec auf dem Boden. Er hatte ein Loch im Kopf, und seine Augen starrten mich leblos an. Seine rechte Hand umklammerte noch immer eine Axt, die quer über seinen Beinen lag. Im ersten Moment dachte ich, es wäre Chris Kubec, so bartlos und mit der Fellkappe bekleidet. Dass es Georg war, konnte ich zunächst nur an den kurzen Haaren erahnen. Erst als ich mich ihm näherte, um seinen Tod festzustellen, erkannte ich ihn mit Sicherheit an dem fehlenden Glied seines rechten Mittelfingers.

So wie der jetzt aussah, wäre es wirklich kein Problem gewesen, sich als sein Bruder auszugeben, natürlich abgesehen von dem Loch im Kopf, weil mit so einem checkt man nirgends mehr ein. Es war also durchaus möglich, dass er anstatt seines Bruders nach Paris geflogen war.

„Ich wollte das nicht!“, wimmerte Christa Kubec hinter mir mit weinerlicher Stimme. „Glauben Sie mir bitte! Ich wollte das nicht!“

Sie stellte sich neben mich und schlug beim Anblick ihres Schwagers die Hände vors Gesicht.

„Er, er ...“, stammelte sie schluchzend und wendete sich ab, „... er ist mit der Axt auf mich los!“

Notwehr

Das Erste, wonach ich Christa Kubec fragte, war, ob sie wüsste, wo Jasmin wäre, was sie jedoch leider verneinte. Auch versicherte sie mir, sie bisher noch nicht gesehen zu haben.

Bevor ich sie ausführlicher befragte, durchsuchte ich zunächst einmal die Alm, was schnell erledigt war, aber zu nichts führte. Dann rief ich die Einsatzzentrale der Berchtesgadener Bereitschaftspolizei an und berichtete, wo wir uns befanden und was vorgefallen war. Der dort Diensthabende war bereits informiert und ließ mir ausrichten, dass ich doch bitte noch auf die Reitmüller warten solle.

Missmutig sicherte ich dann den Tatort, vor allem gegen Jockl, der immer wieder neugierig seine Nase hereinsteckte, und schickte Frau Kubec nach nebenan in die Schlafkammer. Inzwischen war auch Luis eingetroffen, und ich bat ihn, ihr Gesellschaft zu leisten, während ich den Tatort nun genauer unter die Lupe nahm und Fotos machte. Dabei stellte ich fest, dass eine Pistolenkugel die Scheibe des Buffets zertrümmert hatte und bis in das dahinterliegende Mauerwerk vorgedrungen war.

Bevor ich die Kubec befragen konnte, verabschiedete ich Luis, der zurück zum Stahlhaus wollte. Dort war bereits die Bergwacht eingetroffen, um systematisch nach Jasmin zu suchen.

„Ich halt dich auf dem Laufenden“, versprach er mir noch, bevor er los ging. Dann nahm er Susi an die Leine und meinte: „Na immerhin bist du wieder da!“ Auch der blonde Muskelmann und Jockl machten sich auf den Weg, während Beppi einen Platz auf der Hausbank vom Schnee befreite, um es sich dort in der Sonne gemütlich zu machen.

„I wart auf di“, meinte er und schaute mich zerknirscht an. „Wo i doch schuld bin, dass die Susi ... I mein ... Meinst, des wär anders ausgegangen, wenn die uns ned g'hört hätten?“

Ich zuckte mit den Schultern. „Wer weiß, vielleicht hätte ja dann der Kubec sie mit der Axt erschlagen“, sagte ich tröstend und ging zurück in die Hütte.

Nun war ich mit Christa Kubec allein in der Schlafkammer, und durch das kaputte Fenster drang die Kälte ein, jedoch kein einziger

Sonnenstrahl. Ich ließ mich auf der Kommode gegenüber dem Bett nieder, auf dessen Kante die Kubec mit gefalteten Händen saß. Ich glaubte, sie beten zu hören.

„Sind Sie in Ordnung?“, fragte ich sie, worauf sie kurz den Kopf hob und nickte. Sie trug einen hellblauen Anorak, auf dem ich auf den ersten Blick keine Blutspuren sehen konnte, eine schwarze Skihose und schwarze Skischuhe. Ihre kurzen blonden Haare steckten unter einer dunkelblauen Wollmütze, nur ein paar Strähnen fielen ihr in die Stirn. So in sich versunken wirkte sie beinahe noch kleiner. „Meinen Sie, dass Sie mir ein paar Fragen beantworten können?“

„Ja“, antwortete sie tapfer, während sie sich die Hände knetete.

Ich gab ihr die Thermoskanne, die Luis mir netterweise überlassen hatte. Dankbar nahm sie sie und füllte mit zitternden Fingern den Deckel. Während sie den wärmenden Tee zwischen den Händen hielt, berichtete sie mir, dass sie gestern in der Baufirma ihres Schwagers gewesen sei, um an ihrer Horex zu schrauben. Zunächst verlor sie sich in der Beschreibung ihrer Arbeit an dem Motorrad, und ich ließ sie gewähren, schließlich hatte sie eine kleine Ablenkung verdient. Ich konnte beobachten, wie sie sich allmählich etwas entspannte.

„Mein Zündkerzenschlüssel war weg, und nachdem ich in meiner Garage alles abgesucht hatte, bin ich rüber in die Halle. Ich hab dann dort nachgeschaut, ob er irgendwo ist. Hätte ja sein können, dass ihn sich jemand ausgeliehen hat. Als ich ihn nirgends finden konnte, hab ich noch in Georgs Spind geschaut.“ Sie stockte kurz.

„Dort waren neben den Arbeitsklamotten auch ein Paar alte Völkl-Ski drin. Ganz unten, unter den Skistiefeln, lagen in einer Aldi-Tüte verpackt eine Fellmütze und eine Geldkassette. Mir kam die Mütze sofort bekannt vor, schließlich war sie ja vor Kurzem in der Zeitung abgebildet, und im Büro von Chris bei Natural habe ich genau so eine auch schon liegen sehen. Er hatte doch glatt behauptet, die hätte ihm ein Kunde geschenkt.“ Sie blickte auf und sah mich empört an. „Kunde! Inzwischen wissen ja alle, wer dieser ‚Kunde‘ war, aber wie jetzt Georg zu dieser Mütze gekommen ist, ist mir schleierhaft.“

Nachdem sie nicht mehr weiterredete und nur noch gedankenverloren den leeren Becher in ihren Händen drehte, bat ich sie sanft, ihren Bericht fortzusetzen.

„Ich wollte schon alles wieder zurückräumen, als ich in der Kassette einen Schlüssel gefunden habe. Da bin ich neugierig geworden und hab ihn an seinem Schreibtisch im Büro ausprobiert. Den hält er nämlich immer streng verschlossen.“ Sie grinste mich schelmisch an, dann wurde sie wieder ernst. „Im Fach habe ich dann den 3D-Drucker gefunden und in der Schublade die Schablone für das Wort ‚Dede‘ und das Handy von Chris!“, sagte sie und warf mir einen verzweifelten Blick zu. „Verstehen Sie?!“

Ich konnte mir lebhaft vorstellen, was für ein Schock es für sie gewesen sein musste, als sie die Sachen bei ihrem Schwager gefunden hatte. „Haben Sie das Handy noch?“

„Nein, ich habe alles wieder an seinen Platz gelegt, weil ich plötzlich Angst hatte, er könnte jeden Moment kommen und ... na ja, wenn er Chris umgebracht hatte und merken würde, dass ich ... Also wahrscheinlich hat doch er die Nachrichten an mich geschickt, oder? Ich mein die aus Paris und aus Brixen. Dann war doch er dort!“ Sie schlug die Hände vor das Gesicht und stöhnte. „Das Handy war doch dort eingeloggt?“ Sie schaute mich fragend an.

Ich nickte. „Ja, sowohl die französischen als auch die italienischen Kollegen haben das bestätigt.“

„An dem Tag, als ich von unserer Alm kam, und auch am nächsten Tag, als Chris angeblich nach Paris geflogen ist, war Georg gar nicht da! Mir hat er gesagt, dass er seinen neuen Campingbus testen will und für ein paar Tage unterwegs sein würde. Das hat er mir zumindest erzählt. Ich weiß, der Polizei haben wir gesagt, dass wir den Abend und auch den nächsten Tag gemeinsam verbracht haben. Das tut mir leid. Er hat behauptet, das wär besser für mich! Weil doch Chris mich verlassen wollte und wegen dem Streit und weil ich doch die Letzte war, die ihn gesehen hat ...“

Sie hob den Kopf und sah mich mit großen Augen an. „Und ich Idiot habe ihm auch noch ein Alibi gegeben.“ Sie ballte die Faust. „Wenn ich doch schon damals gewusst hätte, dass er das ganze Erbe verspekuliert hat! Und überhaupt, wer denkt denn so was! Der eigene Bruder!“

Sie sprang auf und lief quer durch den Raum, um sich dann am anderen Ende des Bettes niederzulassen. Dort lehnte sie sich an das hölzerne Kopfteil und zog trotz Skischuhe die Beine an. Dann vergrub sie ihr Gesicht in ihren Händen und saß nun wortlos zusammengekauert auf der Matratze. Ich nahm mir vor, behutsam vorzugehen, war es doch für keinen leicht zu verkraften, gerade einen Menschen erschossen zu haben.

„Sollen wir eine Pause machen, oder können Sie fortfahren?“, fragte ich daher sanft.

Sie nickte abwesend und wirkte dabei wie ein zerbrechliches kleines Mädel.

„Sie müssen wissen, Georg war für mich wie ein großer Bruder. Ich kann und will es immer noch nicht glauben, dass er womöglich...“ Sie schüttelte erneut den Kopf, redete aber nicht weiter. Erst als ich mich räusperte, setzte sie ihren Bericht fort. „Als ich die Kassette und die Tüte in den Spind zurückgelegt habe, ist er tatsächlich auch schon gekommen. Mir ist fast das Herz stehen geblieben, als er sofort auf seinen Schrank zugesteuert ist. Er hat dann die Ski und die Skischuhe rausgenommen und auch die Tüte mit der Kappe. Dann hat er mich gefragt, ob ich ihm beim Tragen helfen kann, und ich war froh, dass er nichts bemerkt hatte. Ich war überrascht, da er ja schon seit Jahren nicht mehr Skilaufen war. Außerdem war es bereits Mittag. Auf meine Nachfrage, wohin er wollte, meinte er nur kurz angebunden, dass er auf einer Hütte Silvester feiert.“

Erschöpft sah sie mich an.

„Und woher haben Sie gewusst, dass Ihr Schwager zum Jenner wollte?“, fragte ich, um einen sanften Tonfall bemüht.

Zunächst kam keine Antwort, sie hatte sich wieder in ihre Embryonalhaltung zurückgezogen, dann erklärte sie mir aber doch, dass sie auf Georgs Beifahrersitz einen Pistenplan vom Jennerskigebiet gesehen hätte.

„Und Frau Gruber? Woher wussten Sie, dass sie hier ist?“

„Von ihr selbst!“, kam die schnelle Antwort. „Sie hat mich heute früh angerufen, weil sie was mit mir besprechen wollte, und da hab ich vorgeschlagen, dass wir uns heute noch treffen könnten. Normal hätte ich nichts mit der zu reden, aber nachdem ich bei Georg die Mütze und das Handy gefunden hatte ... Vielleicht wusste sie ja mehr. Sie hat dann aber gemeint, dass sie erst heute Abend Zeit hätte, weil sie noch oben am Stahlhaus ist. Zunächst hab ich mich nur gefragt, was sie mit mir bereden will und ob sie vielleicht weiß, ob Chris noch lebt oder warum Georg sein Handy hat."

Sie stöhnte kurz auf, wobei sie mir einen raschen Blick zuwarf, ehe sie fortfuhr: „Aber dann bekam ich Angst, weil doch der Georg schon jahrelang nicht mehr Ski gefahren ist, und jetzt wollte er ausgerechnet zum Jenner, ganz in der Nähe vom Stahlhaus! Da bin ich dann auch los, mit lauter wirren Gedanken im Kopf. In der Gondel hab ich vorsichtshalber doch noch die Polizei verständigt. Ich weiß, das hätte ich gleich tun sollen", meinte sie und sah mich kläglich an.

Ich fragte mich, ob Jasmin die Kubec nach Chris fragen wollte, nachdem sie geglaubt hatte, ihn hier oben gesehen zu haben, oder vielleicht nur nach der Kappe. Sie konnte ja nicht wissen, dass es nicht Chris, sondern Georg war, der sich ihr auf Ski genähert hatte. Aber ich hätte es ahnen können. Ich verfluchte mich dafür, nicht sofort nach unserem ersten Telefonat losgefahren zu sein. Was, wenn es jetzt schon zu spät war? Und danach sah es ja aus – Jasmin war verschwunden! Es durfte einfach nicht sein! Wir mussten sie einfach noch finden! Vielleicht ist sie doch schon ins Tal abgefahren, versuchte ich mir Hoffnung zu machen.

Eine Weile sagte keiner von uns was. Dann fragte ich sie nach der Pistole.

„Ich wollte es ja nicht glauben, dass er ...", schluchzte sie. „Ich wollte ihn doch nur zur Rede stellen, wie er zu dem Handy gekommen ist. Ich hab gehofft, dass er irgendeine Erklärung hat. Ich mein, wir kennen uns doch schon seit der Kindheit. Die Pistole hab ich ja nur vorsichtshalber mitgenommen, damit er die Wahrheit sagt. Aber dann ist er mit der Axt auf mich los!", stammelte sie und vergrub ihr Gesicht zwischen den Knien.

„Woher hatten Sie denn die Pistole?"

„Ich ... ich war mal im Schützenverein, also eigentlich bin ich es immer noch, aber ich geh schon länger nicht mehr hin ... Ich wollte ihn doch nicht erschießen", rief sie verzweifelt und zog sich dann endgültig in ihr Schneckenhaus zurück.

So saßen wir beide in unsere Gedanken versunken in der dunklen Kammer und bemerkten noch nicht einmal, wie sich die Kälte immer mehr in uns fraß. Schließlich wurde zumindest die Kubec erlöst, denn endlich war die Reitmüller mit ihrem Team eingetroffen. Ein Berchtesgadener Kollege begleitete die Kubec zur Bergstation, nachdem auch die Reitmüller eingesehen hatte, dass sie ihr besser erst einmal ein Heißgetränk in der Jenneralm vergönnen sollte, bevor auch sie sie befragen würde. Nur ich hatte leider nicht so viel Glück und sollte draußen warten, bis sie mit der Spusi hier fertig wäre.

Außer Beppi war keiner mehr da, und der saß auch nicht mehr auf der Bank, sondern sprang, um sich warm zu halten, von einem Bein auf das andere, da die bereits tief stehende Wintersonne nur noch wenig Wärme spendete. Dafür war die Aussicht umso grandioser.

Immerhin hatte ich jetzt Zeit, den Watzmann zu bestaunen. Seine weißen Gipfelspitzen erstrahlten noch im warmen Licht, und unwillkürlich schlich sich das Lied von Wolfgang Ambros in meinen Kopf: „Watzmann, Watzmann, Schicksalsberg – du bist so groß und i nur a Zwerg!“ Genau so fühlte ich mich!

Kurz darauf trat endlich die Reitmüller aus der Alm.

„So, so, der Herr Bichelmair!“, meinte sie und sah mich abschätzig an. „Sind Sie eigentlich irgendwo mal nicht? Ich dachte, Sie sind krankgeschrieben und vor allem vom Fall abgezogen.“

Sie entledigte sich ihrer Gummihandschuhe, fummelte eine Packung Camel Filter heraus und steckte sich eine an. Am liebsten hätte ich sie um eine angehauen, konnte es mir aber doch noch verkneifen. Die Genugtuung, dass ausgerechnet ich sie um etwas bitten würde, wollte ich ihr nicht gönnen.

„Dann gehe ich jetzt in meinen Krankenstand“, gab ich grantig zurück und griff nach meinen Stecken, die an der Hüttenwand standen.

„Vielleicht können Sie mir ja wenigstens noch erklären, was die Kubecs und die Gruber hier oben wollten und vor allem, warum Sie schon wieder mittendrin sind?“, meinte sie weiterhin angriffslustig. „Außerdem wüsste ich gerne, was hier genau abgelaufen ist!“

Ich sah mich also genötigt, ihr eine Zusammenfassung der Aussage von Christa Kubec zu geben, und als ich geendet hatte, zerdrückte sie ihre wahrscheinlich fünfte Zigarette so nachdrücklich mit der Schuhspitze, dass ich dachte, sie wolle sie durch die Schneedecke bis runter auf den Boden pressen.

„Also ich weiß jetzt, warum sie ihren Schwager für den Mörder ihres Mannes hält", sagte sie. „Und ich weiß, dass dieser Georg Kubec ziemlich sicher die Kunststoffhändchen gedruckt hat. Von mir aus ist er auch noch nach Paris geflogen. Aber warum zum Teufel ist sie hier überhaupt hochgekommen, statt das Ganze der Polizei zu überlassen?! Und vor allem, warum sind Sie schon wieder als Erster vor Ort?", herrschte sie mich an.

„Ich geh jetzt, mir ist kalt!", sagte ich nur knapp und machte Beppi ein Zeichen, dann stieg ich in die Schneeschuhe.

Die Reitmüller schüttelte bloß den Kopf. „Falls Sie mithelfen wollen, die Frau Gruber zu suchen: keine Angst, das macht bereits die Bergwacht", gab sie mir zum Abschied mit. „Sogar einen Hubschrauber setzen sie ein. Aus meiner Sicht überflüssig, die Dame hat sich aus dem Staub gemacht, wenn Sie mich fragen!"

Beppi

Kurz darauf stapften Beppi und ich zurück Richtung Stahlhaus, und der Watzmann verschwand aus unserer Sicht. Dafür hatten wir jetzt den Schneibsteim und das Hohe Brett vor uns, die noch im letzten Sonnenlicht lagen, während sich hier bereits die Dämmerung über die Landschaft legte.

Nachdem wir einen kurzen steilen Anstieg hinter uns gebracht hatten, brauchten wir nur noch wenige Minuten, dann standen wir vor der Alpenvereinshütte, hinter der sich das Hohe Brett auftürmte. Das Carl-von-Stahl-Haus bestand aus zwei Teilen, die unterschiedlicher nicht sein konnten. Während der alte Teil rustikal und typisch war, war der neue Hüttenteil, nun ja – sagen wir funktional. Und so standen die beiden da, zusammengewachsen wie siamesische Zwillinge und doch ganz unterschiedlich im Aussehen.

Die erleuchteten Fenster verhießen Wärme und Normalität. Vielleicht saß Jasmin ja schon in der Hütte, hoffte ich inständig. Wir betraten das Gebäude jedoch nicht über den Eingang, sondern gingen an der Terrasse vorbei bis zu einer Tür, die in den tieferliegenden Anbau führte und hinter der sich der Skiraum befand. Ungeduldig zog ich meine Boots aus und bemerkte erst jetzt, dass ich kaum mehr ein Gefühl in den Zehen hatte.

Während Beppi sich noch die Füße rieb, stürzte ich bereits mit tauben Zehen leicht torkelnd die Treppe nach oben und landete in einem Vorraum. Mir gegenüber konnte ich den eigentlichen Eingang erkennen und zu beiden Seiten eine Tür. Aus der linken hörte ich ein bierseliges Stimmengewirr. Ich riss sie auf und war mir sicher, Jasmin gleich irgendwo hier zu erblicken.

Der Raum mit dem Tresen und den hellen Holztischen war gut besetzt, aber sie war nirgends zu sehen. Die Leute ließen sich durch meine Ankunft nur wenig stören und schienen sich allesamt bestens zu unterhalten.

Es ist alles in Ordnung, dachte ich weiterhin hoffnungsvoll. Hinter dem Ausschank hörte ich das Geklapper von Geschirr. Hier musste die Küche sein. Wahrscheinlich war sie dort und half Luis. Aufgeregt versuchte ich mich an dem jungen Kerl, der den Tresen bediente, vorbeizuschieben, doch er hielt mich am Arm zurück.

„Sag amal, was fallt denn dir ein? Da hast du überhaupt nix zum Suchen!“, rief der kräftige junge Mann aufgebracht, während sich seine Finger schmerzhaft in meinen Oberarm gruben.

„Lass ihn“, hörte ich Luis, der aus der Tiefe der Küche auf mich zukam.

Sein leerer Blick sagte mir alles. Trotzdem fragte ich: „Und?“, woraufhin er nur bedauernd den Kopf schüttelte.

„Geh rüber in die alte Gaststube, da kannst vielleicht mehr erfahren.“

Der junge Kerl hatte mich augenblicklich losgelassen und schenkte mir bereits ein Bier ein. „Nix für ungut“, sagte er. „Geht aufs Haus.“

„Eh klar“, unterstrich Luis, „und such dir noch was zum Essen raus. I komm dann glei rüber.“ Müde drückte er mir eine Karte in die Hand.

Die Hitze und das Stimmengewirr kamen mir plötzlich vor wie aus einer anderen Welt. Jasmin war irgendwo da draußen in der Kälte, und ich trank hier ein Bier.

Im zweiten Gastraum, an dessen Tür ein Schild hing mit „Betreten verboten“, war die Atmosphäre ganz anders. Die alte Gaststube, bestückt mit rustikalen Tischen, Stühlen und Bänken an der Wand, glich nun mehr einer Einsatzzentrale. Drei Tische waren zusammengeschoben worden, lediglich die Funkanlage stand etwas abseits. An ihr saß Fritz, der mir kurz zunickte. Um die aneinandergereihten Tische standen zwei Männer und eine Frau. Es war Mieke, die ich sofort an ihren verschmitzten Lachfältchen erkannte, die sich kurz eingruben, als sie mich sah. Ich hatte die angehende Polizeibergführerin bei meinem letzten Fall zusammen mit Fritz kennengelernt. Wir umarmten uns herzlich, dann stellte sie mir die zwei Männer vor, die von der österreichischen Bergwacht waren.

„Wir helfen hier alle zusammen“, meinte sie und erklärte mir anhand eines digitalen Lageplans auf ihrem Notebook, wo sich die einzelnen Trupps gerade befanden. Die Österreicher setzten sich vor ein Tablet und markierten auf einer ausgebreiteten Karte verschiedene Abschnitte.

„Wir finden sie schon noch“, versuchte Mieke mich zu trösten, die meine Verzweiflung bemerkt hatte.

Ich selbst konnte nur wenig beitragen, und darum setzte ich mich in eine Ecke, um nicht im Weg umzugehen. Zu meiner Verzweiflung gesellte sich Müdigkeit.

Plötzlich stand Luis neben mir, anscheinend war ich kurz eingenickt. „Was magst jetzt?“

Irritiert schaute ich ihn an.

„Zum Essen – was du zum Essen magst, mein ich!“

Ich fühlte die Kälte, die sich auch von innen in den letzten Winkel meines Körpers geschlichen hatte, obwohl hier gut eingeheizt war.

„Vielleicht eine Suppe“, hörte ich mich wie automatisch sagen, und Luis verschwand mit einem Nicken nach draußen. Ohnmächtig folgte ich dem fast stillen Treiben.

Kurz darauf stellte Luis einen dampfenden Teller vor mir ab, dessen Inhalt ich gedankenverloren in mich reinlöffelte. Dann kam Fritz und ließ sich von mir berichten, was die Kubec ausgesagt hatte. Nun saß ich wieder allein vor meinem halb leeren Glas und wusste nicht, was tun. In mir nagte eine bohrende Angst, und das Gefühl der Hilflosigkeit machte sich breit, während eine bleierne Müdigkeit gegen die innere Unruhe kämpfte.

Irgendwann kam Mieke an meinen Tisch. „Am besten, du legst dich hin. Du kannst jetzt hier eh nichts machen“, meinte sie sanft, als eine Gruppe Bergwachtler eintrat und eisige Kälte mitbrachte.

„Sauwetter!“, rief einer. „Mir ham umkehren müssen, a Sturm zieht auf. Man sieht jetzt scho keine zwei Meter mehr weit, so ein Schneetreiben hat's!“

Nachdem sie sich aus ihren Jacken geschält hatten, setzten sie sich an einen Tisch und wärmten sich erst einmal die Hände an ihren Teetassen, während einer sich mit Fritz und einem der Österreicher besprach.

„Wer sucht jetzt noch?“, fragte ich fassungslos, woraufhin Mieke behutsam meinen Arm drückte.

„Wir müssen abbrechen. Ein Teil der Leute ist bereits ins Tal abgefahren, und der Rest kommt gleich, um hier zu schlafen. Morgen suchen wir weiter. Es gibt viele kleine Almen, möglicherweise hat sie ja dort Unterschlupf gefunden. Also leg dich hin!“

„Vielleicht ist sie ja schon längst unten“, sagte ich, obwohl ich wusste, wie unwahrscheinlich das war, auch weil ich inzwischen erfahren hatte, dass ihr Auto noch immer am Parkplatz stand. Aber ich wollte mich gegen jede Logik stemmen, weil es unerträglich war, mir Jasmin jetzt mutterseelenallein in dieser kalten, eisigen Schneewüste vorzustellen, oder gar tot. Am liebsten wäre es mir gewesen, die Reitmüller hätte recht und sie wäre einfach abgehauen.

Abrupt stand ich auf, angelte mir Anorak, Mütze und Handschuhe und stürmte zum Ausgang. Als ich die Tür aufriss, blies mir eine eiskalte Schneewolke entgegen, während die Fensterläden klapperten und der Wind ums Haus jaulte. Benommen blieb ich stehen und schaute in das weiße Inferno. Dann kam Beppi, schob mich zur Seite und drückte die Tür gegen die wild wirbelnden Schneeflocken wieder zu.

„Mei, und wer macht jetzt wieder den Dreck weg?“, hörte ich ihn jammern, während er bereits mit einem Putzlappen bewaffnet zurückkehrte. Ich war wie erstarrt.

„Immer der, der fragt“, meinte Luis, der plötzlich neben mir stand. Dann wandte er sich an mich: „Und du gehst jetzt besser ins Bett. Morgen müssen wir wieder fit sein! Ich weck dich, sobald es was Neues gibt.“

In dem Zimmer, das Luis mir zugeteilt hatte, fiel ich zunächst trotz der im Wind klappernden Fensterläden und der Tatsache, dass es erst kurz nach acht war, erschöpft und angezogen ins Bett, wo ich auch gleich einschlief.

Als ich wieder aufwachte, pfiff es schauerlich ums Haus. Ich schaute auf mein Handy und stellte fest, dass es kurz vor Mitternacht war. Da ich aber nicht mehr einschlafen konnte, stand ich auf und ging nach unten. Das ganze Haus schien nun verlassen zu sein. Ich wusste, dass ich dort oben kein Auge mehr zubringen würde, und falls doch, graute es mir vor meinen Träumen.

Ich zapfte mir ein Bier und ging hinüber in den alten Gastraum. Dort setzte ich mich auf die Bank neben die Funkstation. Nachdem ich das Glas geleert hatte, fühlte ich mich zumindest etwas narkotisiert und beschloss, hier auf der Bank zu schlafen. Vielleicht würde sich Jasmin ja melden, war mein letzter absurder Hoffnungsschimmer.

„Deine Packerl von gestern hab i allesamt rausg’stellt“, hörte ich Luis’ ärgerliche Stimme. „I hab dir doch g’sagt, du sollst hier rauf nix mehr bestellen. Des reicht, dass du bei dir dahoam in dem Zeug dersaufst. Des räumst jetzt dann weg, aber ned ins Haus!"

„Ja, des mach i nachher scho, aber erst amal muss i was essen", hörte ich Beppi draußen auf dem Flur sagen.

Orientierungslos öffnete ich die Augen und war schlagartig wach. Jasmin? Ich richtete mich auf und stellte fest, dass neben mir bereits ein Bergwachtler seinen Rucksack packte.

„Morgen", sagte er. Doch draußen war es noch stockdunkel.

„Wie viel Uhr ist es?", fragte ich ihn und bemerkte die tiefen Ringe unter seinen Augen.

„Fast fünf. Wenn es hell ist, fliegt der Heli wieder, und wir gehen alle noch mal los. Drüben gibt es ein Frühstück", meinte er, und wir gingen gemeinsam hinüber in den neuen Gastraum.

Trotz der Uhrzeit waren alle Tische besetzt. Die meisten Anwesenden waren von der Bergwacht oder wie Fritz und Mieke auch noch Polizeibergführer. Lediglich zwei schienen Gäste zu sein, die sich verwundert umschauten.

„Siehst du, Sven-Uwe, ich hab dir ja gesagt, dass man in den Bergen früh aufstehen muss. Nimm dir ein Beispiel an den Damen und Herren hier!", hörte ich die Frau mit dem weizenblonden Pagenkopf sagen. Woraufhin Sven-Uwe, ein kräftiger Mann mit Vollbart, nur missmutig grunzte und kopfschüttelnd die müde Truppe musterte.

Ich belegte einen Teller mit Brot, Butter und Käse und setzte mich zu Fritz an den Tisch, der, den Kopf auf den Arm gestützt, ein Müsli löffelte.

„Meinst du, dass wir noch eine Chance haben, sie lebend zu finden?", fragte ich ihn leise.

„Wenn sie irgendwo Unterschlupf gefunden hat, vielleicht. Es hat heute Nacht zwar nur minus sechs Grad gehabt, aber dann noch der Sturm ..." Er brach ab und schüttelte den Kopf. Keiner von uns beiden erwähnte die Möglichkeit, dass Jasmin womöglich schon längst tot war, umgebracht von Georg Kubec.

Ich aß aus puren Vernunftgründen ein Brot, das ich gedankenlos hinunterwürgte, als Luis an der Theke erschien und meinte: „Ich hab euch da noch einen Tee und a Brotzeit für unterwegs hergerichtet. Bedient's euch! Und du, Beppi, räumst endlich deinen Krempl weg!"

„Mei, i kann doch ned alles auf einmal machen“, hörte ich Beppi aus der Küche lamentieren. „Aber i machs ja glei, i trink bloß no den Kaffee!“

Luis verdrehte die Augen und verschwand.

„Also dann“, rief Fritz in den Raum, nachdem er sein Müsli gegessen hatte, „pack mas!“

Er stand auf und brachte sein Geschirr an die Theke, woraufhin eine allgemeine Unruhe ausbrach und sich der Raum zügig leerte. Ich schnappte meine Jacke und folgte ihnen nach draußen auf die Terrasse. Es war noch immer dunkel, und man konnte den nahenden Tag nur erahnen. Doch der Wind hatte sich glücklicherweise gänzlich gelegt. Wortlos stieg Fritz in seine Ski.

„Was kann ich tun?“, fragte ich ihn.

„Du bleibst am besten bei Mieke am Funk“, meinte er und stapfte bereits los.

Ein Teil der Mannschaft folgte ihm, und schon bald waren sie Richtung Berg verschwunden. Wie eine Prozession von Glühwürmchen erklommen sie den im Mondlicht schimmernden Schneibstein ein weiteres Mal. Die andere Hälfte machte sich auf Richtung Königsbergalm, um von dort aus alle unbewohnten Hütten, Stadel und Unterstände bis hin zur Gotzenalm zu überprüfen. Ich wusste, dass sich auch die österreichische Polizei samt Bergwacht noch mal an der Suche beteiligte: Auch vom Bluntautal aus hatte sich bereits ein Suchtrupp aufgemacht.

Sven-Uwe und seine Frau standen neben mir und verfolgten die Prozession, als er eine Marlboro-Schachtel aus der Tasche zog. Wahrscheinlich schaute ich allzu gierig darauf, denn er bot mir gleich eine an.

„Siehst du, Erika“, meinte er, während er mir Feuer gab. „Der Mann ist vernünftig. Der raucht erst einmal eine, bevor er im Stockdunklen losmarschiert. Also, Schatz, legen wir uns lieber noch mal hin, jetzt, wo wir endlich unsere Ruhe haben.“

„Wenn ich damit verhindern kann, dass du um diese Uhrzeit noch eine zweite rauchst, komme ich mit“, antwortete sie schelmisch.

Natürlich hatten die beiden inzwischen erfahren, dass man eine abgängige Person suchte. Sie verabschiedeten sich mit einem „Gute Nacht“ und wünschten uns viel Erfolg.

„Wenn ich Ihnen helfen kann, müssen Sie es nur sagen. Ich bin Ärztin“, meinte Erika noch.

Ich wollte noch nicht reingehen, vor allem, weil ich keine Aufgabe hatte, die mich hätte ablenken können. Darum setzte ich mich auf die Bank vor der Hütte, auf der zwei Päckchen lagen. Wahrscheinlich die, die Beppi irgendwohin, nur nicht ins Haus verräumen sollte.

Der Wind hatte sich gelegt, und es war sternenklar. Der Mond stand rund und hell über dem Schneibstein, und die Schneelandschaft erschien in seinem Licht magisch und unwirklich. Fröstelnd entschied ich mich gerade dazu reinzugehen, als Beppi herauskam, sich eines der Pakete schnappte und um die Ecke verschwand.

Komischer Kauz, dachte ich mir und beschloss, ihm behilflich zu sein, dann hatte ich wenigstens was zu tun. Ich nahm mir das zweite Paket und folgte ihm an der Terrasse vorbei. Einen kurzen Moment dachte ich schon, er wäre in den Skikeller verschwunden, weil er nirgends mehr zu sehen war. Doch dann bemerkte ich den schmalen Weg, der zwischen zwei hoch aufgehäuften Schneehaufen verlief, und folgte ihm. Ich traf auf einen Anbau, dessen Tür angelehnt war. Hier war zwar kein Licht eingeschaltet, aber aus einer Bodenklappe schimmerte ein schwacher Schein nach oben. Ich konnte noch eine Lore erkennen, an der ich mir fast den Kopf angerannt hätte, und nahm an, dass das wohl die Materialseilbahn war. Gerade als ich die Falltür erreicht hatte, hörte ich einen Aufschrei und ein lautes Poltern.

„Beppi“, schrie ich.

„Herr Polizist, kommen S'! Kommen S' schnell! I bin unten im Eiskeller!“, brüllte er aufgeregt.

Hastig stieg ich die steilen Stufen hinab und sah ihn über eine große Kiste gebeugt, deren massiver Deckel offen stand. Es schien so, als wolle er mit aller Kraft etwas herausheben, während er immer wieder murmelte: „Alles wird gut! Wart, glei ham mers. Gleich kommt wer ...“

Mit einem Mal war ich hellwach, und das Adrenalin klopfte in meinen Schläfen. Grob stieß ich ihn zur Seite, was er mit einem „Eha“ quittierte.

Tatsächlich! Es war Jasmin! Sie lag zusammengekauert in der Kiste. Ihre langen, schwarzen Haare fielen ihr übers Gesicht. Ich fühlte nach ihrem Puls am Hals, der schrecklich kalt war. Aber sie schien noch zu leben! Ich packte sie unter den Achseln, während Beppi die Füße nahm, und so hievten wir sie vorsichtig aus der Kiste und trugen sie hoch, vorbei an der Lore zu einer weiteren Tür, die nicht ins Freie, sondern direkt in die Küche des Stahlhauses führte.

Luis, der gerade die Spülmaschine füllte, schlug die Hände vors Gesicht. „Mei ... mei, des gibts ja ned! Jasmin!"

„Hol die Erika!", schrie ich verzweifelt.

„Welche Erika?" Luis schaute mich verdattert an.

„Na die mit dem Sven-Uwe, die zwei, die auch schon so früh auf waren!", rief ich.

Während Luis loseilte, um sie zu holen, betteten wir Jasmin im Gastraum auf die Bank. Dann besorgte Beppi unzählige Decken, in die wir Jasmin einwickelten. Erneut legte ich meine Finger an ihre Halsschlagader, weil sie sich noch immer nicht gerührt hatte – doch ich fand keinen Puls! Hastig tastete ich zuerst ihren Hals ab, um dann nach ihrem Handgelenk zu greifen, in der Hoffnung, dort ein Lebenszeichen zu finden.

Plötzlich wurde ich sanft, aber nachdrücklich zur Seite geschoben. Es war Erika, die Ärztin. Sie fühlte ebenfalls kurz an ihren Hals und begann augenblicklich mit der Herzdruckmassage. Ich dagegen saß daneben und betete zum ersten Mal seit über dreißig Jahren an alle Götter, die ich kannte, während ich ihr blasses Gesicht nicht aus den Augen ließ.

Eine unendliche Minute später zuckten Jasmins Augenlider. Erleichtert schauten Erika und ich uns an, dann brachte sie Jasmin mit einem gezieltem Griff in eine stabile Seitenlage. Während Erika weiterhin Puls und Atmung kontrollierte, hielt ich Jasmins kalte Hand und beobachtete angespannt jegliche Regung in ihrem wachsweißen Gesicht, wobei ich beinahe selber vergaß zu schnaufen, so angespannt fühlte ich mich. Dabei hörte ich Luis aufgeregt mit der Rettung telefonieren, und kurz darauf erschien Beppi mit weiteren fünf Decken und einer Wärmflasche. Dann stand Sven-Uwe in der Tür, mit einem roten Beutel mit weißem Kreuz.

„Die Tasche da?", meinte er und stellte sie neben Erika ab. „Du hast es geschafft, oder?"

„Ja, aber es ist noch sehr ernst", erwiderte sie. „Ich werde ihr etwas zur Kreislaufstabilisierung geben."

Nach gefühlten Ewigkeiten kam endlich der Heli, und Jasmin wurde mit einer Infusion versorgt und dann auf einer Trage abtransportiert, der wir alle folgten wie bei einer Prozession. Kurz darauf hob der Hubschrauber mit Jasmin ab, nachdem er noch ordentlich Schnee aufgewirbelt hatte, dann war es totenstill. Unsere Anspannung verschaffte sich nun erst einmal Luft, und wir redeten und wuselten alle durcheinander.

Während Mieke den Suchtrupps Bescheid sagte, holte Luis eine Flasche Marillenschnaps.

„Den können wir jetzt alle brauchen, glaub ich!", rief er und wischte sich eine Träne aus dem Auge.

Zu aufgekratzt zum Hinsetzen, umlagerten wir nun den Tresen, und Luis goss jedem einen Schnaps ein. Auch Beppi hätte natürlich einen bekommen, war er doch der eigentliche Held, aber er war nirgends zu finden.

„Prost! Auf dich!", rief Luis und stieß sein Glas an das von Erika. „Gut, dass du da warst!"

„Na, dann müssen wir auf Sven-Uwe anstoßen. Schließlich wäre ich ohne ihn jetzt schon fast auf dem Gipfel des Schneibsteins", meinte sie mit einem spitzbübischen Lächeln und stieß ihr Glas an das ihres Begleiters. „Aber zur Not hättet ihr das auch allein hinbekommen." Anscheinend sah sie meinen skeptischen Blick, denn sie meinte noch: „Das Wichtigste ist Handeln! Ohne Herzschlag und Atmung stirbt man. Dann lieber mit ein paar gebrochenen Rippen überleben."

Daraufhin spendierte Luis eine weitere Runde Schnaps. Plötzlich stampfte Beppi verdrossen in die Gaststube, in der Hand hielt er einen großen, blauen Müllsack, der prall gefüllt schien. „Der Sauhund hat mei ganzes Zeug einfach hinter die Hütten geschmissen und Dreck und Schnee drüber gehaut! Des war fei a Sauarbeit, bis i des gefunden hab! Gut, dass des Kabel noch rausgeschaut hat."

Dann kippte er den Sack einfach auf den Boden, und heraus fielen krachend ein Digitalradio, eingedrückt und mit abgerissenem Kabel, mehrere DVDs, ein Ratgeber „Wie lege ich mein Geld sinnvoll an", dessen Einband nun stark verdreckt war, und eine Motorsäge, von der die Kette heruntergesprungen war. Dazwischen lag noch einiges Kleinzeug wie Anhänger, Elektrokerzen und vieles mehr, auch teilweise noch verpackt, außerdem Dreck und Schneereste, sodass sich schnell eine Lache am Boden ausbreitete. Alles in allem war das meiste wahrscheinlich nur noch gut für den Müll.

Beppi schaute traurig auf sein Hab und Gut und jammerte: „Jetzt muss i alles neu bestellen."

„Neu bestellen?! Du spinnst! Für was brauchst jetzt du a Kettensäge?", ereiferte sich Luis. Doch dann besann er sich und reichte ihm kopfschüttelnd einen Schnaps. „Auf dich, Beppi, und von mir aus bestellst, was du willst. Tust es halt wieder in die Kisten unten im Eiskeller."

Joe hat einen Plan

Langsam sollte ich mal der Reitmüller Bescheid geben, dachte ich mir. Aber zuerst mussten wir noch mit Beppi, unserem Helden, anstoßen, wobei wir schmunzelnd sein am Boden ausgestreutes Hab und Gut begutachteten. Besonders zum Ratgeber „Wie lege ich mein Geld sinnvoll an“ kam natürlich der eine oder andere Witz.

Plötzlich stutzte ich und ging in die Hocke, um mir das kleine blaue Herz aus Filz genauer anzuschauen. Irgendwo hatte ich so etwas schon mal gesehen.

„Beppi, sag mal, gehört dir das Herz da?“ Vorsichtig nahm ich es mit einem Taschentuch auf und zeigte es ihm. Er wollte schon danach greifen, und ich sagte schnell: „Nicht anfassen, nur anschauen, außer es gehört dir!“

Er beugte sich über mein Fundstück und beäugte es eine ganze Weile, ohne was zu sagen.

„Geh, Beppi, du musst doch wissen, ob dir des gehört oder nicht“, meinte Luis.

„Was soll i denn damit? Aber i kenn des. Draußen auf der Terrasse is über einem Stuhl gehängt. I wollt noch warten, damit i fragen kann, wo ma so was bestellt. I mein, vielleicht brauch i so was mal, als Geschenk für a Freundin, oder so! Aber dann hast du mich ja scho wieder gerufen!“

Luis schüttelte den Kopf. „I geh jetzt besser Knödel machen, sonst vergiss i mich no! Beppi, Beppi, Beppi ...“, hörten wir ihn noch seufzen, bevor er in der Küche verschwand.

„Wie kann denn so ein Herzl über einem Stuhl hängen?“, fragte ich irritiert.

„Ja natürlich ned des Herzl selber. Des war ja an einem Schal dran. So wie Fransen, und a jeder Fransen hat ein Herzl gehabt, also Herzlfransen ...“

Ich schaute das Herz noch mal genauer an, und tatsächlich befand sich daran ein abgerissener Wollfaden in derselben Farbe. Fransen mit Herzl an einem Schal. Schlagartig wusste ich wieder, wo ich so einen Schal gesehen hatte. „Und das Herzl war bei deinen Sachen?

Die jemand aus der Truhe rausgeräumt hat, in der du die Jasmin gefunden hast? Das lag nicht irgendwo anders herum?"

„Naa, des war a da g'legen", sagte er nach kurzem Nachdenken.

„Du, Beppi, kann es sein, dass jemand von deinem Versteck gewusst hat?"

„Eigentlich ned, weil den Eiskeller nimmt ja scho ewig keiner mehr her, und i stell ja auch immer die Schneefräsen wieder auf die Tür!"

„Und war die jetzt auch wieder drauf?", fragte ich.

„Ja. Aber wo du's jetzt sagst, i glaub fast, es hat mi doch gestern einer gesehen."

„Kannst du den beschreiben?"

„Na, eher ned! Aber wie i wieder raus bin, da war einer beim Schneehaufen gestanden und hat hergeschaut. Aber wieso fragst du des alles? Glaubst du, der – der hat die Jasmin ... Ojoijoi ..." Beppi schaute irritiert in die Runde, da nun alle gebannt an seinen Lippen hingen.

„Mann oder Frau? Des wirst doch noch wissen", kam es aus der Küche.

„A Mann wars scho!" Beppi zuckte mit den Schultern. „Mei, was weiß ich. I seh den ganzen Tag Leut hier! Wie soll i mir die alle merken? Aber so a Kinn hat er gehabt, besser wie des vom Luis."

„Was is mit mir?", kam es erneut aus der Küche, und Luis trat mit einer Schüssel in der Hand heraus. Stimmt, dachte ich mir, der Luis hatte ein durchaus markant männliches Kinn.

Nachdenklich ging ich durch die Küche in den Anbau, wo sich die Materialseilbahn befand, und von dort nach draußen bis zu den Schneehaufen, von denen aus man einen guten Blick in die Bahn hatte. Die Schneefräse beziehungsweise den Abgang in den Eiskeller konnte man bei geöffneter Türe ebenfalls gut sehen. Es war inzwischen fast halb neun, oder besser gesagt erst, weil gefühlt war ich schon Ewigkeiten auf, als ich ein weiteres abgerissenes Herzl gleich neben der Schneefräse fand.

Kurz darauf rief ich die Reitmüller an. Sie durfte auf gar keinen Fall der Presse Bescheid geben, dass Jasmin lebend gefunden worden war. Im Gegenteil, sie sollte nach außen hin vorgeben, dass die Suche nach ihr noch lief. Natürlich brauchte ich dafür einige Erklärungen, und ich bemühte mich, dabei nicht unfreundlich zu werden, was nach unserer letzten Begegnung noch schwerer war als sonst. Am Ende willigte sie aber dann doch ein, zumindest bis heute Abend Stillschweigen zu bewahren.

„Den Rest Ihres Vorhabens können Sie mir ja persönlich erklären", schloss sie. „Ich komme jetzt dann eh gleich mit der Spurensicherung hoch."

Nun musste ich noch die Bergwachtler einschwören. Ich funkte also sofort Fritz an, der mir freudig gratulierte.

„Unsereiner kämpft sich durch Eis und Schnee, und dann findet ausgerechnet der Beppi sie in seiner Schatzkiste", meinte er lachend, doch ich hatte keine Zeit, mich auf seine Scherze einzulassen.

„Fritz, du musst verhindern, dass auch nur irgendeiner von deiner Gruppe ausplaudert, dass wir die Jasmin gefunden haben", sagte ich. „Hörst du, das ist wichtig! Den Rest erkläre ich, wenn ihr hier seid."

Als die zwar müden, aber auch freudig erregten Bergretter eintrafen, schilderte ich ihnen ausführlich, was geschehen war. Dann erklärte ich ihnen, warum es nötig war, zumindest heute noch so zu tun, als würden wir Frau Gruber nach wie vor suchen. Dies alles fand in der alten Gaststube statt, während Luis den bereits eingetroffenen Tourengehern klar machte, dass heute geschlossen war. Danach genehmigten wir uns eine Mütze Schlaf, wenigstens bis die Traunsteiner Kollegen eintrafen. So kam es, dass nicht nur Tourengeher, sondern auch die Reitmüller samt Spurensicherung vor einer verschlossenen Hüttentür standen.

Irgendeiner musste die Reitmüller dann aber doch erhört haben, nachdem sie zunächst versucht hatte, mich über mein Handy zu erreichen, das ich jedoch im Gastraum vergessen hatte.

„Dei Freundin is da, die Oberkommissarin", sagte Luis, als er mich wachrüttelte.

Schlaftrunken und zunächst orientierungslos, was Zeit und Raum betraf, torkelte ich hinter ihm her in die neue Gaststube, wo die Reitmüller vor einer Tasse Kaffee am Stammtisch saß. Ich ließ mich neben sie auf einen Stuhl fallen und rieb mir die Augen.

„Was genau haben Sie jetzt vor, Bichelmair, und was hat das Ganze mit diesen Herzen zu tun?"

„Kann ich einen Kaffee haben, Luis?", fragte ich, statt gleich zu antworten.

„Bichelmair! Sie haben eine Fahne, und das am Vormittag!", rief sie entrüstet aus.

„Ich ... ähm", stammelte ich.

„Also wie Sie Hauptkommissar werden konnten, ist mir schleierhaft", zischte sie und schüttelte den Kopf.

Luis stellte mir einen Kaffee hin, und auch die von der Spurensicherung, die am Nebentisch saßen, erhielten einen.

„Bichelmair, Bichelmair", meinte sie, nachdem ich ihr meine Theorie und meinen Plan dargelegt hatte. „Wenn Sie sich da nur nicht mal irren. Weiß denn Ihr Chef schon davon?"

„Schauen Sie", sagte ich. „Was ist denn verloren, wenn keiner kommt? Nichts! Sie müssen nur verhindern, dass die Presse was erfährt. Man soll glauben, dass Frau Gruber noch nicht gefunden wurde. Nur bis heute Abend." Ich sah sie bittend an, woraufhin sie eine Augenbraue skeptisch hochzog, dann aber tatsächlich ein kleines Grinsen zustande brachte.

„Also gut! Bis heute Abend halte ich dicht. Aber wenn Sie es vermasseln: Ich weiß von nichts!"

Ich nickte.

„Gott sei Dank hat man Frau Gruber noch rechtzeitig gefunden", seufzte die Reitmüller und wirkte zum ersten Mal menschlich auf mich. „Und jetzt zeigen Sie uns bitte diesen Eiskeller", bat sie mich, und die Kaffeepause war beendet.

Als die Spurensicherung mit ihrer Arbeit fertig war, nahm sie das eine Herz mit, das andere ließen sie neben der Schneefräse liegen. Wenig später machten sich die Reitmüller und ihre Leute auf der Terrasse zum Abmarsch bereit. Die Spezialanzüge hatten sie bereits im Schuppen abgelegt und schauten nun wieder wie normale Schneeschuhwanderer aus. Dem voll bepackten Journalisten, der ihnen entgegenkam, konnte man seine Profession dagegen schon von Weitem ansehen, hatte er doch ein Stativ quer über den Rucksack geschnallt. Während er ahnungslos die Reitmüller mit Gefolge passierte, verschwand ich schnell im Haus, nicht ohne die Tür wieder zu verriegeln.

Im Gegensatz zu den Tourengehern ließ er sich nicht so leicht von unserem Schild „Wegen Krankheit geschlossen“ abschrecken und klopfte penetrant an die verschlossene Eingangstür, was wir geflissentlich überhörten. Ich zog mich in den hintersten Winkel der Küche zurück und rief Heinz an.

„Habt ihr Frau Gruber gefunden?“, war das Erste, was er fragte.

„Ja, sie lebt! Aber das darf noch keiner wissen. Du musst mir einen Gefallen tun“, bat ich und berichtete kurz und knapp, was vorgefallen war. Nachdem ich ihm noch ein paar Instruktionen gegeben hatte, versicherte ich mich nochmals, dass er absolutes Stillschweigen bewahren würde.

„Dem Brandl soll ich auch nichts sagen?“, wollte er wissen.

„Bloß nicht!“

„Des gibt bestimmt wieder Ärger“, maulte er.

„Geh Heinz!“

„Ist ja schon gut. Immerhin ist es ja nicht illegal, als Kranker schon mal in der Kiste probezuliegen“, kicherte er, bevor ich auflegte.

Jetzt konnte ich nur noch warten. Fritz war hinausgegangen und versorgte die nun auf drei Reporter angewachsene Presseschar mit Fakenews, während der vorgebliche Suchtrupp auf den Schneibstein startete, was immerhin ein gutes Fotomotiv abgab.

Luis und Beppi, die ich noch genau instruiert hatte, wechselten sich inzwischen auf unserem Spähposten am Dachfenster ab. Und auch Heinz würde uns hoffentlich rechtzeitig die Ankunft des erwarteten Gastes melden.

Kurz nach zwei Uhr nachmittags war es dann so weit. Das Knacken des Funkgeräts ließ mich aus meinem Halbschlaf aufschrecken.

„Luis an Joe!“

„Joe an Luis – was gibt es?“

„Zielperson im Anmarsch.“

„Alles klar. Gehe auf Position!“

Ich machte dem jungen Berchtesgadener Polizeibeamten, den mir die Reitmüller netterweise dagelassen hatte, ein Zeichen. Wortlos zogen wir Anorak und Schuhe an und gingen durch die Küche hinüber zur Materialbahn. Ich warf noch einen Blick durch das Fenster in den sonnenhellen Tag, der die beiden Schneehaufen vor dem Anbau funkeln ließ. Mit einem Seufzer stieg ich hinab in den dunklen Eiskeller, wo mir der Kollege in die Kiste half. Nachdem er den Deckel geschlossen hatte, hörte ich ihn nach oben gehen und auch, dass er die Falltür wieder schloss und die Schneefräse darüber schob.

Bald darauf überkam mich die erste Panikwelle. Stockdunkel war es und mit Sicherheit unbequemer als in einem Sarg, in dem man immerhin die Beine ausstrecken konnte. Obendrein eingeschlossen in einem Keller, kam ich mir vollkommen ausgeliefert vor. Ich versuchte mich abzulenken und dachte an Paula, verwarf es aber gleich wieder. Auch Jasmin erschien mir ungeeignet, und zu guter Letzt dachte ich an den Bastelabend bei Heinz, was zur Folge hatte, dass ich in ein gespenstisches Kichern verfiel.

Es war so dunkelschwarz, dass ich es nicht mehr aushielt und kurz das Handy aufleuchten ließ, ohne die Waffe aus der Hand zu legen. Dabei erspähte ich ein Astloch gleich in der Nähe meines Kopfes, das mich erstaunlicherweise beruhigte, und nun nahm doch noch Paula meine Gedanken in Besitz. Dabei steigerte ich mich derart in Rage bei der Vorstellung, sie hätte was mit diesem Freddy, dass ich tatsächlich eine Weile meine Panik vergaß. Doch dann schliefen mir die Beine ein. Eigentlich müsste meine Zielperson längst eingetroffen sein, dachte ich und versuchte die Füße zumindest so weit zu bewegen, dass sich das kribbelnde Gefühl in ihnen verlor.

Ich bekam immer mehr das dringende Bedürfnis, die Beine auszustrecken, und als ich es schon fast nicht mehr aushielt, hörte ich, wie oben etwas verrutscht wurde und kurz darauf die Scharniere der Falltür quietschten. Reflexartig hielt ich den Atem an und umklammerte krampfhaft meine Pistole.

Ich konnte deutlich das Knarzen auf der steilen Holztreppe hören. Dann näherten sich die Schritte und verharrten in unmittelbarer Nähe, sodass ich nicht wagte, Luft zu holen. Als ich erneut Trittgeräusche wahrnahm, atmete ich schnell und möglichst leise einmal durch. Nun musste die Person direkt neben mir stehen. Eine erneute Panikwelle überschwemmte mich, und ich hatte die irrationale Angst, dass man meinen Puls, der wie wild schlug, hören konnte.

Dann knallte etwas gegen die Kiste, so wuchtig, dass ich glaubte, das Holz würde bersten. Ich musste mich zusammenreißen, um nicht laut loszuschreien, und biss mir dabei so stark auf die Lippe, dass ich Blut schmeckte. Mit angehaltener Luft lauschte ich in die Stille – nichts! Kein Geräusch mehr!

Langsam und möglichst lautlos ließ ich meinen Atem entweichen. Plötzlich ergriff mich eine beängstigende Vorstellung: Was, wenn gleich eine Axt auf die Kiste einschlug oder einfach ein paar Kugeln hier durchflogen? Ich entschloss mich zu handeln.

Ich spannte die Beine an und ließ sie mit einem Ruck nach oben gegen den Deckel schnellen in der Hoffnung, einen Überraschungscoup zu landen. Doch meine Bewegung endete mit einem dumpfen Rumpler an dem massiven Holzdeckel. War am Ende der Schieber vorgefallen? Obwohl Jasmin in einer verriegelten Kiste zurückgelassen worden war, hatten wir beschlossen, ihn nur knapp davorzuschieben.

Ich lauschte angespannt, und dann roch ich plötzlich Benzin. Es lief zum Astloch herein. Hastig drückte ich meinen Finger gegen die kleine Öffnung, doch es war zu spät. Der Dampf umnebelte mich bereits, und ich erinnerte mich an Kindertage, als mein bester Freund Rob und ich Benzin geschnüffelt hatten, das sein Vater in der Garage in einem Kanister aufbewahrte. Trotz der beschissenen Situation stieg ein wildes Kichern in mir auf, und ich hatte das Gefühl, wieder in dem Benz seines Vaters zu sitzen: Rob am Steuer auf einem wilden Flug durch die Garage, die wir zum All erklärt hatten, und der Benz war unsere Rakete.

Beinahe selig lag ich, in Erinnerungen verloren, in meinem Sarg, während es draußen krachte und rumpelte, was ich aber nur am Rande wahrnahm. Dann wurde der Deckel aufgerissen, und ich sah verschwommen eine Gestalt, die ich zunächst kurz für einen Außerirdischen hielt, dann aber doch als Heinz erkannte.

„Jetzt helf halt a bissl mit“, meinte er und zerrte an meinem Arm, während ich kichernd immer wieder zurückplumpste.

Irgendwann hatten wir es dann doch geschafft, und ich saß nun neben der Kiste mit dem Rücken an sie gelehnt, während Heinz mir die Backen tätschelte. Dann kam Fritz, und zu zweit zogen sie mich auf die Füße und schleppten mich untergehakt ins Freie.

„Schnauf einmal gescheit durch. Bist ja noch ganz high von dem Benzindampf“, meinte Heinz.

Nach ein paar ordentlichen Zügen kalter, klarer Winterluft fühlte sich mein Kopf schon etwas weniger benebelt an.

„Hoffentlich bleiben dir keine Schäden, bei dem bissel Hirn, was du noch hast", stänkerte Heinz, und ich fing erneut und gegen meinen Willen zu lachen an. Mann, das war knapp gewesen! Die ganze Anspannung schien sich in Benzin aufgelöst zu haben und entwich nun stoßweise kichernd.

„Jetzt is so weit", sagte Heinz. „Jetzt dreht er ganz durch."

Ich schaute hoch zum Hohen Brett, das sich gefährlich schwankend über mich zu beugen schien, und das grelle Sonnenlicht blendete mich so stark, dass ich die Augen schließen musste. Nach ein paarmal Zwinkern gelang es mir endlich, mich an die Helligkeit zu gewöhnen, und auch meine Beine fühlten sich etwas stabiler an. Dann sah ich auch den Berchtesgadener Kollegen, der mit festem Griff den nach hinten gebundenen Arm von Christa Kubec hielt.

Zufrieden ließ ich mich von Heinz zur Terrasse führen, wo er mich auf einer Bank gleich neben der Tür absetzte. Ich lehnte mich an die hölzerne Hauswand und genoss mit geschlossenen Augen die Sonne im Gesicht.

„Ich komm gleich wieder. Schau erst mal, dass du dein Hirn und dei Lung' g'scheit auslüftest", meinte Heinz und verschwand mit Fritz, dem Berchtesgadener Kollegen und der in Handschellen gelegten Kubec im Haus.

So saß ich da, selig und zufrieden, keines vernünftigen Gedankens fähig, und schnorrte den Typen am Nebentisch um eine Zigarette an. Er reichte mir freudig und eilfertig eine und rückte zu mir auf, einen Fellstab in der Hand haltend, den er mir vor den Mund hielt.

„Sagen Sie mal, wer ist die Frau in Handschellen? Hat sie was mit der verschwundenen Frau Gruber zu tun?"

Reporter, dachte ich mir – egal! Immerhin hat er mir eine Zigarette gegeben, und jetzt hielt er mir auch schon das entflammte Feuerzeug unter die Nase. Plötzlich tauchte eine Hand auf und riss mir meinen Glimmstängel aus dem Mund.

„Spinnst jetzt ganz? Am End explodierst noch mit dem ganzen Benzindampf in der Lung!", schrie Heinz wütend, und der Reporter nahm erschrocken sein Feuerzeug zurück.

Das hielt ihn jedoch nicht lange auf. „Radio Watzmann! Warum Benzin? Wurde Frau Gruber verbrannt?“ Dabei richtete er seinen Blick jetzt abwechselnd auf Heinz und auf mich.

„Das geht Sie gar nichts an, und jetzt lassen Sie diesen Suchtler gefälligst in Ruh!“, bellte Heinz zurück, wobei er auch mich böse ansah, was mich in meinem seligen Gleichgewicht etwas erschütterte. Dann packte er mich am Arm, zog mich hoch und bugsierte mich durch die Hüttentür nach innen, um diese anschließend sofort wieder zu verriegeln.

„Keine fünf Minuten kann man dich allein lassen“, polterte er weiter, während er mich die Treppe hochschob und auf ein Bett drückte. „So, und jetzt schläfst a Runde. Deck dich warm zu. Ich mach das Fenster auf, vielleicht wirst dann wieder klar im Kopf!“

Eigentlich wollte ich rebellieren, aber dann blieb ich liegen, spürte ich doch eine heftige Müdigkeit, die mich regelrecht übermannte. Kurz darauf war ich eingeschlafen.

Gute Nachrichten – schlechte Nachrichten

Als ich aufwachte, war es stockdunkel. Ich hatte nicht nur berstende Kopfschmerzen, sondern auch einen fürchterlichen Durst. Ich stand auf und lief gegen eine Wand. Erst da realisierte ich, dass ich nicht zu Hause in meinem Schlafzimmer war und auch nicht bei Paula. Dann fiel mir ein, dass ich mich auf dem Stahlhaus befand, und schließlich erinnerte ich mich auch wieder an die Kiste und die Kubec.

Entschlossen tastete ich die Wand ab und fand gefühlte Stunden später endlich einen Türgriff. Auf dem Gang schaltete sich netterweise die Beleuchtung von alleine an, und ich hörte auch Stimmen von unten.

Kurz darauf betrat ich den Gastraum. In dem brannte zwar Licht, aber außer Heinz, der sich gerade ein Stück Knödel in den Mund schob, und Luis war keiner zu sehen.

„Hast noch Hunger?", fragte mich Luis. „Ich hätt noch ein super Hirschgulasch mit Knödel", schlug er vor und stand auf, um zum Tresen zu gehen. „Sicher hast auch einen Durst", meinte er noch und wollte mir schon ein Bier zapfen.

„Ich glaub, ich nehm lieber ein Wasser, und vielleicht hast ja auch ein Aspirin?", sagte ich und blickte mich irritiert um. „Also Abendessen ist schon vorbei, oder?", stellte ich messerscharf fest. „Wie lange hab ich denn geschlafen?" Ich setzte mich zu Heinz auf die Bank.

„Fast sieben Stund", lachte Luis. „Jetzt ist es schon nach zehn, also Hüttenruhe. Aber weil du es bist, kriegst noch was." Er drückte mir das Wasser in die Hand. „Aspirin und Gulasch kommen gleich."

„Und? Wie fühlst du dich?", fragte mich Heinz und schob seinen letzten Bissen in den Mund, um ihn mit einen kräftigen Schluck Bier hinunterzuspülen.

„Beschissen", antwortete ich wahrheitsgemäß, als Luis mir auch schon einen Teller mit Gulasch und zwei Knödeln hinstellte.

„Schmeckt super!", meinte Heinz und leckte sich über die Lippen.

„Magst noch mal eine Portion?", fragte ihn Luis grinsend, doch Heinz winkte ab.

„Danke! Zwei für heut sind genug, sonst zerreißt es mich noch!"

Mir war im Moment jedoch gar nicht nach Essen. Aber das Wasser und das Aspirin halfen zumindest etwas, und so aß ich dann doch noch das Hirschgulasch, das tatsächlich hervorragend schmeckte.

Luis ging kurz darauf zu Bett, nicht ohne uns darauf hinzuweisen, dass wir uns selbst bedienen sollten. Während ich mir nun doch noch ein kleines Bier zapfte, berichtete mir Heinz, was die erste Befragung der Christa Kubec ergeben hatte. Natürlich konnte sie schlecht leugnen, dass sie Benzin über die Kiste gegossen hatte, hatte sie doch noch den Kanister in der Hand gehabt, und auch das abgerissene Herz, das von uns wieder neben der Fräse deponiert worden war, konnte man bei ihr finden. Sie behauptete aber stur, dass sie diesen Schal ihrem Schwager Georg mitgegeben hätte, so wie alle anderen Sachen ihres Mannes.

„Sie hat gemeint, du wärst bei ihr gewesen, als er die Kartons abgeholt hat, und du hättest den Schal sogar in der Hand gehabt“, sagte Heinz.

„Stimmt. Der ist mir gleich aufgefallen, weil ihr Mann ihn auf einem Foto anhatte und ich mir noch gedacht habe, solche Herzerl täten bei jedem anderen blöd ausschauen“, erwiderte ich. „Als ich ihn dann in der Garderobe gesehen hab, meinte ich, dass sie vielleicht doch sentimentaler ist, als sie zeigen will.“

„Die und sentimental“, empörte sich Heinz.

„Auf jeden Fall waren ihr Schal und Hemd anscheinend zu schade zum Weggeben. Darum bin ich dann ja auch auf die Idee gekommen, dass die Kubec im Eiskeller gewesen sein muss.“

„Gut, dass sie dann auch wirklich gekommen ist, sonst wärst du sauber dumm dagestanden und ich dazu“, meinte er und stellte zwei Bierfilze gegeneinander, sodass sie ein Dach bildeten.

„Dir wär doch nix passiert. Du hast sie doch bloß ein bisschen aufgescheucht. Sag mal, was hast du ihr denn genau gesagt?“

„Och, zuerst hab ich mich nach ihrem Befinden erkundigt. Dann hab ich gemeint, dass wir jetzt noch nach der Frau Gruber suchen, die ihr Schwager ja wahrscheinlich auch auf dem Gewissen hat, und ob er vielleicht doch noch irgendwas gesagt hat. Das hat sie natürlich verneint, und dann hab ich gemeint: Macht nix, irgendeine Spur finden wir sicher noch, weil irgendwas find man immer! Manchmal nur

DNA, aber oft auch ganze Kleiderfetzen! Sogar einmal einen ganzen Schal. Als sie dann nervös gekichert hat, hab ich gewusst, sie hat angebissen."

„Sauber, Heinz! Prost!" Lachend stieß ich mit ihm an, wobei mir das wenige Bier bereits zu Kopf stieg.

Heinz wischte sich den Schaum vom Mund. „Also so wie es ausschaut, hat der Georg Kubec den Beppi dabei beobachtet, wie er dort runter ist. Aber woher wusste dann die Kubec vom Eiskeller?"

„Und woher wusste sie, dass Jasmin da drin liegt in der Kiste?", ergänzte ich seine Überlegungen.

„Also, dass sie von Jasmin wusste, glaube ich auch. Vielleicht ist die Kubec ja zufällig dazugekommen, als ihr Schwager Jasmin abgepasst und niedergeschlagen hat, und er hat sie dann gezwungen, ihm zu helfen", schlug Heinz vor.

Ich kaute auf meinem letzten Bissen herum, spülte ihn mit einem Schluck Bier hinunter und sagte: „Glaubst du das? Ich glaub da schon eher, sie hat ihm freiwillig geholfen."

„Der Georg war auf jeden Fall dabei, sag ich. Die Kubec allein hätt das nicht geschafft, auch wenn die Jasmin nicht die Schwerste ist. Aber die Treppen runter und dann noch rein in die Kiste ..."

„Ja, auf das bin ich auch reingefallen. Schaut aus wie ein liebes kleines Mädel, das kein Wässerchen trüben kann und in der Aufregung ganz vergessen hat, uns mitzuteilen, wo man Jasmin finden kann", erwiderte ich sarkastisch. „Wenn du mich fragst, die Kubec steckt da mit drin, und zwar nicht nur erzwungenerweise! Und was sollte das mit dem Benzin?!"

„Vielleicht kannte sie einfach dein Suchtpotential und wollte dir einen Gefallen tun", witzelte Heinz. Doch ich war inzwischen davon nicht nur ernüchtert, sondern verkatert, und schaute ihn dementsprechend grantig an.

„Keine Angst, Joe, für die Sache kriegen wir sie dran. Immerhin hat sie den Kanister noch in der Hand gehabt", versuchte er zu beschwichtigen und stand auf, um uns noch einen Schnitt zu zapfen.

„Übrigens, das Handy und den 3D-Drucker samt Hennafarbe und Schablone haben wir im Schreibtisch vom Kubec sicherstellen können. Das Handy wird bereits ausgewertet, und Drucker und Farbe passen!“ Er stellte eines der halb gefüllten Gläser vor mir ab und meinte dann mit einem Seufzer: „Vor allem aber war er es, der oben am Rauschberg war, als der Dandl hinuntergestürzt wurde, und nicht sie.“

Wir nahmen beide einen kräftigen Schluck, ehe Heinz fortfuhr: „Versteh mich nicht falsch, aber alle Fakten sprechen nun mal gegen ihn, ob es nun um ihren vermissten Mann geht oder um den Dandl. Was bleibt, ist unterlassene Hilfeleistung und das Attentat auf dich. Den Rest müssen wir ihr erst mal nachweisen.“

„Hmmm“, war mein einziger Kommentar.

„Dabei hat es zunächst so ausgeschaut, als ob der Georg Kubec mit seinem Plan durchkäme“, resümierte Heinz weiter. „Er geht als sein Bruder Chris mit dessen Fellkappe auf den Rauschberg und schiebt ihm so den Mord am Dandl in die Schuh. Dann verteilt er noch Plastikhändchen, und die Presse ist überzeugt, dass Chris Kubec noch lebt und er der Täter ist, aber der kann sich nicht mehr wehren!“

„Ha! Und jetzt geht es ihm selber so“, erwiderte ich. „Und freuen tut sich die süße, kleine Kubec!“

„Da is schon was dran“, pflichtete mir Heinz bei. „Wenn sie mitgeholfen hat, ihren Mann verschwinden zu lassen – vorausgesetzt, er ist überhaupt tot –, dann wär des scho praktisch, wenn der nun tote Schwager allein dafür herhalten müsste.“

„Am End wars noch nicht mal Notwehr“, überlegte ich laut und versuchte mir dabei ihre Befragung im Kaser wieder vor Augen zu führen.

„Jetzt geh! Du bist ja bloß sauer wegen dem Benzin“, unterbrach Heinz meine Gedanken, und ich gab erst mal auf. Zu viel war heute vorgefallen, und mir schwirrte regelrecht der Kopf vor lauter Ungereimtheiten, Bier und Restbenzin.

„Vielleicht kommen wir ja weiter, wenn wir genauer wissen, warum der Dandl hat sterben müssen“, meinte Heinz gähnend und leerte sein Glas. Kurz darauf stemmte er sich müde am Tisch hoch. „I geh jetzt ins Bett! Ach übrigens, ich bin vorhin an dein Handy gegangen. Es hat dauernd miaut! Ich wollt es eigentlich nur vorm Hüttenhund retten. Die Paula war dran.“

„Und?“

„Wir haben übers Wetter geplaudert und über Silvester ...“

„Hat sie was erzählt, was sie gemacht hat?“

„Nicht wirklich“, meinte Heinz.

„Was wollte sie denn dann?“, fragte ich ungeduldig.

„Dass du zurückrufst!“

Kurz darauf wusste ich dann Bescheid, und der Tag endete sozusagen mit einem Schlag in die Magengrube.

„Mein Gott, Joe! Du hast doch eine Gehirnerschütterung und solltest im Bett liegen“, rief sie mit gespielter Fürsorge.

„Damit du dich ungeniert mit diesem Freddy amüsieren kannst!“, gab ich wütend zurück.

„Du spinnst ja! Ich hab mir nur seine Praxis angeschaut. Er sucht einen Teilhaber.“

„Wie bitte?“ Ich war sprachlos. So weit ging das also schon?!

„Ich hab dir schon so oft gesagt, dass ich aus der Stadt raus will, und ich will nicht ewig nur Hamster, Katzen und Co behandeln. Ich will endlich auch mal was Großes!“

„Aha! Dann versorg doch die Elefanten in Hellabrunn“, rief ich aufgebracht.

„Ich hab vor einer Stunde zugesagt“, meinte sie nun deutlich kleinlaut. „Ich wollte das ja vorher noch mit dir besprechen, aber du bist ja nie ...“

Wütend beendete ich das Gespräch und schaltete anschließend das Handy gleich ganz aus.

Ich folgte Heinz aufs Zimmer und war heilfroh, dass ich es nur mit ihm teilen musste. Er schlief bereits, was ich an dem leisen Schnarchen erkennen konnte, doch ich wälzte mich noch lange hin und her. Zum einen ließ mich Paulas Hiobsbotschaft nicht zur Ruhe kommen, aber auch die Tatsache, dass sich Jasmin noch immer in einem kritischen Zustand befand. Dass ich gerade erst sieben Stunden geschlafen hatte, war auch nicht eben fördernd. Irgendwann muss es dann aber doch noch geklappt haben.

Als mich Heinz an der Schulter rüttelte, hallte mir noch ein Schrei im Ohr.

„Was ist los?“, rief ich und bäumte mich auf.

„Du hast geschrien“, sagte Heinz und legte mir beruhigend die

Hand auf die Schulter. „Aber wir müssen eh los! Der Rösler kommt bis um zehn nach Traunstein."

„Was will der da?", fragte ich begriffsstutzig, während der nächtliche Albtraum mich noch in seinen Krallen hielt. Ich hatte geträumt, dass ich lebendig begraben in einer Kiste lag, und keiner hörte mich, weil alle lautstark eine Silvesterparty feierten. Ich konnte Paula und auch Heinz sehen, wie sie ausgelassen tanzten, aber auch sie hörten meine Rufe nicht. Das einzig Tröstliche war, dass auch Jasmin auf der Party war, nicht aber dieser Freddy.

„Da wir zwei ja sowieso schon hier sind, hat der Brandl gemeint, dass er genauso gut mit dem Rösler herkommen könnt, statt einem Videochat. Wo sie ja eh auch noch die Kubec befragen wollen und die ja hier in Untersuchungshaft sitzt ...", riss mich Heinz aus dem Nachklang meines Albtraums und stürzte mich gleich in einen neuen, nun aber realen.

„Der Brandl kommt auch mit?!", rief ich entgeistert. Eine Vorwurfsorgie von wegen neuerlichen Alleingangs war jetzt das Letzte, was ich brauchen konnte.

„Ich lass dich ned im Stich, jetzt frühstücken wir erst mal, so viel Zeit ham wir noch", versuchte Heinz mich aufzumuntern.

Feinde & Freunde

Wir waren bereits um Viertel vor zehn in Traunstein, und die Reitmüller führte uns sogleich in den Besprechungsraum, wo ein kleines Buffet vorbereitet worden war. Ungefragt stellte sie mir einen Kaffee hin und sah mich mit besorgtem Blick an.

„Sie schauen wirklich mitgenommen aus, Herr Bichelmair", sagte sie beinahe mitfühlend.

Das wusste ich allerdings auch so. Die Platzwunden und die Aufschürfungen waren zwar bereits am Abheilen, aber in einem kalkweißen Gesicht fielen sie halt doch noch auf. Obendrein waren meine Haare so verfilzt, dass ich Lisa damit bald Konkurrenz machen konnte. Zum Duschen – es gab nämlich tatsächlich warme Duschen auf der Hütte – hatten wir keine Zeit mehr, so blieb uns nur die Katzenwäsche. Da ich nicht mit einer Übernachtung gerechnet hatte, war ich nur mit kleinem Handgepäck unterwegs gewesen, und meine Klamotten rochen dementsprechend. Doch Luis hatte mir netterweise einen frischen Pulli überlassen, und mithilfe seines Deos roch ich jetzt ganz passabel.

Gleich nach uns erschien auch schon Fritz und lächelte mir zu. Er nahm neben mir Platz, und so umgeben von zwei freundlich gesinnten Genossen wartete ich auf den Brandl. Der kam kurz nach zehn mit dem Rösler, begrüßte herzlich die Reitmüller, nickte Fritz zu und bedachte mich mit einem eisigen Blick – Heinz überging er. Dann setzte er sich an die andere Seite des Tisches neben die Traunsteiner Oberkommissarin und tuschelte mit ihr irgendetwas, was ich nicht verstehen konnte. Rösler schwankte kurz, wo er sich hinsetzen sollte, und nahm dann neben Heinz Platz, während die Reitmüller dem Vize und auch ihm einen Kaffee holte.

„Gut, dann wollen wir mal", eröffnete Brandl das Gemetzel. „Vielleicht könnte der Herr Bichelmair vorab die Güte haben und mir erklären, was er hier überhaupt zu suchen hat. Da lassen Sie sich krankschreiben, und dann machen Sie eine Schneeschuhwanderung, finden dabei mal wieder einen Toten und eine Halbtote ..." Hier brach er seine Schimpfkanonade doch lieber erst mal ab, nachdem ihm die Reitmüller einen irritierten Blick zugeworfen hatte.

„Dem Herrn Bichelmair und einem gewissen Josef Müller, genannt Beppi, ist es zu verdanken, dass man Frau Gruber noch lebend gefunden hat“, verteidigte sie mich zu meinem Erstaunen.

„Ähem“, räusperte sich der Vize. „Wie geht es denn der Frau Gruber?“

„Sie ist noch nicht vernehmungsfähig“, antwortete sie knapp, und ich spürte einen Stich im Herzen, der meine bereits vorhandenen Kopfschmerzen noch verstärkte.

Doch der Brandl schien sein freundschaftliches Getue wieder vergessen zu haben und war anscheinend der Meinung, mal ordentlich auf den Tisch hauen zu müssen. „Was war denn das bitte für eine Geheimaktion gestern, die Sie, Herr Morgenstern, anscheinend auch noch unterstützt haben! Reicht es nicht, dass sich unser werter Herr Bichelmair in einer Kiste auf die Lauer legt? Im Krankenstand, ohne Zuständigkeit und ohne Absprache!“ Dem Vize schien die Luft auszugehen, und er schaute nun missbilligend Heinz an.

„Es war Gefahr in Verzug“, schaltete sich die Reitmüller ein und überraschte mich ein zweites Mal. „Ich war von Herrn Bichelmair eingeweiht worden“, ergänzte sie mutig, woraufhin der Brandl sie mit großen Augen anschaute.

„Herr Bichelmair hatte dringende Hinweise darauf“, meldete sich nun auch Fritz zu Wort, „dass Frau Kubec an den Tatort zurückkehren würde, da sie neben der Kiste einen Anhänger ihres Schals verloren hatte. Herr Bichelmair hatte diesen Anhänger bei ihr zu Hause gesehen und ...“

„Papperlapapp!“, unterbrach ihn der Vize harsch. „Sie hat doch den Schal ihrem Schwager mitgegeben, und laut ihrer Aussage waren Sie, Bichelmair, an dem Tag bei ihr und haben sogar mitgeholfen, die Kisten runterzutragen! Georg Kubec hatte den Schal, und alles deutet auf ihn hin. Er wollte nicht nur seine Schwägerin umbringen oben auf dieser Königsbergalm, sondern hat auch noch Frau Gruber gefangen genommen. Den Grund werden Sie schon noch herausfinden, Frau Kollegin Reitmüller. Um den verschwundenen Chris Kubec wird sich Herr Rösler kümmern, und die Münchner Herren von der Mord halten sich ab jetzt raus!“ Er warf mir und Heinz einen grimmigen und unmissverständlichen Blick zu.

„Sie hat aber den Schal wieder herausgenommen aus dem Karton", wagte ich trotzdem einzuwenden. „Er lag zuletzt bei ihr im Flur auf der Garderobe. Sie hat ihn also nicht ihrem Schwager mitgegeben, wie sie behauptet hat."

„Bichelmair! Was soll denn das beweisen? Die Herzen kann sich dieser Georg Kubec doch jederzeit mal abgerissen haben! Die Indizien weisen ja wohl alle auf ihn hin", herrschte Brandl mich sichtlich genervt an.

„Und woher wusste die Kubec von dem Eiskeller und der Kiste?", mischte sich Heinz trotzdem tapfer ein. „Und warum ist sie dort hin? Warum hat sie die Kiste mit Benzin übergossen, wenn sie so unschuldig ist?"

Der Brandl sah kurz auf, fixierte ihn scharf und missbilligend, um sich dann, ohne auf den Einwurf einzugehen, an die Reitmüller zu wenden.

„Sie haben mir netterweise gestern Abend noch das Vernehmungsprotokoll der Kubec zugeschickt", meinte er und war sichtlich um Beherrschung bemüht. „Herr Rösler, ich habe es Ihnen bereits weitergeleitet. Bitte gehen Sie es durch, ob sich Hinweise zum Verbleib des Herrn Christian Kubec darin finden. Frau Kubec hat den Verdacht geäußert, dass ihr Schwager statt seiner nach Paris geflogen ist. Und werten Sie diesbezüglich auch das Handy von Christian Kubec aus. Falls sich relevante Daten bezüglich dem Mordfall Dandl darauf befinden, leiten wir diese natürlich sofort an Sie weiter", versprach er der Reitmüller. „Aber der Fall scheint ja klar zu sein. So, ich gehe davon aus, dass die Kompetenzen eindeutig geregelt sind. Und Sie, Herr Bichelmair, haben das jetzt hoffentlich auch verstanden! Ich erwarte von Ihnen und Herrn Morgenstern eine Stellungnahme, warum Sie sich hier herumtreiben – der eine noch dazu im Krankenstand. Und zwar subito!"

„Dann kann ich ja jetzt gehen", sagte ich schroff. „Ich hab ja noch immer eine Krankschreibung. Und danach verteile ich lieber Strafzettel, als ..." Ich ließ den Rest des Satzes in der Luft hängen und stand abrupt auf.

„Jetzt sein S' doch ned glei so beleidigt", erwiderte Brandl. „Sie son halt a bissel übermotiviert, wohrscheinlich wegen Ihrer Paula und der Frau Gruber. Zwoa tun de wenigsten Manner gut. Da dadert i aa a bissl zum Spinna ofanga.“ Er war in seinen breiten niederbayerischen Dialekt verfallen, den er immer dann zum Besten gab, wenn er zeigen wollte, was für ein sympathischer und umgänglicher Chef er war. Jedoch brachte mich das, nebst seiner blöden Bemerkung, erst recht auf die Palme.

Ich riss die Tür auf und schnappte mir meinen Anorak, wobei ich ihn so zackig vom Garderobenständer zog, dass er umfiel mitsamt all den anderen Jacken und Mänteln.

„Wohrscheinlich is ihm des Benzin zu Kopf g’stiegen, da wollen wir mol nicht so sein“, hörte ich Brandl noch großzügig sagen, als ich bereits über den Ständer samt Kleiderhaufen hinweggestiegen war und durch die Tür hinauseilte. Zuknallen konnte ich sie leider nicht mehr, weil die gesamte Garderobe lag ja quer davor.

Draußen an der kalten Winterluft fiel meine Wut langsam in sich zusammen, und ich fühlte mich total erschlagen. Ich hatte mich benommen wie ein Depp. Müde und deprimiert ging ich zu meinem Auto und musste feststellen, dass es eingeschneit war und die Scheiben obendrein vereist waren. Erst da stellte ich fest, dass dicke Schneeflocken vom Himmel fielen. Statt zu kratzen beschloss ich, Jasmin im Krankenhaus zu besuchen, das nicht weit von hier entfernt sein musste.

Nachdem ich mich ausgewiesen hatte, durfte ich zu ihr. Sie sah aus wie Schneewittchen, wären da nicht die Schläuche gewesen. Ich hätte einiges darum gegeben, sie wach zu küssen, denn nur die Anzeige der Herzfrequenz zeigte, dass sie noch lebte.

Resigniert und erschöpft setzte ich mich auf einen Stuhl im Wartebereich, ohne zu wissen, auf wen oder was ich wartete. Irgendwie erschien mir alles sinn- und hoffnungslos. Paula würde zu diesem Freddy ins Chiemgau ziehen, und der Vize war innerhalb kürzester Zeit zu meinem Feind geworden. Das Schlimmste aber war, dass ich noch immer um Jasmins Leben bangen musste.

Anscheinend hatte ich, ohne es selbst zu wissen, auf Heinz gewartet, der mich knapp eine halbe Stunde später aus meiner lethargischen Depression riss.

„Komm, lass uns abhauen! Ich fahr dich heim. Der Rösler würde dein Auto übernehmen, er braucht nur noch den Schlüssel. Freigekratzt ist es schon." Sanft zog er mich von meinem Hartschalensitz hoch.

Wie versprochen brachte Heinz mich bis vor meine Wohnung, und Rösler hatte mein Auto irgendwo in Schwabing abgestellt. Über die Arbeit haben wir nicht mehr geredet und auch nicht über Paula, nur über Jasmin, und dann hat Heinz mit mir geschwiegen. Eine Kunst, die ich sehr an ihm schätze.

Kaum in der Wohnung, zog ich mich aus und ging nach einer schnellen Dusche sofort ins Bett.

Ich schlief tief und traumlos. Schließlich schreckte ich auf, weil etwas Warmes mein Gesicht berührt hatte. Es war Paula, die neben mir auf dem Bett saß.

„Du hast die Klingel nicht gehört", sagte sie entschuldigend, weil wir hatten die Verabredung, immer erst einmal anzuläuten, bevor wir die Wohnung des anderen betraten. „Heinz hat mich angerufen und gesagt, dass du jetzt hier bist. Wie geht es dir?"

Sie strich mir erneut sanft über die Wange. Doch davon ließ ich mich nicht einwickeln.

„Wie soll es einem schon gehen, wenn die Freundin einen anderen hat?", meinte ich trotzig und richtete mich auf.

Paula schaute mich entgeistert an, dann stieß sie kopfschüttelnd einen Seufzer hervor. „Mann, Joe, ich mag den Freddy wirklich gern. Aber selbst wenn ich in ihn verliebt wäre, würde mir das nicht viel nützen. Er ist verheiratet!"

„Na und?!"

„Mit einem Mann! Er steht nicht auf Frauen! Du wirst mich wohl oder übel noch behalten müssen", meinte sie mit einem wunderschönen Lächeln.

„Und was ist mit dieser Praxis im Chiemgau?", bohrte ich bockig weiter, obwohl mir gerade ein riesiger Felsbrocken vom Herzen gefallen war.

Paula legte sich neben mich und kuschelte sich an meine Schulter. „Ich hab doch immer schon den Traum gehabt von einer Praxis am Land – mit Stall und eigenen Tieren. Joe, bitte versteh mich! Das hier ist meine große Chance!"

Sie hatte ja recht. Schon seit Jahren redete sie davon, und wäre ich nicht gewesen, dann wäre sie wahrscheinlich schon längst auf dem Land. Ich hatte ihren Wunsch einfach nicht ernst genommen, weil für mich ein Landleben überhaupt nicht vorstellbar war.

„Du meinst also eine Wochenendbeziehung?", fragte ich.

„Wenn du nicht mitkommen willst, ja. Aber ich werde dort dafür mehr Zeit haben. Freddy sucht nämlich einen Kompagnon, damit wir uns die Arbeit teilen können. Und da er nur wenig Miete verlangt, werde ich gar nicht so viel schlechter dastehen. Und wenn ich frei habe, dann besuche ich dich auch mal unter der Woche in München, oder du feierst deine Überstunden im Chiemgau ab", meinte sie und strich mir eine Haarsträhne aus dem Gesicht.

Ich schaute sie entgeistert an. Einerseits war ich schon sehr froh, dass sie nichts mit diesem Freddy hatte, andererseits würde sich trotzdem alles ändern. Rasend schnell schwebten Gedanken und Bilder durch meinen Kopf. Ich sah mich schon in einem Stall, wie wir gemeinsam Stroh aufrichteten – dann auf der Autobahn im Stau stehen, was mich ehrlich gesagt überhaupt nicht antörnte. Andererseits konnte sie auch sehr fordernd sein und vor allem eifersüchtig, dachte ich mir. So ein bisschen mehr Freiraum wäre vielleicht sogar ganz sinnvoll, um unsere lange Beziehung aufzufrischen, versuchte ich mir das Ganze schönzureden.

Aber was, wenn wir uns dann auseinanderlebten? Dann wäre es nur noch eine Frage der Zeit, und alles wäre vorbei. Aber wenn ausgerechnet ich, der immer dafür war, dass wir beide auch unser eigenes Leben führten, hier nun versuchte, mich querzustellen? Dann wäre das sowieso das Ende unserer Beziehung.

Fragend schaute ich sie an, und ihre Augen erwiderten liebevoll meinen Blick. Wut, Angst und Eifersucht waren verflogen, und ich vergrub meine Hand sanft in ihrer roten Lockenpracht. Irgendwie würden wir das schon hinkriegen, dachte ich mir und küsste sie auf ihre weichen und sinnlichen Lippen.

Frau Kubec erzählt

Nachdem der Brandl mich so abserviert hatte, beschloss ich, meine restliche Krankschreibung voll auszunutzen. So kam es, dass ich erst wieder in der Woche nach Heilig-Drei-König zur Arbeit erscheinen musste. Doch noch am Donnerstag rief mich die Reitmüller an und bat mich, trotz meines Krankenstands zur Vernehmung der Kubec dazuzukommen, sozusagen als Zeuge.

„Schließlich waren Sie ja in weiten Teilen involviert. Dann könnten wir gleich vor Ort ihre Aussage mit der abgleichen, die sie Ihnen gegenüber gemacht hat", warf sie ihren Köder aus.

Ich stimmte zu und fragte sie bei der Gelegenheit, was denn bei der ersten Befragung herausgekommen war. Den Bericht darüber hatte ich verpasst, da sie ihn erst nach meinem fluchtartigen Abgang zum Besten gegeben hatte.

Sie teilte mir mit, dass sie Frau Kubec unter Auflagen erst einmal wieder hatten gehen lassen müssen. Sie hätte zwar eingeräumt, dass sie mitbekommen hatte, wie Georg Kubec mit Frau Gruber in dem Anbau verschwunden war, und sie habe auch noch einen kurzen Blick hineingeworfen, nachdem Kubec die Materialseilbahn allein wieder verlassen hatte.

„Dabei hat sie dann, laut ihrer Aussage, den zweiten Ausgang entdeckt, also den, der ins Haus führt. Darum hätte sie sich auch nichts dabei gedacht", berichtete mir die Reitmüller. „Weil sie ihren Schwager aber nicht aus den Augen verlieren wollte, ist sie ihm nach. Erst am nächsten Tag, als man noch immer nach Frau Gruber suchte, hätte sie sich angeblich gefragt, ob die nicht doch noch in dem Anbau der Materialbahn sein könnte. Sie hätte sich lediglich vergewissern wollen, aber weil sie das für eher unwahrscheinlich gehalten hat, wollte sie nicht unnötig die Pferde scheu machen. Das täte ihr nachträglich natürlich fürchterlich leid." Die letzten Worte spuckte sie voller Sarkasmus aus.

Ich hörte einen lauten Seufzer durch das Telefon und konnte die Reitmüller gut verstehen. Die Kubec war uns zwar in die Falle gegangen, aber noch hatten wir sie nicht an der Angel.

„Und woher hat sie von dem Abgang in den Eiskeller gewusst?“

„Sie behauptet, dass sie den nur zufällig entdeckt hätte! Sie hat sich angeblich für die Schneefräse interessiert und dabei die Falltür entdeckt. Sie wollte einfach mal wissen, was das Ding für einen Motor hat. Stellen Sie sich mal diese dumme Ausrede vor“, empörte sich die Reitmüller. Zu meinem Bedauern fand ich das aber gar nicht so abwegig und berichtete ihr von dem Hobby der Kubec.

„Also dann ist das womöglich doch plausibel.“ Sie seufzte erneut.

„Was hat sie denn zu dem Benzin gesagt? Ich mein, warum hat sie es über die Truhe geschüttet?“, fragte ich und hatte sofort wieder das beklemmende Gefühl der Enge.

„Sie kann sich ihr Verhalten selbst nicht erklären. Sie meinte, als es in der Kiste rumpelte, hätte sie plötzlich Panik bekommen und die Angst und der Schrecken vom Tag davor hätten sie vollkommen übermannt. Sie wüsste nur noch, dass sie das Gefühl hatte, in Lebensgefahr zu sein. An mehr könne sie sich nicht mehr erinnern.“ Ich hörte der Reitmüller an, dass sie der Kubec kein Wort glaubte.

„Lebensgefahr! Da läuft man doch weg, wenn man kann, und schüttet nicht Benzin drüber“, rief ich entrüstet.

„Nun gut, ob so eine Reaktion erklärbar ist, muss ein Psychologe entscheiden“, meinte die Reitmüller.

„Na klar, sie hatte Panik, wollte weg und dachte sich, die Kiste wäre ein Motorrad. Da hat sie halt dann noch vorsorglich den Tank aufgefüllt!“, erwiderte ich spöttisch, woraufhin die Reitmüller kurz zu kichern anfing, dann aber ernst sagte: „Ich versteh Sie gut, Herr Bichelmair. Die Frau ist wie ein glitschiger Fisch, und Beweise haben wir nur wenige.“

„Und was ist mit den abgerissenen Herzchen? Die lagen ja bereits am Tatort, als sie noch gar nicht da gewesen sein will!“

„Die hat natürlich ihr böser Schwager vorher heimlich von ihrem Schal abgerissen und dort deponiert, um ihr die Entführung der Frau Gruber in die Schuhe zu schieben – vermutet sie.“

„Ihr Schwager kann es jedenfalls nicht mehr leugnen.“

„Leider ist das alles im Bereich des Möglichen. Es fehlen übrigens drei Herzen. Haben Sie vielleicht noch eines?“, fragte sie neckisch.

„Ich?!“

„Ja, Sie! Vielleicht haben ja Sie die Frau Gruber in die Kiste gesperrt, weil sie Ihnen das Herz gebrochen hat!“ Sie lachte herzhaft, fügte dann aber schnell hinzu: „’tschuldigung! War nur ein Scherz! Ich wäre Ihnen wirklich dankbar, wenn Sie zur Vernehmung dazukämen, auch wenn das nicht mehr Ihr Fall ist. Vielleicht verheddert sie sich ja in einen Widerspruch, und wir kriegen sie doch noch dran.“

Also fuhr ich am nächsten Tag als Zeuge nach Traunstein. Bevor die Vernehmung stattfand, teilte mir die Reitmüller mit, dass der Fußabdruck, den sie an dem Stuhlbein vom Rauschberg sichern konnten, zum rechten Bergschuh von Georg Kubec passte.

„Gratuliere! Dann schaut es ja ganz danach aus, dass Sie zumindest den Mordfall Dandl abschließen können“, meinte ich.

„Nun ja, wir haben die Schuhe und auch eine Jacke, wie sie der Fellmützenträger am Rauschberg getragen hat, in einem Spind der werkseigenen Umkleide der Baufirma finden können. Laut Raschke, dem Mitinhaber von Natural Experience, ist das allerdings auch die Standardausrüstung für ihre Bergführer.“ Sie stieß einen Seufzer aus.

„Sie glauben jetzt aber nicht, dass es doch am Ende Chris Kubec war?!“

„Nein, aber eindeutige Indizien wären mir lieber, wo wir schon unseren Täter nicht mehr befragen können. Immerhin, die Schuhgröße passt, und schließlich haben wir ja auch das Handy, die Fellkappe und den Drucker samt Hennastift in seinem Schreibtisch gefunden“, sagte sie mit einem schiefen Lächeln.

Wir spekulierten also, dass Georg sich aus dem Fundus seines Bruders bedient hatte, um seine Maskerade noch glaubwürdiger erscheinen zu lassen. Natürlich war es genauso gut möglich, dass er bereits vorab Jacke und Schuhe günstiger über seinen Bruder gekauft hatte. Besonders ärgerlich fanden wir, dass wir ihn nun nicht mehr fragen konnten, vor allem, was seine Schwägerin betraf.

Die Reitmüller platzierte mich vor einem Monitor in einem Nebenraum, wo ich die Vernehmung mitverfolgen konnte.

Die Kubec sah blass aus, und ihre mädchenhaft zierliche Figur wirkte zerbrechlich, doch ich beschloss, mich davon nicht mehr täuschen zu lassen. Gespannt wartete ich auf die Reitmüller, die kurz darauf den Vernehmungsraum betrat und ihr gegenüber Platz nahm. Sie begrüßte sie knapp, und die Kubec antwortete lediglich mit einem Nicken.

„Können wir?“, fragte die Reitmüller, was die Kubec mit einem schwachen „Ja“ beantwortete, woraufhin die Reitmüller die Aufnahme startete.

„Ich vermerke, Sie wollen erst mal keinen Anwalt hinzuziehen. Ist das richtig?“

„Warum sollte ich?“, erwiderte sie. „Ich bin das Opfer! Und wegen dem Benzin, das tut mir schrecklich leid! Ich würde mich gerne bei Herrn Bichelmair entschuldigen.“ Zerknirscht schaute sie die Reitmüller an.

„Dazu bekommen Sie sicher noch die Gelegenheit. Erzählen Sie jetzt bitte noch mal, was genau sich in der Hütte abgespielt hat“, forderte die Reitmüller sie auf.

„Noch mal?“, rief die Kubec. „Ich hab Ihnen das doch schon erzählt. Glauben Sie, das war für mich lustig?“

Doch die Reitmüller meinte nur ungerührt: „Ja, bitte noch mal! Immerhin geht es ja um die Frage, ob es Mord oder ...“

„Es war Notwehr!“, schrie die Kubec und stemmte sich auf den Tisch, sodass ich schon Angst hatte, sie würde die Reitmüller angreifen. Dann setzte sie sich aber wieder hin und begann mit gesenktem Kopf leise, fast murmelnd zu erzählen.

„Der Georg hat mich überhaupt nicht ernst genommen. Ich wollte, dass er mir erklärt, warum er Chris’ Handy hat. Aber er hat alles geleugnet, und dann ist er zur Tür und hat sie zugesperrt. Ich hab um Hilfe geschrien, aber er hat mir den Mund zugehalten und gemeint, wenn ich noch einen Mucks mache, bin ich dran. Dann hat er die Axt genommen und ist immer auf und ab im Zimmer. Ich hatte fürchterliche Angst und hab auf ihn eingeredet, dass wir uns doch schon ewig kennen, und was weiß ich sonst noch!“

Sie senkte den Blick und hielt einen Moment inne. „Ich hab dann so getan, als friere es mich, und hab die Hände fröstelnd in die Tasche gesteckt. Ich konnte die Pistole entsichern, aber als ich sie rausgeholt hab, hat er sie mir aus der Hand geschlagen. Dabei hat sich ein Schuss gelöst und ist ins Buffet gegangen. Danach hat irgendwas gerumpelt, und Georg ist mit erhobener Axt direkt auf mich zu. Er hat ganz fürchterlich geschaut, wie ein Irrer", rief die Kubec aufgebracht, dann schlug sie die Hände vors Gesicht. Darin den Kopf nun abgestützt, blieb sie eine Weile stumm, bevor sie leise, fast murmelnd fortfuhr: „Ich bin zurückgewichen und dabei über einen Stuhl gefallen und auf den Boden gestürzt. Da hab ich die Pistole unter dem Buffet liegen sehen, und als Herr Bichelmair gegen die Tür gerannt ist, hab ich nach ihr gegriffen – und ich weiß nicht – es ging ja alles so schnell – und da, da muss ich geschossen haben."

Nach dieser Schilderung entschuldigte sich die Reitmüller, um mich aufzusuchen. Leider musste ich ihren hoffnungsvollen Blick enttäuschen – die Schilderung stand in keinem Widerspruch zu dem, was ich auf der anderen Seite der Tür erlebt hatte. Wir beschlossen, sie mit den Alibis, die sie und Georg sich gegenseitig gegeben hatten, zu konfrontieren, und die Reitmüller kehrte in den Vernehmungsraum zurück.

„Sie haben ja angegeben, Ihren Schwager zu verdächtigen, dass er statt Ihres Mannes nach Paris geflogen ist und von dort mit dessen Handy die Textnachrichten verschickt hat", stellte die Reitmüller sachlich fest, worauf die Kubec zustimmend nickte.

„Warum haben Sie dann Ihrem Schwager ein Alibi gegeben für diesen Zeitraum?", blaffte die Reitmüller sie unerwartet heftig an, doch die Kubec wirkte nur kurz verunsichert und antwortete zügig.

„Georg hat gemeint, dass es gut wäre, wenn ich für den Zeitraum ein Alibi hätte. Schließlich wusste ja keiner, was wirklich mit Chris passiert war, und ich wäre sicher die Hauptverdächtige gewesen, wo er mich doch verlassen wollte und wir auch noch einen Streit gehabt hatten. Indem er mir ein Alibi gab, hatte er natürlich selbst eines, aber dass er... Woher sollte ich das denn ahnen?" Sie bedachte bei den letzten Worten die Reitmüller mit einem kläglichen Blick.

„Und was ist mit dem Alibi für den Zeitraum auf dem Rauschberg? Warum haben Sie ihm das gegeben?"

Die Kubec verzog zerknirscht den Mund, bevor sie meinte: „Ich bin so ein Narr, aber zu diesem Zeitpunkt bin ich doch gar nicht auf die Idee gekommen, dass er was mit dem Tod vom Dandl zu tun haben könnte. Georg hatte sich zwei Tage vorher mit dem Dandl getroffen. Irgendwas Geschäftliches, hat er gesagt. Er hatte Angst, da mit reingezogen zu werden, und ich wollte ihm Scherereien ersparen, so wie er mir, als Chris verschwunden ist." Anscheinend fassungslos über sich selbst schüttelte sie den Kopf.

Die Reitmüller warf einen leicht verzweifelten Blick in die Kamera, bevor sie fortfuhr. Doch sie konnte die Kubec weder in Widersprüche verwickeln noch ließ diese sich groß provozieren. Sie gab der Reitmüller recht, dass sie besser auf die Polizei hätte warten sollen als ihren Schwager allein zur Rede zu stellen, und räumte auch ein, dass sie trotz Waffenschein niemals die Pistole mit auf den Jenner hätte nehmen dürfen. Nur bei der Frage, warum sie ihm in die Alm hinein gefolgt war und ihn nicht schon vorher ansprach, als noch Menschen in ihrer Nähe waren, hatte sie sich zunächst etwas gewunden, dann aber zugegeben, dass sie ihn mit vorgehaltener Waffe zu einem Geständnis zwingen wollte. Dabei schaute sie die Reitmüller reumütig an.

„Ich weiß, das hätte ich nicht gedurft", sagte sie kleinlaut. „Ich hab das total unterschätzt! Ich weiß echt nicht, was ich mir dabei gedacht hab."

Ich konnte sehen, wie die Reitmüller langsam verzweifelte. Sie setzte zu einer letzten Attacke an. „Wo ist die Leiche Ihres Mannes?", überrumpelte sie die Kubec.

Die schreckte zwar aus ihrer zusammengekauerten Haltung auf und schaute sie entgeistert, dann aber eisig an. „Woher soll ich das wissen!", zischte sie empört. „Falls Sie das wirklich glauben, dann will ich jetzt einen Anwalt!"

Damit war die Vernehmung erst einmal beendet. Jedoch kam es noch zu einem kurzen Eklat, als die Reitmüller ihr sagte, dass die falschen Alibis und der Angriff mit dem Benzin erst einmal ausreichen würden für einen Haftbefehl.

Nachdem die Kubec abgeführt worden war, lud mich die Reitmüller auf einen Kaffee ein. Wir setzten uns dazu in ihr Büro, auf dessen Schreibtisch ein Familienfoto stand, auf dem sie neben einem hochgewachsenen, intellektuell wirkenden Mann und einem noch pubertierenden Jungen stand. Entweder war es retuschiert, oder sie sah in ihrer Freizeit wesentlich entspannter und damit auch wesentlich sympathischer aus.

„Meine Familie“, erklärte sie mir überflüssigerweise. „Und Sie? Haben Sie auch Kinder?“

„Nein, aber vielleicht bald einen Stall voll Viecher“, rutschte es mir heraus, worauf sie mich fragend anschaute. Ich winkte ab und antwortete in einem zweiten Anlauf mit einem schlichten Nein. Die Reitmüller bohrte netterweise auch nicht weiter nach.

„Was halten Sie von ihrer Aussage?“, fragte sie stattdessen.

„Man könnte ihr fast glauben“, meinte ich grübelnd.

„Ja, leider. Wenn wir nicht noch was Handfestes kriegen, dann kommt sie mit einem guten Anwalt nahezu ungeschoren davon.“

„Sie glauben ihr auch nicht, oder?“

„Na ja, den Dandl hat ziemlich sicher ihr Schwager allein auf dem Gewissen. Sie ist auf keinem der Fotos oder Videos zu sehen, und ihr Handy war den ganzen Tag in München eingeloggt. Aber das mit den Alibis ... und dass sie in Ihre Falle getappt ist, ganz abgesehen von der Sache mit dem Benzin!“ Die Reitmüller schüttelte unwillig den Kopf. „Aber jetzt warten wir mal ab, was die KTU und die Ballistik sagen.“

„Wer weiß, vielleicht galt ja der erste Schuss bereits ihrem Schwager, und sie hat den zweiten ins Buffet geschossen, nachdem sie uns gehört hat?“, gab ich halb scherzhaft, halb im Ernst zu bedenken, woraufhin mich die Reitmüller zunächst spöttisch, dann aber doch nachdenklich anschaute.

„Dann wäre es keine Notwehr, sondern Mord und obendrein ein übel abgekartetes Spiel“, meinte sie schlussendlich. „Bichelmair, Bichelmair, bisher haben Sie ja trotz dem Chaos, das Sie verursacht haben, einen guten Instinkt gezeigt. Aber wenn das zuträfe ...“

„Dann hätte sie uns eiskalt da hochbestellt, damit wir Zeugen ihrer Notwehr werden, und vor allem hätte sie uns dann nach Strich und Faden belogen.“

„Sie meinen also, dass sie ihren Schwager aus Rache erschossen hat, weil der ihren Mann umgebracht hat?“

Ich zögerte, meine Theorie auszusprechen, die zugegebenermaßen verwegen klang: „Oder sie hat ihn umgebracht, um ihm alles in die Schuhe zu schieben.“ So, nun war es draußen, auch wenn ich mich damit vielleicht komplett zum Gespött machen würde.

Die Reitmüller sagte erst mal gar nichts und wanderte quer durch ihr Zimmer, dann blieb sie stehen und schaute mich eindringlich an.

„Könnte doch sein, oder?", sagte ich beinahe zaghaft.

Sie schüttelte den Kopf, ob aus Ungläubigkeit oder Fassungslosigkeit konnte ich nicht erkennen, und meinte dann nur: „Da brauchen Sie dann aber noch handfeste Beweise! Ich für meinen Teil werde jetzt erst mal meine Indizien im Fall Dandl zusammentragen. Das wird dann hoffentlich reichen, um wenigstens den Georg Kubec post mortem zu verurteilen", meinte sie mit einem schiefen Grinsen.

„Außer sein Bruder lebt doch noch und es stellt sich heraus, dass er das am Rauschberg war", erwiderte ich lachend, woraufhin sie mir für die Suche nach ihm, ob tot oder lebendig, viel Glück wünschte.

An der Tür erzählte sie mir noch, dass ihr das Krankenhaus vorher mitgeteilt hatte, Jasmin wäre aufgewacht.

„Gehen Sie ruhig zuerst zu ihr, bei mir erschrickt sie sicher gleich", meinte sie zum Abschied.

Ich hätte jubeln können, beließ es aber bei einem Strahlen, das sie mit einem Grinsen zur Kenntnis nahm. Kurz darauf war ich im Krankenhaus, doch der Arzt billigte mir nur zehn Minuten zu, und das auch nur, weil ich ihm versprach, keine polizeilichen Fragen zu stellen.

Als ich eintrat, hatte Jasmin die Augen geschlossen, und ich setzte mich leise auf einen Stuhl neben sie ans Bett. Sie war blass, aber wunderschön, und ich musste erneut an Schneewittchen denken. Jetzt hätte ich sie küssen können, tat es aber natürlich nicht.

„Joe", hörte ich sie leise sagen, und ihre Augenlider flatterten leicht, als sie mich ansah, doch dann schloss sie sie gleich wieder. Unbeholfen griff ich nach ihrer Hand, die sich kalt anfühlte, und versuchte sie etwas zu erwärmen.

„Chris ...", hauchte sie. „Sein Bruder, er ..."

„Hat er dich niedergeschlagen und dann in die Kiste gesperrt?", wagte ich zu fragen, doch Jasmin hatte die Augen bereits wieder geschlossen.

Des einen Freud, des anderen …

Den Kopf voll mit Gedanken, fuhr ich nach Siegsdorf und dort auf die Autobahn Richtung München. Als ich das gut sichtbare McDonald's-Schild kurz vor der Ausfahrt nach Grabenstätt sah, fiel mir wieder ein, dass ich ja eigentlich nach Chieming zu meinen Eltern wollte. Ich setzte rasch den Blinker und bemerkte erst jetzt, dass die strahlende Sonne die inzwischen wieder schneelose Landschaft fast frühlingshaft erscheinen ließ, hätte es nicht nur vier Grad gehabt.

Kurz darauf passierte ich einen tiefblauen Chiemsee, der sich weit nach Westen streckte, während sich im Süden die Chiemgauer Berge aus der flachen Moorlandschaft erhoben. Immerhin waren wenigstens sie noch schneebedeckt. Es war kurz vor eins, und ich nahm mir vor, heute noch einen kleinen Spaziergang am See zu machen, bevor Paula gegen Abend kommen würde. Überhaupt war es ihre Idee gewesen, die letzten Tage meines Krankenstandes hier zu verbringen. Ich ahnte auch bereits warum, und es graute mir davor. Natürlich wollte sie mir ihren zukünftigen Arbeitsplatz und, was noch viel schlimmer war, ihre neue Heimat zeigen. Und was konnte ich tun? Mich weigern? Einfach bocken? Mir blieb tatsächlich nichts anderes übrig, als gute Miene zum bösen Spiel zu machen, wollte ich unsere Beziehung nicht ganz gefährden. Aber wenn ich mir das schon antat, dann wollte ich auch den Mann von diesem Freddy mit eigenen Augen sehen.

Also fuhren wir am Samstag nach einem ausgiebigen Frühstück nach Pertenstein, das keine zehn Autominuten von meinen Eltern entfernt war. Als ich die Pferde sah, die dank dem milden Wetter auf einer Koppel standen, meinte ich lakonisch, dass mir ein Goldhamster als Patient lieber wäre als solche Riesenviecher. Doch Paula lachte nur, so wie sie schon den ganzen Morgen vor sich hin strahlte und all meine Nörgeleien mit einem freundlichen Lächeln hinwegwischte. Keine Frage, sie war glücklich. So glücklich, wie ich sie schon lange nicht mehr gesehen hatte.

„Gleich sind wir da, du wirst staunen", meinte sie aufgeregt, als wir an der Traun entlang auf einen frei stehenden Hof zufuhren, der nur zur Straße hin mit Büschen abgeschirmt war, sonst aber mitten in der weiten Landschaft lag. Der Hof hatte die Form eines U, und Paula steuerte gleich auf die erste Tür zu, die sich in einem der beiden Flügel befand. Schlüssel hatte sie anscheinend auch schon, denn ehe ich mich versah, stand ich in einer leer geräumten Wohnung, die großzügig über zwei Stockwerke ging und eine große Terrasse nach Westen hatte.

„Mein neues Reich! Was sagst du dazu?“, fragte sie mich und sah mich erwartungsvoll an.

„Na ja, wenn dir dieser Freddy die Heizung abdreht, kannst du wenigstens noch einheizen“, meinte ich und zeigte auf den Kaminofen.

„Genau!“, erwiderte sie lachend. „Und du darfst natürlich jederzeit zu mir kommen, wenn es dir kalt ist.“ Lächelnd schmiegte sie ihren Kopf an meine Brust.

„Wer wärmt jetzt hier wen?“, fragte ich sie und nahm ihre kalten Hände zwischen die meinen, als ich Schritte hörte.

„Oh, sorry! Wir haben das Auto gesehen und wollten nur Hallo sagen.“ Mit einem verlegenen Grinsen standen Freddy und ein südländisch aussehender Lockenkopf in der offenen Tür.

„Ihr stört nicht! Darf ich vorstellen, Pete, das ist mein Freund Joe“, richtete sich Paula an den Lockenkopf, der mich mit einem „Hi Joe“ und einem freundlichen Lächeln begrüßte. „Und ihr zwei kennt euch ja schon“, meinte sie mit einem Blick auf ihren Kollegen, worauf ich „Servus Freddy“ sagte, was er mit einem „Hallo Joe, du schaust ja schon wieder ganz passabel aus“ erwiderte. Ich wollte schon was Bissiges zurückgeben, als er lachend ergänzte: „Ich dachte wegen deiner Kopfverletzungen. Paula hat mir von der zweiten Platzwunde erzählt.“

Kurz darauf saßen wir im Haupthaus vor einem prasselnden Kaminfeuer in einer urgemütlichen, riesigen Wohnküche an einem großen Eichentisch und stießen auf Paulas neues Zuhause an. Zuvor hatten sie mir noch die Praxisräume und den Stall gezeigt, in dem sich ein Pferd und ein Esel befanden. Beides war im zweiten Flügel untergebracht, und ich musste zugeben, dass hier alles wesentlich großzügiger war als in Paulas kleiner Katzenpraxis, wie sie sie selbst nannte.

Pete servierte uns einen Schweinekrustenbraten, der seinesgleichen suchte, und ich stellte erleichtert fest, dass Freddy und er sich immer wieder verliebte Blicke zuwarfen. Zumindest von hier drohte mir anscheinend wirklich keine Gefahr.

Zu guter Letzt verhockten wir dann bei den beiden so lange und so ausgiebig, dass wir uns doch lieber ein Taxi zu meinen Eltern bestellten. Freddy und Pete hatten uns zwar großzügig ihr Gästezimmer angeboten, doch ich beharrte auf einer Heimfahrt. Diese Dosis „Paulas neue Heimat" reichte mir fürs Erste. Doch Paula verstand es geschickt, meine Wehmut zu vertreiben, und ich hoffte sehr, dass meine Eltern bereits tief und fest schliefen.

Glücklich schlummerte ich in Paulas Armen ein, doch schon kurz nach dem Aufwachen überfiel mich ein Gefühl der Leere, angereichert mit Verlustschmerzen. Das war ja alles sehr schön für Paula, und ich freute mich auch echt für sie. Trotzdem machte sich ein dunkles Endzeitgefühl in mir breit. Seit bald zwanzig Jahren führten wir unser gemeinsames Leben in München. Gut, ich in Schwabing und sie in Trudering. Aber das war ein vernünftiger Abstand – nicht zu weit und nicht zu eng.

Paula hätte nichts dagegen gehabt mit mir zusammen zu wohnen, aber meine Wohnung war zu klein und ihre war mir zu weit weg, und die, die sie für uns ausfindig gemacht hatte, waren entweder zu teuer oder zu laut oder halt irgendwo in Obermenzing oder so. Klar war ich ein Trottel zu glauben, eine Frau wie Paula gäbe sich endlos mit so einer Zwischenlösung zufrieden. Na ja, für mich war es eigentlich nie eine Zwischenlösung. Ich hatte alles gehabt, was ich brauchte, und war damit absolut zufrieden gewesen. Und jetzt? Jetzt wurde alles anders!

Meinen ersten Arbeitstag nach meinem Krankenstand trat ich mit entsprechender Laune an, schwankend zwischen Selbstmitleid, Frust und Lustlosigkeit. Auf meinem Schreibtisch lag die vor sieben Jahren geschlossene Akte eines unaufgeklärten Falles, die mir der Brandl zur Wiedereingliederung, wie er scherzhaft meinte, übergeben hatte.

„Bichelmair", sagte er zu mir, „wir neigen beide zu einer Übermotiviertheit. Wahrscheinlich ADHS. Aber Bewegung hilft – legen Sie sich ein Radl zu! Und nichts für ungut, aber halten Sie sich bitte in Zukunft an die Regeln." Bereits an der Tür, drehte er sich noch einmal um. „Sie kommen doch sicher mit? Vielleicht wissen S' ja a gute Hütten – meine hat ja auch a Lawin derwischt. Wo Sie sich ja so viel in die Berg rumtreiben, wissen S' sicher wos, wo wir meinen Einstand feiern könnten, haha!"

Außer einem „Ja, danke. Ich werde mal darüber nachdenken" konnte ich nicht mehr viel sagen, so schnell war er dann auch schon draußen.

„Du und übermotiviert?" Heinz lachte laut los, nachdem der Brandl endlich weg war, und wäre nicht in dem Moment die Lisa gekommen, hätte ich ihn wahrscheinlich hochmotiviert noch so lange auf seinem Drehstuhl rotieren lassen, bis es ihm schlecht geworden wäre.

„Biche, schön, dass du wieder da bist! Ohne dich ist es echt ein bissl fad hier", begrüßte sie mich und betrachtete grinsend das kindische Geschehen. Freudestrahlend hielt sie mir ein Päckchen, hübsch verpackt in bereits gebrauchtem und daher verknittertem Weihnachtspapier, entgegen. „Für dich, Biche!"

Entgeistert hielt ich inne und schaute sie verdutzt an, während Heinz' Stuhl an Fahrt verlor.

Ich versetzte ihm einen letzten Schubs, worauf Heinz noch eine Runde drehte, und nahm das Paket misstrauisch entgegen.

„Schon wieder ein Geschenk?", argwöhnte ich, während ich mich an meinen Schreibtisch setzte und Lisa darauf Platz nahm.

„Eine kleine Aufmerksamkeit, weil ich dank dir den Zugang zu den Reichen und Schönen geschafft habe."

Heinz und ich schauten erst uns erstaunt an, dann sie fragend.

„Du bei den Reichen und Schönen? Was willst du denn da?", fand Heinz als Erster seine Sprache wieder.

Kokett warf sie einen ihrer Dreads nach hinten.

„Weil ich da hingehöre!", meinte sie und spitzte ihr fein geschwungenes Mündchen aristokratisch, bevor sie laut loslachte. „Quatsch, um eine Dauerkarte beim FC Bayern zu ergattern", ergänzte sie, nachdem sie unsere verblüfften Gesichter gesehen hatte.

Wir waren erneut sprachlos. Lisa und Fußballfan, noch dazu vom FC Bayern, das konnten wir uns beide nicht vorstellen.

„Nicht für mich", klärte sie uns auf. „Ich war bei einer Wohnungsbesichtigung. Eine ganz süße Dachwohnung mit Balkon in der Volkartstraße und echt noch halbwegs erschwinglich. Aber natürlich waren außer mir noch hundert Leute da, und der perverse Kerl hat versprochen, die Wohnung an die- oder denjenigen zu vermieten, der ihm eine Dauerkarte für den FC Bayern besorgt. Na ja, und dann bin ich dank deiner freundlichen Unterstützung zum Neujahrsempfang in die Staatskanzlei gelangt, wo ich mit meinem edlen Outfit die Honoratioren des FC Bayern beeindrucken konnte. Es war natürlich nicht ganz einfach und auch nicht ganz billig!“

„Und warum kaufst du dann nicht gleich von dem Geld eine Dauerkarte? Wäre das nicht einfacher?“, fragte ich verwirrt, woraufhin Heinz und Lisa sich anschauten, um dann laut loszulachen.

„Die kannst du sozusagen nur erben“, erklärte Heinz, nachdem er sich wieder beruhigt hatte. „Da musst warten, bis ein Altkunde seine abgibt!“

„Echt?!“, rief ich verblüfft.

„Na ja, ein kleines verfügbares Kontingent ist schon vorhanden, aber eben nur für auserlesene Leute wie mich“, meinte Lisa und drückte mir das Päckchen in die Hand.

Vorsichtig und voller böser Ahnung öffnete ich es. Zunächst war ich erleichtert, als ich eine selbst gestrickte Mütze, passend zu meinem bereits von ihr erhaltenen Schal vorfand. Doch dann sah ich die Rechnung für Kleidung, Schuhe und Sonstiges: 350 Euro!

„Alles Secondhand! Und abgerundet hab ich auch“, tröstete sie mich. „Ich war echt sparsam, und sei froh, dass ich mir den Schmuck nur ausgeliehen habe. Natürlich bist du mein Ehrengast bei der Einweihungsparty und brauchst auch keinen Salat mitzubringen.“

„Okay“, ich schluckte, „bar oder Überweisung?“

„Wie du willst“, sagte sie großzügig und verschwand.

„Das ist aber eine teure Mütze“, meinte Heinz feixend.

„Na ja, dafür habe ich jetzt auch wieder eine warme Bude. Aber wahrscheinlich hätte ein Anwalt auch nicht viel mehr gekostet“, seufzte ich und setzte mir die Mütze auf.

Sie stehe mir vorzüglich und mache mich um Jahre jünger, befand Susi nicht ohne hörbare Ironie, als ich mir bei ihr einen Kaffee holte. Sie wies mich noch auf eine bereits verlorene Masche hin und erklärte mir fachmännisch – oder fachfrauisch –, wie ich die Mütze vor ihrer Auflösung noch retten könnte.

Nachdem Heinz dann noch ein paar übrig gebliebene Plätzchen spendiert hatte, berichtete ich ihm von der Vernehmung der Kubec.

„Das darf doch nicht wahr sein“, rief er. „Also die Sache mit der Gruber geht sicher auf ihr Konto! Schließlich hat sie ja auf unseren Köder angebissen!“

Doch leider konnten wir das offiziell nicht verwenden.

„Du mit deinen illegalen Spielchen!“, maulte Heinz. „Die bringen uns auch nicht weiter. Der Brandl hat sich voll und ganz auf den Schwager eingeschossen. Der lässt grad vom Rösler und seiner Truppe auch noch die Wohnung durchsuchen. Und wahrscheinlich habens auch recht mit ihrem Verdacht. Auf jeden Fall haben wir nix in der Hand, dass die Kubec in irgendeiner Form beteiligt war, aber vielleicht findet der Rösler heut ja noch was.“

„Ist mir eh alles egal! Mich geht das ja nix mehr an“, gab ich trotzig zurück und wedelte mit einer der alten Akten.

„Jetzt sei doch nicht gleich so eingeschnappt! Der Brandl hat halt einen Haufen Ärger an der Backe. Die Tretwitz hat einen Anwalt eingeschaltet, nachdem wir ihr vorgestern den Teich herausgerissen haben, um dort nach der Leich zu schauen, und dieser Wolff hat obendrein gedroht, damit an die Presse zu gehen.“

„Echt?! Ihr habt da jetzt doch nachgeschaut?“, sagte ich verblüfft.

„Und dieses Mal haben wir nicht mal einen toten Hund gefunden“, meinte Heinz.

„Aber mich mit alten, verstaubten Fällen kaltzustellen, ist trotzdem eine Frechheit!“

„Ich kann ihn schon ein bissel verstehen, der will halt nicht noch mehr Ärger.“

„Jetzt hilfst auch noch zu dem“, rief ich ehrlich empört.

„Sei halt nicht so streng! Der Landauer hat scho anklingen lassen, dass er an Brandls Führungsqualitäten zweifelt.“

Ich wusste nur zu gut, wie sich ein Landauer im Genick anfühlte, aber mein Bedauern hielt sich dennoch in Grenzen. Immerhin war ich der Einzige gewesen, der den Verdacht, dass ein anderer statt dem Kubec Chris nach Paris geflogen war, überhaupt in Betracht gezogen hatte, und jetzt durfte ich hier alte Akten lesen!

Ich stand auf und ging rüber zu Susi, die zwar gerade nicht da war, aber die Kaffeekanne war immerhin bis obenhin voll. Ich goss zwei Tassen ein und kehrte zurück.

„Wenn wir wenigstens genau wüssten, warum der Dandl hat sterben müssen. Was hatte der gefunden? Vielleicht musste Chris Kubec ja aus dem gleichen Grund sterben oder ist deswegen abgetaucht“, sagte Heinz, nachdem er sich für den Kaffee bedankt hatte.

Ich beschloss, die alten Akten erst mal ruhen zu lassen, und wir machten uns stattdessen über die Unterlagen zum Fall Dandl und Kubec her.

Die nächste Stunde wühlte sich Heinz durch den Aktenberg der Baufirma Kubec, während ich den Bericht der Traunsteiner KTU zur Kubecschen Hütte am Geigelstein studierte. Im Gegensatz zu den Wagnerschen Berichten las dieser sich angenehm knapp und flüssig. Trotzdem fand ich keine neuen Anhaltspunkte darin.

Resigniert schloss ich den Bericht der KTU und studierte noch mal die Einträge der Traunsteiner zum Fall Dandl, als ich auf ein Foto von einer Bauskizze stieß, die eindeutig die Räume der Hütte am Geigelstein darstellte. Über ihr stand „Planung Toilette mit Waschgelegenheit“. Als ich mit Jasmin oben war, hatte es aber bereits einen Toilettenraum im Inneren der Hütte gegeben. Mir wurde bewusst, was wir für ein Massel gehabt hatten. So eingesperrt unter der Lawine, hätten wir in einen Topf pinkeln müssen, ging es mir durch den Kopf.

Das Foto dieser Skizze hatte man laut Bericht der Traunsteiner Mordkommission bei einer Durchsuchung der Wohnung vom Dandl gefunden. Aber warum hatte der Dandl ein Abbild der Skizze von den Umbaumaßnahmen der Kubec-Hütte? War das am Ende der Grund, warum er sterben hat müssen? Plötzlich hatte ich eine Idee. Schließlich musste es ja auch vorher irgendwo eine Möglichkeit gegeben haben, sich zu erleichtern. Mir fielen die Plumpsklos außerhalb diverser Hütten ein, die ich als Kind fürchterlich ekelhaft fand, wobei ich es mir nie verkneifen konnte, einen Blick in die stinkende Tiefe zu werfen.

Durch Recherchen im Internet und nach einem Telefonat bekam meine verwegene These immer mehr Hand und Fuß.

„Habt ihr vielleicht beim Kubec Georg so eine Skizze gefunden?“, fragte ich Heinz und hielt ihm das Foto hin. Heinz, der gerade nebenbei ein Fleischpflanzerl vertilgte, wischte sich die Finger an seiner Jeans ab. Dann nahm er es und studierte die Zeichnung ausgiebig.

„Schau mal da drüben", sagte er dann, „der dritte Ordner von oben, da sind die Aufträge und Baupläne von den letzten zwei Jahren drin."

Ich suchte mir zunächst die vom gerade vergangenen Jahr heraus und blätterte sie durch. Dann überprüfte ich die älteren – nichts!

Vielleicht gab es einfach keinen Auftrag. Schließlich war das ja die eigene Hütte. Aber so eine Skizze musste doch auch hier zu finden sein. Ich betrachtete den Aktenstapel, der auf einem Rollwagen abgelegt war, und fand einen Ordner mit der Beschriftung „Kaseralm/ Geigelstein". Zunächst stieß ich auf eine alte Urkunde, aus der hervorging, dass ein gewisser Ruppert Engelbrecht die Alm 1895 erstanden hatte. Diese ging dann über auf seine Tochter Therese Kubec, geborene Engelbrecht, und war seitdem in Familienbesitz.

Dann fand ich die Skizze und auch eine Kostenaufstellung dazu vom März letzten Jahres. Gut einen Monat später war der Kubec verschwunden. Nach einem Telefonat mit der nahe gelegenen Wuhrsteinalm wusste ich, dass man Ende April das Klohäusel abgerissen und die alte Grube zugeschüttet hatte. Alles in Eigenarbeit von Georg und Christa Kubec. Aufgeregt unterbreitete ich Heinz meine These: Vielleicht lag der Kubec ja dort begraben? Zumindest wäre es ein idealer Ort gewesen.

Wir besprachen uns, dann teilten wir unsere Theorie dem Rösler mit, der eben zurückgekehrt war. Sie hatten die Wohnung vom Kubec auf den Kopf gestellt, aber leider nichts Brauchbares mehr gefunden. Rösler war dementsprechend genervt und auch unaufgeschlossen für meine These, dass Chris Kubec womöglich dort oben begraben lag. Für ihn war Georg Kubec nicht nur der Mörder vom Dandl, sondern auch von seinem Bruder, falls dieser nicht doch noch lebte. Dann, so seine These, wäre Chris womöglich mit der Hilfe von Georg untergetaucht, wofür die ausländischen Konten sprechen könnten. Aber leider hatte er auch dafür keine Anhaltspunkte in der Wohnung finden können. Nach einigem Zureden versprach er dann doch, mit dem Brandl zu reden, damit dieser sich für eine erneute richterliche Anordnung einsetzte, diesmal für das Grundstück der Kaseralm am Geigelstein. Schließlich hatte er von uns noch den besten Draht zum Vize.

„Mir soll langsam alles recht sein", sagte er noch, bevor er loszog. „Hauptsach, wir finden den Malefizbuam endlich, egal wo oder wie!"

Eine halbe Stunde später kam er zerknirscht zurück.

„Der sitzt auf seinem Radl, und ich schätz, dem platzt gleich der Kopf", berichtete Rösler.

„Der soll nicht radeln, der soll uns eine richterliche Genehmigung besorgen", ereiferte ich mich genervt.

„Er will aber keine weitere richterliche Anordnung mehr beantragen, bevor nicht alles Hand und Fuß hat. Irgendwie kann i ihn sogar verstehen", meinte der Rösler und warf die neueste Ausgabe der BLA auf den Tisch. Auf deren Titelblatt prangte die Schlagzeile: „Neuer Polizeivizepräsident zerstört schon wieder Garten der Baronin!" Darunter stand: „Kaum ein paar Wochen im Amt: Vizepräsident Brandl von der Münchner Polizei lässt ohne nähere Hinweise zum zweiten Mal den Garten der Baronin von Tretwitz umgraben – ergebnislos!"

„Schau an, a Baronin ist sie!" Heinz pfiff durch die Zähne, und ich fragte mich, ob er zu viel Gala oder Frau im Spiegel von seiner Franzi las.

Während Rösler von seiner Unterredung mit dem Brandl berichtete, kam mir eine Idee. „Ich wüsste da was, wie wir trotzdem ein bisschen in der alten Versitzgrube rumstochern könnten", begann ich vorsichtig.

„Das ist bestimmt wieder so eine halbscharige Sach, die nur Ärger bringt", nörgelte Heinz.

„Bei euch zwei ist des doch eh scho wurst", erwiderte Rösler kichernd, woraufhin Heinz mit den Schultern zuckte und sagte: „Schieß los!"

Ich unterbreitete den beiden meinen Plan, was zunächst abwechselnd Gelächter und Kopfschütteln hervorrief. Dann hatte ich sie aber so weit.

„Mei, zur Not waren wir dann halt ein bisschen übereifrig bei unserem Betriebsausflug", meinte der Rösler.

„Genau, und wenn wir recht haben, überlassen wir dem Vize als Entschädigung die Lorbeeren", lachte Heinz.

Dann ging ich zum Brandl, um ihm eine Hütte für seinen Betriebsausflug vorzuschlagen.

Betriebsausflug

Am Tag unseres Ausflugs war bestes Wetter, der Himmel war strahlend blau. Obwohl es noch Januar war, war der Schnee am Geigelstein an den südlich exponierten Hängen bereits mit grünen Flecken durchsetzt – nicht zu vergleichen mit den Bedingungen, die Jasmin und ich gehabt hatten. Für unser Vorhaben war die Schneelage allerdings ideal. Der Parkplatz war heute gut besucht, und die einen starteten mit Ski, die anderen mit Rodel oder einfach nur zu Fuß.

Alle waren pünktlich erschienen, nur Rösler, Lisa und Christine wollten später nachkommen. Warum, wussten alle außer dem Brandl und dem Wagner, weil der hätte bei so einer Aktion nie mitgemacht. Susi allerdings fehlte, weil sie bereits einen Kurzurlaub in Bozen gebucht hatte.

Der Brandl war schon die ganze Woche aufgeregt gewesen und hatte mit Argusaugen den Wetterbericht verfolgt, war ihm doch jetzt der Ausflug mit uns wichtiger denn je, wo ihm die Presse so im Nacken saß und der Landauer ihn bereits zu sich zitiert hatte wegen der Sache bei der Baronin.

„Leut, schauts, was wir für ein Wetter ham“, rief der Brandl enthusiastisch, kaum dass er aus seinem Mitsubishi-SUV ausgestiegen war und seine farblich abgestimmte Ausrüstung aus dem Auto gehievt hatte.

Auch Wagner hatte sich nicht lumpen lassen und stand mit einem nagelneuen, quietschgelben Outfit und Schneeschuhen parat, während er aufgeregt immer wieder seine Brille putzte. Obwohl die Wuhrsteinalm keine Selbstversorger-Hütte war und wir ja nur für eine Nacht bleiben wollten, hatte er einen Rucksack dabei, der mich an meine frühere Interrail-Zeit erinnerte – nur waren wir da vier Wochen unterwegs.

Den Clou aber lieferte Heinz mit seinen ultraleichten Ski, die der Brandl ehrfurchtsvoll begutachtete, woraufhin er anerkennend mit der Zunge schnalzte, während sie den Wanninger zum Frotzeln animierten: „Im Gesamtgewicht reißen die des Ruder aber auch nimmer rum. Da bräucherst dann scho Ski im Minusbereich“, kicherte er.

Doch Heinz überging das ausnahmsweise souverän und fachsimpelte lieber mit dem Vize, statt dem Wanninger eine Retourkutsche zu geben.

Ich lag mit meiner Weihnachtsgeschenks-Ausrüstung im unteren Mittelfeld, da nur der Wanninger noch schlechter ausgestattet war. Er hatte weder Ski noch Schneeschuhe dabei, dafür ein paar klobige Wanderstiefel an. Statt mit einem Anorak war er wie üblich in seinem Lodenmantel erschienen, wozu er einen dunkelgrünen Schal und Lederhandschuhe trug. Das einzige „Sportgerät", das er vorweisen konnte, war ein langer, hübsch verzierter Holzstab, der vorzüglich zu seinem alten, grauen Stoffrucksack passte.

„So a Schmarrn", hatte er zum Wagner gesagt, als er dessen Schneeschuhe sah. „Bei dem bissl Schnee braucht's doch keine Pfannen an die Füß! Da bleibt ma halt am Weg!"

Kurz darauf blies der Vize zum Start, und während der Wanninger gemütlich rechts den Wanderweg nahm, schleppten wir erst mal unsere Ski über den unteren grünen Teil des ersten Hangs. Kaum waren wir im Schnee angekommen, stand der Brandl schon in seinen Ski, doch Heinz war auch schnell startklar. Noch ehe ich mich in meinen zweiten Ski hineingepfriemelt hatte, waren die zwei auch schon dahin. Brandl legte ein zügiges Tempo vor, doch Heinz ließ sich nicht lumpen und stieg ihm sogar einmal von hinten auf die Enden, was den Brandl noch weiter beschleunigte. So steigerten die beiden kontinuierlich ihr Tempo und hatten dann so einen Affenzahn drauf, dass ich es schon bald aufgab, ihnen zu folgen. Jetzt blieb mir nur noch der Wagner, der in seinen Schneeschuhen treu neben mir her stapfte.

„Also der Herr Brandl – so sportlich! Und der Herr Morgenstern, hoffentlich übernimmt der sich nicht", schwadronierte er, und ich versuchte ebenfalls zu beschleunigen, um seinem Gelaber zu entkommen, doch es gelang mir beim besten Willen nicht, ihn abzuhängen. Wie eine endlos babbelnde Klette hing er an mir, und obwohl er ohne Punkt und Komma redete, ging ihm die Luft nicht aus. Nicht einmal sein riesiger Rucksack schien ihn auszubremsen. Normalerweise wechselten wir zwei nur die nötigsten Worte, aber anscheinend tat ihm die frische Bergluft nicht gut, so aufgekratzt, wie er war. Zu guter Letzt behauptete ich, mal zu müssen.

„Gehen S' ruhig zu, Herr Wagner! Ich komm dann schon nach", sagte ich noch und verschwand in den bewaldeten Teil neben der Piste. Dort lag noch weniger Schnee, und ich stellte die Ski am Rand ab. Nachdem ich im Dickicht der Bäume verschwunden war, fischte ich aus meinem Anorak eine Schachtel L&M, die ich mir auf der Herfahrt bei einem Tankstopp kurz entschlossen besorgt hatte. So verborgen hinter mehreren Fichten qualmend, ging ich unseren Plan nochmal durch, als ich die nölende Stimme vom Wagner hörte.

„Herr Bichelmair! Alles in Ordnung bei Ihnen?", fragte er, und tatsächlich konnte ich seinen grellgelben Anorak durch die Bäume schimmern sehen. Jetzt sucht der mich auch noch, schoss es mir ärgerlich durch den Kopf.

„Ja zefix, natürlich! Kann man denn hier nicht mal in Ruhe ..." Den Rest ließ ich absichtlich offen für eine Fehlinterpretation, und der Wagner zog dann auch ab. Ich wartete noch eine Weile, damit er ja genug Vorsprung hatte, und wagte mich schließlich aus dem Unterholz hervor.

Endlich hatte ich Muße, den Aufstieg zu genießen. Mit Verwunderung stellte ich fest, dass es gerade mal gut zwei Wochen her war, dass ich mit Jasmin durch dichtes Schneetreiben diesen Hang hinaufgestiegen war. Damals konnte man den Gipfel des Geigelsteins nicht sehen, doch nun erstrahlte er im Licht der Sonne. Wie eine weiße Pyramide ragte er in den tiefblauen Himmel. Seine steilen Flanken schienen wie mit dem Lineal gezeichnet und übten eine magische Anziehungskraft aus. Sollten wir noch dazu kommen, auf den Gipfel aufzusteigen, war ich nun entschlossen mitzugehen.

Gleichmäßig und auch zunehmend flach gleitend, setzte ich meinen Weg fort, und eine tiefe Ruhe überkam mich. So eins mit dem Rhythmus von Atem und Schritt, genoss ich den Aufstieg und ließ mich auch von vorbeistürmenden Skitourengehern nicht aus der Ruhe bringen. Zum ersten Mal seit Wochen fühlte ich mich wieder rundum wohl und im Einklang mit mir.

Dann erreichte ich die Hochebene, die flach zur Wuhrsteinalm führte, und das Blatt verschwand hinter einem Bergrücken.

Der Brandl wäre jetzt natürlich nicht der Brandl gewesen, wenn er nicht noch auf den Gipfel hinauf hätte wollen, und Heinz sollte sein

Bestes geben, das zu verhindern. Unser Plan war es, dass noch heute unser Lawinenkurs stattfand, der eigentlich erst für morgen vorgesehen war. Als auch ich die Wuhrsteinalm erreicht hatte, fand ich Heinz und den Vize gleich vorne in der Hütte an einem Tisch in der Ecke. Der Brandl saß mit hochrotem Kopf vor einem Apfelstrudel mit Vanillesauce und schaufelte diesen stumm und gierig in sich hinein. Heinz hingegen schien quietschfidel zu sein und gönnte sich erst mal ein leichtes Weißbier.

„So ein Unterzucker kann jeden mal erwischen", sagte er gut gelaunt. „Nach dem Strudel wird es bestimmt besser. Und dann geht es in die zweite Runde Richtung Gipfel!"

Der Brandl schaute nur starr auf seinen Teller, ohne etwas zu erwidern.

„Wäre es nicht besser, heute die Lawinenübung zu machen?", warf ich ein und setzte mich neben Heinz auf die Bank, während der Wagner draußen mit einer überdimensionalen Kamera eifrig Fotos machte.

Der Brandl blickte kurz von seinem Strudel auf, und ich glaubte Erleichterung in seinen Augen zu sehen.

„Ich mein ja nur", fuhr ich fort, „dann hätten wir die Verschüttetensuche schon geübt, und das ist doch sicher besser, wenn wir da schon a bissel Bescheid wissen, bevor wir auf den Gipfel gehen."

Er stieg sofort darauf ein. „Da hom Sie so was von recht, Bichelmair! Außerdem müssen wir ja noch unsere Zimmer beziehen. I schlog vor, des mochen wir glei noch der Brotzeit, und dann die Lawinenübung. Dann sind die Damen und der Rösler sicher a scho do. Und am Abend gib i was aus, und wehe, einer redet heut über die Arbeit!"

Diese Planung war ganz in unserem Sinn, wobei ich mir aber sicher war, dass er in puncto abendliche Gespräche ziemlich danebenlag.

Kurz danach verschwand der Vize erst mal auf seinem Zimmer und gab vor, die nächste halbe Stunde noch „etwas ausarbeiten" zu müssen.

Nachdem ich mir eine Kaspressknödelsuppe und ein leichtes Weißbier besorgt hatte – wir hatten heute ja noch was vor –, folgte ich Heinz auf die Terrasse. Er hatte es sich bereits auf einer Bank an der Hauswand gemütlich gemacht, vor sich eine riesige Portion Kaiserschmarrn, und genoss die wärmende Mittagssonne. Wanninger, der eben auch eingetroffen war, saß neben ihm, das halbe Gesicht von einer alten Ray-Ban-Brille verdeckt.

„Respekt, Heinz! Dem hast du es gegeben. Der schläft jetzt erst mal eine Runde“, meinte ich lachend und setzte mich auf die andere Seite neben ihn. So hockten wir nun aufgereiht wie Hühner auf der Stange an der schützenden Hauswand.

Sogar der Wanninger ließ sich zu einem anerkennenden Schulterklopfen herab. „A bissel Unterstützung war aber scho auch im Spiel“, meinte er dann doch noch und deutete mit einem spitzbübischen Grinsen auf die zwei großen Steine, die neben der Tür im Schnee lagen.

„Des hätt i auch ohne geschafft. Aber es war schon gut so! Also merci, Wanninger“, nuschelte Heinz zwischen zwei Bissen mit halb vollem Mund.

Verblüfft schaute ich ihn an, dann zum Wanninger, der noch immer zufrieden vor sich hingrinste.

„Du hast ... Wann hast du ihm die Steine denn untergejubelt?“, fragte ich, nachdem ich begriffen hatte.

Statt einer Antwort schaute Wanninger zu Heinz, und dann lachten beide laut los, sodass sich der Wagner erstaunt von seinem Fotoobjekt, einem fast meterlangen, vor sich hintropfenden Eiszapfen, abwandte und uns fragend anschaute.

„I bin doch beim Brandl im Auto mitgefahren, und da sind dann zwei Steine so von einem Rucksack in den andern gewandert“, flüsterte Wanninger verschwörerisch. Um ihn besser zu verstehen, hatte ich mich zu ihm rübergebeugt, und als ich wieder aufsah, erntete ich einen vorwurfsvollen Blick vom Wagner.

„Take five“, meinte Heinz und bot dem Wanninger seine flache Hand an, die dieser grinsend abschlug. „Der war so fertig, dass er sich sogar noch bedankt hat, als ich ihm angeboten hab, seinen Rucksack aufs Zimmer zu tragen. Der Rest war dann leicht“, flüsterte nun Heinz und ließ dabei Wagner nicht aus dem Auge, doch der hatte sich bereits einem neuen Fotoobjekt zugewandt.

Der Himmel war strahlend blau, und die tief stehende Wintersonne spendete trotz der Jahreszeit eine angenehme Wärme, in der man es warm verpackt durchaus aushalten konnte. Während ich den letzten

Rest meiner Suppe löffelte, wanderte mein Blick hoch zum Breitenstein, und auch Heinz schaute hinüber zum Lawinenkegel, der noch immer gut sichtbar war. Auch die großen Schneebrocken lagen noch herum, waren jetzt aber schon etwas kleiner. Es hatte inzwischen nicht mehr geschneit, und sogar hier auf Höhe der Alm gab es kleine grüne Flecken an den sonnenexponierten Stellen.

Der Schnee auf der Hütte der Kubecs war ebenfalls zusammengesackt und zum Teil abgeschmolzen. Wie hoch er an der hangseitigen Hüttenwand noch lag, konnte man von hier aus jedoch nicht sehen. Wichtig war aber die andere Seite, und dort endete die Schneedecke weit unterhalb des Fensters, welches von der Lawine verschont worden war. Am Ende der Wand konnte man erkennen, dass es mal einen kleinen Anbau gegeben haben musste, war hier doch der Anstrich nicht verwittert.

„Schauts, da ist der Rösler“, rief Wanninger und zeigte in Richtung der Kubecschen Hütte.

Tatsächlich kam Rösler zügig näher. Auch er war schon seit dem frühen Morgen unterwegs, und seinem zufriedenen Gesichtsausdruck nach hatte er seinen Auftrag erfolgreich erledigt.

Kurz darauf trafen Lisa und Christine auf einem Skimobil ein, dessen Anhänger voll beladen war. Das Spiel konnte beginnen.

Um kurz vor zwei saßen wir alle einsatzbereit in der Hütte. Der Vize hatte uns reingeschickt, um ungesehen einen Rucksack mit Pieps irgendwo im Bereich des Lawinenabganges verbuddeln zu können.

„Ich bin sehr gespannt, wo der Herr Brandl das Lawinenverschüttetensuchgerät vergraben hat“, näselte Wagner aufgeregt. „Wenn es keiner findet, dann muss halt der Chef es selber suchen, hihi“, versuchte er zu scherzen.

„Einer wird den Pieps schon finden. Vielleicht ja Sie selbst, Herr Wagner“, orakelte Lisa. Passend zu ihrem Dreadhead trug sie einen dicken Strickpulli, eine Jeans und dazu Motorradstiefel. Der einzige Gegenstand, der aus einem Sportgeschäft stammen konnte, war die in Rot verspiegelte Gletscherbrille, die sie nicht abgenommen hatte und in der ich Wagners kindlich-aufgeregtes Grinsen gleich doppelt sehen konnte. Dann betrat ein sichtlich erholter und von Tatendrang erfüllter Brandl die Hütte.

„Los geht's! Wir fongen mal mit nur einem Verschütteten an. I will Sie ja ned überfordern, haha!"

Ohne Murren folgten wir unserem Chef bis zum Auslauf der Lawine und standen nun in unmittelbarer Nähe der Kubecschen Hütte.

„Wirklich hervorragende Idee von Ihnen, Bichelmair, mit dieser Wuhrsteinalm. Da haben wir jetzt sogar noch eine richtige Lawine rumliegen. Besser könnt es ned sein. Also, Pieps raus! Schaufel und Sonde können S' no drinlassen", kommandierte er, während Wanninger es sich auf der nun wieder herausgetauten Hausbank vor der Alm gemütlich machte.

„Wanninger?! Also gut, in diesem Aufzug wird's sowieso besser sein, dass Sie hier sitzen bleiben. Als Arzt können Sie sich ja anschließend um unser Lawinenopfer kümmern, haha!"

„Ich würde gerne die Krankenschwester spielen", meinte Lisa, in deren Gletscherbrille sich nun der verblüffte Brandl spiegelte.

„Äh, also gut, dann erklär i Sie beide zu Beobachtern unserer Übung. Vielleicht fällt Ihnen ja was auf, was die Herr... äh Damenschaften noch verbessern können."

Er verfolgte Lisas Abgang mit missbilligendem Blick. Der nun zurück gebliebene Rest kramte dann aber brav die LVS-Geräte hervor, und der Brandl kontrollierte höchstpersönlich, ob auch alle die Suchfunktion eingeschaltet hatten. Dann erklärte er noch einmal lang und breit das Vorgehen bei der Signalsuche und verteilte uns im Abstand von zwanzig Metern am Lawinenrand.

„Also dann, auf, auf! Mal schauen, wer als Erstes meinen Rucksack findet", plapperte er weiter, als wir bereits parallel nebeneinander den Berg hochstiegen, den Lawinenpieps zum Schein vor uns haltend.

„Denken Sie daran, Auge und Ohr!", rief er uns noch hinterher.

Zunächst war er dann auch sehr zufrieden, weil zumindest der Wagner das Signal tatsächlich fand, während wir uns bereits der Hütte wieder näherten, wobei wir brav zu suchen vorgaben.

„Herr Brandl!", schrie Wagner aufgeregt. „Bei mir piept es!"

„Das ist ja wohl nichts Neues", erwiderte Wanninger laut von seinem Logenplatz aus, woraufhin der Wagner ihm einen empörten Blick zuwarf. Dann aber hatte der Brandl den Wagner auch schon erreicht, und sie starrten nun gemeinsam auf den Pieps. Während der

Brandl ihm noch einmal die Details der nun anschließenden Grob- und Feinsuche erläuterte, erreichten wir anderen bereits die Kubec-Alm.

Als der Vize endlich wieder aufschaute, eilte er strauchelnd hinter uns her, wobei er rief: „Sie sind falsch! Da is nix!"

Atemlos kam er bei uns an, und wir hielten ihm unsere LVS-Geräte hin, die alle ein Signal aufgenommen hatten und nun wild um die Wette piepsten.

„Ja, gibt es denn das?!", keuchte er und riss mir meins aus der Hand. „Tatsächlich", sagte er erstaunt. „Da drüben muss was sein!" Er deutete Richtung hintere Hüttenwand.

„Genau", erwiderte Heinz, der bereits an dem Teil der Hauswand stand, an dem sich mal das Klohäusel befunden hatte. „Hier ist was!" Er begann zu graben, woraufhin auch die anderen zur Schaufel griffen.

Jetzt war der Brandl zwar ein Depp, aber auch nicht ganz dumm.

„Bichelmair!", sagte er. „Das ist doch auf Ihrem Mist gewachsen. Was fällt Ihnen ein!"

„Ich hab ihn! Ich hab ihn!" Verdutzt schauten wir nach oben, wo der Wagner triumphierend einen Rucksack in die Höhe hob, ihn dann aber irritiert sinken ließ, als er uns alle vor der Hütte stehen sah.

Während ich nun versuchte, den Brandl von unserem Vorhaben zu überzeugen, gruben die anderen bereits eifrig. Als dann auch noch Christine mit dem Schneemobil auftauchte und mit Hilfe vom Wanninger Werkzeug und die Ausrüstung der KTU ablud, wurde der Brandl ganz blass. Mit versteinerter Miene verschwand er Richtung Wuhrsteinalm, nicht ohne mir vorher noch zuzuraunen: „Wir sprechen uns noch, Bichelmair, und Gnade Ihnen Gott, wenn Sie nur wieder einen toten Köter finden!"

Nach knapp einer halben Stunde stießen wir auf die Leiche.

Ende der Show ...

Nachdem dem Brandl klar geworden war, dass wir nicht einen toten Hund gefunden hatten, sondern mit großer Wahrscheinlichkeit Chris Kubec, versuchte er wieder das Ruder zu übernehmen. Um sich mit uns in Ruhe zu besprechen, bestellte er uns auf sein Hüttenzimmer. Lisa hatte sich den einzigen Stuhl geschnappt und saß rittlings darauf, während der Brandl sich mit einem Stehplatz begnügte und an eine Kommode anlehnte. Heinz saß neben Rösler auf dem Fensterbrett und ich auf dem Bett. Wagner und Christine sicherten noch den Fundort, und Wanninger warf einen ersten Blick auf die Leiche.

„Bichelmair, da sind Sie ja schon wieder mal über eine Leiche gestolpert", begann er, hölzern darum bemüht, einen Einstieg zu finden. „Was soll ich dazu sagen? Chuzpe haben Sie ja! Aber was glauben Sie, was die Traunsteiner Kollegen davon halten werden, dass wir ohne Absprache – inoffiziell! – GETARNT ALS VERSCHÜTTETEN-SUCHE! – AUF PRIVATEM GRUND!! – OHNE GENEHMIGUNG!!! nach dem Kubec gesucht haben?"

Der Brandl hatte zunächst leise, fast bedächtig begonnen, sich dann aber komplett hineingesteigert und am Ende fast geschrien. Als er fertig war, sackte er in sich zusammen und setzte sich erschöpft mir gegenüber auf das andere Ende des Bettes.

„Die Presse wird mich jetzt ganz zerreißen, und an den Landauer mag ich gar nicht denken", meinte er nach kurzer Pause resigniert. „Aber nun gut, der Vermisstenfall Kubec ist dank Ihnen allen ja dann hoffentlich gelöst. Gute Teamarbeit, so was schätze ich!"

„Hören Sie, Herr Brandl ... was ich sagen will ...", begann ich umständlich. „Also ich denke, da gibt es eine Möglichkeit mit den Traunsteinern ... Die Frau Reitmüller lässt sicher mit sich re..."

„Papperlapapp", unterbrach er mich, und es klang nicht aggressiv, sondern resigniert. Er stand mühsam auf und hatte schon die Klinke der Tür in der Hand, als diese aufgestoßen wurde und die Reitmüller ihn fast über den Haufen gerannt hätte.

Der Brandl zuckte erschrocken zurück, und ich konnte mir gut vorstellen, was in ihm gerade vorging.

„Ahh ... Also, das war keine Absicht ... eigentlich, äh ... sind wir hier ganz privat ...“, stammelte er verlegen, als ihm die Reitmüller die Hand hinstreckte.

„Herr Brandl, ich danke Ihnen für die hervorragende Zusammenarbeit“, rief sie überschwänglich und zwinkerte mir kurz zu.

Der Brandl ergriff verdattert ihre Hand. Doch auch ich war überrascht. Ich hatte mich zwar so weit mit der Reitmüller abgesprochen, dass sie ein Auge zudrücken würde, wenn wir bei unserem Lawinenkurs etwas tiefer graben würden, und sie hatte sich auch bereit gezeigt, bei einem Leichenfund die Aktion nachträglich zu decken. Aber dass sie so prompt hier auf der Matte stehen würde, das überraschte mich, hatte ich ihr ja noch nicht mal Bescheid gegeben, dass wir fündig geworden waren.

„Gell, da schauen S', Herr Bichelmair“, sagte sie, und ich schluckte. „Na dann lassen Sie uns mal die Lage in Ruhe besprechen. Sie können sich gerne zurücklehnen, meine Leute kümmern sich um den Rest.“

Der Brandl starrte sie immer noch mit aufgerissenen Augen an, fing sich dann aber und bedankte sich überschwänglich für ihr großzügiges Verständnis. Nachdem er seinen Kotau beendet hatte, schlug er vor, noch ein paar Stühle aus dem Gastraum zu holen.

Wir gingen alle zusammen runter, und während sich jeder einen Stuhl packte, erschien der Brandl mit einem kleinen Tisch unterm Arm, doch die Reitmüller winkte ab und drückte ihm stattdessen eine Flasche Willi und Gläser in die Hand. Er wollte schon etwas einwenden, verzichtete dann aber und folgte ihr die Treppe wieder nach oben zu seinem Zimmer. Nachdem wir uns gespannt auf den Stühlen platziert hatten, teilte die Reitmüller jedem einen Schnaps aus.

„Prost, auf unseren Erfolg!“, sagte sie und hob ihr Glas. „Der Fall Kubec ist so gut wie gelöst!“

Verwundert hob ich meines auch, während Brandl aussprach, was auch mich irritierte.

„Ist das nicht etwas zu früh?“, meinte er. „Auch wenn die Leich der Kubec ist, zumindest kann man das annehmen, schon wegen dem Verband an der Hand, wissen wir trotzdem noch nicht, wer ihn nun umbracht hat. Aber wegen mir: darauf, dass wir ihn endlich gefunden ham! Prost!“

Während wir unseren Schnaps kippten, kramte die Reitmüller lächelnd ein paar Papiere aus ihrem Rucksack und legte sie auf ihren Knien ab.

„Frau Gruber hat inzwischen ihr Gedächtnis wieder voll erlangt, und dabei ist ihr ein wichtiger Hinweis wieder eingefallen", begann sie und quittierte mein erleichtertes Aufatmen mit einem kurzen Lächeln, während die anderen neugierig an ihren Lippen hingen.

„Wer will noch einen?", fragte sie nun jedoch erst mal in aller Gemütsruhe, und als keiner was sagte und jeder nur auf ihre Knie beziehungsweise auf die dort liegenden Blätter starrte, hatte sie Erbarmen mit uns. Leider reichte sie zunächst dem Brandl die Schriftstücke, der sie mit hochgezogenen Augenbrauen las.

„Bichelmair, jetzt muss ich Sie doch noch loben. Wie es ausschaut, lagen Sie richtig", sagte er nachdenklich und gab mir die Blätter. Es war die Kopie eines handgeschriebenen Briefes. Das Original hatte die Reitmüller natürlich in ihren Akten gelassen. Heinz der neben mir saß, rückte nah an mich heran und streckte den Hals.

„Vielleicht könnte einer von euch das laut vorlesen", schlug Lisa vor, und ich überließ Heinz gerne diesen Part, war er als Vater doch wesentlich geübter darin.

„Der Brief ist vom dreißigsten Dezember", begann Heinz und las dann mit zunehmend belegter Stimme:

„Ich muss mir das jetzt mal von der Seele schreiben. Ich gebe zu, ich war erleichtert, dass Chris tot war. Nicht weil ich ihn hasste, sondern weil ich ein elender Feigling bin. Ich hab es nicht fertiggebracht ihm zu gestehen, dass ich nahezu unser gesamtes Erbe verzockt habe und er daher auf seinen Traum von einem Erlebniscamp in Frankreich verzichten muss. Ich wusste schon länger von Jasmin, und mir war es mehr als recht, dass er mit ihr ein neues Leben beginnen wollte, weil für mich gab und gibt es seit unserer Kindheit nur eine Frau – Christa! Wenn er ginge, würde ich für sie da sein, sie trösten und so vielleicht auch endlich ihre Liebe gewinnen.

Ich hatte bis zu guter Letzt gehofft, dass ein großer Auftrag die Finanzen so weit retten würde, dass Chris seinen Traum umsetzen könnte. Als sich das jedoch zerschlagen hatte, wusste ich nicht mehr weiter und vertraute mich Christa an. Es ist also meine Schuld, dass alles so kam!

Sie war überrascht und außer sich, als sie von Jasmin und Chris' Plänen hörte – sie hatte tatsächlich nichts geahnt! Sie weinte und schrie, und dann ist sie aus der Werkstatt gestürmt und mit ihrem Auto davon. Mir war klar, wohin sie wollte, doch ich hab zu lange überlegt, was ich jetzt tun sollte. Als ich oben ankam bei unserer Alm, war Chris schon tot, und Christa saß mit schreckensgeweiteten Augen am Boden neben ihm. Er sah beinahe friedlich aus, wie er so an ihr lehnte. Nur der Verband an der Hand war rot, und an der Schläfe hatte er ein kleines Rinnsal Blut. Es war ein Unfall, er ist einfach dumm gestürzt. Als er ihr nachwollte, hat sie ihn geschubst, weil sie Angst vor ihm hatte, weil er so wütend war wegen der Hand!

Den Dandl hab ich hinuntergestoßen. Er wollte mich erpressen. Er hat nie daran geglaubt, dass Chris einfach so in Frankreich verschwunden ist, und er hat mich immer wieder damit provoziert, dass ich ja genauso gut dahin fliegen hätt können. Er hatte natürlich keinen Beweis dafür, aber dann hat er diesen Bauplan gefunden und kam auf den richtigen Gedanken, dass dort womöglich das Grab von Chris sein könnte. Er hat mir gedroht, dass er der Polizei einen Tipp geben will, wenn ich nicht zahle!

Ich hatte dann die Idee, dass ich mich erneut, so wie damals beim Flug nach Paris, als mein Bruder ausgebe. Einige Zeitungen hatten uns ja den Gefallen getan und spekuliert, dass Chris nicht tot wäre. Wenn der Dandl, so hofften wir, erst mal glaubt, dass Chris noch lebt, würde er uns in Ruhe lassen. So bin ich dann rauf auf den Rauschberg, dieses Mal den Bart nur kurz getrimmt, dafür mit seiner Jacke von Natural und mit seiner auffälligen Fellkappe. Eine Vollrasur hab ich mich nicht getraut aus Angst, dass die Polizei mich anschließend befragen würde. Aus sicherer Entfernung wollte ich mich ihm zeigen und dann verschwinden.

Aber dann sah ich ihn mit dieser Jasmin. Ich erkannte sie sofort. Ich hatte Chris und sie mal in flagranti auf der Alm erwischt. Damals hatten sie mir dann auch ihre Pläne gestanden. Aber wie ich den Dandl mit ihr dort oben gesehen hab, hab ich es mit der Angst bekommen. Was, wenn er ihr von seinem Verdacht erzählt? Sie wür-

de sich nicht mit Geld ruhigstellen lassen! Als sie dann rein ist in die Bergstation, bin ich hin zu ihm und hab ihm zehntausend Euro angeboten. Er hat mich aber nur ausgelacht von seinem Stuhl aus da droben, und ich wusste nicht, wie viel Zeit ich noch hatte, und hatte Angst, dass sie gleich wieder zurückkommen würde. Da hab ich gegen das Stuhlbein getreten. Nicht bewusst, um ihn runterzustürzen, mehr ungeduldig, dass er schnell auf mein Angebot eingeht, bevor sie zurückkam.

Egal! Ich will mich nicht rausreden. Er hat noch versucht, sich an der Pelzkappe festzuhalten, und fast hätte er sie mit in die Tiefe gerissen, hätte ich sie nicht gepackt. Keiner hat was mitbekommen. Er war einfach plötzlich weg! Alle haben sie auf die Krampusse geschaut ...

Christa hat dann vorgeschlagen, dass wir noch weitere Hände in Umlauf bringen und ich mich ab und an als Chris verkleidet zeigen soll. Es hat tatsächlich funktioniert, doch dieses Spiel macht mich krank, und jetzt weiß die Kripo auch noch von meiner Veruntreuung. Früher oder später kommen sie drauf, das hab ich auch Christa gesagt. Die will aber davon nichts hören. Sie hat gemeint, sie wüsste, dass Jasmin am Stahlhaus ist, und mich gebeten, nochmals als Chris dort zu erscheinen, damit sie endlich eine Ruh gibt. Ich hab mich dann noch überreden lassen, den Bart ganz abzurasieren, aber eigentlich ist das eh schon egal.

Ich weiß noch nicht, was ich machen werde, aber ich glaub, ich muss Jasmin alles sagen und vor allem, wo sie Chris findet! Damit wir meinem Bruder endlich die letzte Ehre geben können. Er liegt in der alten Versitzgrube unserer Hütte, was mir das Herz bricht.

Georg Kubec"

Bei den letzten Worten musste Heinz schlucken und ich auch. Jetzt war zwar der Fall Chris Kubec so gut wie gelöst, aber es drängte sich nun umso dringlicher die Frage auf, mit was für einer Absicht die Kubec auf dem Jenner gewesen war.

„Wo haben S' denn den Brief gefunden?", fragte Brandl.

„In einer Bibel!", antwortete die Reitmüller. „Georg Kubec hatte sich durchgerungen, Frau Gruber alles zu erzählen. Dazu sind sie in den Anbau der Materialseilbahn gegangen. Aber leider kam er dann nicht mehr dazu. Die Gruber stand mit dem Rücken zur Tür, und er konnte ihr nur noch zuraunen: ‚alte Bibel – Alm‘, dann hat sie einen Schlag abbekommen."

„I brauch jetzt erst mol no ein Schnaps", meinte der Brandl und hielt der Reitmüller sein Glas hin. Da ließen wir uns natürlich auch nicht lumpen. Immerhin war das hier ein Betriebsausflug.

Als mir die Reitmüller eingoss, richtete sie mir noch einen schönen Gruß von Jasmin aus. „Sie hat glücklicherweise nichts davon mitbekommen, dass sie so lange in dieser Kiste eingesperrt war", meinte sie, und darüber war ich sehr erleichtert, weil mir hatte die kurze Zeit da drin schon gewaltig zugesetzt.

„Jetzt aber mal eine andere Frage", sagte ich und schaute sie streng an. „Wann haben Sie denn den Brief aus der Alm geholt?"

„Gestern spät abends", erwiderte sie mit einem unverschämten Grinsen.

Ich schüttelte missbilligend den Kopf. „Und da lassen Sie uns heute graben!"

„Ich wollte Sie doch nicht um den Höhepunkt Ihres Betriebsausflugs bringen, wo Sie ihn doch so schön vorbereitet haben", meinte sie neckisch, als die Tür aufging und der Wagner hereinkam.

„Also ich hätte da noch was, was wir in der Grube gefunden haben", meinte er und hielt eine Plastiktüte mit einem silberfarbenen Gegenstand hoch, während er sich irritiert umschaute. „Ich versteh langsam gar nichts mehr. Ist das jetzt hier eine Dienstbesprechung?!" Pikiert deutete er auf die Schnapsflasche.

Während die anderen in Gelächter ausbrachen, schnappte ich mir den Plastikbeutel, was den Wagner natürlich endgültig auf die Palme brachte.

„Was ist denn das?", fragte ich. „Sieht aus wie ein zu großer Fahrradständer."

„Mann, Biche, das ist ein Seitenständer von einem Motorrad", klärte Lisa mich auf.

„Wow! Schaut ja ganz so aus, als wäre der arme Chris Kubec doch nicht einfach nur dumm gestürzt", schlussfolgerte Heinz und schlug Wagner kameradschaftlich auf die Schulter, wobei der erschrocken zusammenzuckte. „Thorsten, du bist spitze!"

Es war das erste Mal, dass er den Wagner beim Vornamen nannte.

„Jetzt hast du heut den Pieps UND die vermeintliche Mordwaffe gefunden", sagte Heinz lachend und legte dem misstrauisch Dreinschauenden einen Arm um die Schulter.

Die Reitmüller goss ein weiteres Glas ein und überreichte es Wagner, der es zögernd annahm, dann aber glücklich strahlend mit uns allen anstieß.

... mit Flow

Eine gute Woche später stand ich mit Paula am Gipfel des Geigelsteins, und uns beiden schwindelte. Ich hatte erneut diesen Berg gewählt, sozusagen um einen innerlichen Abschluss mit dem Fall zu finden, vor allem aber bekam ich das verlockende Bild des Geigelsteinblatts nicht mehr aus meinem Kopf. Das schmale Plateau bot nur wenig Platz, und der zu fahrende Hang stürzte sich noch immer schrecklich steil in die Tiefe. Außer uns war nur noch ein sportlich-drahtiger Mann hier oben, der sich aber kurz darauf mit einem Juchzer in den Hang schmiss.

„Kann man anscheinend überleben", meinte Paula trocken, als wir ihm beide bewundernd nachschauten, und ich spürte ihren Respekt vor dem Mann wie auch vor der bevorstehenden Abfahrt.

„Jetzt gibt es sowieso erst einmal eine Brotzeit", schlug ich vor und holte eine Thermomatte aus dem Rucksack.

Nachdem wir es uns darauf bequem gemacht hatten, ließen wir die großartige Aussicht auf uns wirken. Der Winter war noch einmal zurückgekehrt und hatte die Landschaft wieder bis ins Tal hinab mit einer weißen Decke überzogen. Vor uns erstreckten sich die verschneiten Alpengipfel aus dem Chiemgau, aus Berchtesgaden und dem nahen Österreich, und man konnte bei dieser klaren Sicht sogar bis zum Großvenediger sehen. Wir hatten dieses Mal das Glück, perfekten Schnee und gutes Wetter zu haben. Es war der erste von Paulas freien Tagen unter der Woche, und ich hatte Urlaub genommen, um mit ihr die versprochene Skitour zu machen.

„Also hat Jasmin doch recht gehabt mit ihrem Verdacht", sagte Paula, „dass die Kubec ihren Mann umgebracht hat."

Es war mir schleierhaft, wie sie ausgerechnet jetzt darauf kam, aber ich antwortete: „Ja, das musste sie dann doch zugeben, nachdem der Seitenständer wunderbar zu der Kopfverletzung ihres Mannes passte. Sie hatte ihn am Morgen, bevor Georg ihr reinen Wein eingeschenkt hat, bei ihrem Händler abgeholt. Der Ständer lag noch in ihrem Auto, und als Chris sie dann auch noch beschimpft hat wegen der Hand ... Na ja, Wut und Eifersucht!", meinte ich mit einem Augenzwinkern.

„Dann hoffe ich doch sehr, dass das mit Freddy endgültig geklärt ist“, bemerkte Paula. „Nicht dass du ihn noch um die Ecke bringst, wo er doch heute für Jasmin und uns kocht“, alberte sie und biss herzhaft in ihr Brot.

Nach einer Weile wurde ihr Blick aber finster. „Dass die den Georg so eiskalt umgebracht hat, und noch dazu, um ihm alles in die Schuhe zu schieben! Und das, wo er sie geliebt hat und sogar wegen ihr nach Paris geflogen ist!“, murmelte sie empört.

Ich legte meinen Arm um ihre Schulter und zog sie zu mir her. „Da sieht man es mal wieder, egal wie man es macht bei den Frauen, früher oder später muss man dran glauben“, frotzelte ich, worauf ich einen sanften Seitenhieb von ihrem Ellbogen erhielt.

Dann aber lehnte sie ihren Kopf an meine Schulter und meinte ernst: „Gut, dass eure Ballistiker herausgefunden haben, dass sie unmöglich von unten liegend auf ihn geschossen haben kann. Es war also eindeutig keine Notwehr.“

„Ja, und wie es ausschaut, hatte sie das auch eiskalt geplant. Sie hat den armen Georg überredet, mit ihr auf die Königsbergalm zu gehen, um dann dort ihr Theater abzuziehen, mit der extra herbeizitierten Polizei als Zeuge.“

„Überredet? Wie denn?“, fragte Paula.

„Entweder war dieser Georg ein so verliebter Esel, dass er trotzdem mit ist, oder sie hat ihn dazu gezwungen. Sie selbst behauptet ja, dass sie gemeint hätten, dass Jasmin tot sei und dann wäre Georg der Eiskeller eingefallen. Anschließend hätten sie sich einen Ort gesucht, um erstmal unterzutauchen und sich zu beratschlagen. So wären sie dann auf der Königsbergalm gelandet.“

Paula schaute mich ungläubig an. „Das nimmst du ihr ab?“

„Nein. Aber warum Georg mit auf die Alm ist, ob freiwillig oder nicht, ist eh egal bei der Beweislage.“

Wir blickten eine Weile stumm in den weiten Horizont, der sich beruhigend und friedlich in einem strahlenden Blau mit weißen Gipfeln vor uns erstreckte, und Paula kuschelte sich eng an mich.

„Kalt?“

Paula schüttelte den Kopf. „Ich hab Angst!“, meinte sie kleinlaut nach einer Weile.

„Du brauchst keine Angst zu haben, ich bin doch bei dir“, raunte ich mit tiefer Stimme und schob heldenhaft meine Brust nach vorne, um sie dann mit einem Augenzwinkern an mich zu drücken.

Sie schaute mich mit einem durchtriebenen Grinsen an. „Na gut, dann fährst du als Erster. Und wenn du es überlebst, folge ich dir“, schlug sie vor und kicherte. „Denn du bist doch mein Held! Du hast ja sogar einen Gasangriff überlebt – und ein Kurvenexperte bist du ja obendrein, wenn auch mehr für die weiblichen“, fügte sie boshaft grinsend hinzu.

„Okay“, gab ich mich geschlagen und verstaute die Thermoskanne im Rucksack. Kurz darauf stand ich abfahrtsbereit an der Kante.

Ich rückte mir meine Skibrille noch mal zurecht, sagte zu Paula scherzhaft: „Lebe wohl“, und dann stieß ich mich mit einem Doppelstockeinsatz entschlossen ab.

War mir zunächst selbst mulmig gewesen, so tauchte ich kurz darauf in den ersten Schwung ein, und alles löste sich auf. Der Schnee unter mir war leicht wie Daunenfedern, und ich drehte butterweich die Skispitzen in die neue Richtung. Dann packte mich der Flow und trug mich rhythmisch von Schwung zu Schwung, während das kühle, pudrige Weiß mich umwirbelte und dem Ritt einen wilden Geschmack verlieh.

Ich fühlte mich wie in einem Rausch, trotzdem hellwach und nahe daran zu glauben, fliegen zu können. Ich konnte nicht anders und jauchzte aus voller Brust: „Yabba dabba doo, das Leben ist schön!“

Liebe Leserin, lieber Leser,

als ich meine ersten Überlegungen zu diesem Krimi anstellte, gab es noch die gute alte Rauschbergbahn, und auch der nette Mann vom Personal schien noch nicht zu ahnen, dass die Bahn im Herbst 2022 ihre letzte Fahrt machen sollte. Er zeigte mir damals auch die privaten Räumlichkeiten der Bergbahn sowie den unscheinbaren Hinterausgang, der wie geschaffen war für meine Geschichte.

Doch natürlich ist nicht alles in meinem Krimi so nahe an der Realität wie die Beschreibung der Bergstation. Die Rauschberg-Weihnacht zum Beispiel musste ich zeitlich versetzen. Die Wuhrsteinalm gibt es zwar, doch leider ist sie nach einem Pächterwechsel noch immer geschlossen, und die Kubecsche Alm ist reine Fiktion.

Es wäre jetzt müßig alles aufzuzählen, was der Realität entspricht, an ihr nur angelehnt ist oder frei erfunden, geht es doch in einem Krimi vor allem darum, dass die Geschichte funktioniert – und da muss eben so manches angepasst werden. Es war mir aber eine Freude, möglichst viele authentische Ort einzubauen und Landschaftsbeschreibungen möglichst wirklichkeitsnah wiederzugeben.

Die Polizeiarbeit und auch die der Bergwacht habe ich an die Dramaturgie angepasst. Die vorkommenden Personen sind fiktiv, bis auf zwei Freunde, die mich nachhaltig inspiriert haben, aber deswegen noch lange nicht mit den Figuren des Buches identisch sind.

Ich hoffe, Ihnen hat das Buch Spaß gemacht, und vielleicht konnten Sie ja die eine oder andere Örtlichkeit in München oder dem Chiemgau wiedererkennen.

Marion Ambros

Rother Bergkrimi – bereits erschienen:

ISBN 978-3-7633-7080-1

Wer legt Jana rote Rosen auf die Notkarspitze, steckt ihr neue Kletterschuhe in den Rucksack? Die Liebesbeweise eines heimlichen Verehrers machen ihren Mann eifersüchtig.
Als sie mit ihm und ihrer Clique die Alpspitz-Ferrata begeht, geschieht etwas Schreckliches. Bruno stürzt tödlich ab. Es sieht wie ein Unfall aus, aber der Polizei-Bergführer Sebastian hat Zweifel.
Mit ihm zusammen sucht Jana in den Bergen um Garmisch-Partenkirchen und im Oberreintal nach Antworten – und erkennt, dass nicht nur Gebirgspfade in die Irre führen können.

Rother Bergkrimi – bereits erschienen:

978-3-7633-7084-9

Eine Feier in der Johanninacht auf dem Spieser gerät außer Kontrolle. Sie endet fürchterlich, doch die Schuldigen kommen ungeschoren davon.
15 Jahre später wird einer von ihnen ermordet. Die Ärztin Katharina Schiller untersucht mit der Rechtsmedizinerin Madeleine Wüsthoff, einer ehemaligen Kommilitonin, den Fall. Wer macht Jagd auf die Freunde von damals? Einen Grund dafür hätten gleich mehrere Personen. Katharina kommt dem Täter schließlich sehr viel näher, als ihr lieb ist.

Ein höchst raffiniert gebauter Alpen-Krimi: Wem kann man trauen?

Marion Ambros erster Band mit Hauptkommissar Joe Bichelmair

978-3-7633-7082-5

Der Spitzenkletterer Anderl Grosser wurde nackt, nur mit einem Klettergurt bekleidet, im Kleinhesseloher See versenkt. Hauptkommissar Joe Bichelmair, der für das Schwabinger Nachtleben, Biergartenbesuche und das weibliche Geschlecht eine Schwäche hat, ermittelt in der Münchner Kletterszene. Dabei muss er nicht nur lernen, was ein Bierhenkel und eine Brezn im Kletterjargon bedeuten, sondern findet sich plötzlich selbst in einer nervenaufreibenden und schweißtreibenden Verfolgungsjagd an der Hörndlwand wieder. Endlich oben am Gipfel, ist der Fall jedoch verzwickter als zuvor ...